Dirty DEVIL

L.J. SHEN

Dirty
DEVIL

ROMAN

Traduit de l'anglais (États-Unis) par
MATHILDE JOY

&H

Titre original :
PRETTY RECKLESS

HARPERCOLLINS FRANCE
83-85, boulevard Vincent-Auriol, 75646 PARIS CEDEX 13.

www.harlequin.fr

ISBN 978-2-2804-4606-8 — ISSN 2271-0256

Aux premiers amours et aux derniers mots célèbres

Et à Sarah M. Qattar, qui est tombée amoureuse de Penn et Daria avant qu'ils ne tombent amoureux l'un de l'autre, et à Ariadna Basulto, la vraie Californienne.

Nous étions censés être les meilleurs amis
Mais nous sommes devenus les pires ennemis…

Penn

On dit que la vengeance est un plat qui se mange froid.

J'ai eu quatre ans pour avaler ce que Daria Followhill m'a fait, et désormais, mon cœur est complètement gelé.

J'ai pris son premier baiser.

Elle a pris la seule chose que j'aimais.

J'étais pauvre.

Elle était riche.

Ce qu'il y a de bien avec les circonstances ? C'est qu'elles changent. Et vite.

Aujourd'hui, je suis le nouveau projet de ses parents.

Son colocataire. Son tourmenteur. Le capitaine de l'équipe de football adverse qu'elle déteste tant.

Ouais, bébé, dis-le : je suis ton frère adoptif.

Il y a un prix à payer pour avoir détruit la seule bonne chose dans ma vie, et elle est sur le point de verser de sacrées larmes.

Daria Followhill pense être LA reine. Je suis sur le point de lui prouver qu'elle n'est rien de plus qu'une princesse gâtée.

Daria

Tout le monde adore les bons vieux punks qui s'assument.

Mais si vous êtes une salope ? Alors là, on vous gifle à chaque commentaire moqueur, chaque roulement d'yeux cynique, et chaque croche-pied tendu sur le chemin de vos adversaires.

Le truc, avec les talons aiguilles, c'est qu'ils constituent des fourches parfaites quand vous piétinez les gens qui essaient de vous blesser.

Dans le cas de Penn Scully, j'ai percé son cœur à sang avant de le jeter à la poubelle un beau jour d'été.

Il y a quatre ans, il m'a demandé de lui garder toutes mes premières fois.

Aujourd'hui, il vit au bout du couloir et je ne veux rien d'autre que toutes ses dernières fois.

Ses derniers mots quand il m'a donné son cœur, c'était que rien n'est gratuit dans ce monde.

Et maintenant ? Il compte me faire payer.

Playlist

Too Young, Zeds Dead

Cute Without the E, Taking Back Sunday

Who Knew, P!nk

Solo Amigos, Maniako

Right Above It, Lil Wayne

Killing in the Name, Rage Against the Machine

If You're Feeling Sinister, Belle and Sebastian

Tainted Love, Soft Cell

Chanson du livre :
I Feel Like I'm Drowning, Two Feet

Prologue

Tout a commencé avec une limonade
Et s'est terminé avec mon cœur
Ça, ma belle ennemie intrépide, c'est le début de notre histoire foireuse.

Âge : quatorze ans
Daria

Les lattes du plancher se mettent à vibrer au passage d'une horde de danseuses dont les pieds frappent le sol comme ceux d'un bataillon. Cheveux bruns. Cheveux noirs. Cheveux lisses. Cheveux roux. Cheveux bouclés. Elles forment une mer colorée de chouchous et de nœuds. Je sonde la foule à la recherche de la blonde que je rêve d'éclater contre le parquet usé.

Sens-toi libre de ne pas te montrer aujourd'hui, reine des putes.

Je me tiens immobile sur le seuil du studio de danse classique de ma mère, dans mon justaucorps rose pâle qui me colle à la peau. Mon sac de sport est suspendu à mon épaule. Mes cheveux sont attachés dans un chignon trop serré et mon crâne me démange. À chaque fois que je les détache, des mèches viennent former un tas d'or sur le sol de la salle de bains. J'ai dit à ma mère que c'était à force de les maltraiter ; peine perdue. Si elle s'inquiétait pour moi – si elle s'inquiétait sincèrement, et arrêtait de faire semblant, elle s'en rendrait compte, elle aussi.

Je remue mes orteils écorchés dans mes pointes, en tentant d'avaler la boule d'anxiété qui s'est logée dans ma gorge. Via n'est pas là. Merci, Marx.

Le raz-de-marée de filles me contourne et me bouscule au passage, provoquant la chute de mon sac qui tombe dans un bruit sourd. Leurs gloussements résonnent au creux de mon estomac. Mes camarades de classe sont plus fines, plus grandes, et plus souples que moi, avec des dos aussi droits qu'un point d'exclamation. Moi ? Je suis petite et musclée, plutôt comme un point d'interrogation. Jamais très assurée et toujours sur le point de me briser. Les traits de mon visage ne sont ni stoïques ni doux, mais surprenants et changeants. Certains ont le cœur sur la main. Le mien est sur mes lèvres. Je souris de toutes mes dents lorsque je suis heureuse, et quand ma mère me regarde, alors là, je rayonne de bonheur.

« Tu devrais vraiment choisir la gym ou les pom-pom girls, ma puce. Ça te conviendrait beaucoup mieux que la danse classique. »

Ma mère dit parfois des choses qui entament mon estime de moi, dont la surface est désormais marquée d'une petite bosse de la forme de ses mots ; c'est précisément l'endroit où je cache toute la colère que j'éprouve.

Melody Green-Followhill est une ex-danseuse étoile. Elle s'est cassé la jambe lors de sa première semaine de cours à Julliard alors qu'elle n'avait que dix-huit ans. On s'attendait à ce que je reprenne le flambeau dès le jour de ma naissance. Mais – j'ai tellement de chance –, il s'avère que je suis exceptionnellement nulle en danse classique.

Et c'est là que Via Scully fait son entrée.

Du même âge que moi, Via est tout ce que je rêverais d'être. Plus grande, plus blonde, et plus mince. Et pour couronner le tout, son talent inné fait passer mes compétences pour une insulte envers les justaucorps du monde entier.

Trois mois auparavant, Via a reçu une lettre de l'Académie royale de ballet lui proposant une audition. Il y a un mois, elle l'a passée. Ses super parents n'ont pas réussi à se libérer afin de l'accompagner, alors ma mère a sauté sur l'occasion pour faire le voyage jusqu'à Londres. Désormais, toute la classe attend de savoir si Via a réussi. La rumeur dit que c'est du tout cuit. Même le danseur ukrainien Alexei Petrov – un jeune prodige de seize ans, le Justin Bieber de la danse classique – a posté une story Insta avec elle après son audition.

Hâte de faire de la magie avec toi.

Ça ne m'étonnerait pas d'apprendre que Via est vraiment magicienne. Elle a toujours eu l'air d'une sorcière.

— Ma puce, ne reste pas près de la porte. Tu gênes le passage, chantonne ma mère, le dos tourné.

J'aperçois son reflet dans l'immense miroir. Elle fronce les sourcils devant la feuille de présence tout en jetant des coups d'œil vers l'entrée, espérant voir Via arriver.

Désolée, maman. C'est seulement ta progéniture.

Via n'est pas ponctuelle, et ma mère, qui ne tolère jamais aucun retard, la laisse pourtant s'en tirer sans rien lui dire.

Je me penche pour ramasser mon sac et me traîner dans le studio. Une barre scintillante longe la salle et une immense baie vitrée révèle le centre-ville de Todos Santos dans toute sa gloire photogénique. Des bancs couleur pêche ponctuent les allées d'arbres, et des tours bleu cristal étincellent comme la fine ligne de l'océan qui embrasse le ciel.

La porte du studio s'ouvre dans un grincement et je ferme les yeux.

Pitié, pas toi.

— Via ! On t'attendait !

Le couinement de ma mère me donne l'impression d'un coup de fusil dans le dos, et la vague de choc qui me submerge me fait trébucher. Des pépiements résonnent dans la salle. Je parviens à me rattraper à la barre et me relève juste une seconde avant que mes genoux ne frappent le sol. Honteuse, je saisis la barre d'une main et effectue un plié bâclé.

— Ma puce, sois un amour et fais de la place pour Via, ronronne maman.

Symboliquement, Mère, j'adorerais que Via fasse de la place pour mon cul, à moi aussi.

Évidemment, son cher prodige ne porte pas son attirail de danse aujourd'hui, même si elle possède des justaucorps importés d'Italie dont rêvent toutes les autres filles. Via doit venir d'une famille excessivement friquée, car même les riches ne claquent pas deux cents dollars pour un simple justaucorps. Sauf ma mère – qui a probablement compris que je ne serais jamais une vraie danseuse et qui compense en m'habillant comme telle.

Aujourd'hui, Via porte un T-shirt court jaune Titi sur un legging déchiré. Ses yeux sont rouges, et ses cheveux en bataille. Est-ce qu'elle fait même un effort ?

Elle me lance un regard condescendant.

— Ma puce.

— Mon chiot, je rétorque sur le même ton.

— Chiot ? pouffe-t-elle.

— Je te traiterais bien de chienne mais, soyons honnêtes, ton coup de mâchoire n'est pas vraiment incisif.

Je réajuste mes chaussons, prétendant être au-dessus d'elle. Mais en fait, je ne le suis pas. Elle monopolise le temps de ma mère et elle est sur mon dos depuis toujours, bien avant que j'aie de la répartie. Via fréquente une autre école à San Diego. Elle assure que ses parents veulent la tenir à distance des jeunes de Todos Santos, qu'ils trouvent surprotégés et gâtés. Ses parents souhaitent qu'elle grandisse avec de vraies personnes.

Mais vous savez ce qui est faux ? Prétendre être quelqu'un que vous n'êtes pas. Moi, j'assume le fait d'être une petite princesse. Vous pouvez m'attaquer en justice pour ça si ça vous chante (ne vous gênez pas, je peux m'offrir les meilleurs avocats).

— Viens me voir après les cours, Vi, lance ma mère avant de se tourner vers la stéréo.

Vi (Vi !) saisit l'occasion pour étirer sa jambe, me marchant sur les pieds au passage.

— Oups. On dirait que tu n'es pas la seule à être maladroite, Daria.

— Je te dirais bien d'aller te pendre, mais j'ai peur que ma mère me force à assister à tes funérailles, et tu ne mérites clairement pas que je perde mon temps.

— Je te dirais bien de me lécher les bottes, mais ta mère le fait déjà. Si seulement elle t'accordait la moitié de l'attention qu'elle m'accorde… Mais ce n'est pas grave, au moins, t'as les moyens de te payer une psy. Et de te refaire le nez.

Elle me tape dans le dos avec une moue dédaigneuse, et je déteste, déteste, déteste, le fait qu'elle soit plus jolie que moi.

Impossible de me concentrer durant l'heure suivante. Je ne suis pas stupide. Même si je sais que ma mère m'aime plus que Via, je sais aussi qu'elle est génétiquement programmée pour éprouver cet amour.

Des siècles plus tard, les cours se terminent. Toutes les filles se dirigent en rangs vers l'ascenseur.

— Daria, ma chérie, rends-moi service et va nous chercher un café chez Starbucks. Je dois filer aux toilettes et régler quelque chose avec Vi.

Ma mère me tapote l'épaule puis sort du studio d'un pas nonchalant, laissant derrière elle une traînée de parfum comme de la poussière de fée. Elle serait prête à donner tous ses organes pour sauver l'ongle de n'importe lequel de ses étudiants. Elle couve d'amour toutes ses danseuses, me laissant étouffée par la jalousie.

J'attrape le sac de ma mère et fait demi-tour avant d'avoir l'occasion d'échanger ce que mon père appelle des « incivilités » avec Via.

— T'aurais dû voir sa tête quand j'ai auditionné.

Via s'étire devant le miroir dans mon dos. Elle est aussi souple qu'un contorsionniste. Parfois, je me dis qu'elle serait capable de s'enrouler autour de mon cou et de m'étrangler.

— On s'est éclatées. Elle m'a dit que, selon elle, non seulement je serai prise, mais je serai en plus leur étudiante star. On aurait dit une sorte de…

Elle claque des doigts, cherchant ses mots. J'aperçois son reflet dans le miroir, mais je ne me retourne pas. Des larmes s'accrochent de toutes leurs forces à mes cils.

— De rédemption, un truc du genre. Tu vois, toi, tu ne peux pas être danseuse étoile parce que tu es tellement, tu sais… *toi.* Mais heureusement, je suis là. Alors au moins, elle voit quelqu'un qu'elle aime réussir.

Mon père dit toujours qu'un Hulk vit en moi et grandit à mesure que la jalousie me consume, et que parfois, ce Hulk me sort par la peau et me fait faire des choses que la Daria qu'il aime ne ferait jamais. D'après lui, la jalousie est le tribut que la médiocrité paye au génie, et je ne suis pas une fille médiocre.

Disons seulement que je ne suis pas d'accord avec lui.

J'ai toujours été populaire, et je me suis toujours battue pour obtenir dans la chaîne alimentaire une place depuis laquelle je pouvais profiter de la vue. Mais je crois que je suis une fille ordinaire. Via, elle, est extraordinaire et brille si fort qu'elle brûle tout autour d'elle. Je suis la poussière sous ses pieds, et je suis brisée, amère, et *en mode Hulk*.

Personne ne *veut* mal agir. Mais certains, comme moi, ne peuvent tout simplement pas s'en empêcher. Une larme roule sur ma joue, et je suis alors reconnaissante d'être seule avec Vi. Je me tourne pour lui faire face.

— C'est quoi ton putain de problème ?

— Dis-moi plutôt ce qui n'est PAS un problème, soupire-t-elle. Tu es une princesse pourrie gâtée, une idiote superficielle, et une danseuse horrible. Comment quelqu'un doté de si peu de talent a-t-il pu naître de LA Melody Green-Followhill ?

Je n'en sais rien ! ai-je envie de hurler. *Personne n'a envie d'avoir un génie pour mère. Marx, bénis Sean Lennon d'avoir survécu à sa propre existence.*

Je jette un coup d'œil à ses pointes hors de prix et arque un sourcil, l'air moqueur.

— Ne fais pas comme si j'étais la seule princesse ici.

— Tu n'as rien dans le crâne, Daria, réplique-t-elle en secouant la tête.

— Au moins, je ne suis pas retardée mentalement.

Je feins d'être blasée, mais mon corps tout entier est secoué de tremblements.

— Tu ne peux même pas faire une première position correcte, balance-t-elle en levant les mains.

Elle n'a pas tort, et ça me met en rage.

— Encore une fois : Qu'est-ce. Que. Ça. Peut. Te. Foutre ? je rugis.

— Tu occupes la place de quelqu'un d'autre, voilà ce que ça me fait ! Pendant que je me défonce, tu es là uniquement parce que tu es la fille de la prof.

Ce serait l'occasion de lui dire la vérité.

Que je me défonce encore plus, précisément parce que la danse n'est pas innée chez moi. Mais mon cœur se fissure comme du verre. Je tourne les talons et file droit vers la sortie de secours, descendant les marches de l'escalier deux à deux avant de me jeter dans la chaleur infernale de la Californie. N'importe quelle autre fille aurait pris à gauche et disparu dans Liberty Park, mais moi, je vais à droite et entre chez Starbucks, parce que je ne peux pas décevoir ma mère plus que je ne l'ai déjà fait – jamais. Je regarde des deux côtés pour m'assurer que la voie est libre et je libère le sanglot qui pèse sur ma poitrine depuis une heure. Je me glisse dans la queue et ouvre le sac de ma mère en essuyant mes larmes avec ma manche. Ce faisant, je fais tomber quelque chose et me baisse pour le ramasser.

C'est une enveloppe froissée à notre adresse, mais en découvrant le nom du destinataire, je me fige.

Sylvia Scully.

Je déchire l'enveloppe pour l'ouvrir en reniflant. Je ne m'arrête pas en me disant que cette lettre ne m'est pas adressée. Voir le nom de Via inscrit au-dessus de l'adresse de chez moi me donne envie de hurler jusqu'à ce que les murs autour de moi s'écroulent. La première chose que je remarque, c'est le symbole en tête de lettre.

L'Académie royale de ballet.

Mes yeux tournent comme les bobines d'une vieille cassette, ne cessant de relire les mêmes mots.

Lettre d'admission.

Lettre d'admission.

Lettre d'admission.

Vi a été admise. Je devrais être ravie, parce qu'elle ne sera plus sur mon dos pendant plusieurs mois, mais le fiel de la jalousie se répand dans ma bouche.

Elle a tout.

Les parents. L'argent. La gloire. Le talent. Et, cerise sur le gâteau : l'attention exclusive de ma mère.

Elle a tout, et moi, je n'ai rien. Je sens le Hulk en moi enfler. Son corps devient si imposant qu'il appuie contre mon diaphragme.

Une toute nouvelle vie contenue dans une simple enveloppe. La vie de Via dépend de ce papier. Un papier que je tiens entre les mains.

— Ma belle ? Chérie ?

La serveuse me sort de ma transe en m'interpellant d'un ton qui laisse entendre que je ne suis ni sa belle ni sa chérie.

— Qu'est-ce que je te sers ?

La tête de Via sur un plateau.

Je passe ma commande et me faufile jusqu'au coin du café afin de lire la lettre d'admission pour la millième fois. Comme si les mots pouvaient miraculeusement changer.

Cinq minutes plus tard, je saisis les deux boissons et sors sur le trottoir. Je fonce vers la poubelle la plus proche pour poser ma limonade afin d'éviter de tacher la lettre. Maman comptait sûrement l'ouvrir avec Via, et je viens de gâcher leur moment.

Désolée d'interrompre votre petite réunion.

— Pose cette boisson, et personne ne sera blessé, retentit

une voix dans mon dos, une voix douce comme du miel, tandis que ma main reste suspendue au-dessus de la poubelle.

Je tourne les talons, pas certaine d'avoir bien entendu. Son menton est baissé ; et son visage, dissimulé par une casquette des Raiders usée à mort. Il est grand et longiligne – de manière presque inquiétante – et il avance vers moi tel un tigre du Bengale. Comme s'il avait trouvé comment marcher dans les airs et ne voulait pas s'embarrasser de choses aussi inutiles que des muscles.

— Est-on vraiment en train de jeter ça à la poubelle ? demande-t-il en désignant la limonade.

« On » ? À ce stade, connard, « tu *» n'existes même pas pour moi.*

Je m'approche de lui avec la boisson. Il peut prendre cette stupide limonade s'il veut. *Mon Dieu.* Il ose interrompre ma crise de nerfs pour une limonade.

— Rien n'est gratuit dans ce monde, Skull Eyes[1].

Je cille, espérant le voir s'évaporer devant mes yeux. Ce crétin m'a-t-il vraiment appelée Skull Eyes ? Au moins, je ne ressemble pas à un squelette, moi. Mon esprit vagabonde jusqu'à l'étage où se trouve Via. Pourquoi maman reçoit-elle son courrier ? Est-elle en train de l'adopter, ou quoi ?

Je pense à ma sœur, Bailey. À seulement neuf ans, c'est déjà une danseuse prometteuse. Le déménagement de Via à Londres pourrait inciter maman à inscrire Bailey à l'Académie royale de ballet, aussi. Maman avait parlé de m'y inscrire avant de constater qu'il me serait plus facile de me transformer en bagel que de devenir danseuse étoile. Je commence seulement à rassembler les morceaux de la réalité merdique de ma vie.

1. Littéralement « yeux de crâne ». En anglais, ce terme crée un jeu de mots avec le nom de famille de Penn, « Scully ».

Et si j'allais devoir migrer à Londres pour admirer les succès de Bailey et Via depuis le siège de ma médiocrité ?

Bailey et Via deviendraient les meilleures amies du monde.

Je vivrais dans une ville triste et grise.

On laisserait Vaughn, Knight, et même Luna derrière nous. Tous mes amis d'enfance.

Via prendrait officiellement ma place dans le cœur de maman.

Hum, non merci.

Pas aujourd'hui, Satan.

Face à mon silence, le mec s'avance d'un pas. Je n'ai pas peur mais… peut-être que je devrais ? Il porte un jeans sale – et je parle de boue et de poussière, pas usé pour le style – et un T-shirt bleu froissé qui a l'air deux fois trop grand, avec un trou de la taille d'un poing au niveau du cœur. Quelqu'un a écrit autour avec un marqueur noir, d'une écriture de meuf : « Est-ce un signe ? Adriana, xoxo », et j'ai tout à coup envie de savoir si Adriana est plus jolie que moi.

— Pourquoi tu m'appelles comme ça ?

Je froisse la lettre dans mon poing.

— Parce que.

Il incline tant la tête que je ne peux voir que ses lèvres, de la couleur des pétales de rose. Féminines, presque. La douceur de sa voix me fait légèrement mal à la poitrine. Je ne comprends pas pourquoi. D'habitude, je trouve les mecs de mon âge révoltants. Ils sentent la pizza restée des jours au soleil.

— Tu as des têtes de mort dans les yeux, petite maligne. Tu sais ce qu'il te faudrait ?

Que maman arrête de me dire que je suis nulle ?

Que Via disparaisse ?

Pioche, mec.

Je glisse ma main libre dans le porte-monnaie de ma mère et

en sort un billet de dix dollars. Il a l'air d'avoir besoin de s'offrir un repas. Je prie qu'il l'accepte avant que maman ne descende et ne commence à poser des questions. Je ne suis pas censée parler aux inconnus, encore moins aux inconnus qui ont l'air de faire les poubelles pour manger.

— Un verre de mer, annonce-t-il en tendant la main, ignorant l'argent et la boisson.

— Ces trucs qui s'achètent sur Etsy ? je pouffe.

Super, tu es chelou, toi aussi.

— Quoi ? Non, ça c'est de la merde. Des verres de mer orange. Des vrais. J'en ai trouvé sur la plage et j'ai cherché ce que c'était sur Google. C'est l'une des choses les plus rares au monde, tu sais ?

— Pourquoi donnerais-tu quelque chose de si précieux à une parfaite inconnue ? dis-je en levant les yeux au ciel.

— Pourquoi pas ?

— Hum, bonjour, problèmes de concentration ? Ce n'est pas toi qui viens de dire que, dans ce monde, rien n'est gratuit ?

— Qui a dit que c'était gratuit ? T'as eu toutes tes règles de l'année d'un coup aujourd'hui ou quoi ?

— Ne parle pas de mes règles !

— OK. Pas de discussion sur les règles. Mais tu as besoin d'un véritable ami, et je postule officiellement à cette fonction. Je me suis même habillé pour l'occasion. Regarde.

Il désigne ses vêtements de clodo avec un sourire contrit.

Tout à coup, une vague de chaleur se répand dans ma poitrine telle de la cire chaude. La colère, je m'en aperçois, a un penchant pour la fulgurance. J'ai vraiment envie de l'étrangler. Il a pitié de moi ? *Sérieusement*. Le type qui porte un T-shirt troué.

— Tu veux devenir mon ami ? je m'exclame en riant. Pathétique, non ? Genre, qui dit ça de nos jours ?

— Moi, je le dis. Et je n'ai jamais prétendu ne pas être pathétique.

Il tire sur son T-shirt destroy et lève lentement la tête, dévoilant son visage. Un nez que ma mère qualifierait de type « romain », et une mâchoire beaucoup trop carrée pour quelqu'un de mon âge. Il est fait tout en angles droits, et peut-être qu'un jour il sera beau, mais là, il ressemble à un personnage de dessin animé. Mighty Max.

— Écoute, tu veux l'argent et la limonade ou pas ? Ma mère va arriver d'une minute à l'autre.

— Et ?

— Et elle ne doit pas nous voir ensemble.

— À cause de mon apparence ?

Sans blague.

— Non, parce que tu es un mec.

Je n'ai pas envie d'être méchante avec lui, même si, d'habitude, je le suis. Surtout avec les mecs. Surtout avec les beaux mecs à la voix douce.

Les garçons peuvent porter le parfum de la rupture sur des kilomètres à la ronde. Même ceux de quatorze ans. Même au beau milieu d'un innocent après-midi d'été. Nous, les filles, avons une corde invisible derrière le nombril, que seuls certains mecs peuvent tirer.

Ce type… Il tirerait la mienne, si je lui permettais.

— Prends le verre de mer. Aie une dette envers moi.

Il s'avance, la paume ouverte. Je fixe la petite pierre toute laide. Je serre le poing, et le papier crisse.

L'inconnu lève complètement la tête, et nos yeux se croisent. Il m'examine avec intérêt, comme si j'étais une œuvre d'art, pas une personne. Mon cœur bat la chamade, et la pensée la plus idiote me traverse l'esprit. Vous avez déjà remarqué que le cœur est *littéralement* tenu en cage par les côtes ? C'est dingue. Comme si le corps savait que le cœur est si fragile, qu'il a besoin d'être protégé. Ma vision se trouble, se remplissant de points blancs, et l'inconnu flotte quelque part derrière, à contre-courant.

— C'est quoi, cette lettre ? demande-t-il.

— Mon pire cauchemar.

— Donne-la-moi, ordonne-t-il – alors je m'exécute.

Je ne sais pas pourquoi je lui obéis. Certainement parce que je veux m'en débarrasser. Parce que je souhaite que Via souffre autant que moi. Parce que j'aimerais que maman soit déçue. *Marx, qu'est-ce qui cloche chez moi ?* Je suis horrible.

Son regard est toujours rivé au mien quand il déchire la lettre et fait tomber les morceaux comme des confettis dans la poubelle qui nous sépare. Ses yeux sont d'un vert foncé, sans fond, une forêt dense et brumeuse. Quelque chose me vient alors à l'esprit.

— Tu n'es pas d'ici.

Il est trop pur. Trop bon. Trop réel.

Il secoue doucement la tête.

— Mississippi. Enfin, du côté de mon père. Bref. Aie une dette envers moi, répète-t-il, presque suppliant.

Pourquoi veut-il que je lui sois redevable ?

Comme ça, il pourra te demander quelque chose en retour.

Je ne cède pas, je reste figée sur place. Je lui tends la limonade, qu'il prend en effaçant la distance entre nous. Il ouvre le bouchon de la boisson et en déverse le contenu sur la lettre en morceaux. Son corps frôle le mien. Ventre contre ventre. Jambes contre jambes. Cœur contre cœur.

— Ferme les yeux.

Sa voix est bourrue, forte et différente. Cette fois, je m'exécute.

Je sais ce qui est sur le point de se passer, et je suis d'accord.

Mon premier baiser.

J'ai toujours cru que je l'échangerais avec un joueur de foot, une pop star ou un correspondant européen. Quelqu'un en dehors des frontières fermées et inaccessibles de mon Insta. Pas avec un mec portant un T-shirt troué. Mais j'en ai besoin. J'ai besoin de me sentir désirée, belle et convoitée.

Ses lèvres effleurent les miennes en un chatouillement qui me fait rire. Je sens son souffle caresser mes lèvres, sa casquette de base-ball contre mon front, sa bouche pincée en une moue incertaine. Les mains sur ses épaules, j'oublie de respirer pendant une seconde, tandis que quelque chose en moi me supplie de vraiment le goûter du bout de la langue. Chacun respire l'air sortant de la bouche de l'autre. On s'y prend mal. Mes lèvres s'ouvrent pour lui. Les siennes aussi. Mon cœur bat si fort que je perçois le sang courir dans mes veines quand il me dit :

— Pas maintenant. Je prendrai ça aussi, mais pas maintenant.

Je laisse échapper un gémissement.

— Que m'aurais-tu demandé si j'avais accepté le morceau de verre ?

— De me garder toutes tes premières fois, murmure-t-il quelque part entre mon oreille et ma bouche, tandis qu'il s'écarte de moi dans un frôlement.

Je ne veux pas ouvrir les yeux et mettre fin à cet instant. Mais il prend la décision pour nous deux. La chaleur de son corps me quitte alors qu'il recule d'un pas.

Je n'ai toujours pas le cran d'ouvrir la bouche pour lui demander son nom.

Dix, quinze, vingt secondes s'écoulent.

Mes cils se relèvent par leur seule volonté alors que mon corps commence à vaciller.

Il est parti.

Désorientée, je prends appui sur la poubelle en jouant avec la lanière du sac de ma mère. Cinq secondes plus tard, ma mère se matérialise et passe un bras sous le mien pour m'entraîner jusqu'au Range Rover. Mes jambes volent au-dessus de la chaussée. Je jette un coup d'œil en arrière.

T-shirt bleu ? Casquette de base-ball ? Lèvres comme des pétales ? Ai-je tout imaginé ?

— Te voilà. Merci pour le café. Quoi ? Pas de limonade au thé glacé aujourd'hui ?

Je ne parviens pas à formuler de réponse tandis que nous grimpons à l'intérieur du véhicule. Ma mère fouille dans son sac Prada posé sur la console centrale.

— Hum. Je jurerais avoir pris quatre enveloppes de la boîte aux lettres aujourd'hui, pas trois.

Et c'est à ce moment-là que je percute : *elle n'est pas au courant.* Via a été admise, et ma mère ne soupçonne pas le moins du monde que la lettre l'annonçant est arrivée aujourd'hui. Puis ce type l'a déchirée parce qu'elle me contrariait…

Kismet[1]. *Un premier baiser, une première rencontre. Le destin.*

Il y a deux ans, mon père en a eu assez d'entendre toutes les femmes de la maison soupirer « Oh mon Dieu », alors désormais, nous devons remplacer le mot « Dieu » par « Marx », en référence à Karl Marx, un mec qui était athée ou un truc du genre. J'ai l'impression que Dieu ou Marx – quelqu'un – a envoyé cet inconnu à mon secours. S'il était réel, déjà. Peut-être l'ai-je inventé pour pouvoir vivre plus facilement avec ce que j'ai fait.

Mon cœur battant à tout rompre, j'ouvre un miroir de poche et m'applique un peu de gloss sur les lèvres.

1. En référence à la célèbre chanson d'Elvis Presley au sujet de deux amants rencontrés par hasard.

— Tu es toujours distraite, maman. Tu t'en serais quand même aperçue, si tu avais fait tomber une lettre.

Maman fait la moue, puis hoche la tête. Durant la minute qu'elle prend pour démarrer la voiture, je me rends compte de deux choses :

Un : elle attendait cette lettre autant que sa prochaine inspiration.

Deux : elle est dévastée.

— Avant que j'oublie, ma puce, je t'ai acheté le journal que tu voulais.

Maman sort de son sac Prada un carnet à la couverture en cuir noire et épaisse qu'elle me tend. Je l'avais déjà remarqué, mais je ne m'attends plus à ce que ce genre d'attentions soit pour moi dorénavant. Elle pense toujours à autre chose, offrant à Vi toutes sortes de cadeaux.

Tandis que nous roulons en silence, j'ai une épiphanie.

C'est dans ce carnet que j'écrirai mes péchés.

C'est sur ces pages que je coucherai mes tragédies.

Je referme le petit miroir et plonge les mains dans les poches de mon sweat blanc, où je trouve un petit objet dur. Je le sors et l'admire, émerveillée.

Le fragment de verre de mer orange.

Il me l'a donné alors que je ne l'ai même pas accepté.

Garde-moi toutes tes premières fois.

Je ferme les yeux et laisse échapper une grosse larme qui roule sur ma joue.

Il était réel.

Penn

Question : Qui donne son bien le plus précieux à une parfaite inconnue ?

Réponse : Cet enfoiré ici présent. Offrez-moi un T-shirt déclarant « Je suis stupide » avec une flèche pointant vers ma queue.

J'aurais pu vendre cette putain de pierre et recharger le portable de Via. Maintenant, c'est mort. Je peux encore voir cette possibilité s'envoler au loin.

Le pire, c'est que je savais que ça ne mènerait à rien. À quatorze ans, j'ai embrassé seulement deux filles. Elles avaient toutes les deux des langues énormes et trop de salive. Mais cette fille-là promettait d'avoir une petite langue, alors impossible de ne pas tenter.

Sauf qu'à la minute où mes lèvres ont touché les siennes, je n'ai pas pu. Elle avait l'air un peu folle. Triste. Collante ? Je n'en sais rien, putain. Peut-être que je n'avais tout simplement pas les couilles de le faire. Peut-être qu'à force de l'observer de loin trois fois par semaine, j'ai été paralysé.

Eh, comment éteint-on son propre cerveau ? Il faut qu'il se la ferme. Immédiatement.

Je suis sous le porche devant chez moi avec mon ami Kannon, qui me passe un joint. C'est le seul avantage d'avoir une mère cohabitant avec son dealer de petit ami : de l'herbe gratuite. Et puisque la nourriture est rare ces derniers temps, je prendrai tout ce qu'on voudra bien me donner.

Un groupe de gangsters amateurs à bandanas rouges traverse la rue avec des pitbulls et une Boombox diffusant du rap espagnol virulent. Les chiens aboient, tirant sur leurs chaînes. Kannon leur aboie dessus en retour. Il plane tellement que sa tête pourrait heurter un putain d'avion. Je prends une taffe avant de tendre le joint à Camilo.

— Je te filerai cinquante dollars pour que tu puisses appeler, propose Camilo en toussant.

Il est immense, bronzé et affiche déjà une pilosité faciale impressionnante. On dirait un paternel mexicain.

— On n'a pas besoin d'appeler qui que ce soit ! crie ma sœur jumelle depuis le gazon jaune.

Allongée sur le ventre, elle pleure. Je crois qu'elle espère être consumée par le soleil.

— Vous êtes sourds ou quoi ? Je n'ai pas été prise !

— On prend l'argent.

Je l'ignore, parce qu'il faut qu'on appelle ce truc de ballet. Via ne peut pas rester ici. Elle n'est pas en sécurité.

— Je t'adore, Penn, mais tu me fais chier.

Elle arrache des poignées d'herbe qu'elle jette vers nous sans relever la tête. Elle me remerciera plus tard. Quand elle sera riche et célèbre – est-ce que les danseuses étoiles sont riches ? – et que je serai encore assis ici avec mes crétins de potes à fumer de l'herbe et à baver devant des filles de Todos Santos aux cheveux couleur citron. Peut-être que je n'aurai plus à passer mes journées à dealer aux coins des rues. Je suis bon à certains trucs. Genre le sport et le combat, principalement. Le coach dit que je dois manger plus de protéines pour développer mes muscles, et plus de calories pour gagner en graisse. Mais ça ne risque pas d'arriver de sitôt, étant donné que je dépense tout mon argent en tickets de bus pour Via, afin qu'elle puisse se rendre à ses cours de danse.

Je le fais parce que je suis mort d'inquiétude à l'idée de la savoir seule dans ce bus. Surtout l'hiver, quand il fait nuit tôt.

— Je croyais que ta sœur était forte ? Comment ça se fait qu'elle n'a pas été prise ?

Kannon bâille en caressant ses longues dreadlocks. Son crâne est rasé sur les côtés, et il s'est fait un chignon sur le dessus.

Je frappe son bras si fort qu'il se retrouve propulsé au fond de la chaise à bascule en retenant un cri, la main sur son biceps.

— Je crois qu'une démonstration s'impose. Allez, Via. Montre-nous ce que tu sais faire.

Cam lance « Milkshake » de Kelis sur son téléphone et fait une boule de son papier de chewing-gum qu'il lance sur la tête de Via.

Ses sanglots laissent soudain place à un silence catatonique. Je me retourne en feignant de me gratter le menton quand, en fait, je fais face à Camilo et lance mon poing contre sa mâchoire. Je l'entends se disloquer tandis qu'il étouffe un cri.

Bondissant du gazon, Via court jusqu'à la maison et claque la porte derrière elle. Je ne sais pas ce qu'elle pense obtenir en restant assise dans le salon alors que Rhett s'y trouve, et se plaint d'être fatigué et affamé. Il est fort probable qu'elle démarre une battle de hurlements avec lui avant de revenir sous le porche la queue entre les jambes. Ma mère est trop stone pour intervenir, mais quand elle le fait, elle se met de toute façon du côté de son petit copain. Même lorsqu'il se sert des justaucorps que la prof de Via lui achète pour cirer ses chaussures. Il le fait souvent juste pour la provoquer. Les fois où elle se rend en classe dans un legging déchiré et un T-shirt destroy, elle passe le trajet à pleurer dans le bus. Ces jours-là, je vais généralement frotter les boxers de Rhett sur les toilettes publiques de Liberty Park.

C'est incroyablement thérapeutique.

— File-moi cinquante balles.

Je me tourne vers Cam qui me claque docilement le billet dans la paume. Je vais nous acheter, à Via et moi, des burgers gros comme ma tête, puis recharger son téléphone afin qu'elle puisse appeler Mme Followhill.

Je descends la rue à toute allure jusqu'au In-N-Out, Camilo et

Kannon sur les talons. La rue est encadrée de béton craquelé et de dessins d'ados décédés auréolés. Les palmiers semblent ployer sous le poids de la pauvreté devant des immeubles bas et jaunes comme de mauvaises dents.

Vingt minutes plus tard cependant, je me sens porté par la satisfaction de ramener un sac plein de hamburgers et de frites bien grasses. En voyant ça, Via oubliera immédiatement sa crise de nerfs. Mais au moment où j'ouvre la porte de la maison, la première chose que j'aperçois me fait lâcher la nourriture par terre.

Le petit copain de ma mère chevauche ma sœur sur le canapé, son ventre pendant sur sa poitrine. Il s'acharne sur son visage, fléchissant les bras chaque fois qu'il rapproche son torse poilu et transpirant. Son jean destroy est déboutonné et sa braguette grande ouverte. Ma sœur gémit et tousse, cherchant désespérément à reprendre son souffle. Sans réfléchir, je fonce vers eux et tire Rhett vers l'arrière. Je découvre le visage de Via ensanglanté. Elle proteste faiblement, le traitant de connard et de vaurien, tandis qu'il ne cesse de hurler qu'elle est une voleuse et une pute. J'attrape Rhett par le col de son T-shirt et l'écarte avec violence, le projetant au sol. J'en profite pour lui donner des coups de poing au visage si fort que le craquement de sa mâchoire résonne dans la pièce. Dans un mouvement de recul sa tête heurte le sol, alors je me retourne finalement vers Via, mais je ne vois que son dos tandis qu'elle se dirige vers la porte, glissant et trébuchant dans son propre sang. Je lui saisis le poignet, mais elle se débat. C'est alors que quelque chose tombe entre nous dans un doux cliquètement. Je me baisse pour le ramasser ; ça ressemble à une dent. Putain de merde. Il lui a cassé une dent.

— Je suis désolée, dit-elle, la voix étouffée par le sang dans sa bouche. Je suis désolée, je ne peux pas, Penn.

— Via ! je crie.

— S'il te plaît, hurle-t-elle. Laisse-moi partir.

J'essaie de lui courir après, mais je dérape dans la traînée de sang qu'elle laisse derrière elle. Mes mains en sont couvertes. Je me relève et avance vers la porte toujours ouverte quand Rhett m'empoigne et me jette sur le canapé.

— Pas si vite, petit enfoiré. C'est ton tour, maintenant.

Je ferme les yeux, et laisse le pire se produire, comprenant pourquoi Via doit s'enfuir.

Le destin est géographique.

Ça fait trois jours que Via s'est enfuie.

Deux et demi depuis que j'ai réussi à garder quelque chose dans mon estomac (de la bière, ça compte, non ?).

Après que Rhett l'a battue pour avoir volé son téléphone et essayé d'appeler l'école à Londres, je ne suis pas surpris qu'elle ne revienne pas. Je sais qu'il ne vaut mieux pas merder avec Rhett. Du fait d'être une fille, Via se montre encore plus prudente d'habitude. Mais cette fois, elle a eu un moment de faiblesse qui lui a coûté plus cher que le montant qu'elle était prête à payer.

Vendredi après-midi, je me retrouve à traîner devant le studio de danse, en espérant qu'elle apparaisse. Elle squatte peut-être chez sa prof. Elles ont l'air proches, mais en fait, c'est difficile à dire puisque Via enfile un masque dès l'instant où elle descend du bus qui la dépose aux environs de Todos Santos. Qu'elle ne m'ait pas encore contacté me rend malade, quand j'y pense. Mais elle a certainement ses raisons.

À 18 heures, des filles habillées en rose commencent à sortir de l'établissement. En attendant la prof, je zone les mains dans les poches près du Range Rover rutilant. Elle sort en dernier avec un groupe d'étudiantes, qu'elle salue de la main en riant. Une autre fille marche à ses côtés. C'est la fille que j'ai embrassée, pour être précis. Celle qui m'obsède depuis un an, pour être encore plus précis. Elle est belle, comme ces merdes exposées dans les musées. D'une beauté triste, distante, qui dit clairement : « Regarde mais ne t'avise pas de toucher. » Je me dirige vers elles, et la fille écarquille les yeux quand elles me rejoignent à mi-chemin. Elle jette des coups d'œil aux alentours pour s'assurer que personne ne nous voit discuter. Elle pense sûrement que je suis là pour elle.

— Salut.

Elle cale ses cheveux derrière ses oreilles, avant d'adresser à Mme Followhill un regard qui semble crier : « Je te jure que je ne connais pas ce type. »

— Salut.

Je tue immédiatement les papillons qui volent dans mon estomac, parce que ce n'est ni le lieu ni le moment pour ça, et je me tourne vers la mère.

— Madame, ma sœur, Via, fréquente votre classe. Je ne l'ai pas vue depuis trois jours.

La prof fronce les sourcils comme si je lui avais annoncé que j'allais chier sur le capot de sa voiture. Elle demande à la blonde de l'attendre à l'intérieur de l'immense Range Rover, puis, en me tirant par le bras, elle m'amène dans une allée étroite située entre deux bâtiments. Elle me force en quelque sorte à m'asseoir (sérieusement ?) avant de commencer à parler.

— Je l'ai appelée cinq fois par jour et lui ai laissé des messages, chuchote-t-elle avec ferveur tout près de mon visage. Je voulais lui annoncer qu'elle avait été prise à l'Académie royale. En voyant que la lettre n'arrivait pas, je les ai contactés pour vérifier. Tout est prêt, là. Et comme je lui ai déjà dit, vous n'avez pas besoin de vous inquiéter pour les frais de scolarité. Je les paierai.

Mes narines frémissent. Un tel futur l'attend, et elle pourrait très bien se trouver au fond d'un caniveau à ce moment même. Putain Via. Putain d'ado jolie et frivole.

— Eh bien, merci, madame, pour le cadeau qu'elle ne pourra jamais encaisser puisqu'elle est introuvable, dis-je d'un ton faussement respectueux.

Enfin, je suis le seul à ne pas pouvoir la trouver. Maman ne se sent pas concernée – elle ne s'est jamais souciée de se sortir de ses problèmes de drogue, qui durent depuis un bail – et Rhett est probablement content d'avoir une bouche en moins à nourrir. Quand le responsable des études de l'école a téléphoné, je lui ai dit que Via était partie chez notre tante, et ma mère le lui a confirmé le jour où il s'est pointé à notre porte. Maman, ébouriffée et tirant sur sa cigarette comme si c'était un masque à oxygène, n'a pas demandé une seule fois si c'était vrai. Si j'appelais la police, ils nous foutraient tous les deux en foyer, Via et moi. Peut-être ensemble, mais peut-être pas. Et je ne le permettrai pas. Je ne peux pas être séparé d'elle.

Mme Followhill me fixe comme si elle venait de réaliser qu'elle avait une gastro. Elle se demande probablement de quel droit je me permets de lui parler de cette façon. D'habitude, je suis plus sympa. Mais là encore, c'est la première fois que ma sœur a disparu. Je nettoie le vomi de ma mère sur les murs et ferme la porte quand Rhett s'endort sur les toilettes, alors je ne regarde pas les adultes avec autant de révérence que sa fille.

— Waouh.

Voilà tout ce que répond Mme Followhill.

— Merci pour l'info. Je vous souhaite une belle vie.

Je me lève et me faufile pour rejoindre la rue, mais elle me rattrape par le bras, me forçant à me retourner pour lui faire face.

— Ma fille…

Elle s'humecte les lèvres en baissant la tête, l'air coupable. Appuyée sur le Range Rover, la fille, justement, nous observe, en se rongeant l'ongle du pouce.

— Ma fille et Via ne s'entendaient pas. J'ai essayé de les encourager à communiquer, mais plus je les poussais l'une vers l'autre, moins elles s'appréciaient. Je crois qu'une lettre de mon courrier a disparu la semaine dernière. Une lettre qui aurait pu être… importante. Je ne sais même pas pourquoi je te dis ça.

Elle expire en secouant la tête.

— Je suppose que… Je ne veux pas savoir, tu comprends ? Je déteste le fait que je puisse même envisager une chose pareille.

Mais peut-être qu'il le faudrait.

Le souvenir jaillit du fond de ma mémoire.

La feuille qu'elle froissait dans sa main.

Moi la lui prenant.

La déchirant.

La jetant à la poubelle, son visage s'illuminant devant le spectacle.

Moi, renversant la limonade sur les morceaux de papier pour finir le boulot et ses yeux bleus scintillant.

J'ai mis le feu aux rêves de ma sœur.

Enclenché ce cauchemar tout entier.

Je serre les dents et avance d'un pas. Je jette un dernier coup d'œil à la meuf, la rangeant dans ma mémoire.

Archivée dans le dossier : Liste de merdes.

Traiter le dossier : Quand je serai en mesure de la détruire.

— Alors Via n'est pas avec vous ?

Ma voix est cassante et mes mots, tranchants. Comme de l'alu. Je suis désespéré. Je n'ai aucune piste. J'ai envie de retourner le monde pour la retrouver, mais le monde ne m'appartient pas. La terre continue tout simplement sa course au même rythme, parce que, des gamins comme Via et moi ? ça disparaît tout le temps sans que personne ne s'en rende compte.

Mme Followhill fait non de la tête. Elle hésite avant de me toucher le bras.

— Eh, pourquoi ne viendrais-tu pas avec moi ? Je déposerais Daria à la maison, et on partirait à la recherche de Via.

Daria.

Je me retourne et avance en direction de l'arrêt de bus, me sentant stupide, plein de haine et vivant à la fois. Plus vivant que jamais. Parce que j'ai envie de tuer Daria.

La première fois que je l'ai vue, sur le moment, plus rien d'autre n'avait d'importance, et pendant que j'étais occupé à l'admirer, tout autour de nous brûlait.

« On dirait que t'as besoin d'un ami », lui ai-je dit. Quelle stupide naïveté de gamin. Alors que j'approche d'un bus qui entreprend un virage face à moi, je m'imagine faire tomber Daria par terre et lui marcher dessus.

Elle avait raison. J'étais pathétique. Stupide. Aveuglé par ses cheveux, ses lèvres et sa douce mélancolie.

Fonçant droit devant, j'entends Mme Followhill crier mon nom au loin. Elle connaît mon nom. Elle me connaît. Nous. Je ne sais pas pourquoi ça me dérange. Je ne sais pas ce que je peux en avoir à foutre qu'elle sache que je suis pauvre.

Je saute dans le premier bus que je trouve, sans savoir où il me conduira.

Suffisamment loin de la fille, mais pas assez loin de moi-même.

La brûlure dans ma poitrine s'intensifie, le trou autour de mon cœur se creuse, et les murmures de ma grand-mère me reviennent à l'esprit.

Skull Eyes.

1

La nuit précédant la rentrée de Terminale,
Je t'ai repérée dans les gradins
Tu avais l'air adorable
Ton cœur en pinçait pour un type
Qui aurait rêvé pouvoir le piétiner.

Daria – bientôt dix-huit ans

Le Snake Pit est bondé ce soir.

Il l'est toujours quand Vaughn a un match, et Vaughn a toujours un match. Il brise les nez aussi bien que les cœurs. Et briser les cœurs, au cas où vous vous poseriez la question, c'est son deuxième art martial préféré. Je connais au moins six filles qui ont été transférées dans d'autres écoles privées seulement pour échapper au cauchemar de le croiser dans les couloirs depuis qu'il est à All Saints High. Il lui reste trois ans à passer ici, et les parents de toute la ville en tremblent au point d'avoir enfermé leurs filles à double tour.

Chaque mec populaire d'All Saints High et du lycée rival, Las Juntas, à San Diego, se soumet à un rite de passage en combattant au Snake Pit. Je ne fréquente pas cet endroit d'habitude, mais

Blythe, Alisha et Esme m'y ont traînée pour la dernière soirée avant la rentrée. Ce sont d'avides fans de Vaughn. L'enfoiré est de retour depuis deux jours après avoir passé tout l'été à faire de la sculpture dans un studio en Italie, alors les filles ont besoin de leur dose de ce visage si beau et si parfait.

La vérité, c'est que Vaughn est bien trop cruel pour tomber amoureux, ou même pour convoiter ou apprécier qui que ce soit. Mais ça, c'est une leçon qu'elles devront apprendre à la dure pendant que moi, je profiterai du spectacle, tout en jouant évidemment mon rôle de consolatrice, en mode : « Oh mon Dieu, ma chérie, il ne te mérite pas. »

Pour info, il est carrément à la hauteur.

— Comment quelqu'un de si violent peut-il faire un art si délicat ? Il est tellement baisable.

Blythe mordille ses cheveux roux style la Petite Sirène en observant Vaughn qui fait les cent pas sur le terrain, ses vêtements noirs destroy moulant ses muscles définis.

La légende raconte que sur les gradins bleus et délabrés du Snake Pit, ce terrain de football désert situé en banlieue de San Diego, les mecs se soûlent à la bière. Nous, les filles, restons assises en tailleur en sirotant du vin hors de prix à la bouteille, nos cigarettes électroniques à la main. Le camp de Las Juntas, lui, s'assoit du côté opposé. Ils ne portent pas de luxueuses marques suisses, ne conduisent pas de voitures allemandes. Ils se font tourner des bouteilles de tequila à moitié vides et se roulent des cigarettes.

— C'est dégueu, Blythe, il est en Seconde.

Alisha, une métisse afro-américaine et hollandaise de toute beauté, fait des bruits de gorge à côté de moi.

— La ferme ! Tu accepterais un travail à temps plein comme

préservatif réutilisable s'il te le proposait. Tu n'es pas venue ici pour regarder des inconnus transpirants se battre.

— Qui combat, d'ailleurs ?

Je fais une bulle avec mon chewing-gum aux fruits en réajustant ma robe de velours vert sur mes cuisses. Mes dix nuances de blond sont lâchement attachées par un nœud en soie noire – totalement prête pour Pinterest. Mon trait d'eye-liner est au top, et mes lèvres sont peintes d'un rouge mat, créant ainsi le parfait effet « film noir ».

Je suis Daria Followhill.

La capitaine des pom-pom girls.

Une salope richissime.

Et Miss Popularité.

T'as un problème avec ça ? Dommage. Les gamins ne m'intéressent pas. Les hommes, en revanche…

— Aucune idée, mais je le plains. Les combats ont été violents aujourd'hui, et Vaughn est le meilleur, c'est pour ça qu'ils le gardent toujours pour la fin, explique Alisha en examinant sa manucure.

— Et voici la viande fraîche, crie quelqu'un trois rangées plus bas.

Nous nous levons tous et tendons le cou pour découvrir le malheureux qui affrontera LE Vaughn Spencer. Je me dresse sur la pointe des pieds tandis que la foule des deux côtés explose en cris de triomphe, les poings levés. Une odeur de transpiration, d'alcool et de sang séché des combats précédents flotte encore dans l'air tel un nuage. Je peux sentir vibrer le désespoir humain sur le bout de ma langue.

J'aperçois une silhouette grande et bien bâtie zigzaguer jusqu'à Vaughn sur le terrain vague. Le type traîne une bouteille de quelque chose qui ressemble à de l'alcool, et ses cheveux blonds – ou châtains ? – qui lui arrivent aux oreilles tombent sur son front. Je ne distingue pas son visage, mais je n'en ai pas besoin. Il y a un trou dans son T-shirt rouge, juste à l'endroit du cœur. À cette vue, je touche automatiquement le verre de mer accroché à mon cou.

Ne t'évanouis pas, meuf. Tu portes une robe super sexy.

Au cours des quatre dernières années, je suis devenue maître dans l'art d'éviter Penn Scully. Un miracle, étant donné qu'il est une star de football et que je suis la capitaine des pom-pom girls d'une école de la même taille que la sienne, et du même comté. Jusqu'à présent, nous avons joué l'un contre l'autre deux fois par ans. Nos équipes se sont toujours qualifiées pour les play-offs, mais All Saints en est toujours sorti perdant.

Je ne pouvais pas l'affronter après que tout a foiré avec Via. À chaque match contre Las Juntas, je prétendais avoir des douleurs de règles ou filais à ma voiture avant la fin du jeu.

— Pincez-moi, les filles.

Blythe frappe des mains avec excitation. Elle porte un T-shirt court couleur chair assorti à ses ongles pointus.

— Le receveur de Las Juntas, Penn Scully, est le mec le plus sexy de SoCal. Ça fait un moment que je rêve de m'asseoir sur son visage. Ce soir, c'est ma chance.

— Il paraît que tu es du genre à garer ton cul sur tous les sièges à ta taille. Pour info, Vaughn n'est pas branché fast-food.

J'entends Knight pouffer derrière moi et je me retourne en haussant un sourcil. J'essaie seulement d'ignorer mon cœur qui se contracte dans ma poitrine pour tenter de se libérer de ses artères à la vue de Penn.

Une fille que je ne connais pas est assise sur les genoux de Knight ; elle essaie d'avaler son oreille, les bras autour de son large torse. Ses jambes à lui sont négligemment étendues. Il porte une veste Gucci vintage et des Jordan blanches, avec un jean sur mesure et une coupe de cheveux qui coûte plus cher que mon sac à main haut de gamme.

Knight est très beau, et non seulement il le sait, mais en plus, il serait du genre à l'afficher sur des panneaux publicitaires, si c'était possible. Des yeux verts sexy, des fossettes aussi profondes que son regard de Casanova, des lèvres pleines et rosées, et une mâchoire qui pourrait couper une meule de fromage. Ses cheveux noisette sont plus doux qu'un porno médiéval, et tout à son sujet crie l'hédonisme.

Nous vivons tous dans la même impasse du même quartier, et nos parents sont meilleurs amis. Knight et Vaughn sont très proches, comme des frères, ce qui peut paraître étrange puisqu'ils sont aussi différents que le feu et la glace. Vaughn est un artiste déjanté à tendances psychotiques, tandis que Knight est la définition même du sportif populaire.

L'un est Edward aux mains d'argent ; l'autre, le frère caché de Zac Efron, en beaucoup plus beau.

— Tu ne penses pas que ta petite amie va s'énerver quand elle prendra conscience que tu as ramené des microbes à la maison ? Ce genre d'animaux domestiques est plutôt inutile.

Je bats des cils d'un air faussement doux. Luna n'est pas sa copine, quand bien même il serait prêt à mourir pour qu'elle le devienne. C'est pour cette raison que je n'ai jamais apprécié Luna Rexroth. C'est la Via originelle. La fille qui a créé le Hulk en moi. La fille à qui Vaughn sourit tout le temps et que Knight suit aveuglément. Un jour, papa a dit en blaguant que Luna était comme les nonnes siciliennes. Une fois par an, elles apparaissent derrière des stores relevés afin que leurs familles puissent les voir et les adorer tant elles leur manquent.

— C'est Luna. Quand elle apparaît, le monde s'arrête de tourner.

Ouais. Et moi, je cesse d'exister.

— Va sucer une queue molle, Dar.

Il coince son joint entre ses dents, et l'abrite d'une main pour l'allumer avant de souffler un long nuage de fumée grise en plein sur mon visage.

— Est-ce une proposition ? Parce qu'il existe un médicament pour ta queue tombante, je rétorque le menton haut.

— Bébé, ma queue est trop dure pour toi. Les seuls médicaments dont tu auras besoin, ce sera trois Advil pour supporter la douleur une fois que je t'aurais pénétrée.

— Me pénétrer ? Dans tes rêves, Knight Cole.

— Alors ça, non. Dans mes rêves, ce sont les jambes de Luna qui entourent ma taille, et le reste c'est du NC-17. Sans vouloir te vexer, Tiffanie, ajoute-t-il en tapotant le cul de la fille qui tient son Zippo.

— Stephanie.

— Complique pas les choses, bébé. J'avais déjà oublié que tu étais là jusqu'à ce qu'Elsa me le fasse remarquer.

Knight se tourne vers moi et explose de rire.

— Dommage que tu sois une classe en dessous d'elle. Luna ne sortira jamais avec toi.

Je le provoque. En fait, Luna ne sortirait probablement jamais avec lui, mais pas à cause de son âge. Elle est coincée dans son petit univers à elle. Elle est le Soleil et lui, la Terre, tournant autour d'elle et se rapprochant d'un centimètre à chaque existence, alors même que sa chaleur pourrait le détruire.

Il penche la tête, avec son sourire si ravageur qui fait paraître ses dents plus pointues que d'habitude.

— Oh mon pote, si tu savais le nombre de Terminale qui ont

fait du bouche-à-bouche à ma queue alors qu'elles n'étaient qu'en Première, tu aurais une crise cardiaque.

Un « waouh » fort et retentissant interrompt notre joute.

La foule tressaille à l'unisson et toutes les têtes pivotent vers le terrain pour apercevoir Penn tomber en avançant vers le centre. Mon Marx. Ils n'ont même pas encore commencé à se battre et il a déjà le cul à terre. Il a l'air super ivre. Vaughn va le tuer avant qu'il ait le temps de comprendre où il se trouve.

Je tourne de nouveau mon attention vers Knight.

— Il faut que tu dises à Vaughn que le combat est annulé.

— Regardez qui a craqué son string. Pourquoi ? T'as parié avec Gus ce soir ?

Knight caresse le cul de la fille, mais il n'est pas concentré. Il ne l'est jamais. Je rougis violemment, j'ai si chaud que j'ai l'impression que ma tête va exploser. Je serre les poings le long de mon corps. Je ne veux pas que Penn finisse à l'hôpital ce soir, même s'il me déteste et qu'il ne voudrait probablement pas que je me soucie de lui. Je sens la culpabilité s'épanouir dans mon estomac en le revoyant déchirer la lettre d'admission de sa sœur.

— N'importe quoi. Comme si j'allais volontairement adresser la parole à Gus. Mais il est évident que ce type est ivre. Vaughn va le massacrer.

— C'est un gros joueur d'une équipe de football essentiellement composée de gangsters. Il peut gérer tout seul, rétorque Knigth sombrement.

En tant que quarterback principal d'All Saints High, Knight a eu le discutable plaisir de jouer contre Scully. D'après la rumeur, Penn est le meilleur du comté. Peut-être même de l'État. Le proviseur du lycée, Prichard, a essayé de lui offrir une bourse à plusieurs occasions pour qu'il rejoigne notre équipe, mais heureusement pour moi, Penn est du genre loyal.

— Knight.

Ma voix se brise contre des falaises d'indifférence. Je suis en train de le supplier. La fille sur ses genoux me fusille du regard.

— Vaughn pourrait vraiment se retrouver dans la merde s'il déconne.

Son visage change d'expression et passe de l'ennui à l'agacement. Il écarte la fille de ses genoux en lui laissant le reste de son joint.

— Je ne vais pas tout annuler parce que tu te comportes comme un vagin, mais je vais descendre et m'assurer que ces deux cons respectent les règles.

Il s'humecte les lèvres avec sa langue, dévoilant son piercing.

Quand je m'intéresse de nouveau à ce qui se passe sur le terrain, les deux adversaires ont enlevé leur T-shirt. Knight a raison. Penn est aujourd'hui très différent du garçon qui m'a offert son bien le plus précieux quatre ans plus tôt. Musclé, tendineux et impérieux, son corps n'a pas un gramme de graisse. Un V proéminent trace un sillon vers son Saint-Graal, et vu comment les pom-pom girls assises à côté de moi soupirent, elles aussi l'ont remarqué. À côté, Vaughn paraît plus maigre. Pas que ce soit important. Il a une patience féline qu'on ne peut qu'admirer, et quand il est dans son élément, je l'ai vu battre des mecs qui faisaient trois fois sa taille sans le moindre effort.

Ils se font face et avancent en cercle, silencieux, menaçants et sérieux. Vaughn est indéchiffrable, comme d'habitude. Stoïque et calme. Penn, l'air décontracté, affiche un sourire bizarre. La bouteille en verre lui glisse des mains et roule sur le sol, faisant éclater la foule d'un rire qui résonne dans mon cœur.

— Est-ce qu'il se bat ici souvent ? je demande, à personne en particulier.

— Non.

Gus, le capitaine de notre équipe de foot assis deux rangs plus bas, avale une gorgée de bière tandis que ses amis se font passer une feuille avec une liste de noms. Ils ont pris des paris sur les matchs toute la soirée, et celui-ci représente le plus gros enjeu. Gus saisit la liste et la range dans son sac avant de fourrer son blouson d'université en boule par-dessus. Apparemment, il croit que son réseau de paris est toujours secret. D'après ce qu'on dit, il se fait une petite fortune avec ces paris, et Vaughn – le mec qui déteste l'argent et tout ce qu'il représente – perçoit un pourcentage. Tout le monde sait ce qu'il en fait. Il économise pour pouvoir ouvrir son propre atelier sans toucher un centime de la fortune de ses parents.

— Penn n'est pas du genre à s'enivrer avant de se battre, je le sais parce que je suis allé à de nombreuses fêtes de son lycée. Il y a quelque chose qui cloche.

Il termine sa bouteille et se frotte les mains.

Quelque chose qui cloche.

Il faut que j'arrête immédiatement ce festival de culpabilité. Je ne suis pas responsable de ses problèmes. Une fille différente – une fille courageuse – l'aurait déjà confronté depuis longtemps. Pas moi. Il sait ce qu'on a fait ce jour-là et que sa sœur a disparu à cause de ça. Je ne lui ai jamais demandé son pardon – parce que, ne nous mentons pas : je ne le mérite pas.

Le spectacle des deux combattants qui se jaugent au milieu du terrain vague, chacun mimant le langage corporel de l'autre, me coupe le souffle. Vaughn est le premier à lancer son poing contre le visage de Penn. C'est un coup violent, et du sang gicle du nez de Penn. La foule crie en chœur et retient son souffle.

Penn trébuche vers l'avant, riant et secouant la tête comme s'il avait esquivé l'attaque. Il lèche le sang sur le coin de sa lèvre supérieure, et se jette sur Vaughn d'une manière que je n'ai jamais vue.

Un tigre du Bengale.

J'avais presque oublié à quel point il pouvait être rapide et plein de grâce. À quel point il peut l'être. Exactement comme sa sœur.

Penn projette Vaughn au sol, et l'immobilise en plaçant ses genoux de chaque côté de son torse avant d'abattre une pluie de coups de poing sur son visage. Il rate parfois sa cible. J'ai envie de vomir. C'est la première fois que ça arrive. Vaughn s'est déjà pris de sacrées raclées, mais il n'a jamais fini à terre. Il sait qu'il vaut mieux éviter de crier et de gaspiller inutilement de l'énergie. Il faisait du jiu-jitsu avant de se faire virer de trois cours différents pour désobéissance.

— Spencer ! Spencer ! Spencer ! Spencer !

Tous les élèves d'All Saints High de notre côté des gradins scandent son nom, jetant des canettes de bière vides sur la touche. Les élèves de Las Juntas, eux, gardent le silence et n'en sont pas moins intimidants. Ils sont moins sujets aux démonstrations publiques, mais je sais très bien que cela ne témoigne pas d'un manque de loyauté envers leur star du football, au contraire.

Vaughn récolte une coupure à la lèvre et un œil au beurre noir puis parvient à se dégager et à prendre l'avantage sur Penn, agenouillé. Penn repousse maladroitement Vaughn, et avant que je comprenne comment, ils se retrouvent de nouveau face à face. Vaughn s'amuse avec un Penn complètement torché, ses coups sont précis et efficaces. Je remarque Knight, qui fait les cent pas sur la touche en passant les doigts dans ses cheveux, avant de crier :

— Finissons-en, V. L'enfoiré est plus défoncé qu'un père abusif dans un film d'ados, et toi, tu saignes comme une meuf le premier jour de ses règles.

— C'est pour ça que je ne vais pas le tuer, simplement lui donner une précieuse leçon. Il me remerciera.

Vaughn fait un clin d'œil et crache du sang avant de bloquer Penn de nouveau. Il est caractériel en combat.

Vaughn lui envoie un coup de pied circulaire sur le menton. Du sang gicle de sa bouche comme un arc-en-ciel avant d'atterrir par terre. Penn tombe – dans un chaos sanglant – et ne bouge plus.

Une seconde.

Cinq secondes.

Dix secondes.

Relève-toi. Relève-toi. Relève-toi.

Un cri s'échappe de mes lèvres et résonne à mes oreilles. Blythe, Alisha et Esme m'évacuent des gradins et rapidement, Knight pénètre mon champ de vision et m'enveloppe de ses bras.

Knight se fraie un chemin parmi la foule à coups d'épaule alors qu'un affrontement entre les deux écoles éclate. Il m'emmène sur le parking et me glisse dans son Aston Martin Vanquish Volante bleu poudré. Sa banquette arrière est étroite et je n'ai pas d'autre choix que de me tenir bien droite, prenant soin de couvrir ma bouche d'une main pour me retenir de vomir. Il ouvre une bouteille d'eau et me la tend. Je la prends, mais mes mains tremblent tellement qu'il m'est impossible d'en boire une gorgée sans en renverser partout.

— Vomis sur ma banquette et c'est terminé pour toi, Followhill.

Il fait le tour de la décapotable et saute sur le siège conducteur sans prendre la peine d'ouvrir la portière. Comme un démon qu'on aurait invoqué, Vaughn sort de l'entrée du terrain bloquée par des chaînes, s'essuyant le visage avec son T-shirt noir. Son jean est déchiré, et il s'est fabriqué une ceinture de fortune avec les lacets de ses boots. Knight fait un doigt à Vaughn par-dessus le rugissement de son engin.

— Tu es à l'ouest si tu crois que tu vas monter dans ma voiture alors que tu ressembles à Carrie qui s'est pris un sceau de sang.

Vaughn lui lance un regard assassin.

— Calme ta joie, Cole. Je vais me faire déposer par les Las Juntas.

Knight écarquille les yeux, et ses sourcils font un bond jusqu'à ses cheveux.

— Tu es carrément à l'ouest. Monte, crétin.

— C'est eux qui nous ont emmenés ce soir, explique Vaughn comme si cela pouvait justifier sa décision.

L'odeur d'herbe et de sang me fait tourner la tête.

— Et ils vont te botter le cul sans l'équipe de foot à tes côtés. Ne fais rien avant que je sois revenu. Je vais juste déposer Princesse Vagin à son château.

Vaughn lève une jambe pour remettre le bout de scotch qui maintient sa boot complètement destroy.

— Le combat de ce soir n'aurait jamais dû avoir lieu, dit-il en crachant du sang sur le bitume.

— Pitié, dis-moi que Scully n'a rien brisé d'autre à part le cœur sombre de Daria. On dirait bien qu'elle a des sentiments.

Je donne un coup de pied dans le siège de Vaughn. J'ai toujours du mal à respirer, mais je ne rate pas une miette d'information au sujet de Penn.

— Sa mère est morte ce matin.

Il y a une seconde de silence, durant laquelle je hurle si fort dans ma tête que mes oreilles bourdonnent. Je lève les yeux vers

Knight, pour qui ce scénario a quelque chose de très concret, et je ne suis pas surprise le voir figé sur place.

— C'est pour ça qu'ils ont provoqué la rixe, soupire Vaughn. Quand Daria était occupée à avoir une crise de nerfs nucléaire – magnifique, au fait (Vaughn me fusille du regard) –, un type est accouru sur le terrain et a tiré Scully en criant qu'elle avait fait une overdose ce matin. Le jour de ses dix-huit ans, donc.

— Tu déconnes.

Knight serre les dents et frappe si fort le volant que le son perçant du klaxon se prolonge dans le ciel pendant quelques secondes.

Vaughn baisse la tête.

— Son deuxième cadeau d'anniversaire de la journée, c'est son beau-père qui le lui a offert en le foutant à la porte. Les joueurs de Las Juntas ne me toucheront pas. Je vais juste m'assurer qu'il va bien.

— Je te rejoindrai, dit Knight, en sachant pertinemment quels risques il prend.

Son premier match de football est dans une semaine, contre les Bulldogs de Las Juntas. Ils n'y réfléchiront pas à deux fois avant de lui casser les jambes. Mais évidemment, je ne peux pas le lui rappeler. L'année dernière, les Terminale d'All Saints High se sont pointés au lycée Las Juntas en plein milieu de la nuit ; ils ont remplacé leur drapeau par un drapeau de pirate et recouvert le piquet de vaseline en guise de farce de fin d'année. S'y rendre sans sa clique, même accompagné de Vaughn, ce n'est pas seulement chercher les embrouilles, c'est les provoquer. Mais c'est ça le truc avec Knight : prendre des risques est son passe-temps favori.

— Je dépose seulement Dar chez elle.

— OK, c'est bon, je viens avec vous, dis-je.

Je sais que je ne peux pas revoir Penn, surtout pas dans des circonstances pareilles. Je suis certainement la dernière personne sur qui il a envie de poser les yeux, puisque mon visage lui rappellera tout ce qu'il a perdu. Sans compter que si mes amis prétentieux apprennent que je suis partie traîner avec Las Juntas après avoir hurlé comme si c'était la fin du monde, ils ne me lâcheront jamais avec ça.

Pour autant, je veux m'assurer qu'il va bien. Personnellement, je crois.

— La ferme, me répondent en chœur Vaughn et Knight.

Vaughn fait un pas en avant de sorte à se placer sous la lumière du réverbère, et le halo d'or révèle les dégâts que Penn a infligés à son visage. Des hématomes noirs entourent ses deux yeux, des coupures strient son sourcil et sa lèvre, et son front laisse apparaître un hématome qui empirera certainement d'ici demain matin. Il n'a jamais été aussi abîmé.

— Ne te prends pas la tête, Mère Teresa. Notre nouveau pote ne va pas s'attarder, me rassure Vaughn.

— Ah ouais ? interroge Knight.

— Blythe Ortiz l'a convaincu de sortir avec elle. Je ne suis pas sûr de savoir comment il peut baiser dans cet état, mais c'est leur problème.

Knight et Vaughn pouffent tous les deux d'un rire sombre. *Blythe*. Pourquoi ne suis-je pas surprise ? Elle adore *tellement* les mecs. En mode *Vie volée*. Par une queue. Ça ne me dérange pas d'habitude qu'elle soit comme ça, parce que son comportement me valorise. Mais qu'elle s'approche de Penn est tout simplement dégueu pour de nombreuses raisons : (A) il est clairement gravement blessé et (B), c'est mon premier baiser. Ce qui, dans mon esprit tordu, implique que personne d'All Saints n'a le droit de le toucher.

— Il a dix-huit ans. Il peut baiser dans n'importe quel État du pays – les cinquante – même en étant dans le coma, commente Knight.

Il s'interrompt pendant quelques secondes avant d'ajouter en se grattant le menton :

— Gus est probablement en train de péter les plombs. Il a misé un paquet de fric sur ce combat, et techniquement, il n'y a pas de vainqueur.

— Gus a besoin d'une vie et d'un cou. Mais pas dans cet ordre. C'est un connard, et j'ai vu des chaussettes beaucoup plus sophistiquées que cet enfoiré, rétorque Vaughn sèchement. Il survivra.

— Tu t'entends bien avec lui, d'un point de vue business.

— D'un point de vue business, je m'entends avec tous ceux que je peux baiser à mon avantage, répond calmement Vaughn.

Je baisse les yeux sur mes mains, posées sur mes cuisses. Pourquoi je me sens si coupable ? Vaughn se penche vers moi et me caresse le dos comme un grand frère, bien qu'il ait deux ans de moins que moi.

— Ne t'en fais pas. Scully est un enfoiré solide.

Ils ignorent tout.

Au sujet de Via, de Penn.

De mon collier avec le verre de mer, et du Hulk qui vit en moi.

J'arrange mes cheveux en souriant, mais je suis à des kilomètres d'ici. Absente. Même quand Knight me ramène à la maison sous un magnifique ciel étoilé, d'un bleu si pur que mes yeux me brûlent. La lune semble si solitaire et séduisante, et Penn se trouve quelque part sous son éclat, à digérer sa nouvelle situation.

Knight coupe le moteur et désigne l'entrée de chez moi du menton. Une maison de style toscan de huit chambres, avec une entrée sur deux niveaux, un cellier, un studio de danse, et une piscine qui semble se déverser sur la falaise de la montagne de notre lotissement sécurisé – El Dorado. Mon père est un investisseur et ma mère… eh bien, elle a investi dans le fait de se taper le bon mec, j'imagine.

Son ancien élève de lycée. Mais c'est une autre histoire.

Knight m'accompagne jusqu'à l'entrée et plonge la main dans mon sac en crochet pour en sortir mes clés. Il ouvre la porte d'un coup de pied et désactive notre alarme.

— Tu as l'air épuisée et moi, profondément coupable. S'il te plaît, sors de cette crise de nerfs de merde le temps qu'on monte l'escalier, me supplie-t-il en me portant jusqu'à l'étage en passant par le hall sombre.

Une immense photo en noir et blanc de ma mère en train de faire une arabesque dans son attirail de danseuse est accrochée. Son élégance jette un voile majestueux sur toute la demeure.

Il n'est pas si tard, alors il y a de fortes chances que mes parents soient encore debout. Si ce n'est pas le cas, Melody se réveillera quand son réveil sonnera, à minuit. Elle le programme toujours pour s'assurer que je respecte le couvre-feu.

Je ne me souviens pas que Knight m'ait mise au lit, et pourtant il l'a fait. Je porte toujours ma robe et mon maquillage. Le temps n'avance pas. Il est figé dans la pièce comme un meuble massif.

Penn Scully a des ennuis.

De gros ennuis. Il vient de perdre sa mère et il va se retrouver à la rue. À quelques kilomètres de là, moi, je suis au chaud dans mon lit queen-size, bordée dans des draps d'un designer égyptien, une vitrine entière de champagne rosé face à moi.

Ce sont mes actes qui lui ont attiré des ennuis.

Sans moi, sa sœur serait toujours avec lui. Peut-être même que sa mère ne serait pas devenue accro au crack ou je ne sais quoi. Je ferme les yeux et retiens un cri. Il m'a donné la chose la plus rare au monde, et en retour, je lui ai brisé le cœur. Sa mère est morte le jour de son anniversaire. Pourtant, je ressens un profond soulagement, car cette douleur est la preuve que, malgré mes airs de salope, je suis encore capable d'avoir mal pour quelqu'un d'autre.

Je perçois le bruit de pieds nus qui martèlent le sol, c'est l'allure douce et gracieuse de Mel. Elle ouvre la porte de ma chambre et y pénètre sur la pointe des pieds. D'habitude, je feins d'être endormie pour éviter toute conversation. J'ai arrêté de l'appeler « maman » peu après la disparition de Via, mais je ne me souviens pas pourquoi. Depuis, on ne cesse de s'éloigner l'une de l'autre, et avoir une conversation toutes les deux est devenu une sorte de torture. Mais à cet instant, je ne crois pas être capable de faire semblant de dormir.

Melody se penche vers moi et dépose un baiser sur mon front, une attention qu'elle m'accorde tous les soirs depuis ma naissance. Dernièrement, elle s'est attardée quelques secondes de plus au-dessus de mon visage pour sentir mon haleine. Mais ce soir, je suis sobre, alors que j'aurais souhaité ne pas l'être.

— Bonne nuit, ma puce. Tu t'es bien amusée au cinéma ?

J'avais oublié le mensonge que je lui avais servi avant de sortir.

Je m'éclaircis la gorge, dans l'intention de répondre que oui, mais la vérité m'échappe comme un cri.

— J'ai vu Penn Scully.

Son corps se raidit, et elle se redresse pour s'installer sur le bord de mon lit. Elle essaie de ne pas perdre la face, mais sa lèvre inférieure tremble et je m'en aperçois même dans la pénombre.

— Comment... Comment va-t-il ?

— Sa mère est morte aujourd'hui.

Ces mots me choquent moi-même. Je n'ai pas parlé de lui depuis... jamais, en fait. Personne ne sait ce qui leur est arrivé, à Via et lui. Je ne l'ai jamais avoué. Quand Melody m'a interrogée à ce sujet, j'ai violemment nié savoir quoi que ce soit. Et je crois que, dans un sens, je me suis convaincue moi-même que rien ne s'était passé finalement. Jusqu'à ce soir.

Elle fait la moue en baissant la tête, et ses épaules commencent à trembler. Je m'assois, adossée à ma tête de lit en satin blanc.

— C'est son anniversaire, déclare-t-elle.

Et bien sûr, elle se souvient aussi de la date d'anniversaire de Via.

— Il s'est battu ce soir.

Elle me regarde et je discerne l'agonie dans ses yeux.

— Au Peet's ?

— Au Snake Pit. (Je ne peux m'empêcher de lever les yeux au ciel). Ouais.

— Il va bien ?

Elle ne me réprimande même pas d'y être allée.

— Je ne sais pas. Ce n'est pas vraiment mon genre de fréquentations.

Je fais confiance à Vaughn pour ne pas laisser Penn sans s'être assuré qu'il va bien. *Physiquement* bien. Vaughn ne fait pas dans les sentiments. Et Blythe ? Même si Penn lui laissait entendre qu'il avait besoin de parler, il ne pourrait pas. Elle chevaucherait son visage avant même que Scully ait le temps de lui dire ce qu'il ressent.

— Qu'est-il arrivé à sa mère ? interroge Mel.

— Une overdose, il paraît.

Je rassemble mes cheveux sur une épaule et commence à les nater.

Ses narines frémissent, pourtant ses lèvres remuent à peine quand elle parle :

— C'est terrible.

Scully n'est-il pas censé être blindé ? Généralement, les gens riches ne meurent pas à cause de la drogue. Ils vont câliner des arbres dans des centres de désintox de luxe à Palm Springs et reviennent avec trente kilos en plus et trente mille dollars en moins. J'ai toujours cru que Penn portait des vêtements déchirés pour la même raison que Vaughn : afin de montrer au monde que l'argent ne l'intéresse pas.

— Bref, j'ai pensé que je devais te le dire, puisque tu étais si proche de Via.

Même après toutes ces années, j'ai encore l'impression de mourir en prononçant son nom.

Melody se lève et balaie ma chambre du regard, à la recherche de quelque chose en particulier. Peut-être qu'elle s'attend à trouver Penn. Recueillir les chiens errants, ce n'est pas vraiment mon truc. C'est Luna, ma voisine, qui sauve généralement les oiseaux blessés, les grenouilles, les chiens, et même une biche, une fois. Si quelqu'un avait introduit Penn en douce par la fenêtre de sa chambre, ça aurait été elle. Et avec la chance que j'ai, il aurait fini par tomber amoureux d'elle, lui aussi.

— Est-ce que tu vas, genre, lui parler ou tenter quelque chose ? je demande.

Mon cœur bat à tout rompre dans ma poitrine. Penn sait ce que j'ai fait. Il pourrait lui raconter et elle pourrait me détester. Elle ne l'admettrait jamais, mais elle me détesterait. Bon sang, peut-être est-ce déjà le cas. Quand était-ce la dernière fois que nous nous sommes parlé ? *Vraiment* parlé, comme maintenant ?

Ma mère s'arrête sur le seuil de ma chambre, les mains sur l'encadrement, la tête baissée.

— Je vais faire ce que *j'aurais dû* faire quand Via était encore là.

Je me réveille tard le lendemain matin avec l'impression qu'une calamité imminente va s'agripper à ma peau avec ses pattes crochues. Je saute du lit et me précipite en bas pour boire un verre d'eau. Quand je passe devant la chambre de mes parents en remontant, je les entends se disputer en chuchotant.

Mes parents sont fous amoureux, au point que c'en est parfois dégoûtant. Il n'y a rien de plus embarrassant que de voir ses parents se rouler des pelles dans les gradins alors qu'ils sont venus vous encourager. Surtout quand tout le monde sait que votre père est un ancien élève d'All Saints High, et votre mère, sa prof de littérature.

Je me rends compte que le sujet dont ils parlent est grave, alors évidemment, je colle mon oreille à leur porte sans me soucier de leur intimité parce que – *hello,* c'est moi.

— Dis-moi pourquoi, grogne Mel.

— Parce que j'ai été un ado un jour, alors je sais d'expérience pourquoi je n'en veux pas un sous mon putain de toit, surtout avec deux *filles* adolescentes dans les parages.

— Il se comportera correctement.

— Comme hier soir, en éclatant le visage de Vaughn au Snake Pit ? Nan, je passe mon tour. Vic m'a briefé.

Vicious est le père de Vaughn et l'enfoiré le plus dangereux du quartier. J'étais amoureuse de lui quand j'avais cinq ans. Baron « Vicious » Spencer est toujours canon, alors #DésoléeMaisPasDésolée.

Je n'ai aucune idée de ce dont ils parlent. Penn ? Vivre ici ? Pourquoi ?

— Jackie Chan junior n'est pas la victime de l'histoire. En plus, tu te battais toi aussi à son âge, souligne ma mère.

— *Exactement,* Mel. Je ne veux pas d'un ado près de mes *filles.* Pas dans la même maison, et franchement, même pas sur le même continent. Ce gamin a sûrement de la famille quelque part. Où est sa sœur ? On lui paiera le billet d'avion. En business.

Je paierai ses frais de scolarité pour un établissement privé si c'est le prix pour que tu te sortes cette idée de la tête.

— On a payé anonymement les dépenses liées à son entraînement de foot pendant des années, Jaime. J'ai même été jusqu'à essayer de parler à son beau-père une fois, mais Penn n'a pas besoin d'argent. Il a besoin d'amour et d'être entouré de personnes qui se soucient de lui. Si des gens pareils existaient, il ne se retrouverait pas dans cette situation. J'ai eu son beau-père au téléphone, il y a à peine quelques minutes.

— Bon sang, murmure mon père.

— Devine quoi ? Ce mec n'est même pas cohérent quand il parle, et les affaires de Penn sont déjà emballées dans des cartons.

Au nom du Saint-Esprit et de la fée du Botox de Kylie Jenner ! Je croyais que Penn était riche ? Pourquoi aurait-il besoin que mes parents paient pour son foot ? Et pourquoi Melody veut-elle qu'il vive avec nous ? Je serre mon verre d'eau plus fort.

— S'il touche Daria…

Il n'a pas besoin de terminer sa phrase. Il y a une batte de base-ball dans le garage baptisée « Kiosque à baisers ». Il prévoit de l'utiliser pour botter le cul des mecs qui essaieraient d'embrasser Bailey et moi.

— Trop de choses sont en jeu. En plus, ce n'est pas parce qu'ils ont le même âge qu'ils vont coucher ensemble. Je n'ai jamais rencontré deux personnes aussi différentes.

Silence. Je sais que Mel a gagné, mais je veux être sûre de ce que ça implique. Je crois que je me suis mise dans une merde profonde sans même m'en rendre compte. Penn Scully ne peut pas emménager ici parce qu'on risque de s'entretuer avant même qu'il ne franchisse la porte d'entrée.

De qui je me moque ? C'est lui qui me tuera.

— Il n'arrivera rien, répète Mel. Mais il faut qu'on contacte un avocat du droit de la famille à la première heure demain matin. Je viens de recevoir son dossier de la part de Jim, son éducateur. Il n'est plus mineur, mais il y a quand même de la paperasse.

La garce n'a pas perdu de temps à tirer les ficelles et à tout organiser. Je parie qu'elle nous a tous acheté des pulls de Noël assortis et qu'elle planifie déjà la photo de famille annuelle avec son fils adoptif sexy serrant dans ses bras ses deux nouvelles sœurs, un chiot labrador sur le canapé.

— J'envoie un message à Vic. Cet enfoiré a probablement une demi-douzaine de contacts favoris, étant donné le nombre d'ennemis qu'il s'est fait rien que dans sa famille éloignée, soupire papa.

Le verre m'échappe des mains, presque au ralenti, et je le vois atterrir pile sur le dessus de mon pied. Je retiens de toutes mes forces le cri qui veut s'échapper de mes lèvres alors que le verre frappe mes os et que mon pied atténue le bruit de la chute. L'eau se renverse sur la moquette tandis que le verre roule sur le côté.

Je me mords si violemment la lèvre que je sens le goût métallique du sang se répandre dans ma bouche. Des larmes me brouillent la vue et m'aident à ravaler mon cri.

— Tu as entendu quelque chose ? demande papa de l'autre côté de la porte.

— Ce n'est rien.

Yep. C'est bien moi, ça.

2

Pendant que tu t'inquiétais pour moi
J'ai baisé ta coéquipière
Elle m'a offert une fellation et une bière
Je te déteste toujours, ne t'en fais pas
Et ne désire rien d'autre que de briser ton joli cou.

Penn

J'écarte d'un coup de pied la pile de mégots de cigarettes avant d'en allumer une autre.

Techniquement, j'étais censé arrêter de fumer en début d'année de Terminale. Le coach Higgins a menacé de me tuer s'il découvrait que je ne tenais pas ma promesse. Mais techniquement, je ne vais plus jouer ni mener l'équipe en tant que capitaine, étant donné que je n'ai pas d'endroit où vivre – pas même une voiture –, alors l'école n'est vraiment pas une priorité pour le moment. Décrocher un emploi à plein temps, en revanche, oui. Il faut d'abord que je trouve sous quel pont je peux squatter jusqu'à ce que j'aie assez d'argent pour louer une chambre dans un motel.

Joyeux putain d'anniversaire à moi.

Le truc, avec le fait de vivre du mauvais côté, c'est que vos amis y vivent aussi, et ils ont tous une bonne excuse pour ne pas vous héberger. Ils sont trop pauvres, ils n'ont pas de place, ou leur beau-père est lui aussi un enfoiré. Ouin-putain-ouin. Rien n'est pire que ma situation actuelle, me dis-je alors que je m'assois sur l'une des marches menant au porche de Rhett avec mon sac de sport, dans lequel j'ai rangé l'ensemble de mes biens.

Je balance mon sac sur le côté. Aussi léger qu'une plume.

J'allume la cigarette que je tiens entre les lèvres, puis je fais défiler la liste des contacts enregistrés dans mon téléphone. Verre à moitié plein : je suis si inquiet concernant le lieu où je vais dormir ce soir que je ne sens même pas mon visage tuméfié, la coupure à ma lèvre, ma côte probablement cassée ni mon estomac qui gargouille.

Ce sont les petites choses, dans la vie, comme on dit…

Squatter encore chez la Ortiz ce soir, c'est mort. Déjà, ses parents rentrent de leurs vacances dans les Caraïbes. Et en plus, coucher pour avoir un toit au-dessus de la tête, c'est des conneries. Enfin, pas le fait de coucher en soi, évidemment. Juste celui d'avoir l'impression d'être une pute.

Je suis sur le point d'appeler Kannon – ses parents ont une cabane dans leur jardin – quand un Range Rover neuf prend le virage et s'arrête devant moi. Je ne lève pas les yeux, c'est certainement le patron de Rhett qui vient collecter l'argent de la drogue. J'entends la portière côté conducteur s'ouvrir, et cinq secondes plus tard, une femme en robe d'été à fleurs et aux cheveux couleur terre se tient devant moi et me fixe derrière ses lunettes de soleil. Le genre qui donne aux meufs un air de mouche.

— Je peux vous aider ?

Je lève le menton et libère un nuage de fumée en plein sur

son visage, juste pour la faire chier. Il est grand temps que je justifie le surnom dont Rhett m'a toujours affublé.

— Ça m'étonnerait. En revanche, *moi,* je peux t'aider. Prends tes affaires. Tu viens avec moi.

Elle retire ses lunettes de soleil et me regarde comme si elle avait attendu ce moment toute sa vie.

J'incline la tête et laisse mes yeux se promener sur elle. C'est quoi son putain de problème ? J'ai probablement posé la question à voix haute car elle me répond :

— On s'est déjà rencontrés. Je m'appelle Melody Followhill. J'étais la professeure de danse de ta sœur. Ma fille m'a dit que ta mère était décédée.

Elle me présente ensuite ses condoléances. Elle comprend que sa démarche peut me paraître étrange, mais elle a toujours adoré ma jumelle comme son propre enfant, bla-bla-bla. En conclusion : elle a perdu Via, et elle ne veut pas qu'un autre Scully lui échappe.

Quelle putain de sainte. Mère Teresa, juste derrière toi.

De nombreuses choses me viennent à l'esprit, la première étant que je n'ai pas besoin de sa pitié. La deuxième, c'est que, techniquement, *si.* La troisième : je déteste sa fille et accepter quoi que ce soit de sa famille reviendrait à vendre mon âme au diable. La quatrième : être à la rue craint encore plus que de cohabiter avec Satan. Ne rien accepter sans me battre, c'est ma façon de fonctionner. C'est dans mon ADN. Je fais autant confiance à un adulte qu'à un parieur ivre et accro à la meth. Quand on me fait une offre ou qu'une opportunité se présente, je cherche toujours le piège. Cette femme ne peut pas débarquer dans ma vie avec sa voiture de luxe et sauver mon cul sans rien attendre en retour.

— Madame Followhill, vos enfants ont-ils déjà disparu au centre commercial ou dans un parc ?

Je l'appelle Mme Followhill parce que, si j'ai bien hérité une chose de ma grand-mère folle et fugueuse, c'est les bonnes manières.

— Bien sûr.

— Combien de temps ça vous a pris de les retrouver ?

Elle attend avant de répondre, car elle sait où je veux en venir.

Je hausse un sourcil interrogateur.

— Vingt-cinq minutes, admet-elle. La pire demi-heure de ma vie.

— Alors autant dire que vous n'aimiez pas ma sœur comme votre propre enfant. Elle a disparu depuis presque quatre ans, et vous avez ramené votre cul il y a seulement deux minutes avec de grands projets, comme un candidat à la présidentielle.

— Quatre ans.

Elle regarde autour d'elle, remarquant les barrières brisées, le béton fissuré et les fenêtres murées.

— Tu ne sais toujours pas où elle se trouve ?

Quand le responsable des études, inquiet de l'absentéisme de Via, a finalement coincé ma mère, Rhett a inventé une histoire selon laquelle elle serait partie vivre avec son père. Plutôt malin, étant donné que personne ne sait où il habite, Via encore moins. Rhett est allé jusqu'à fournir une tonne de justificatifs. Ensuite, il a battu ma mère pour avoir donné naissance à des gamins qu'elle n'avait aucune intention d'élever. « Aussi maternelle qu'une chatte errante », lui a-t-il craché au visage en sortant. En conséquence, la disparition de Via n'a eu aucune conséquence dans le système scolaire, grâce à la fille de Mme Followhill. *Et grâce à moi.*

— Je vous laisse deviner.

Je lui décoche un sourire plein de sarcasme.

Elle redresse les épaules en plissant les yeux.

— Très bien. Lève-toi, Penn.

— Nan, ça va.

— Non, ça ne va pas du tout.

Elle me tend la main.

— Lève-toi.

Je ris, parce que je peux le faire. Parce que j'ai dix-huit ans et que personne, à part une parfaite inconnue, ne veut de moi. Parce que ma mère est morte hier d'une overdose (faut lui reconnaître une chose : parfait timing) et pourtant, je ne ressens absolument rien. Durant les deux dernières années, on a échangé à peine six phrases en tout. Rhett n'a pas versé une larme. Il m'a juste dit de prendre mes affaires et de partir, en ajoutant qu'il ne l'avait pas baisée depuis un an et que je devrais m'estimer heureux qu'il m'ait laissé rester au-delà de sa date de péremption.

— Penn, il faut que tu viennes avec moi.

Melody claque des doigts devant mon visage. J'ai eu un blanc. J'imagine que c'est le genre de chose qui arrive quand vous n'avez pas dormi pendant deux nuits d'affilée.

— Il le faut, hein ?

Je ne sais pas pourquoi je souris. Je suis dans une merde si profonde que même ses mains manucurées ne peuvent m'en sortir.

— Rappelez-moi pourquoi ?

— L'alternative, c'est de squatter sur des canapés et de dormir à l'école. Au fait, c'est la rentrée aujourd'hui. Si tout allait bien, tu y serais. Et tu n'es officiellement plus le problème de l'État. Alors même si tu trouves des hébergements temporaires, tu seras constamment en déplacement, ce qui te compliquera la vie pour t'entraîner et décrocher un emploi. Tu n'auras aucune source de revenus pour financer ta carrière de football – enfin, si tu atterris quelque part où il y *a* une équipe et s'ils te laissent postuler à une position. Sans compter que, d'après ton dossier, tu es le capitaine de l'équipe. Pourquoi perdre ta place ? Tu seras accepté dans une fac de League 1 si tu continues. Va au bout de ton année de Terminale en restant chez nous, et ensuite, nos chemins se sépareront si c'est ce que tu veux. Mais donne-toi au moins la chance de réussir. Ne refuse pas cette opportunité par fierté.

Elle en sait beaucoup sur ma vie, mais ça ne me surprend pas. En grandissant ici, votre dossier circule comme une balle de ping-pong.

— Ta sœur et toi avez tous les deux plus de talent dans votre petit doigt qu'aucun gamin que je connaisse, ajoute-t-elle.

— Et alors quoi ? Je vais venir vivre chez vous et on va jouer à la putain de belle famille pendant un an ?

Je fais craquer mes phalanges.

— On ne va jouer à rien du tout. Nous sommes une famille. Et tu es le bienvenu si tu veux te joindre à nous.

— Calmez votre joie, madame. On se croirait dans un épisode de *This Is Us*[1].

Je devrais m'arrêter. Ça, je le sais. Je suis en train de gâcher une opportunité en or. Mon ego stupide va s'assurer que je me retrouve sans bourse et sans domicile, pour autant, je ne suis pas encore prêt à céder. Je n'ai rien contre Melody Followhill. Avec sa fille, en revanche, c'est une autre histoire.

— On fera tout pour que ça marche.

1. *This Is Us* est une série télévisée américaine centrée sur les valeurs familiales. (NdT)

Elle me tend de nouveau la main, et je ne la saisis pas. Encore une fois.

Elle l'approche alors à quelques millimètres de mon visage.

— Quelles que soient tes réserves, on peut toujours s'arranger. J'aimerais t'aider à retrouver ta sœur.

Ma sœur est morte, suis-je tenté de répondre, mais plutôt mourir que de recevoir une autre dose de pitié. Ce n'est qu'une supposition, mais une supposition fondée. Impossible que Via soit en vie et qu'elle ne m'ait pas écrit de lettre, ou de texto, ou qu'elle n'ait pas décroché un putain de téléphone en quatre ans.

— Bonne chance.

— Je n'ai pas besoin de chance. J'ai de l'argent.

Je l'examine pour voir si elle est sérieuse. Elle ne s'excuse pas du tout d'être riche. Je comprends d'où vient le complexe de supériorité de sa fille. Il sent mauvais sur Mme Followhill, mais il empeste carrément sur sa petite fille.

— Prends ton sac, ordonne-t-elle.

Quand elle comprend que je n'obéirai pas, elle l'attrape elle-même avant de se diriger vers le Range Rover pour le jeter dans le coffre, puis elle ouvre la portière côté passager.

— Très bien, reste ici. Mais je ne te rendrai pas tes affaires. Tu ne possèdes officiellement plus rien.

Je finis par me lever et par monter dans sa voiture, sans accorder un regard à la maison de Rhett. À l'intérieur du véhicule, mes mains survolent le cuir des sièges sans le toucher.

Putain.

— Vous allez me jeter dehors d'ici une heure, dis-je sèchement.

— Laisse-moi une chance, Scully.

J'enfonce mes doigts dans le cuir des sièges, fasciné par la beauté qu'ils donnent à mes ongles inégaux. Quand elle démarre la voiture, j'allume une cigarette et baisse ma vitre.

Dernière chance de changer d'avis, m'dame.

— Ces cigarettes vont te tuer.

Elle chausse ses lunettes de soleil et lève le menton. Elle a de l'audace, celle-là.

— Tant mieux. Je me demande ce qu'elles attendent, merde.

Je ne sais pas ce que j'espère. Qu'elle me fasse la morale, ou me lance un regard assassin. Qu'elle me donne une punition ? Peut-être une engueulade. Ça fait longtemps que je n'ai pas eu affaire à un parent.

Mais ce que j'aperçois dans mon champ de vision périphérique m'amuse : un sourire étire ses lèvres.

— Tu es insolent. Tu vas parfaitement t'entendre avec ma fille Daria.

Elle ne pourrait pas être plus loin de la vérité, et elle ne va pas tarder à s'en rendre compte.

3

Tu as rempli ma vie de misère
Et l'as laissée longtemps frémir
Il est désormais grand temps de goûter
À la recette que tu as concoctée.

Daria

Je glisse mon journal sur le bureau du principal Prichard et recule d'un pas. Il ne lève pas les yeux des documents qu'il est en train de lire, sourcils froncés. Je frotte mes paumes moites sur ma jupe. Il humecte son index et tourne une page de la brochure qu'il consulte. C'est un truc d'adulte destiné à me rappeler qu'il est de vingt ans mon aîné.

Et que ce que nous faisons est mal.

J'ai écrit la toute première entrée dans mon petit livre noir le jour où on a fait ce qu'on a fait à Via. Le jour où j'ai pris conscience que je n'étais pas seulement une petite maligne, mais une mauvaise fille. Depuis, le carnet s'est rempli à craquer.

Je l'ai toujours avec moi, comme un nuage au-dessus de mes cheveux couleur soleil, et la nuit, je le cache sous mon oreiller. Il contient tous les moments non Instagramables de ma vie.

Des choses que seul le principal Prichard et moi savons. La fois où j'ai passé la nuit chez Esme et que j'ai coupé la chevelure de sa princesse Disney pendant qu'elle dormait. Celle où j'ai convaincu ma mère d'adopter le chat errant que Luna voulait, juste pour la rendre jalouse.

La fois où j'ai détruit la vie de Via.

— Déjà rentrée ?

Son ton est blasé, irrespectueux. Il m'ancre sur terre et me rappelle à quel point je suis insignifiante et indigne.

Au lieu de répondre, je me retourne pour verrouiller la porte. Dans mon dos, j'entends la douce frappe de son stylo sur le papier et je parie qu'il pose maintenant ses lunettes de lecture entre les pages – j'ai vu ce film des milliers de fois.

Un frisson me parcourt.

Le principal Prichard a le charme qu'affichent généralement les hommes puissants. Symétrique et clinique. Ses cheveux sont d'un noir profond – avec des reflets presque bleus – et son nez est droit comme un couteau, tandis que son front est constamment barré d'un froncement, comme le professeur Snape. Et bien qu'il ne soit pas particulièrement grand ou musclé, il est assez svelte et bien habillé pour se permettre un look à la James Bond.

Prichard et moi, on date. Notre première rencontre a eu lieu quelques jours après la disparition de Via, quand j'étais encore au collège. Notre conseillère était en voyage de noces alors, lorsque j'ai explosé en larmes, mon professeur m'a conduite directement dans le bureau du principal. Prichard s'est montré attentif et gentil, et jeune. Il m'a donné des mouchoirs, de l'eau, et une dispense pour le cours de cardio en EPS.

Je lui ai avoué avoir commis une terrible erreur, et que je ne savais pas comment en parler à ma mère. Il m'a demandé ce qu'il s'était passé, et je lui tendu mon journal. Je l'ai regardé le lire en me tordant les pouces. Le raconter à haute voix aurait rendu l'événement beaucoup trop réel.

Après avoir lu la première entrée, il a reposé le carnet en me demandant :

« Tes parents te punissent-ils, Daria ?

— Non », ai-je répondu honnêtement.

Quel était le rapport avec Via ? Elle était portée disparue, et tout ça à cause de moi. J'avais envie de le crier sur tous les toits et de l'emmener avec moi dans ma tombe en même temps. J'espérais que Prichard me guiderait dans la bonne direction.

« Tes parents ont-ils établi des règles ? » a-t-il demandé en tapotant des doigts sur le bureau.

Je n'avais pas le droit de vomir dans les chaussures de ma sœur, mais sinon, nous n'avions aucune règle écrite. J'ai cligné des yeux, confuse.

« Non.

— Je crois que, ce dont tu as besoin plus que tout (il a arrêté de pianoter sur son bureau et s'est penché vers l'avant) c'est d'être corrigée. »

Et ainsi commença notre histoire. Les Années de Daria et du principal Prichard. Quand j'ai intégré All Saints High, il m'a suivie. Pour lui, c'était une promotion. Pour moi, un soulagement. Le principal Prichard – baptisé le Prince Prêcheur au lycée, pour sa beauté majestueuse – est la personne vers qui je me tourne pour obtenir l'absolution.

À chaque fois que la culpabilité m'envahit, il me le fait payer et la douleur fait tout disparaître.

— Tourne-toi face à moi, ordonne-t-il d'une voix métallique qui glisse le long de ma colonne vertébrale.

Je m'exécute.

— À genoux. Incline la tête et dis-le.

— Je suis Daria Followhill, et ceci est mon église. Vous êtes mon prêtre et c'est à vous que je confesse tous mes péchés. C'est auprès de vous que je les expie.

Après mon passage dans le bureau du principal, je file aux toilettes pour me rafraîchir en évaluant les chances que j'ai d'avoir l'air normale, comme si rien ne s'était passé.

Si je me suis réfugiée chez lui, c'est avant tout parce que j'ai découvert qu'on m'avait mise dans la classe où ma mère enseignait à All Saints High. Ça me fait flipper de penser que je n'existerais pas si mes parents ne s'étaient pas rencontrés dans cette pièce. Et ça me rend malade que tout le monde autour de moi puisse pratiquement imaginer mes parents tirer un coup sur le bureau de Mlle Linde.

Je n'ai aucun souvenir du moment où j'ai commencé à alimenter les rumeurs au sujet de ma relation avec le principal Prichard, mais je sais pourquoi je l'ai fait.

N'es-tu pas le fruit d'une liaison sordide entre un élève et un professeur ? Ton père a mis ta mère enceinte quand il était en Terminale, et sa mère l'a forcé à l'épouser, non ?

Une fille de Terminale qui ressemblait à Regina George m'est tombée dessus dans un coin des toilettes le premier jour de Seconde. Elle était entourée de trois Minions qui ressemblaient à des mannequins de catalogue La Redoute.

L'une d'elles m'a poussée contre le mur.

— Salope, je m'en fous de qui tu penses être. Ici, tu es juste un accident en jupe, et si jamais tu déambules dans les couloirs en te la racontant, on s'assurera que tout le monde le sache, a-t-elle craché.

J'ai relevé le menton, en essuyant les postillons qui avaient atterri sur mon visage.

— Mes parents se sont mariés avant que je sois conçue. Ma grand-mère était contre l'idée même qu'ils sortent ensemble. D'ailleurs, elle l'est toujours, et on n'est pas proches. Je ne la vois qu'une fois par an alors qu'on habite dans la même ville. Si je te dis ça, ce n'est pas parce que je pense que ça t'intéresse, mais parce que, si tu veux être une salope, autant que tu ne sois pas conne en plus. Quand tu craches ton venin, assure-toi au moins de savoir de quoi tu parles. Et je ne compte certainement pas t'aider. Je suis venue ici pour régner, et devine quoi ? Tu te sens déjà menacée.

Ce discours m'a valu une gifle. J'ai souri en retenant mes larmes. J'avais visé juste. J'étais sur le point de prendre sa place, d'intégrer l'équipe des pom-pom girls, que ça leur plaise ou non. Parce que, même si j'étais une mauvaise danseuse étoile, j'étais au moins une bonne danseuse. Je sortirais avec leurs petits copains, porterais les mêmes robes qu'elles mais mieux, et conduirais une voiture plus luxueuse que les leurs. Personne n'aime être confronté à la version 2.0 de soi. Cette version plus sophistiquée, qui inclut toutes les mises à jour.

— Je te conseille de ne pas prendre tes aises, Followhill. On t'a à l'œil.

La brune a craché une glaire sur mes talons à lacets roses.

J'ai rapidement compris que j'avais besoin d'une armure pour me protéger de la réputation de mes parents.

La seule façon de parer le feu était de créer un incendie plus ravageur. S'ils me pensaient intouchable, ils me craindraient au lieu de me tourmenter. S'ils me pensaient dans les bonnes grâces du principal intransigeant – peu importe le sens qu'ils donnaient à cette histoire —, ils ne me chercheraient pas d'embrouilles. Alors j'ai alimenté les rumeurs, je les ai fait grossir, je leur ai donné des ailes, je les ai laissées voler, comme un papillon qui s'échappe d'un bocal.

Je suis intelligente, sournoise et discrète. Je ne dis pas à tout le monde qu'on sort ensemble. Je me contente d'aller souvent dans le bureau du principal et lui continue de m'y accueillir parce que, peu importe ce qu'on est, il aime ça.

Il aime vraiment beaucoup ça.

Alors que je descends le long couloir, je décide de m'accorder une petite pause et de sécher les deux dernières heures de cours. Elles sont optionnelles, de toute façon. Quinze minutes plus tard, je gare ma BMW décapotable couleur cerise près de la fontaine du patio de chez moi et monte directement prendre une douche. Je ferai semblant d'être choquée quand mes parents m'annonceront que Penn emménage à la maison. Si maman a réussi à le convaincre de vivre sous le même toit que moi. Ensuite, je prendrai l'enfoiré dans un coin et je lui expliquerai les règles. Coupable ou pas, c'est moi la reine du show.

La voiture de ma mère n'est nulle part en vue, ce qui signifie que personne n'est à la maison. Sur la pointe des pieds, je m'assure que je suis seule avant de gagner la salle de bains. Une fois à l'intérieur, je jette au sol ma minijupe blanche ainsi que mon haut court bleu layette quand mon téléphone sonne sur le comptoir en marbre.

Blythe :

On sèche les cours dès le premier jour ? #rebelle

Gus :

Sympa de défendre ce gamin de Scully. Tu veux te taper une racaille ? Pourquoi t'essaierais pas avec un qui ne soit pas PRIS ?

Esme :

Meuf, tes cuisses ont l'air vraiment grosses dans cette jupe. Je sais que tu es à la base dans les figures, mais il y a des limites. Abandonne ton poste ou abandonne les tacos. À toi de choisir :/

L'eau brûlante qui sort des différents pommeaux de douche nettoie de ma peau les dernières vingt-quatre heures. Je renverse ma tête en arrière en fermant les yeux, poussant un profond soupir. Je peux gérer Penn. Je suis la putain de reine d'All Saints High, et il n'est qu'un élève lambda de Las Juntas. De l'eau a coulé sous les ponts depuis ce qui s'est passé entre nous.

De l'eau dans laquelle je ne dois pas me noyer.

Je sors de la douche en posant mes pieds sur le tapis. Hier, j'ai laissé ma serviette rose par terre, près du meuble, et alors que je m'apprête à aller la récupérer, la porte s'ouvre.

— Bailey !

Mais ce n'est pas les grands yeux bleus de ma sœur ni sa petite silhouette qui me font face, c'est Penn. Il se tient debout devant moi, tout près. Son corps comble aisément l'encadrement de la porte et je pense immédiatement à un baiser vénéneux. Sombre, mauvais et irrésistible. Son jean tombe bas sur ses hanches et une chaîne de portefeuille est accrochée à la petite poche de son pantalon. Son haut noir sans manches affiche un trou à l'endroit du cœur parce que, évidemment, c'est un enfoiré nerveux comme Vaughn, et ses bras sont énormes, bronzés, musclés et parcourus de veines saillantes. Les coupures près de ses yeux sont violettes et ses yeux verts parcourent mon corps tel un fouet, potentiellement dangereux, mais pour le moment, tendre. Je ne peux m'empêcher de tressaillir, sachant qu'à tout moment il me frappera d'un coup puissant. Il prend le temps d'admirer la vue.

Mes seins.

Mon ventre.

Mes cuisses.

Et cet endroit secret au milieu qui se contracte dans le vide pour le moment.

Un sourire étire lentement ses lèvres fendillées en forme de cœur. Je cache mon collier – avant tout – car j'en ai plus honte que du reste.

— Oh putain de Marx. Penn. Dégage !

C'est la première fois que je l'appelle par son prénom. Officiellement, je ne suis pas censée le connaître. Son visage est toujours non identifié. Il agrippe la poignée de la porte au point que la jointure de ses doigts devient blanche.

Il ramasse la serviette rose et me la lance. Je la rattrape les mains tremblantes et m'enroule fermement dedans en veillant à dissimuler le verre de mer.

— La vue te plaît ?

Je lance mes cheveux mouillés vers l'arrière pour donner le change, mais ma fierté est profondément blessée. Il vient de me voir complètement nue et ne m'a même pas reconnue. Toute la culpabilité et les bonnes intentions que j'ai pu éprouver laissent place à un étrange besoin de lui montrer qu'il n'est qu'un paysan face à sa reine.

— Elle me dégoûte, corrige-t-il en frottant sa lèvre inférieure avec son pouce. Je n'aime pas cette vue et je prévois de la voir le moins possible. Tu es Daria, j'imagine.

Il ne fait toujours pas mine de vouloir partir. Ce mec est incroyable. Je suis tellement énervée que je pourrais lui balancer mon poing à la figure. Peut-être que je devrais. Il ne me rendra pas mon coup. Et il aurait mal à en mourir puisque ses blessures sont encore vives.

— Fais pas semblant de m'avoir jamais rencontrée.

Je saisis mon peigne et entreprends de brosser mes mèches d'or devant le miroir. Tant qu'à faire. L'enfoiré ne bouge toujours pas.

— On s'est déjà rencontrés, mais il n'y a pas eu d'échange de prénoms à cette occasion. Seulement de fluides corporels, souligne-t-il. Ce qui m'amène à la question suivante : comment connais-tu mon prénom ?

— De quoi tu parles ? Tu n'as pas été assez courageux pour conclure, dis-je dans un grognement, tout me demandant s'il ne savait vraiment pas comment je m'appelle.

On est tous les deux plutôt connus dans nos lycées respectifs.

Je pense à mon collier avec le verre de mer et observe mon visage rougir dans le miroir. Suis-je une idiote pour avoir pris ce qu'il m'a donné et en avoir fait un bijou que je porte comme un talisman ? Je considère désormais ce morceau de verre comme l'un de mes organes. Il me rappelle qu'il existe de bonnes personnes sur terre.

Sauf que je ne suis pas sûre que Penn soit encore si bon.

Je pense que je l'ai détruit.

Je l'observe à travers le miroir embué en m'appuyant contre le meuble-lavabo. Je sais quand un mec me mate, et ce n'est pas ce qu'il fait. Il est plutôt en train d'envisager les dommages qu'il veut me causer. J'ai conscience que la haine qu'il éprouve envers moi est profonde parce que, quand il s'adresse à moi, chaque mot me fait l'effet d'une lame provoquant une vague de frissons le long de ma colonne vertébrale. Sauf qu'au lieu de mourir à mes pieds, cette vague explose entre mes jambes.

— Laisse tomber les conneries, Daria. Reste loin de moi et je ferai pareil.

— Que fais-tu ici de toute façon ? je marmonne. Tu ne devrais pas être en cours ? Et ne me dis pas ce que je dois faire. Tu n'es rien d'autre qu'un invité indésirable.

— J'ai séché, comme toi.

Il promène son regard sur moi comme si je n'étais rien. De l'air.

— Et je suis d'accord sur mon statut d'invité. Je suis au mieux un invité « peu disposé ». Mais on m'a fait une offre, et j'aurais été stupide de la refuser. J'ai remarqué la façon dont tu me mates. Oh ! Skull Eyes…

Il me lance ce surnom au visage comme si ces dernières années n'avaient pas compté. Puis il fait un pas vers moi, son sourire carnassier bien en place.

— Cette fois, putain, je vais te détruire.

Je me tourne complètement face à lui, sidérée. Je me tiens d'une main au rebord du meuble-lavabo, incertaine du moment où les rôles se sont inversés. Il parle comme s'il était le maître du manoir et moi un simple pion à sa merci. Je plisse les yeux, tentant de percer sa carapace mais, hélas, l'acier ne fend pas. Penn Scully croit qu'il me contrôle. Moi. Daria Followhill. La fille la plus populaire d'All Saints High. Il ne faut pas que j'oublie que sa mère vient de mourir. Qu'il fait semblant. Que ce matin encore, il se pensait sans domicile.

— Je ne veux pas que tu sois transféré dans mon lycée, dis-je dans un souffle.

Melody se ferait une joie de remplir un dossier de transfert, et le principal Prichard saliverait rien qu'à l'idée de l'intégrer dans notre équipe de football.

— Ce ne sera pas un problème. Vous jouez tellement comme des culs que votre haleine sent la merde.

— C'est toujours mieux que de sentir la pauvreté. Tu es

pauvre, n'est-ce pas ? Ta sœur racontait des conneries quand elle disait être riche.

Lorsque quelqu'un me donne un coup de bâton, je réplique en lui roulant dessus avec un tank. Je suis si méchante avec lui que j'en ai la nausée. Je déteste cette facette de ma personnalité. Celle qui veut frapper le plus fort à tout prix.

— Que les choses soient claires.

Je pose la brosse à cheveux en battant des cils.

— Tu n'es pas mon demi-frère, ni mon frère adoptif, ni un membre de la famille. Tu es un chien errant, le dernier de la portée qui a peu de chances de se faire adopter, une œuvre de charité.

Penn fait un pas vers moi, et mon cœur se bat pour sortir de ma cage thoracique. Plus il s'approche, plus je prends conscience que mon cœur pourrait bien parvenir à ses fins. Les yeux de Penn me font penser à ceux d'un serpent. Hypnotiques et inhumains à la fois. Ils n'étaient pas comme ça avant.

Son odeur me trouble. J'ai envie de le toucher et de lui caresser le visage. D'embrasser ses blessures. D'implorer son pardon. De le maudire. Le repousser. Pleurer sur son épaule pour ce qu'on a fait. Pour la façon dont tout s'est terminé. Pour ce qu'on est devenus après. Parce que je ne suis faite que de conneries et que lui est vide.

Nous nous sommes détruits le jour de notre premier baiser.

Au moment où Penn pose les yeux sur moi, le temps s'arrête. J'ai l'impression que la terre perd sa gravité et que je flotte dans les profondeurs infinies de l'espace à l'instant où il saisit mon menton entre son pouce et son index pour me faire relever la tête. Impossible de respirer. Je ne suis pas sûre de le vouloir, de toute façon. Ma serviette glisse sur le sol dans un bruit sourd alors que je l'avais coincée au-dessus de ma poitrine – je comprends alors qu'il a tiré dessus. Je suis nue. Mon corps, mon âme, mon cœur. Toutes mes défenses se sont effondrées. Quelque part dans ma tête, une alarme se déclenche et mes inhibitions prennent les armes, prêtes à contre-attaquer. J'essaie de déchiffrer l'expression de son visage. Il est amusé, irrité et… joueur ? Ce mélange d'émotions n'a aucun sens.

— Si tu me crées des problèmes, Followhill, je te détruirai.

— Pas si je te détruis avant.

Je ne parviens pas à cacher l'envie dans ma voix.

Un battement pulse entre nous.

— En fait, tu as raison. J'aime ce que je vois. En tout cas, une partie.

Ses doigts glissent autour de mon cou, me faisant fermer les yeux. Mon cerveau me crie de les rouvrir.

C'est un piège, hurle l'alarme. *Il te déteste.*

— J'aime vraiment ce que je vois.

Son souffle est doux et chaud. Il me caresse le lobe de l'oreille, provoquant une vague de frissons. Mes tétons sont si durs qu'il suffirait d'un léger courant d'air pour me faire mouiller. La situation pourrait tourner de tellement de façons différentes, et je ne contrôle aucune d'elles.

Sa bouche s'écrase contre la mienne, et je hoquette entre ses lèvres ouvertes quand sa langue m'envahit. Il m'avale tout entière et je me sens frustrée par mon attirance malsaine pour lui. Je mords sa lèvre inférieure, la blesse jusqu'à en sentir son sang couler, chaud et cuivré. Je m'accroche à son haut, j'agrippe le trou de mes doigts affamés tandis qu'il attrape ma nuque pour approfondir le baiser, comme un lion saisissant une lionne. Il n'y a rien de timide, d'expérimental ni de prometteur dans cette seconde étreinte. Nous ne sommes plus les mêmes gamins. Nous ne sommes plus les mêmes êtres humains optimistes d'alors. Nos dents s'entrechoquent, pourtant nous ne rions pas et ne nous arrêtons pas. D'un côté, on dirait que nous n'avons jamais quitté ce fameux endroit près de la poubelle. Nous sommes plus affamés, plus sages, et plus en colère.

Personne ne m'a jamais embrassée ainsi.

Ni lui. Ni qui que ce soit d'autre.

Sa bouche s'écarte de la mienne, et il me faut encore quelques secondes pour comprendre ce qu'il vient d'arriver.

— La chose la plus rare au monde ne devrait pas être offerte à une simple salope. J'espère que tu ne m'as gardé aucune de tes premières fois, parce qu'elles ne m'intéressent plus du tout, me murmure-t-il à l'oreille, me faisant ouvrir subitement les yeux.

Il se tourne vers la porte et, sans me laisser le temps de lui dire d'aller se faire foutre ou de se pendre, il jette un regard par-dessus son épaule.

Ces yeux de serpent me parlent.

Ils me disent qu'il ne veut pas être mon ami.

Qu'il est tout à fait prêt à être mon ennemi.

— Ravi de t'avoir revue, sœurette.

Il me claque la porte au nez.

Sans réfléchir, je porte la main à mon collier de verre de mer, pour m'y accrocher.

Il a disparu.

Comme toutes les familles, la mienne a mis en place une routine assommante qui change rarement et dans laquelle je suis rarement incluse.

Melody va chercher Bailey à l'école et l'emmène directement à son cours de danse, tandis que papa rentre à la maison vers 18 heures. Ce qui signifie que je dispose d'au moins quatre heures pour éviter l'enfoiré qui vit sous notre toit, et je suis affamée, assoiffée, et constamment en train d'essayer de jouer avec le collier que j'avais autour du cou avant de m'apercevoir que je ne le porte plus.

Je fais les cent pas dans ma chambre, envoie des messages à Blythe et Esme avant de finalement décider d'écrire une nouvelle entrée dans mon petit carnet noir.

Entrée n° 1298 :

Péché : m'être faufilée dans la chambre de Penn quand j'ai entendu que le bâtard prenait une douche et avoir volé son crayon à papier. (Qui utilise encore des crayons à papier ? Il a cinq ans ou quoi ?) Avoir frotté la gomme contre mon clitoris et m'être masturbée avec. L'avoir ensuite rangé dans sa trousse.

Raison : l'enfoiré m'a surprise nue. Intentionnellement. Et ça ne m'a pas déplu. Pas du tout.

Un peu après avoir échangé des textos avec mes amis, je me pose devant *Teen Mom*[1]. Je me réveille au bruit de quelqu'un qui frappe légèrement à la porte alors que les couleurs de l'écran de télévision dansent sur les murs.

— Ma puce, le dîner sera bientôt prêt, chantonne Mel depuis l'autre bout de la pièce.

Je balance un bras par-dessus mes yeux. Je ne veux pas l'affronter. Surtout pas après qu'il m'a vue nue, embrassée, fait durcir les tétons et qu'il m'a dit qu'il ne voulait rien avoir à faire avec moi.

— J'arrive, dis-je en hurlant.

J'enfile un mini-short avec un débardeur. J'opte pour le regard de la fille « qui n'est pas affectée par tes conneries » avec un

1. Émission de téléréalité américaine sur les mères adolescentes. (NdT)

soupçon de « le fait qu'on se soit embrassés ne veut pas dire que je veuille de toi, loser ».

Mel et Bailey se trouvent dans la cuisine. Bailey coupe des légumes tandis que ma mère fait mariner des morceaux de blanc de poulet en discutant de danse classique. J'ignore le pincement provoqué par le fait que je suis une intruse et saute sur un tabouret de bar autour de l'îlot de cuisine. Tous les meubles sont faits de bois clair avec revêtement en granit. Je pique une tomate cerise dans le saladier et la lance dans ma bouche.

— Eh, Bails, comment c'était, l'école ?

— Génial. J'ai une nouvelle prof de chimie, et elle m'a dit que je pouvais utiliser le labo sous sa surveillance après les cours.

Le visage de ma sœur s'illumine d'un large sourire révélant ses bagues, dont chaque élastique est de couleur différente, comme le drapeau LGBT. Un jour, elle s'épanouira comme une fleur, mais pour le moment, elle se satisfait d'être une giroflée. Ses pétales ont déjà commencé à s'ouvrir, et il faut que je l'accepte.

— Et toi, ta journée ? demande-t-elle.

Je pense à ma dernière visite dans le bureau du principal Prichard.

À ma nouvelle salle de classe humiliante.

Aux messages qui brûlent mon portable.

— Dément.

J'affiche un sourire étincelant inébranlable, cependant, mon regard part déjà à la recherche de Penn.

— Sois un amour et apporte ça à ton père. Il est dans le patio, m'indique Mel sans lever les yeux du poulet.

Je lui prends le plat de poulet mariné des mains et avance pieds nus vers le patio, en faisant abstraction de la chaleur qui me monte au visage. Mon père et Penn sont près du gril, chacun une bouteille de bière à la main, plongés dans une conversation banale. Cette vision me fait amèrement rire. Mel ne m'a même pas prévenue de sa présence.

Papa boit une bière avec lui ? Super. Penn n'a que dix-huit ans, mais ça ne me surprend pas puisque mes parents m'ont déjà laissée siroter du vin lors de dîners de famille. Ils croient fermement qu'en aidant les adolescents à adopter une conduite responsable avec l'alcool, ces derniers n'iront pas s'enivrer derrière le dos de leurs parents à la moindre occasion. Je ne me soûle jamais en soirée. La sobriété équivaut à un certain niveau d'ennui dont j'ai besoin pour sauver les apparences.

Je fais coulisser la baie vitrée et m'arrête pour les observer.

— Je n'ai pas l'habitude d'accorder ma confiance à des garçons aux poings abîmés près de mes filles, mais ma femme adore réparer les choses, et vu que je suis une de ses anciennes B.A., j'ai pensé que ce ne serait que justice de rendre la pareille, dit mon père d'une voix traînante alors que Penn le regarde avec une curiosité prudente.

— J'apprécie votre aide, monsieur, mais je n'ai pas besoin d'être réparé. Je ne suis pas cassé.

— Tu as traversé beaucoup d'épreuves, insiste papa. Tu as le droit de ne pas savoir où tu en es à dix-huit ans.

— Ne vous inquiétez pas pour mes emmerdes, rétorque Penn. J'apprécierais si personne n'apprenait que je vis ici. Ce n'est pas le district de mon école, et je commence en tant que receveur éloigné à Las Juntas. Ma bourse est en jeu.

— Être diplômé d'un lycée aussi prestigieux qu'All Saints ferait un meilleur effet sur tes formulaires d'inscription pour la fac.

— Je ne peux pas être transféré, c'est trop tard. Je suis capitaine de l'équipe adverse. Et impossible que je m'intègre à All Saints High. D'ailleurs, All Saints High a déjà son receveur éloigné, même si c'est un con, tranche Penn sans ciller.

Un gloussement me chatouille le fond de la gorge, mais je le ravale aussitôt. Ils ne savent toujours pas que je suis là. Je crois.

— Le truc, c'est que tu vis sous mon toit, alors ne touche pas à mes filles. Ne me provoque pas, garçon. J'ai des lacets plus vieux que toi. Un conseil ? Ces pinces (papa les fait claquer devant le visage de Penn tandis que ce dernier éteint une cigarette contre sa cuisse), elles servent aussi à autre chose qu'à retourner des steaks, gamin.

— Sans vouloir vous offenser, monsieur, l'une de vos filles est beaucoup trop jeune pour moi, et l'autre est bien trop « Daria » à mon goût.

La voix de Penn me fait l'effet d'un cordon de soie qui s'enroule le long de mon cou. Je n'ai pas l'impression que mon père ait remarqué l'inflexion de sa voix, mais moi, si. Je sais maintenant que si mon père ne se doute pas de ma présence, Penn, lui, l'a remarquée. Il a prononcé ces mots pour moi.

— Qu'est-ce que cela signifie ? grogne papa.

— Je pense que vous le savez très bien.

Sur ces mots, Penn pivote sur ses talons et m'adresse un sourire, les lèvres pincées.

Ces yeux m'ont vue nue. Ces lèvres étaient sur les miennes cet après-midi. Avant de me dire d'aller me faire foutre.

Je me souviens que Via était magnifique, ce qui m'énervait, évidemment. Mais je ne me souviens pas qu'elle était *si* jolie. Aucun garçon ne m'a affectée comme Penn. Même si je prenais tous les rencards que j'ai eus avec des garçons sexy et que je les additionnais, je n'obtiendrais pas l'effet qu'un banal regard de Penn provoque en moi. Le vilain petit canard s'est transformé en cygne noir.

— Poule mouillée, murmure Penn, ses lèvres s'étirant en un sourire beaucoup trop calculateur pour un adolescent.

Il jette sa cigarette éteinte dans une poubelle près de lui en gardant les yeux sur moi. Où a-t-il appris à être si raffiné ?

— Excuse-moi ?

Je hausse un sourcil menaçant.

— Merci pour le poulet, sœurette.

Il avance vers moi, sa bière à la main, et m'arrache le plat de poulet mariné des mains. Il me provoque avec son « sœurette ». Mais je me mords l'intérieur de la joue parce que papa est là, et qu'il est plutôt du genre à agir sans réfléchir.

— Je t'en prie. Je peux faire quelque chose d'autre pour toi ?

Je souris avec douceur.

— Je pense que tu en as *assez* fait, répond Penn.

Je regarde papa, et ses épaules sont secouées par un rire. Il doit être soulagé de ne pas nous voir flirter.

— Je vois que vous vous êtes déjà rencontrés, commente-t-il en lançant un steak dans une assiette.

— Oh ! oui, je rétorque. Penn m'a déjà *assez* vue aujourd'hui.

Au dîner, nous sommes tous assis à table et mangeons comme si le monde n'était pas en train de s'effondrer. Comme si Penn était un membre légitime de la famille. De mon côté, je joue avec la nourriture dans mon assiette. Mes parents nous présentent Penn comme un ami de la famille, et je ne peux m'empêcher de pouffer lorsque Bailey lui sert la main par-dessus les salades et les pichets d'eau en cristal. De l'eau de pluie de Tasmanie, si vous voulez tout savoir. Chère et prétentieuse, tout comme nous.

Penn se montre ouvert et gentil, bien qu'il parle comme un mec sorti de son quartier. Sa diction est paresseuse, assurée et fascinante. Il s'applique à m'ignorer complètement. Ses yeux et ses joues sont toujours recouverts d'une jolie teinte de violet, mais il est évident que d'ici quelques jours, les bleus se seront estompés et son sublime visage de dieu pourra ainsi me hanter quotidiennement. Personne n'évoque l'état malheureux de son corps ni la raison pour laquelle Penn est ici jusqu'à ce que Bailey lève les yeux de son assiette.

— Qu'est-il arrivé à ton visage ?

Elle parle une main devant la bouche pour dissimuler ses bagues.

— Bailey...

Maman la reprend tandis que papa pousse un grognement en secouant la tête. Penn lui adresse un sourire naturel éblouissant. Mes yeux sont rivés sur lui, découvrant ce que je ne voulais pas voir : quand il ne s'adresse pas à moi, il ne se comporte pas comme un enfoiré.

— Je me suis battu avec une porte.

Il enfourne un chou de Bruxelles dans sa bouche et se met à le mâcher.

— Vraiment ?

Bailey écarquille les yeux en remarquant les jointures des doigts de Penn.

— Elle est revenue vers moi et m'a frappé encore plus fort.

— Ce n'est pas joli à voir.

Mel énonce une évidence, en prenant une fourchette d'épinards sautés.

— Vous devriez voir la porte.

Penn se penche vers l'avant pour capter le regard de Bailey, et tout le monde éclate de rire. Je peux pratiquement entendre le bruit de la glace qui se brise autour de la table. Le seul problème, c'est qu'il y a deux icebergs. Ils sont sur l'un, tandis que je me trouve sur l'autre, qui s'éloigne d'eux.

Penn s'éclaircit la voix et se passe une main dans les cheveux.

— Je n'ai pas passé un très bon été, et j'avais besoin d'un

exutoire. La porte s'est avérée… plus dure que ce que je pensais, mais elle m'a conduit ici.

Je lève les yeux au ciel et plante ma fourchette dans un morceau de poulet que je trempe dans la sauce blanche.

— Eh bien, puisqu'on aborde le sujet, commence Mel en plaçant prudemment ses couverts dans son assiette, Daria, Bailey, sachez que Penn a récemment traversé des moments très difficiles. Alors nous avons pensé que ce serait une bonne idée qu'il reste à la maison pendant son année de Terminale avant d'entrer à la fac.

— *Son* année de Terminale ? C'est mon année de Terminale ! Et tu veux dire : *s'il* va à la fac, dis-je en oubliant toute prudence.

Il a été odieux avec moi, alors pourquoi ne lui rendrais-je pas la pareille ? Je comprends que je l'ai blessé. Que nous avons tous les deux fait quelque chose de terrible il y a quatre ans. Mais il ne m'a même pas donné une chance de m'excuser ni de m'expliquer.

Tous les yeux se tournent vers moi, sauf ceux de Penn. Il se sert dans son assiette et mâche un bout de viande juteux.

— D'après ses notes et ses performances sur le terrain de football, je peux t'assurer que Penn est en bonne voie d'être accepté à Notre-Dame avec une bourse.

Sans desserrer les lèvres, Melody m'adresse un sourire qui signifie : « Ce n'est pas de cette façon que se comportent les Followhill. » Elle déteste quand je suis méchante, en mode Hulk.

— Que s'est-il passé ? demande Bailey à Penn.

— Ma mère est décédée, explique-t-il.

Bailey me fusille du regard comme si c'était moi qui l'avais tuée. Du coup, j'ai envie de mourir.

— Dans tous les cas (papa plisse les yeux en me regardant),

si l'une de vous veut exprimer ses inquiétudes ou soulever un problème, notre porte est toujours ouverte.

Bailey tourne la tête vers Penn avant de la baisser au-dessus de son assiette.

— J'ai toujours voulu avoir un grand frère. Est-ce que c'est ce que tu seras ?

Je m'étouffe avec de l'eau, en crachant dans mon assiette. Est-ce qu'elle se fout de moi ? Elle a treize ans. Qui parle de cette façon ? Bailey. Bailey parle comme ça. C'est un rayon de soleil plein de bonté entouré d'un ruban rose. Une élève brillante et la danseuse classique chérie de sa maman. Elle et Luna se portent volontaires pour nettoyer les plages et ranger des vêtements d'occasion pour des œuvres de charité chaque été.

Penn se glisse aisément dans nos vies, et personne ne remarque à quel point cette situation me met mal à l'aise. Ni qu'il n'a *toujours pas* reconnu mon existence depuis que nous nous sommes mis à table.

Il boit une gorgée d'eau.

— Acceptes-tu des candidats ?

Je lève les yeux au ciel si haut que j'ai peur qu'ils sortent de leurs orbites. Je vois son sourire s'élargir derrière son verre.

— Le poste est pour toi, déclare Bailey, une lueur dans le regard. On pourrait aller au bowling !

— On pourrait, mais on n'ira pas, parce que c'est naze, répond Penn d'un air impassible.

— Complètement naze, glousse-t-elle dans un souffle.

— Mais j'ai remarqué que tu aimais lire.

Il désigne d'un mouvement du menton la pile de livres posés sur la table basse du salon. Bailey est un rat de bibliothèque. Elle adore la poésie. Une chose de plus qui fait d'elle une version 2.0 de moi-même.

— Je connais un endroit qui organise des scènes ouvertes à San Diego où les gens peuvent lire leurs poèmes. C'est plutôt cool, et ils servent une tarte aux pommes mortelle. On pourrait y aller. Tes parents peuvent venir, eux aussi.

Tout le monde sourit comme si on tournait une pub pour du dentifrice. Personne ne s'aperçoit qu'il ne m'a pas incluse dans l'invitation. Je pose violemment mon verre d'eau sur la table, mais tout le monde m'ignore. Je suis peut-être comme le garçon qui criait au loup. Si plein d'entrain et vif à chaque fois que le jour où il a vraiment une raison d'être énervé, tout le monde s'en fout.

— C'est génial, s'exclame Bailey en même temps que Mel commence à aborder les détails pratiques.

— Tu n'as pas de voiture, Penn. Puisque tu vas devoir faire l'aller-retour à San Diego tous les jours, tu ne vas pas t'opposer à la chose suivante…

Penn lui lance un regard dont je ne me serais certainement jamais remise. Mi-meurtrier, mi-furieux.

— Tu veux me donner une voiture ? Je ne suis pas un *toyboy.*

— C'est déjà fait, réplique papa avec un haussement d'épaules, avant d'avaler un morceau de viande. Rien d'extravagant, et j'ai oublié de te dire d'éviter de toucher non seulement à mes filles, mais aussi à ma femme – cette remarque de *toyboy* a failli te coûter ton nez.

— *Très bien.* Je corrige : je ne suis pas une œuvre de charité.

Penn plante sa fourchette si fort dans son steak que la vache morte en gémit presque de douleur.

— Tu en es sûr ? je ronronne, faisant tourner l'eau dans mon verre. Ce n'est pas ce que disent ton air et tes vêtements.

— Daria, claque Mel.

Bailey me regarde en secouant la tête.

Je déteste cette situation. Je *le* déteste. Et je déteste que ma fausse personnalité, mon côté salope, brille dans toute sa fragile gloire quand il est là.

Penn fait comme s'il ne m'avait pas entendue et vole un chou de Bruxelles dans l'assiette de Bailey.

— Merci Marx, dit-elle en riant. Je déteste. Tu sais qu'il y a un trou dans ton T-shirt ?

J'ai envie de lui répondre que c'est intentionnel. Symbolique. Parce qu'il en a toujours un, peu importe où et quand je le vois, et peu importe ce qu'il porte. Mais au lieu de ça, je me mets à compter les grains de poivre sur mon morceau de poulet.

Je ne suis pas proche de ma sœur.

— Il y a une histoire derrière ça, lui apprend-il.

— Une bonne histoire ? demande-t-elle.

— Je ne connais pas d'autres genres d'histoires.

— Laisse-moi te montrer ta nouvelle voiture, fiston, interrompt mon père.

Fiston.

Je lève les yeux au ciel pour m'empêcher de pleurer.

Marx, cette année promet d'être longue.

4

Tu es aussi belle qu'une chanson
Aussi laide qu'un cri
Mais sous ta jolie frimousse
Tu es profondément perdue
J'aimerais creuser sous les fissures de ton âme
Déterrer tes secrets
Les déposer à tes pieds
Me rassasier de ton image
Car ta douleur sera délicieuse.

Daria

Le matin, à mon réveil, je trouve sur mon bureau une pomme verte croquée, décolorée au niveau de la morsure. Elle est posée entre les pages de mon manuel d'histoire ouvert à un passage qui a été surligné avec un feutre jaune placé juste à côté.

Les Romains ont apporté des pommes quand ils ont envahi la Bretagne.

J'ai envie de démolir les murs de la maison et de hurler jusqu'à ce que je m'évanouisse.

Je me décide cependant à sauter le petit déjeuner et à partir directement pour les cours.

Arrivée à la cafétéria, je me contente d'essayer de respirer normalement et de survivre.

— Les artistes n'ont pas l'esprit d'équipe. Seuls de vrais individualistes peuvent donner naissance de façon autonome. Tu dois être à la fois l'ovule et le sperme pour créer un chef-d'œuvre.

Blythe est debout sur un banc et déclame un discours d'un ton théâtral. Vaughn, le sujet inconscient de cette tirade, est assis de l'autre côté de la pièce. Seul, il dessine sa prochaine statue sur un bloc-notes.

— Merde, Blythe, avec toi, même le sexe a l'air triste, dit Knight en bâillant.

Vaughn ne mange pas. Genre, jamais. Je veux dire, il mange, c'est évident – sinon il n'existerait pas – mais pas devant les gens. Il fait peu de choses que les gens normaux font pour exister, et je crois que c'est en partie pour cette raison qu'il est considéré comme une légende entre ces murs. Il ne va jamais aux toilettes au lycée. Il ne participe à aucun cours de sport. S'il sort avec une fille, on ne l'apprend qu'une fois qu'il a rompu avec elle, parce que la folle vandalise son casier ou son manoir. C'est une autre particularité : Vaughn peut sortir avec des filles parfaitement saines d'esprit et les faire devenir folles. Mais le fait que Vaughn refuse de choisir une table et de s'associer à un groupe ? C'est à mon avis la cerise sur le gâteau de sa popularité. Il peut s'asseoir n'importe où. C'est comme si le monde était son huître et qu'il ne mangeait pas de crustacés.

— Que connais-tu des artistes ? pouffe Gus en jetant la moitié de son sandwich aux œufs et au thon à Blythe.

Il est assis sur la table, les pieds sur le banc. C'est dégoûtant et inutile, mais je ne suis pas d'humeur à déclencher une dispute.

Blythe attrape le sandwich et descend en sautant avec un sourire aux lèvres, tout en retirant le film plastique qui protège le pain.

— Je sais qu'ils sont doués de leurs mains. Contrairement à toi.

Elle mord dans le sandwich et lève les yeux au ciel.

— Hum, délicieux.

Esme enroule une mèche de ses longs cheveux noirs frisés autour de son doigt en faisant une bulle avec son chewing-gum.

— Sans vouloir être impolie, vous m'ennuyez à mort, les gars. Cole, dis à Vaughn de venir.

Occupé à parcourir la pièce des yeux à la recherche de Luna, Knight est toujours tourné quand il lui répond :

— Merde.

Il tapote les poches de son jean, puis celles de sa veste Gucci dorée.

— Je ne la trouve pas.

— Tu ne trouves pas quoi ? demande Esme en cillant.

— La note qui m'informe que je dois obéir à tes ordres pitoyables.

Tout le monde éclate de rire et même moi, j'esquisse un sourire.

— Allez, Knighty. On veut juste que Vaughn nous raconte son été en Italie.

Blythe ramène ses cheveux vers l'arrière en battant des cils. Je serais prête à jurer qu'elle flirtera avec le prêtre qui officiera à son enterrement. Cette salope est incroyable.

— Sérieusement, meuf. Miles, du club d'échecs, pourrait voyager dans l'espace, faire un arrêt historique sur le soleil, que tu ne lui accorderais même pas une minute de ton temps, remarque Esme en riant.

Elle et Blythe sont les meilleures amies du monde, et Esme sait à quel point Ortiz adore Vaughn Spencer.

— Yo, Daria, beugle Gus, me faisant relever la tête de la salade que je torture avec ma fourchette en plastique depuis dix bonnes minutes. Tu es silencieuse.

Et tu es étonnamment perspicace pour la première fois de ta misérable vie.

— Mlle Linde me prend la tête, dis-je en haussant les épaules.

Et ce n'est même pas un mensonge. La salope me hait. Et je déteste m'asseoir dans sa classe, où mes parents ont commencé à coucher ensemble. Je demanderais bien de changer, mais je devrais passer par la conseillère d'orientation, et elle essaie déjà de me piéger pour enquêter sur les rumeurs concernant le principal Prichard. Je ne veux pas lui causer de problèmes. Et puis, il y a Penn, l'ennemi public numéro un, qui vit sous mon toit. Cette année était censée être mon dernier « hourra » avant la fac, et c'est déjà un désastre.

— Tu veux te rendre utile ? demande Gus en se léchant les lèvres.

Ai-je déjà dit qu'il est dégoûtant ? Oh. Oui, c'est vrai. Il y a à peine une seconde.

— Pour toi ?

Je le toise lentement de haut en bas en me grattant le menton.

— Seulement si ça implique un changement de look complet suivi d'actes d'humilité.

Gus est l'Américain typique, baraqué, blond avec une mâchoire de super-héros et de grands yeux bleus qui lui donnent l'air d'un Alpaga rasé. Si on était dans un film des années 1990, il serait le méchant. En y réfléchissant, c'est ce qu'il est. En plus de gérer les paris du Snake, il applique aussi une politique stricte du genre « couche avec et largue-les » qui le met en très mauvais termes avec certains parents de la ville. Et si je suis un hérisson – je pique quand on me provoque –, lui c'est un kangourou. Un vrai tyran sans direction ni raison. Je me souviens de la fois où mes parents nous ont emmenés en Australie, et on nous a mis en garde sur le fait de conduire la nuit dans des endroits découverts car les kangourous se jettent sur la route pour effrayer les véhicules. Ça, c'est Gus. Agressif et stupide.

Il se montre seulement sympa avec Knight, son brillant quarterback qui sauve la plupart de ses matchs, et Vaughn, la poule aux œufs d'or qui se pointe au Snake Pit chaque week-end, prêt à en découdre avec trois membres de gangs et un Raptor F-22.

Tout le monde ricane à ma répartie. Mon public est principalement composé de joueurs de foot et de pom-pom girls.

Knight repère enfin Luna de l'autre côté de la pièce et s'extrait de notre banc.

— On se voit plus tard, bande d'enfoirés. Ce fut une expérience authentique. Enfin, sans parler des seins d'Esme.

Sur ces mots, il se faufile entre les tables, laissant Esme bouche bée. Elle prend en coupe ses seins nichés dans une robe colorée Dolce & Gabbana, et fait aller son regard de sa poitrine à Knight.

Luna Rexroth refuse de déjeuner avec nous. Un jour, Knight était absent et Gus s'est moqué du fait qu'elle ne parlait pas. Je ne l'ai pas défendue et je m'en veux encore. Elle est *persona non grata* et cela ne vaut pas la peine que je me batte pour elle, mais elle ne méritait quand même pas sa colère.

— Utile dans quel sens, Gus ? demande Esme en mordant dans une carotte.

Elle a renoncé à parler de ses seins – un cadeau de ses parents pour ses dix-huit ans – afin de se concentrer sur moi.

— Il paraît que Penn Scully vient nous rendre visite après les cours pour nous dissuader de faire de la merde en vue du prochain match. L'an dernier, All Saints a abîmé le gazon du terrain de Las Juntas, et ces mauviettes n'ont pas pu s'entraîner pendant des semaines. Je me suis dit que Daria pourrait jouer la juge Judy, puisqu'elle a envie de se le taper.

Mon cœur commence à battre si vite et si fort que je le sens jusqu'au bout de mes orteils. Derrière mes yeux.

Marx. Marx. Marx.

— Scully ? dis-je en pouffant. Hum, non, merci.

— C'est pour ça que tu as crié quand Vaughn lui a botté le cul ? rétorque Gus en inclinant la tête.

— Il était ivre mort. J'avais seulement peur que Vaughn s'attire des ennuis.

Gus promène ses yeux pâles sur mon visage, son sourire en coin implacable. Il se penche en avant et tape mon nez de son index.

— Je ne te crois pas.

— Heureusement que je ne vis pas pour satisfaire tes exigences, alors.

J'ouvre un miroir invisible et lui tends mon majeur. Les rires se multiplient. On pourrait croire que je suis dans mon élément, alors que je suis complètement bouleversée, dans ma jolie robe d'été et mes talons noirs en soie.

— Prouve-le aujourd'hui à 15 heures.

— Je passe mon tour, connard. J'ai entraînement de pom-pom girl. Et une vie.

— Le but des pom-poms girls, c'est justement d'aider l'équipe de football, argumente Esme, juste pour me défier.

Elle m'en veut encore d'être devenue capitaine. Mais le truc, avec Esme, c'est qu'elle nous culpabilise tous au sujet de notre poids en nous faisant croire qu'on ne peut rien avaler d'autre qu'un Coca Light. Personne ne veut qu'elle soit responsable du menu du bal, et encore moins de l'équipe de pom-pom girls.

— Je ne peux pas, désolée, *señor* Crétin.

J'attrape la pomme sur son plateau et mords dedans avant de réaliser ce que je suis en train de faire.

— L'entraînement est à 15 h 30. Tu y arriveras.

Blythe mordille sa lèvre inférieure. Marx, j'espère que les adolescentes finiront par dépasser le besoin de s'allier au club des Garçons.

— Très bien. Peu importe.

Je me lève et saisit mon plateau en plastique rouge. En marchant d'un pas nonchalant vers la sortie de la cafétéria, je tente de ravaler la boule qui s'est logée dans ma gorge. Je ne veux pas affronter Penn. Je sais que c'est idiot, puisque nous vivons ensemble désormais et c'est inévitable, mais je déteste l'expression de son visage quand ses yeux se posent sur moi. Il voit au-delà de ma façade, et cela m'effraie.

Le reste de la journée se passe mal, pourtant je garde la tête haute et mon sourire ultra-glossy. Le fait que Blythe et moi portions la même robe Réformation n'arrange rien. En la voyant, je ne peux penser à rien d'autre qu'au fait que nous partageons aussi les mêmes goûts en matière de garçons.

Sauf que Penn n'a jamais été dans mon lit.

Il m'a embrassée seulement pour me montrer qu'il pouvait le faire. Puis il a arraché le verre de mer de mon cou et m'a dit qu'il ne voulait pas de mes premières fois.

Mon cœur se serre à chaque tic-tac de l'horloge, qui me fait l'effet d'une bombe à retardement. Quand elle marque 15 heures, la sonnerie explose à mes oreilles. Gus attend à l'extérieur de la classe, le coude appuyé contre l'encadrement de la porte et sa casquette vissée à l'envers sur la tête. Il fait éclater son chewing-gum dans l'oreille des élèves qui passent devant lui, et lorsque j'arrive à sa hauteur, il jette un coup d'œil furtif par-dessus mon épaule et renifle, le doigt pressé sur son nez.

— Ce ne serait pas la classe où baisaient tes parents ?

Comment se fait-il que tout le monde soit au courant ?

Parce que leurs parents sont tous d'anciens élèves du lycée. Les gens parlent. Les gens parleront toujours.

— Finissons-en.

— Oui, m'dame.

Il s'écarte de la porte et nous nous dirigeons tous les deux vers l'entrée. J'essaie de me convaincre qu'il est dans mon intérêt, et celui de Penn, de prétendre que nous ne nous connaissons pas. Cette rencontre ne sera pas forcément un désastre. Ce pourrait même être l'occasion de prouver à Gus qu'il n'y a rien entre nous. Plutôt mourir que d'admettre que je suis attirée par un rat de Las Juntas.

Alors que nous nous approchons de la grille, je repère Penn appuyé contre sa Prius bleu argent toute neuve, et à cette vue, je me mords la lèvre pour retenir un ricanement. Papa a acheté la voiture à un écolo buveur de café issu du commerce équitable qui considère le sucre blanc comme de l'héroïne pure. Penn a les bras croisés sur sa poitrine, et il porte une paire de Ray-Ban Jax Teller qui dissimule à peine son froncement de sourcils. Son T-shirt noir est troué à l'endroit du cœur, et son jean noir met en valeur sa silhouette particulière longue et fine, surtout pour un receveur. À côté, Gus a l'air d'un char de guerre (il en a d'ailleurs le QI).

Gus et moi nous arrêtons devant Penn, assez loin pour signaler qu'il ne s'agit pas d'une visite de courtoisie. On dirait un combat d'épées, et Gus n'a pas encore vu celle de Penn, mais elle est déjà couverte de mon sang suite au coup qu'il m'a porté en promettant de conquérir mon territoire et de me détrôner.

— Wesh, enfoiré.

Gus avance son poing fermé vers Penn pour un check.

— Je vois que tu as apporté du muscle, se moque Penn en ignorant le poing tendu de Gus. Elle compte me faire mourir d'ennui en me parlant de fer à lisser ? C'est ça, votre stratégie ?

Gus nous regarde tour à tour avec un sifflement long et bas.

— Oh ! merde. J'étais sûr que vous baisiez quand Daria a pour la première fois témoigné de l'émotion, le jour où tu t'es fait botter le cul par un mec de Seconde. Cette reine de glace ne fondrait même pas en plein désert.

— Nous sommes dans un désert, abruti.

Je lève les yeux au ciel.

— Exactement ! s'exclame Gus en agitant les sourcils. Comment ça va, Penn ? Comment va ta copine ?

Penn a une copine ? Cela n'a aucun sens. Il m'a embrassée hier. Mon cœur se met à battre trop vite.

— Ce ne sont pas tes affaires, lâche-t-il.

— Venons-en directement au fait qui nous intéresse, dis-je. J'ai entraînement.

— Le fait est que cette conversation ne te regarde pas, dit Penn de cette façon paresseuse et indifférente qui me rend dingue. La porte est par là, utilise-la, ajoute-t-il en m'indiquant l'entrée du lycée.

Gus ricane en tapant dans l'épaule de Penn.

OK, cette fois, c'est bon. Qu'il se comporte comme un connard à la maison est en quelque sorte acceptable, mais en public ? C'est une déclaration de guerre.

— Je crois que je vais rester.

C'est à mon tour de croiser les bras.

— Gus a besoin d'un traducteur pour te comprendre. Il ne parle pas couramment le clochard blanc.

— Et toi, si ? rétorque Penn en arquant un sourcil de manière aussi dévastatrice que sophistiquée.

— Chaud ! s'écrie Gus en levant le poing et en riant. Merde, vous vous détestez tous les deux. C'est chaud.

Sans blague.

Sans prendre le temps de réfléchir au sens de mes paroles ou à leur impact, les mots se précipitent hors de ma bouche dans une tentative désespérée de sauver mon honneur :

— Je suis bilingue, en fait. Ta sœur m'a appris.

Pour ma défense, je me détestais avant même que ces mots ne m'échappent. Après, j'ai l'impression que mon cœur est une passoire d'où s'écoule du poison. Je ne suis pas surprise de voir le visage de Penn passer de l'ennui à la fureur. Ses narines frémissent, et quand il retire ses lunettes, ses yeux ne sont plus que deux fentes.

Mes mains volent jusqu'à ma bouche tandis que Penn se métamorphose, me faisant penser aux tempêtes qui font voler les toits et déracinent les arbres.

— Ouh là…

Gus fait claquer son chewing-gum avant de soulever sa casquette pour passer une main dans sa chevelure blonde. Ses cheveux sont si brillants et lisses qu'ils ressemblent aux dunes de sable balayées par le vent.

— Penn Scully se fait des ennemis en haut lieu, mais je dois reconnaître que je ne suis pas surpris le moins du monde. Tu disais, Scully ? Je n'ai pas toute la journée. Certains d'entre nous ont besoin de s'entraîner. Je n'ai pas envie de perdre le premier match de la saison, conclut-il avec un clin d'œil.

— Laisse tomber, Bauer.

Penn secoue la tête en s'écartant de sa voiture. Il s'en va. Il s'en va en colère. À cause de moi. Tandis que je l'observe se glisser dans le véhicule, j'ai l'impression de voir la scène au ralenti.

J'ai envie de pleurer et de hurler, mais j'ai atteint mon quota de crises en public pour le semestre la dernière fois au Snake Pit. Gus frappe deux fois sur le toit de sa voiture et se sépare de mon nouveau colocataire avec une ultime vanne :

— Mortelle, ta caisse, mec. Tu l'as volée à une divorcée philanthrope ?

— Je l'ai volée à ta mère, Gus. Même si elle préfère un autre genre de virée, pas vrai ?

Gus vire au rouge écarlate. Je ne comprends pas pourquoi, et ça m'est égal. Ce sont tous les deux des enfoirés.

Je me retourne et cours vers l'école. Je ne supporte plus d'être ici. Je ne peux plus rester en place. Je ne peux plus *respirer*.

Gus hurle dans mon dos que je deviens folle et que je ferais mieux d'arrêter de traîner avec Luna. Alors que ce n'est même pas le cas. Luna et Knight et Vaughn et Bailey et Leve forment un groupe très soudé qui s'en fiche complètement de ce que pensent les autres, et ils se soutiennent mutuellement – et de l'autre côté, il y a moi. Moi, je ne m'en fiche pas du tout. La situation est ironique, étant donné que je suis la personne la plus crainte et détestée du lycée.

Je traverse le terrain de football en courant jusqu'aux vestiaires des filles. Étant donné que l'entraînement a déjà commencé, il n'y a personne. J'ouvre la porte en grand et m'enferme à l'intérieur d'une cabine, où je m'effondre contre un mur recouvert de graffitis humiliants, dont certains écrits de ma main, et racle mon visage avec mes doigts. *Merde. Pourquoi fallait-il que je parle de Via ? Pourquoi suis-je si méchante ?* Le Hulk en moi cognait de ses poings tout à l'heure, m'intimant de cacher ma faiblesse.

Alors pourquoi je me sens si faible ?

Je m'essuie le visage, vide une bouteille d'eau et déverrouille la porte. Une fois à l'intérieur, je me débarrasse de ma robe et ouvre mon casier pour en sortir mon uniforme avant d'en claquer la porte, quand un visage familier apparaît dans mon champ de vision.

— Le combat ou la fuite ?

Je sursaute, me cognant le dos contre les casiers.

Penn.

— Putain, Scully !

Il est entré dans les vestiaires des filles d'un lycée qu'il ne fréquente même pas. Le mot « problème » semble écrit partout sur lui, et si mon père apprend que nous nous sommes retrouvés seuls ici, il va le pendre par les couilles au mât du drapeau d'All Saints en laissant ses jambes brisées battre dans le vent.

Sans compter qu'il me voit presque nue. *Encore une fois.*

— Réponds-moi.

— Le combat. Je me bats toujours. Alors, ta copine est au courant que tu as couché avec Blythe Ortiz et que tu m'as embrassée ?

Je lui adresse un sourire adorable, en essayant d'avoir l'air indifférente, mais je regrette immédiatement ma question. Je ne suis pas sensée savoir ce qui s'est passé avec Blythe, et je ne suis pas censée accorder de l'importance à notre baiser.

Penn siffle en hochant la tête.

— Tu comptes les points, Daria ? Je t'ai embrassée seulement pour te prouver que je pouvais t'avoir dès que j'en avais envie. Mais peu importe ce qu'elle sait ou ne sait pas, puisque je ne te veux *pas*. À mon tour de te poser une question.

Il fait un pas vers moi, m'acculant contre les casiers en acier. L'endroit est spacieux, si ce n'est ridiculement luxueux. Les casiers sont aux couleurs de nos uniformes – noir et bleu – et nos riches parents ont lâché des milliers de dollars pour les lavabos en chrome, les douches en verre et les bancs au rembourrage bleu marine.

Le regard de Penn est si pénétrant qu'une vague de frissons déferle sur ma peau. Comme s'il pouvait voir à travers. Je suis laide sous le bronzage, le maquillage et le mascara. Rien qu'une masse de chair, d'organes internes, de vaisseaux sanguins et de haine. Marx, pourquoi suis-si pleine de haine ?

— Est-ce que tu fais tout pour être une salope, ou ça te vient naturellement ?

Un peu des deux, explique le Hulk en moi. *Je suis naturellement jalouse et mesquine, mais être une salope est une réaction viscérale provoquée quand je me sens menacée.*

Évidemment, plutôt mourir que de lui donner la vraie réponse. Je fais courir mon regard sur son visage en rémission. Parfaitement dérangé et magnifiquement abîmé, comme Johnny Depp dans *Gilbert Grape*. Je ferais voler mes cheveux vers l'arrière si j'en avais la place, mais avec son corps collé au mien – bien plus près que lorsque nous étions dans la salle de bains hier – si je bouge, je le touche. Je veux le toucher. Et c'est précisément pour cette raison que je ne le ferai pas.

— Avec toi ? dis-je en continuant de le parcourir des yeux. Je suis naturelle, bébé.

Quand je m'aperçois qu'il affiche toujours un ennui stoïque, je précise sur le ton de la moquerie :

— C'est toi qui as commencé, OK ? Gus pensait qu'on traînait ensemble, alors il a voulu que je joue les médiatrices. Mais tu n'as pas pu t'empêcher de me provoquer. Étais-je censée rester plantée là sans rien dire ?

— Ce n'est pas ce que sont censées faire les pom-pom girls d'All Saints ? pouffe-t-il.

— Tu es un enfoiré.

— Et toi, une menteuse. Tu m'as pris en embuscade.

— Pourquoi aurais-je fait ça ?

Je tape du pied, et mon genou effleure sa jambe. Son jean est déchiré au niveau des genoux, m'offrant un aperçu de ses poils clairs parsemant sa peau bronzée. Je suis sûre que son corps entier est glorieux, et je suis énervée de ne pas avoir une image mentale complète de lui nu. Contrairement à celle qu'*il* a de moi.

— Parce que tu es la marionnette du club des populaires ? Parce que tu te prends pour une reine qui est réduite à mettre son nez dans la merde ? Parce que je déteste ton…

J'écrase mes lèvres contre les siennes dans un baiser furieux qui le fait taire. Je sais que je suis une putain de poule mouillée et je refuse d'entendre la vérité. Ce qui me surprend, c'est qu'il cède. Ses mains prennent mon visage en coupe et ses lèvres se fondent aux miennes. Je n'embrasse jamais de garçons que je connais à peine. Je n'embrasse même pas de garçons que je connais. Embrasser quelqu'un, ce n'est pas rien pour moi. Cependant, je ne peux pas dire que Penn soit un inconnu. C'est comme si je l'avais porté en moi tout le temps de son absence, dans ce verre de mer suspendu à mon cou, et maintenant qu'il me l'a repris, la seule façon de satisfaire cette faim qui m'anime est de capter son attention.

Ses regards. Sa fureur. Ses lèvres.

— Mon père va te tuer.

Je souris contre ses lèvres tandis que sa langue cherche de nouveau à se frayer un chemin entre les miennes.

— Tu ne peux pas sortir du lait devant un chat affamé et t'attendre à ce qu'il passe son chemin.

Sa respiration est haletante, et ses mains fortes et calleuses sont dures et chaudes, et familières. Ses doigts tracent les contours de mon visage, de mon cou, passent dans mes cheveux, les tirant vers l'arrière pour lui donner accès à mon cou. Il suce alors un point précis pour imprimer sa marque derrière ma mâchoire jusqu'à m'arracher un cri. Une vague de plaisir déferle dans ma poitrine. Dans ma bouche, Penn a le goût du paradis. Doux et dangereux, comme un homme. Je distingue la saveur de l'herbe fraîchement coupée et du soleil californien mélangée à un peu de sueur, de dentifrice et de chaleur. Nos langues dansent ensemble. Je ne sais plus si je suis triste ou heureuse, mais peu importe quelle émotion m'habite, je la sens. Je la vis. Je suis vivante.

Il presse son érection contre mon ventre et je me mets à me frotter contre lui au moment où la réalité effleure mon esprit. J'entends le grincement d'une porte qui s'ouvre. Au début, je me dis qu'une de mes coéquipières va nous surprendre lorsque Penn se détache de moi, cachant mon corps à moitié nu. Je me retrouve à le chercher avec mon bassin et mes lèvres, lorsque je prends conscience qu'il ne veut pas flirter avec moi. Il me *protège*.

Je cille, essayant désespérément de recouvrer mes esprits.

— … beaucoup d'explications à donner.

Une voix métallique s'insinue dans la pièce comme un gaz chimique de guerre, me faisant ouvrir les yeux une fois pour toutes.

Oh ! Marx.

Je tourne la tête, et j'aperçois le principal Prichard debout dans l'encadrement de la porte, le remplissant de sa carrure intimidante. Il est seul, mais j'aurais préféré que toute l'école me surprenne avec le capitaine des Bulldogs de Las Juntas plutôt que lui. Penn fait un pas devant moi et se tourne complètement vers le proviseur pour me garder dissimulée. Au lieu de s'excuser ou de s'expliquer, il cherche un chewing-gum dans sa poche arrière et en retire l'emballage avant de le jeter dans sa bouche. Le papier tombe par terre.

Je crois qu'il vient de débloquer un niveau de *badass* que je n'ai jamais vu personne atteindre, si ce n'est Vaughn ou Knight.

— Principal Prichard.

J'ai l'impression que ma bouche est pleine de coton. La façon dont il fixe mon visage derrière Penn, avec de la colère pure, me fait monter le rouge aux joues. Je ne devrais pas avoir l'impression de le tromper – Prichard et moi, ce n'est pas comme ça – mais il y a quelque chose qui cloche dans cette situation. Quelque chose de déloyal.

— Penn Scully, dit-il avec un claquement de la langue. Lorsque je vous ai invité à rejoindre notre équipe, je parlais de l'équipe de football, pas celle des pom-pom girls, et je ne vous invitais certainement pas à visiter nos locaux sans prévenir.

— Vous auriez dû clarifier.

Penn fait claquer son chewing-gum avant de passer une main dans ses cheveux.

— Éloignez-vous de Mlle Followhill.

— Pas avant que vous ne vous soyez retourné, rétorque Penn.

À ma grande surprise, le principal tourne la tête vers les casiers de l'autre côté. M. Prichard ne sait pas vraiment être gentil, alors il faut que je rattrape la situation. Et vite.

— Cette fois, c'est ma faute.

Je saute devant Penn sans lui laisser le temps d'aggraver les choses.

— Je l'ai traîné jusqu'ici. C'était mon idée.

Ils me regardent tous les deux, bouche bée. Cela ne me dérange pas de prendre pour lui, étant donné que ma réputation est déjà ternie auprès du principal avec la façon dont je le laisse m'utiliser. Par ailleurs, je me sens sincèrement mal au sujet de ce qui est arrivé à Via.

Je veux me racheter pour ce que j'ai fait à la sœur de Penn. Je ne suis pas un monstre.

— Il est ici parce qu'il l'a voulu. Il a le contrôle de ses deux jambes, rétorque M. Prichard.

— Trois, si vous comptez la plus importante, monsieur.

Penn se frotte la joue tandis que l'indifférence totale suinte de son ton.

Il tient tête à Prichard. Ce punk est incroyable.

— En fait, il est là parce que j'ai perdu un pari et je devais embrasser un voyou. On en a terminé, de toute façon.

Je pouffe en enfilant ma jupe de pom-pom girl et le haut assorti. Je n'ose pas lever les yeux pour voir leur réaction. C'est un mensonge, mais un mensonge qui apaisera Prichard et lui fera comprendre que Penn n'est pas mon petit ami. Ainsi, Penn n'aura pas d'ennuis.

Prichard regarde Penn en plissant les yeux.

— Je n'apprécie pas que vous me répondiez, jeune homme.

Penn lève les yeux au ciel comme si le cinéma du principal l'exaspérait.

— Penn, dis-je à la fois en criant et en chuchotant.

Je tire son T-shirt près du trou, mais il m'écarte sans détacher son regard du principal. Il n'a peur de rien. C'est à cet instant précis que je prends conscience que je ne suis pas seulement attirée par lui. Je l'envie, aussi.

— Si je vous vois sur la propriété de l'établissement encore une fois, j'en informerai les autorités.

Le proviseur tourne les talons dans un mouvement raide. Je lui cours après par réflexe, mais Penn me rattrape par le poignet, pressant son pouce contre une de mes veines.

Ses yeux de serpent me posent une question à laquelle je n'ai jamais donné de réponse franche à qui que ce soit.

C'est quoi ce bordel ?

— J'ai obtenu ce que je voulais de toi.

Je me libère de sa prise en bâillant.

— Si tu es là pour nettoyer les vestiaires, les serpillières sont dans la salle de maintenance, de l'autre côté du terrain.

Prichard et moi parcourons le long chemin jusqu'à son bureau dans un profond silence. Quand nous atteignons la porte, il me dit d'oublier l'entraînement d'aujourd'hui.

— Esme peut te remplacer. Elle est plutôt intelligente quand il s'agit pour elle d'obtenir ce qu'elle veut. En plus, nous avons des choses à régler.

Il verrouille la porte et mon cœur accélère.

Jamais un *clic* ne m'a semblé si définitif.

5

Tu me donnes envie
De grandir
Malgré tes coups bas
Je veux te glisser dans ma poche et te garder pour moi.

Penn

— Yo, Penn, il paraît que tes couilles sont aussi douces que celles de Tom Brady. Tu peux peut-être t'en servir pour réduire le stress.

Un crétin d'All Saints High me provoque, écrasant une bouteille vide de Gatorade dans son poing avant de la lancer vers l'équipe. Nous sommes dans le tunnel qui mène à leur terrain de football, puisque All Saints High dispose d'un putain de tunnel comme si c'était la NFL. Tous les équipements sont à la pointe et coûtent une blinde aux parents. Cependant, les vestiaires mis à notre disposition, nous, l'équipe invitée, sont fermés suite à une inondation (comprenez : Gus a joué son rôle d'enfoiré). Alors nous sommes dans un tunnel. Tous ensemble.

Un des joueurs d'All Saints chancelle comme une fillette – ils murmurent qu'il fait trop chaud, mais je parie que leur putain de corset de nana est certainement trop serré – et nos deux entraîneurs se précipitent pour appeler une ambulance et lui trouver un remplaçant.

C'est le premier match de la saison, et c'est déjà la merde avant même qu'on ait atteint le terrain.

Nous n'avons pas perdu contre All Saints High depuis cinq ans. Prenez conscience de ce putain de fait pendant une seconde.

Cinq. Putain. D'années.

Coach Higgins a parlé au journal télévisé local la veille. Il a dit que si nous nous étions concentrés, l'affaire était dans le sac. Mais devant nous, il était tout sauf optimiste. Il nous accorde aussi peu de mérite qu'à une bande de brebis galeuses en tenue de foot. Et c'est vraiment des conneries, étant donné que nous sommes les premiers de l'État. (ASH – All saints High – est en deuxième position. C'est bon, vous pouvez lever les yeux au ciel.)

Le coach a aussi dit que je ferais mieux de garder la tête froide et les jambes chaudes, et pas l'inverse. Il sait que ASH s'est perfectionné dans l'art de raconter de la merde, mais à part Knight, leur quarterback de Seconde, leur défense est quasi inexistante, et leur jeu toujours prévisible. Ce n'était pas mon idée de rencontrer Gus afin de calmer la situation, je l'ai fait parce que Higgins m'a suggéré de mettre fin à la rivalité qui a cours entre nous en dehors du terrain. Sauf que je ne m'attendais pas à ce que Gus ramène Skull Eyes.

Je ne lui ai pas parlé depuis le baiser qu'on a échangé hier dans les vestiaires.

Nous nous sommes croisés dans l'entrée, avons pris soin d'éviter tout contact visuel au cours du dîner, puis nous sommes royalement ignorés en faisant nos devoirs à la table de la cuisine, où Bailey a battu des records dans la catégorie « parler dans le vent », pendant deux heures consécutives.

Mais Daria m'a défendu devant Prichard – chose que personne n'a jamais faite pour moi – et à ce stade, je sais très bien qu'elle raconte de la merde pour camoufler ses bonnes actions, alors je ne me soucie pas de l'excuse qu'elle a trouvée pour justifier celle-ci. Elle est quand même un peu pathétique : elle pense que j'ai une copine et pourtant, elle se laisse embrasser. Mais encore une fois : les filles riches et gâtées se permettent tout. Alors pourquoi n'en profiterais-je pas ?

J'observe Daria sur le terrain faire son petit numéro au sein de son équipe de pom-pom girls. Son minuscule uniforme noir et bleu couvre à peine ses seins et son entrejambe, et je sais que je ne suis pas le seul à le remarquer. C'est comme regarder une photo rognée : tout se floute autour, et elle est la seule à se démarquer.

Les couleurs de Las Juntas sont le blanc et le rouge, alors il est facile de s'apercevoir qu'il n'y a pratiquement aucun de nos parents ou amis dans les gradins. Du côté de Todos Santos en revanche, tous les magasins sont fermés et affichent le même panneau dans leur vitrine :

FERMÉ : PARTI AU MATCH.

(VOUS DEVRIEZ Y ALLER AUSSI. ALLEZ, LES SAINTS !)

La plupart des gens de notre côté de San Diego enchaînent avec leur service de nuit le vendredi soir. Travailler dur est un concept auquel beaucoup de monde à Todos Santos paraît allergique.

Je lève les yeux vers les gradins et repère Jaime, Mel et Bailey. Assis à côté de leurs amis et voisins, ils portent des casquettes All Saints High bleues et des T-shirts rouges. Leurs T-shirts sont à l'envers afin que personne ne sache ce qui est inscrit dessus. Mais moi, je le sais. Je le sais parce que ce sont mes maillots. Avec mon numéro, le 22.

« Parce que Sylvia et Penn, ils viennent toujours par deux. »

La version All Saints est beaucoup moins attrayante. Ils m'appellent le Doublet – *double dose de merde.*

La veille, Mel m'a pris à part et m'a annoncé qu'elle avait engagé des détectives pour enquêter sur les déplacements de Via. Elle m'a demandé si on avait de la famille qu'elle pourrait contacter. Je lui ai dit avoir un père et une grand-mère qui ont voyagé de ville en ville durant la dernière décennie en essayant de fonder une secte chrétienne barrée, une tante dans l'Iowa que j'ai déjà interrogée et un demi-oncle dans l'Ohio que ni Via ni moi n'avons jamais rencontré.

Les Followhill ne sont pas de mauvaises personnes. La seule chose que je leur reproche, c'est de me lécher les bottes au point de presque faire sauter ma couverture jusqu'au ciel. Ils ont quasiment tout fait – si ce n'est se le faire tatouer carrément sur le front – pour que les gens se doutent que je vis avec eux. Je veux dire, des T-shirts rouges ? Sérieusement ?

Heureusement, ils viennent d'offrir à mon équipe les uniformes et le matériel pour la saison, alors on peut faire passer ça en prétendant qu'ils essaient tout simplement d'être aussi prétentieux et charitables que d'habitude.

— Qu'est-ce qui te fait sourire, Scully ? Un souvenir avec ton sex-toy préféré ?

Gus s'étire derrière moi, et Camilo se balance d'un pied sur l'autre, m'effleurant l'épaule. Il veut répondre. Et je parie qu'ils le veulent aussi.

La raison de mon sourire, c'est que Daria vient de réaliser une figure révélant des abdos et un cul si parfaits que ma queue a failli faire craquer mon pantalon de foot pour aller lui dire bonjour.

— On ne pourra pas payer les frais judiciaires si tu leur casses le nez, dis-je suffisamment fort pour que Gus m'entende tout en poussant Camilo vers l'avant du tunnel. Laisse-les parler. On les défoncera sur le terrain de la même façon que les potes de Gus défoncent sa mère quand ils sont assez ivres pour ne pas se soucier d'où ils trempent leur queue.

— Espèce de fils de…

Mais Gus ne finit pas sa phrase. Son équipe le retient quand il essaie de se précipiter sur moi et j'étire les bras en riant.

Mes joueurs sautent et frémissent à côté de moi, prêt à éclater. Les matchs contre All Saints High, ce n'est pas seulement une histoire de points, de stats et de rangs. Mais une histoire de fierté, de justice socioéconomique et de revanche. Historiquement, les deux lycées sont connus pour se faire des farces *hardcore* l'un à l'autre avant et après la partie, comme lorsqu'on a brûlé leur mascotte ou qu'ils ont rempli notre fontaine de liquide vaisselle parce que nous ne sommes que de pauvres déchets sales. On se déteste clairement.

Josh, Malcolm, Kannon, Nelson et le reste de mon équipe ont une bonne alchimie sur le terrain. Je ne vais pas sortir les conneries habituelles du genre « nous sommes une famille », mais nous sommes proches. Tout le monde a une histoire de ce côté de la piste, et on s'est tous entraidés à un moment ou à un autre. D'où nous venons, il n'existe que deux façons infaillibles de devenir riche : être un rappeur ou un athlète. Aucun d'entre nous ne sait chanter, alors autant emprunter l'autre voie tous ensemble.

C'est la raison pour laquelle je me suis senti coupable ces derniers temps. Aucun de mes coéquipiers ne sait que j'ai déménagé. Pas même Kannon et Camilo.

— Un conseil, me crie Knight depuis le fond du tunnel.

Je tourne la tête vers lui. Je ne sais pas ce qui, en lui, m'empêche de le haïr. Lui et Vaughn savent évidemment que j'ai emménagé chez les Followhill, et pour une raison qui m'échappe, je leur fais confiance pour ce qui concerne cette information.

L'ironie, avec les enfoirés, c'est qu'ils n'en ont généralement rien à foutre. Comme Knight et Vaughn. Ce ne sont pas des mecs bien, loin de là, mais à moins que vous ne les provoquiez activement, ils ne s'en prendront pas à vous.

J'adresse un hochement de tête à Knight. Nous portons tous les deux des peintures de guerre, mais je vous jure, on dirait que c'est un artiste qui a appliqué les siennes. Il sourit.

— Après le match. Grosse fête chez Blythe ?

Il fait un geste, comme s'il donnait la fessée à une fille invisible.

Je ne fous pas la merde là où je mange, et je ne me mêle pas aux gens d'All Saints. Blythe n'était qu'un coup d'un soir. Une faiblesse que je me suis permise le jour où j'ai fait pisser le sang à Vaughn et où aucun muscle de mon visage ne pouvait plus bouger. En plus, comme Gus me l'a fait remarquer, j'ai un trophée – une copine, si vous voulez – et je ne devrais probablement pas jouer avec d'autres filles en public.

— Je passe mon tour.

— Elle t'a réclamé.

— Elle veut peut-être qu'il paie pour le traitement des chlamydies qu'il lui a filées, lance Colin, le secondeur d'All Saints High, et tout le monde, sauf Knight, éclate de rire.

— C'est marrant venant de quelqu'un dont le visage ressemble à de l'herpès génital, je rétorque.

— Viens me chercher, mec, crie Colin en se frappant le torse du poing.

— C'est tentant, mais je ne frappe pas les nanas, je réponds à voix basse.

En faisant notre entrée sur le terrain, nous déchirons « accidentellement » la banderole « Allez, les Saints ! » réalisée par les pom-pom girls. Daria rugit au moment où je passe à travers le tissu qu'elle tient, ruinant ainsi tous ses efforts. Les lumières aveuglantes et le gazon frais évoquent une belle opportunité toute verte. La seule qui m'ait jamais été offerte. Rhett avait l'habitude de dire que ce n'est pas un hasard si l'herbe et l'argent sont de la même couleur – les athlètes de haut niveau nagent dedans.

C'est la seule chose à peu près intelligente que je lui aie entendu dire.

Le match commence, et All Saints prend le ballon. Au début, je suis concentré et détendu. Mais au bout de dix minutes de jeu, je sais que quelque chose ne va pas. Ce quelque chose, c'est ma défense. Ma défense inutile, merdique et inexistante. On dirait que Josh, Kannon, Nelson et le reste de l'équipe n'ont pas pris la peine de se pointer. Physiquement, ils sont bien là, mais ils traînent les pieds, ratent la balle, ont la tête ailleurs, toujours tournée vers les gradins comme s'ils attendaient qu'un événement terrible se produise. Je n'obtiens pas un seul moment de jeu alors que Gus s'en donne à cœur joie, tel un membre de fraternité dans une maison close. Coach Higgins est sur le point de faire une crise cardiaque sur la touche tout en essayant de calmer ses hurlements afin que les gens ne le soupçonnent pas de meurtre à la mi-temps. Il effectue des changements au niveau des attaquants et des défenseurs, fait quelques ajustements, mais ses ordres tombent dans les oreilles de sourds. Même le buteur a l'air furieux, et pendant tout ce temps, Daria est sur la touche à encourager ASH.

À la mi-temps, j'arrache mon casque et me dirige péniblement vers les vestiaires. Mes coéquipiers savent pertinemment qu'ils n'ont pas intérêt à m'approcher. Une fois à l'intérieur, je balance mon casque sur un banc avec un grognement.

— Putain, mais qu'est-ce qui se passe ? je hurle, tirant sur mes cordes vocales avant que le coach n'entre comme une flèche.

— Je ne sais pas, mais il y a quelque chose.

Camilo soulève son casque pour se pincer une narine et expulser de la morve par terre de l'autre. Tout le monde devient étrangement silencieux. À l'arrivée du coach, les regards sont baissés. Ils savent qu'ils n'assurent pas. Putain, même les extraterrestres peuvent voir à quel point on craint depuis leur planète.

— Je ne vous ai jamais vus jouer aussi mal, grogne-t-il, d'une voix basse et tendue.

Je pense qu'il essaie toujours de s'éviter une crise cardiaque.

— Ces gens, là, dehors ?

Il pointe la porte du doigt.

— Vous n'avez pas leur respect. Vous devez lutter. Leur faire vivre un enfer. Mais vous êtes complètement désynchronisés. Vous vous allongez et les laissez vous baiser. Il faut vous réveiller. Vous m'entendez ?

— Oui, coach, disons-nous à l'unisson, les yeux toujours vers le sol.

— Il faut rivaliser, les frapper, les *détruire.* Ensuite, tout se mettra en place. Que quelqu'un règle cette situation pour moi. Jouez rapide, jouez dur, et plus important encore, jouez les uns pour les autres. Les attaquants ne jouent même pas, à cause de vous ! Ces gamins, là ?

Higgins se met à rire, et frappe un casier avec la paume de sa main.

— Ils n'ont pas besoin de ça. Ce n'est qu'un jeu, pour eux. Un truc qu'ils vont montrer à leurs enfants dans quelques années, dans un album photo chic. Ils ont des fonds pour financer leurs études ; la fac est une certitude, dans leur cas. Vous ? Vous dépendez de ça. Vos inscriptions à la fac en dépendent. Vos bourses. Bon sang, votre *fierté*.

J'aperçois la chair de poule se propager sur les bras de mes coéquipiers et j'espère alors que le coach a réussi à les réveiller.

Lorsque nous quittons les vestiaires, en tapant du poing sur les casiers et en aboyant : « Oui, coach, oui, coach, oui, coach », je pense qu'on va réussir.

Mais j'ai tort.

À la fin du match, le tableau des résultats affiche 38-14. Nous avons perdu, et les 14 points récoltés ont été obtenus grâce à des *touchdowns* que j'ai marqués. Dire que je suis dévasté serait l'euphémisme du siècle. Nous commençons la saison avec une énorme défaite face à une bande de riches enfoirés contre qui on n'avait pas perdu depuis cinq ans. Sous mes yeux.

Alors c'est à ça que ressemble la mort.

Nos entraîneurs se rencontrent sur le terrain pour discuter. Et avant que les bus n'arrivent pour nous ramener au lycée, je prends le coach Higgins à part afin de lui demander si je peux faire le trajet avec Knight Cole.

— Je veux juste essayer de savoir ce qui s'est passé, je prétends.

— Bien sûr, bien sûr, répond Higgins.

Pour une fois, il me donne sa permission, parce qu'il sait que Camilo et moi étions les seuls joueurs fonctionnels en rouge sur le terrain.

Les Followhill descendent des gradins, alors j'attrape mon sac de sport et les rejoins sur la touche. La seule raison pour laquelle je traîne avec eux en public, c'est parce que je sais qu'aucun des riches fils de pute n'imaginerait les Followhill assez stupides pour prendre une racaille sous leur toit. Quand ils me voient, la plupart des gens pensent seulement à la façon dont je pourrais ternir leurs filles.

Et ils ont raison.

— Pas facile, ce match.

Baron Spencer parcourt mon visage de ses yeux glacials. Il est grand et beau, dans le genre Dracula. Plus frais qu'un mur fraîchement peint. Je sais qu'il a joué pour ASH à un moment, mais je sais aussi qu'il n'était pas bon, donc je ne prends même pas la peine de lui sourire.

— Sans blague, je murmure, captant ainsi son attention.

— C'est vrai, mais putain, tu as bien joué.

Un autre homme avec des cheveux plus clairs et des yeux verts – le père de Knight, Dean, j'imagine – hoche la tête. C'était un joueur de football, lui aussi. Ils l'ont tous été. Cette bande de bâtards prétentieux avec leurs épouses photoshopée aux vêtements impeccables et aux comptes en banque blindés.

— Pardon, mais vous regardiez un autre match ou quoi ? Ils nous ont botté le cul si fort que je ne vais plus pouvoir m'asseoir jusqu'à la fin du semestre.

Je m'essuie le front tandis que mon regard est attiré vers les vestiaires.

Baron hausse un sourcil et Dean tente de se retenir de rire en pinçant les lèvres.

— Ça n'a pas d'importance, la façon dont ton équipe a joué. *Tu* as bien joué, et ce n'est pas rien.

Jaime m'ébouriffe les cheveux et m'attire à lui dans une accolade. Je ne sais pas d'où sort ce geste d'affection, mais j'ai peut-être l'air aussi mal que ce que je ressens.

Knight avance vers nous d'un pas nonchalant. Il a visiblement pris une douche avant d'enfiler une de ses tenues excessives. Il porte une sorte de veste de pilote kaki et des lunettes de soleil énormes. La définition même d'une *fashion victim*. Un designer est certainement en train de sniffer, quelque part à New York, seize lignes de coke que son papa a payées. À côté de lui se trouve une fille avec des boucles brunes et de larges yeux gris. On voit tout de suite qu'elle n'a rien de la princesse typique d'All Saints. Elle est vêtue d'un jean deux fois trop grand pour elle et d'un large sweat à capuche Lazy. L'exact opposé de son petit copain tape-à-l'œil. Elle ressemble à un cookie trop dur, tandis qu'il a plutôt l'air d'un gâteau d'anniversaire écrasé.

— Voici Luna.

Knight la désigne du menton avant de lui prendre la main et de la serrer fort, pissant partout sur son territoire. Daria grogne à côté de moi, mais je l'ignore, m'avançant pour offrir une poignée de main. Luna me gratifie d'un sourire éblouissant. Sa poigne est ferme alors que sa peau est douce et chaude. Je comprends pourquoi elle plaît à Knight. Et pourquoi Daria ne l'aime pas.

— Penn, dis-je.

Elle ne répond pas et se contente d'un haussement d'épaule non engageant. Je perçois beaucoup d'échanges de regards autour de nous avant que Knight finisse par s'éclaircir la gorge.

— Luna n'aime pas trop parler.

— Tant mieux. La plupart des gens n'ont que des trucs stupides à dire de toute façon.

Luna me salue. Et Baron lance un sourire narquois à Jaime.

— Une perle.

Baron pointe un doigt dans ma direction et Jaime hoche la tête.

— Il me rappelle vos culs misérables quand on était gamins et qu'on proposait notre aide en tondant la pelouse.

Ils me regardent tous, espérant déceler de la joie ou de la gratitude sur mon visage, mais les voir parler de moi si ouvertement m'ennuie plus qu'autre chose. Je crache par terre avant de vérifier l'heure sur mon téléphone.

— Alors, tu es sûr pour la fête de Blythe ? me demande Knight en me donnant un coup d'épaule.

Après m'être fait botter le cul sur le terrain ? Ouais. Je ne vais certainement pas me rendre à une fête ASH et risquer de devenir une piñata humaine.

— Certain.

— OK. Bien joué.

Knight me serre la main et m'attire à lui pour une accolade fraternelle.

Sur le chemin du retour, nous faisons un arrêt rapide à la maison afin que Daria puisse aussi prendre une douche, puis nous nous dirigeons vers la jetée. Je passe tout le trajet à analyser la partie dans ma tête. Bailey parle sans arrêt. Cette gamine est mignonne, mais bon sang, elle peut vous épuiser. C'est elle qui a décidé que nous *devions* fêter mon anniversaire – même avec une semaine de retard – en allant prendre une glace chez le meilleur marchant de la promenade de Todos Santos. Je n'aime pas trop les glaces, et encore moins célébrer mon anniversaire depuis la disparition de Via. Je n'irais pas jusqu'à dire qu'avant son départ c'était tolérable, mais au moins, nous maintenions la tradition de nous écrire des cartes de merde l'un à l'autre et de voler des bonbons au vendeur dans la rue.

— Tu veux parler du match ?

Mel se faufile à travers le flot de paroles de Bailey, pendant que cette dernière nous explique comment New Amsterdam est devenu New York. Daria gigote sur son siège à côté de Bailey, assise entre nous dans la Tesla de Jaime. Les riches adorent les Tesla. Elles sont froides, impersonnelles et ont l'air de venir du futur. Parfaites pour leur faire oublier qu'ils chient et se grattent le nez comme tout le monde.

J'émets un grognement – ce n'est pas grand-chose mais c'est toujours mieux que rien.

— Nous sommes là pour toi, lance Mel.

— Merci pour le discours d'encouragement. Où vous l'avez trouvé ? Dans *Les Alcooliques anonymes pour les nuls* ?

— Je suis désolée, Penn. Je parle et je parle sans cesse. Est-ce que tu veux en savoir plus sur l'histoire, d'ailleurs ? demande Bailey qui se prend la lèvre inférieure dans ses bagues.

Mon Dieu, non.

— Bien sûr. L'histoire, c'est cool.

Je lui donne un petit coup d'épaule, et elle se lance dans une nouvelle explication interminable sur la façon dont les Britanniques ont pris New Amsterdam. Ils ont été brutaux, explique-t-elle, et Daria de commenter que la cruauté est sous-estimée. Parfois, tu dois « faire ce qu'il faut » pour te faire entendre. Ce à quoi Jaime répond que la diplomatie est la meilleure arme, et que tuer les gens avec de la gentillesse permet de ne laisser aucune preuve et n'a aucune conséquence légale.

— Cela n'a aucune importance, la façon dont vous conquérez un endroit, tant que vous êtes vainqueur, je murmure en sortant de mon sac de sport une pomme que je lance à Daria.

Elle sait très bien ce que je veux dire par là, et répond avec un grognement.

Une fois au Gelato Heaven, Mel nous apprend que le type de glace que l'on commande est très révélateur de notre personnalité.

— C'est un fait avéré. Je l'ai lu dans *Cosmo*.

Daria lève les yeux au ciel. Je pense qu'à ce stade, c'est un réflexe. Comme respirer.

— Ringarde, Melody ?

— Parce que lire des magazines est ringard, maintenant ?

Mel fait mine d'être scandalisée et regarde ses filles l'une après l'autre, les yeux écarquillés. Elle fait beaucoup trop d'efforts, pourtant Daria ne s'en aperçoit pas. C'est comme être à un rencard avec son amoureux de toujours et se donner beaucoup trop de peine pour l'impressionner. Ça, c'est Daria et Mel. Elles passent leur temps à danser bizarrement l'une autour de l'autre.

— Autant lire des hiéroglyphes sur des murs égyptiens, rétorque Daria.

Mel s'avance pour demander à la nana derrière la vitre du comptoir une boule de glace vanille classique dans un pot.

Jaime enfonce ses poings dans les poches de son jean en sifflant.

— *Cosmo* a tort. Il n'y a rien de classique en toi, bébé.

Daria fait semblant de s'étouffer, et cette fois, je suis de son côté. Les gens derrière nous ricanent, et je sais que Daria aimerait voir le sol s'ouvrir sous ses pieds pour la faire disparaître complètement. Ma mère et Rhett, ils m'ont embarrassé à mort un nombre incalculable de fois, et de différentes façons, mais s'il y a bien une chose que je peux leur accorder, c'est qu'on n'aurait jamais pu les accuser de démonstrations publiques d'affection.

Jaime demande à la jeune femme derrière le comptoir de lui choisir deux parfums qui, selon elle, s'accorderont parfaitement.

— Aventureux et confiant, commente Bailey.

Cette famille est tellement occidentale et si riche que je parie qu'ils chient du pot-pourri.

Bailey commande une boule chocolat et une boule fraise sur un cornet.

— Un génie classique, s'exclame Mel.

Achevez-moi.

Daria lève les yeux vers moi puis parcourt du regard la rangée de glaces avant de me fixer à nouveau. Nous sommes tous les deux hyper attentifs au choix de l'autre. Je la déteste, c'est vrai, mais ça ne m'empêchera pas de la baiser. Ce ne serait que pure justice poétique. Elle a pris ma sœur, alors je prendrai sa fierté.

— Lune bleue, thé vert, et cheesecake, s'il te plaît. Avec des éclats de sucre et un filet de caramel dans un cornet. Et pourrais-je avoir une cerise sur le tout ?

— Bien sûr.

La fille empile tout ce bordel sur un cornet puis se tourne vers moi. Comme tous les Followhill.

— Quel est le parfum le plus dégoûtant ?

Je me penche en avant et pose les coudes sur la vitrine.

Le visage de la fille prend une jolie teinte rouge tandis qu'elle désigne du regard un bac de glace jaune-vert sur la droite.

— Ce sera le parfum « tarte au citron vert ». C'est si amer qu'il rend malade, mais c'est la glace préférée de la fille du patron, alors nous le gardons.

— Je prendrai une boule de celui-ci sur un cornet.

— Tu en es sûr ? s'étonne la vendeuse.

Quand je lui fais un clin d'œil, elle se liquéfie et se transforme en flaque d'eau. Une proie facile. Mon goûter préféré.

Je lui demande son numéro. Direct.

— Je… Ce n'est pas ta petite amie ? bafouille-t-elle en désignant Daria du regard, comme pour demander la permission.

Je réponds avec un claquement de langue.

— On est dans le même foyer et c'est une vraie salope.

— Penn ! s'écrie Melody. Oh mon Marx !

— Désolé, m'dame. Désolé, monsieur, dis-je à Jaime.

Je couvre les oreilles de Bailey en murmurant :

— Tu n'as rien entendu.

La vendeuse énumère les chiffres de son numéro rapidement,

et je fais semblant de les enregistrer dans mon portable alors que je joue à Fortnite. Aucune chance que je l'appelle, mais faire chier Daria me fait du bien. Je lui jetterais bien Adriana à la figure, mais cette dernière est trop gentille pour ce genre de gamineries. Et puis, je garde la meilleure révélation pour la fin.

Nous nous installons tous à une table sur la terrasse qui surplombe la plage. Le soleil se couche, le ciel est orange et rose, et les gens défilent sur la promenade main dans la main, offrant un parfait paysage de carte postale du sud de la Californie. Le bruit des rires, des vagues s'écrasant sur le sable et les cris des enfants emplissent l'air. Une grande roue a récemment été installée, ainsi qu'un mini-golf, un carrousel et un grand huit, pour attirer plus de monde. Ces aménagements ont fait augmenter la fréquentation de Todos Santos et l'ont rendu encore plus touristique. San Diego me manque. De même que voir des putains de vraies personnes et des putains d'endroits et de vues qui n'ont pas l'air d'avoir été retouchés à mort par une nana qui se prend pour un photographe professionnel sous prétexte qu'elle a un compte Instagram.

En arrière-fond, j'entends Melody se plaindre de mon lapsus mais je passe sa voix en arrière-plan et me contente de lécher ma glace.

— C'est horrible, dis-je platement.

Daria saisit l'hameçon, comme je m'en doutais.

— Sans blague.

— Calmez-vous.

Mel plante sa cuillère dans sa glace puis en fait le contour méthodiquement. Bailey, elle, est du genre à lécher directement la glace sur son cornet, tandis que Daria ne touchera probablement pas à la sienne. Je parie que les vrais sentiments ou le sucre raffiné, ce n'est pas son truc.

Pour qui te prends-tu, putain ? C'est toi, le maigrichon.

— Tu veux la mienne ? propose Bailey.

Deux sœurs. Les mêmes gènes. Le même sang. Deux cœurs différents.

— En fait, celle de Daria a l'air bonne.

Je souris à mon adversaire.

Daria me fixe, son énorme glace toujours à la main, intacte. Elle la pousse dans ma direction.

— Enfoiré, murmure-t-elle dans un souffle.

— Marx, vous allez le regretter quand je vous punirai tous les deux pour l'éternité, soupire Mel alors que Jaime pouffe de rire.

J'ai remarqué qu'ils remplaçaient le mot « Dieu » par « Marx ». C'est… Je ne sais pas ce que c'est, putain. Tordu. Bizarre. En faire beaucoup trop.

Je prends sa glace et la lèche un grand coup avant de lui passer la mienne.

— Je t'en prie, lui dis-je, la forçant à croiser mon regard. Ça compterait beaucoup pour moi si tu la *léchais.*

Je ne parle pas de la glace, et nous le savons tous les deux.

— Je suis au régime, lâche-t-elle.

— Considère ça comme mon cadeau d'anniversaire en retard.

Je penche la tête, feignant la sincérité. Un silence pesant s'installe et tous les regards sont tournés vers nous. Daria s'assoit, pleinement consciente du fait que ses parents nous observent. Elle lèche ma glace. Grimace. Sans jamais me quitter des yeux. Je me demande si elle établit le même lien que moi.

Nous. Léchant la glace l'un de l'autre.

Elle goûte mon amertume.

Tandis que je dévore sa douceur.

— Alors, que penses-tu qu'il se soit passé sur le terrain ? m'interroge Jaime.

— Ils ont triché.

— Tu crois ?

— Je le *sais*.

— Tu as déjà entendu parler du fait de rester digne dans la défaite ? me lance Daria en pliant les jambes sur sa chaise.

Elle s'habitue au goût de ma glace. Elle ne grimace même plus. Je me ressers de la sienne et l'avale sans même prendre le temps de la savourer. Sa gorge s'anime à l'idée de ce que j'aimerais lui faire.

Une partie de moi veut la traquer. L'observer s'effondrer sous moi avant de la réduire en lambeaux. L'autre partie veut l'affronter face à face et la faire souffrir jusqu'à l'épuisement et au sang.

— Sage conseil, Daria. Et pourquoi tu ne t'en inspirerais pas quand quelqu'un dont tu es jalouse obtient quelque chose qu'il ne mérite pas ?

— Les enfants, nous avertit Mel pour la troisième fois.

J'apprécie le fait que Jaime et Mel ne nous tiennent pas en laisse en exigeant que nous nous comportions correctement. Je les soupçonne de m'avoir emmené ici pour cadrer Daria. C'est une petite princesse gâtée qui obtient toujours ce qu'elle veut. Et moi ? Son exact opposé.

— Je vais me renseigner, dit Jaime.

Il essuie les coins de sa bouche avec une serviette en papier avant de lancer le reste de sa glace à la poubelle. Ce n'est pas qu'il n'ait jamais été sympa avec moi jusqu'à présent, mais il est aussi assez intelligent pour me rappeler quotidiennement que si je touche Daria, il me tuera (littéralement. Et oui, je veux *littéralement* dire « littéralement »). Si seulement il savait que sa fille se tapait son proviseur. Me la taper serait un progrès. Un service public, vraiment. Jaime devrait me remercier.

— Je vais m'en charger, merci, je lui réponds.

— Tu en es sûr ?

— Affirmatif.

— Est-ce que l'idée qu'on a tout simplement mieux joué ne vous a pas effleurés ? Juste parce que Penn dit quelque chose, cela ne signifie pas que c'est vrai.

— Ça ne signifie pas non plus que c'est faux, souligne Jaime.

— Tu devrais te montrer plus loyal envers All Saints, papa. Tu es un ancien élève. Et toi (elle se tourne vers Mel pour la première fois de la soirée), tu étais une professeure. *Avant* de te faire virer pour avoir couché avec ton élève.

Daria termine sa glace et tente de lancer le cône à la poubelle comme son père, mais il termine au sol.

— Daria, tu actives de nouveau le mode « Hulk ».

Jaime lui lance un regard appuyé, révélant qu'elle sait de quoi il parle.

— Pourquoi ? Parce que j'ai parlé de toi et Melody ? C'est acceptable de dire des choses dégoûtantes en public, mais je ne peux pas évoquer le fait que vous avez détruit ma vie en me scolarisant dans le lycée même – la *classe* même, au fait – où vous êtes sortis ensemble ?

Elle hausse le menton et se lève de sa chaise.

— N'excuse pas son comportement, Jaime. Tu as inventé le concept du Hulk parce que tu voulais dissocier Daria de sa mauvaise attitude. La vérité, c'est que Daria doit apprendre à gérer sa colère quand elle est énervée, explique Mel.

La conversation est en train de dégénérer, et vite.

Je prends le temps d'analyser chaque membre de la famille, évaluant la situation. Bailey a les yeux fixés sur son iPad, l'air insouciant. Cette gamine est habituée à cette dynamique tordue. Daria fixe sa mère.

— Mère.

Elle affiche maintenant un air vénéneux.

— Il y a un problème ? ajoute-t-elle.

Melody se renfonce dans sa chaise en croisant les bras sur son gilet modeste.

— Pourquoi ne peux-tu pas ressembler un peu à ta sœur ?

La réaction physique de Daria montre qu'elle a été atteinte. Elle s'éloigne de sa chaise, qui tombe en arrière, attirant tous les regards vers nous. Melody bondit sur ses pieds.

— Je n'ai pas…

— Non.

Daria lève un doigt. Ses yeux brillent tandis que son visage reste impassible. Elle secoue la tête.

— Ne dis pas que tu ne le pensais pas, Melody, parce que chaque fibre de ton être te contredirait. Et peut-être bien que je devrais ressembler davantage à Bailey. Mais toi ? Tu devrais te comporter plus comme une *mère*.

Elle se retourne et s'éloigne comme une tornade, montant les trois marches conduisant à la promenade avant de courir vers la rue. Elle se lance sur le trottoir, traversant la route bondée de voitures, et quand un véhicule freine de justesse et klaxonne, elle frappe son capot du poing et hurle :

— Va te faire enculer ! On est à Todos Santos. Ton père t'en rachètera une nouvelle.

Mon esprit m'enjoint de rester assis pour observer le déroulement du drame sans intervenir. Mais mes jambes sont des traîtres, tout comme ma vieille conscience, parce qu'elles me portent jusqu'aux marches. Mel m'avertit que Daria n'aime pas être interrompue quand elle est en mode « Hulk ». Je crois qu'elle a surtout besoin d'amour ferme et d'être punie jusqu'à la prochaine décennie. Elle a aussi besoin qu'on lui pose de sérieuses questions. Des questions comme :

Te tapes-tu le proviseur ?

Ton « frère adoptif » te pelote-t-il dans les vestiaires ?

Tes amis sont-ils des enfoirés à la tête d'un réseau de paris illégal dans un club de combat ?

Qu'est-ce que ce putain de mode « Hulk » ?

Au risque de passer pour un Dr Phil amateur, je garde ces réflexions pour moi. Jaime et Mel restent un milliard de fois mieux que mes parents. Mel a juste peur de sa fille, et Jaime... eh bien, Jaime est un mec.

La lumière passe au rouge, et je dois attendre avant de pouvoir traverser la route. Contrairement à Daria, je n'ai pas une bonne assurance alors je ne peux pas me permettre de me balader en frappant des véhicules en marche. Je la repère dans la queue de la grande roue, elle achète un billet avant de se glisser dans un siège. Mes yeux se reportent sur le feu de circulation. Quand il passe au vert, je traverse la route en courant. Étant donné que j'ai laissé mon portefeuille – que Jaime a rempli avec deux centaines de dollars – à la maison, je saute par-dessus la barrière et me faufile dans sa cabine une seconde avant qu'elle n'abaisse la barre en métal. Le type en charge du manège a déjà activé la poignée, et la roue se remet en marche. Il me jette un regard mauvais en secouant la tête. Je n'ai pas l'intention de lui rire au nez, mais il devrait remercier sa bonne étoile que Kannon et Camilo ne soient pas avec moi. On aurait trouvé un moyen de voler la grande roue tout entière et de la revendre en pièces détachées.

— Qu'est-ce que tu fais là ?

Daria détourne le regard vers l'océan. Elle tient la barre en métal d'une poigne ferme tandis que la roue bouge doucement, berçant notre cabine d'avant en arrière.

— La situation se corsait, alors j'ai décidé de me tirer.

Je sors mon paquet de cigarettes, et Daria me le prend des mains, le faisant tomber dans l'abysse de touristes sous nos pieds.

Pourquoi *suis-je* ici ? Parce que j'admets que, même si c'est une idiote, elle a un problème. Daria n'est pas vue. Sa mère lui parle à peine, et quand elle le fait, c'est pour lui dire d'arrêter d'être horrible. Elle est laissée pour compte, et à part un « comment se sont passés les cours ? » banal, je n'ai jamais entendu sa mère l'interroger sur ses amies, ses copains, ou les pom-pom girls. C'est un cercle vicieux parce que, pour attirer l'attention, Skull Eyes fait le show.

Tu n'es seul que si tu n'es pas là pour toi-même.

Une perle de sagesse du grand sage en personne : Dr Phil.

— Arrête tes conneries, Scully. Qu'est-ce que tu veux ?

— Une revanche, un burger bien gras, et ta chatte sur mon visage. Dans cet ordre précisément.

Elle fronce le nez.

— Tu es dégoûtant. Je n'arrive pas à croire que mes parents t'ont défendu. On a gagné parce qu'on déchire, même si vous n'avez pas si mal joué.

— Ne t'inquiète pas, on se reverra aux play-offs, et d'ici là, Gus aura terminé sa transition d'un vagin sec à la chatte de base qu'il est.

Elle explose de rire en secouant la tête. Alors que nous nous élevons plus haut dans les airs, les gens, les magasins et les palmiers rapetissent. Les lumières dansent à l'horizon, et l'océan est trop bleu et infini pour être ignoré.

— Lâche cette barre, lui dis-je de but en blanc.

— Pourquoi ?

Ses doigts sont toujours fermement recroquevillés autour.

— Parce que j'aimerais voir si tu me fais confiance pour ne pas la relever.

Elle me dévisage du même regard sauvage qui m'a poussé à lui offrir le verre de mer des années auparavant. Comme si j'étais la créature la plus fascinante au monde. Je voudrais empocher ce regard et le garder pour la prochaine fois où le monde me décevra. Cela devrait arriver d'ici une bonne vingtaine de minutes.

— Mais je ne te fais *pas* confiance.

— Rectifions cette erreur.

— Non merci.

— Le ton de ma voix a-t-il laissé entendre une question ? Ce n'était pas une proposition.

Elle se tourne vers moi.

— Dis-moi quelque chose de vrai à ton sujet.

— Comme quoi ?

Il m'est difficile de ne pas fixer ses lèvres. Elles sont magnifiques. Elles l'ont toujours été. Elle a le genre de corps qui a poussé Edgar Allan Poe et Pablo Neruda à écrire des poèmes sur des nanas. Cela m'attriste de ne pouvoir comprendre qu'à moitié comment des filles aussi riches et sublimes que Daria finissent comme ça. Trop prétentieuses pour éprouver des sentiments, trop salopes pour être supportables. Elles sont tellement de choses et si peu à la fois. Elles ont tout, mais elles n'obtiennent rien par elles-mêmes. C'est comme gagner à la loterie et s'attendre à faire de bons investissements tout seul sans avoir de formation en finances.

— Pourquoi fais-tu des trous dans tes T-shirts ?

— N'essaie pas de remporter le gros lot avant d'avoir gagné un ours en peluche à la foire. Demande-moi autre chose.

Elle lève les yeux au ciel en soupirant, comme si je l'exaspérais.

— D'où vient ton prénom ?

— Lâche la barre et je te répondrai.

— Comment puis-je savoir que tu ne la soulèveras pas ?

— Tu ne peux pas.

En remarquant son visage si fermé, je commence à comprendre pourquoi les gens aiment tant les grandes roues. On a l'impression d'être seul au monde, isolé. Elle relâche sa prise sur la barre, presque au ralenti, et coince sa main entre ses cuisses nues.

Ne regarde pas ses cuisses, bâtard. Je peux presque entendre Jaime.

Pourquoi ? Ces cuisses seraient d'excellents cache-oreilles, je réponds mentalement.

— Ferme les yeux.

Elle s'exécute. Exactement comme quand on avait quatorze ans. Ça me plaît qu'elle se montre obéissante chaque fois que nous nous retrouvons seuls, mais je note quand même dans un coin de ma tête de ne pas abuser de ce pouvoir. Daria ne rend de comptes à personne et fait tout ce qu'elle veut – sauf avec moi.

— Avant que les drogues ne lui fassent perdre la tête, ma mère était l'une de ces nanas fans de poésie avec des lunettes d'intello et une carte de bibliothèque. Elle a rencontré mon père à l'église quand elle avait dix-sept ans, dans une sorte de programme pour scouts chrétiens, et il l'a mise enceinte. Après quoi, une suite d'événements merdiques se sont produits : elle a été impliquée dans un accident de voiture qui a failli la tuer et qui a cassé la majorité de ses os. Mon père a décidé de partir avec sa propre mère fonder une secte chrétienne, alors ma mère s'est shootée aux antidouleurs. Je lui lisais des poèmes quand elle était hospitalisée – elle a passé plusieurs séjours à l'hôpital pour ses milliards d'opérations. Bref, ses poètes préférés sont – *étaient* (je me reprends en me rappelant qu'elle n'est plus en vie) – Sylvia Plath et Alexander Penn. Alors elle nous a donné leurs noms.

— Qui est Alexander Penn ?

Elle rougit.

Elle ne veut pas que je la prenne pour une idiote.

Nous allons bientôt atteindre le point culminant de la grande roue.

— C'était un poète russo-israélien. Peu recommandable. Il était désespérément amoureux de cette nana qui s'appelait Bella. Elle l'a rejeté, alors il a essayé de se suicider avec un pistolet. Il s'est raté. Bella a été si enchantée par son amour et sa dévotion qu'elle a décidé de l'épouser.

— Comme Van Gogh. Sauf que cette fille a dit oui, remarque Daria.

— Ouais.

— Un peu dégueu, commente-t-elle.

— Ouais, dis-je avec un ricanement.

— Certains contes de fées sont tordus, ajoute-t-elle.

Elle n'arrive pas à se taire tant elle est nerveuse. Elle n'ouvre cependant pas les yeux.

— Les meilleurs le sont, Skull Eyes, dis-je doucement.

Je détache la barre métallique de son crochet, faisant retentir un *clic* qui lui coupe le souffle.

— Qu'est-ce que tu fais ? demande-t-elle d'une voix tremblante.

— Dis-moi ce qu'il y a entre toi et Prichard.

Ma voix s'est durcie autour des voyelles.

Elle garde les yeux fermés, pas par obéissance mais parce qu'elle est maintenant totalement flippée et qu'elle risquerait de s'évanouir en les ouvrant.

— Tu es malade ! crie-t-elle en plissant les yeux plus fort.

— Tu te tapes le vieux ?

J'ignore son interrogatoire.

— Tu disais que je pouvais te faire confiance !

— Non, je t'ai demandé si tu me faisais confiance. Et pour info, tu ne devrais pas. Nous soutenons des lycées et des personnes différentes. Mais j'ai répondu à ta question, alors ce ne serait que justice si tu répondais à la mienne.

— Tu peux toujours rêver, Scully.

Je soulève la barre en métal, et le mouvement lui chatouille les cuisses. Je la maintiens en l'air en sachant que je ne serais pas capable de la remettre en place si je la lâchais – ce qui signifie que j'ai le cul en l'air en position de squat.

— Très bien ! OK ! Très bien. Non. On ne couche pas ensemble.

Je bâille bruyamment, en balançant la poignée.

— Je n'y crois pas.

— Je te jure ! crie-t-elle désespérément.

Les gens dans les cabines autour de nous peuvent certainement nous entendre et nous voir. M'en préoccuper, cependant, n'est pas prévu au programme.

— Alors qu'est-ce que vous foutez ensemble ? Des parties de poker caribéen ?

— Ça fait deux questions, marchande-t-elle.

— Depuis quand es-tu forte en maths, Followhill ?

Daria s'amuserait beaucoup à me balancer la vérité au visage. Elle sait que je ne la balancerai pas à ses parents. Pas seulement parce qu'elle est dans la confidence au sujet de mon lieu de résidence, mais parce que ce n'est tout simplement pas mon genre.

— Qu'est-ce que ça peut te faire, de toute façon ? Gus a dit que tu avais une copine.

— Gus est un idiot.

— Ça ne fait pas de lui un menteur.

C'est vrai. Et je note qu'elle ne m'interroge plus au sujet d'une petite amie. Ce qui me va bien, car elle n'aimerait pas la réponse et je n'en ai pas fini avec son cul, au sens propre comme au figuré. Je referme la barre en métal et au *clic*, Daria relâche sa respiration. Elle ouvre alors les yeux et me dévisage. C'est cool de la voir comme ça. Vulnérable. Effrayée. À cet instant, elle n'est pas la cheffe des pom-pom girls et je ne suis pas le capitaine de l'équipe de football adverse. Nous sommes simplement deux adolescents à qui n'a jamais été donnée l'occasion d'être amis dans ce monde, et qui sont donc devenus ce qu'il était attendu d'eux : des ennemis.

Nous passons le sommet.

— On t'a déjà embrassée dans une grande roue ?

— Non, reconnaît-elle.

Toutes tes premières fois, bébé.

Je prends ça pour une invitation, et j'écrase mes lèvres contre les siennes, sans penser à ses parents en dessous, aux complications que ce baiser risque d'entraîner, ni même aux conséquences pour moi. Sans penser que c'est tabou, et mal, et tordu, et peut certainement me retomber dessus.

Elle ouvre la bouche, gémit contre mes lèvres, et nous nous embrassons, nous embrassons, nous embrassons au point que plus rien d'autre n'existe. Ma main se fraye un chemin jusqu'à son cou et le serre. Quand elle proteste en me mordant la lèvre, je ris et lèche son visage tout entier, la faisant rire à son tour.

— Je croyais que tu ne voulais pas de mes premières fois.

— Je change d'avis selon mon humeur et à quel point tu es sexy.

— C'est si puéril et stupide de ta part, murmure-t-elle contre mes lèvres.

— En effet.

Notre cabine est comme une cape d'invisibilité jusqu'au moment où elle entame sa descente. Les parents de Daria seront alors en mesure de distinguer nos visages s'ils attendent en bas, ce qui est le cas, j'en suis sûr, parce que même si elle ne s'en rend pas compte, ils se soucient d'elle.

Nous nous écartons en même temps. Tout dans notre relation est une question de pouvoir, et aucun de nous ne veut être celui qui sera rejeté.

Ma queue est dure, comme l'expression de son visage. Je pense qu'elle regrette déjà. Je devrais, moi aussi. Pas à cause de Jaime. Qu'il aille se faire foutre. Je n'ai jamais demandé de squatter chez lui. Mais à cause d'Adriana et de Via.

Mais Via n'est pas là pour me culpabiliser.

Via m'a quitté, comme tout le monde.

— Je ne t'apprécie toujours pas.

Son souffle me caresse le visage.

— Moi non plus, dis-je.

Je n'apprécie ni elle. Ni moi.

Nous passons le reste du tour en silence, et lorsque nous sortons de la cabine, l'opérateur tape du pied, attendant d'être payé. Jaime claque un billet de vingt dans sa paume ouverte et nous fait signe de le rejoindre.

— Gardez la monnaie. Ça va, tous les deux ?

Il nous regarde l'un après l'autre.

Daria répond non.

Moi, oui.

Nous l'avons dit en même temps.

Nous nous regardons, et quand Daria lève les yeux au ciel, je ne peux m'empêcher de sourire.

Melody se plaint de notre manque de coopération pour faire fonctionner cette famille.

Sur le chemin du retour, Daria dévore la pomme que je lui ai envoyée tout à l'heure avant de jeter le trognon sur mes genoux.

— Échec et mat.

6

C'était l'amour au premier regard
La haine au deuxième
Le désir au troisième
Mais quatre est mon chiffre porte-bonheur
Alors ton cul m'appartient.

Penn

Le temps avance différemment quand vous vivez un mensonge.

Vous nagez à contre-courant, et chaque seconde semble durer trois heures.

Je me gare à quatre pâtés de maisons du lycée, hyper tôt, au moins une heure avant le début de l'entraînement. Le matin, c'est renforcement musculaire, tandis que l'après-midi, on entre dans le concret sur le terrain.

Non seulement je ne vis plus avec Rhett et ne redoute plus le jour où il recevra une visite ou un appel surprise de l'école, mais je conduis en plus une Prius flambant neuve. C'est la première fois que je possède quelque chose d'un peu cool, et évidemment, je ne peux même pas l'exhiber.

Afin de m'assurer que mes amis ne posent pas de questions

à Rhett à mon sujet s'ils le croisent à la station-service ou au supermarché, je leur raconte qu'il perd la tête. « Démence précoce, j'explique à quiconque veut bien l'entendre. La drogue l'a vraiment abîmé. »

Personne ne cherche à en savoir plus. Toutefois, pour donner à mon alibi un peu plus d'allure, j'ai Adriana – Addy, ma petite amie – qui dit à tout le monde qu'elle a vu Rhett se disputer avec un juke-box *Chez Lenny*, le restaurant où elle travaille.

Aujourd'hui, c'est la première fois que je revois mon équipe depuis le match de vendredi dernier. J'ai eu besoin de temps pour digérer ce qui s'est passé, et quand les joueurs arrivent au compte-gouttes dans nos vestiaires vétustes, j'y suis déjà, les mains sur les hanches, un pied posé sur un banc. Nos casiers rouillés sont si bien couverts de graffitis que leur couleur a viré du gris au violet. La salle sent la poussière, la pisse et la pauvreté.

Josh, Malcolm, Camilo, Kannon, Nelson et les autres sont là avant le coach. Son absence m'intrigue. Coach Higgins n'est jamais en retard. Sauf la fois où sa femme a accouché. Il a eu dix minutes de retard ce jour-là et il hurlait à sa femme au téléphone : « Bon, Meredith, c'est notre premier enfant. Tu ne vas pas la mettre au monde dans l'heure qui suit. Je serai là dès que possible. »

Je me demande d'ailleurs comment il a fait pour garder ses couilles intactes.

Je ferme la porte derrière moi et m'appuie contre le mur, bras croisés.

— Ça vous dirait de m'expliquer la connerie de vendredi soir ?

Tous les regards sont rivés vers le sol. Cela n'a aucun sens, et j'y ai pourtant réfléchi tout le week-end. Je sais au plus profond de moi que mes coéquipiers sont des sauvages. All Saints n'est pas une mauvaise équipe, mais ils s'en sortent généralement grâce à l'argent versé dans leur merde comme s'il s'agissait d'une équipe classée NFL. Nous, nous avons le talent, la motivation et la faim.

— La trouille, crache Kannon, regardant autour de lui à la recherche de soutien.

Il se laisse tomber sur le banc dans un bruit sourd tout en retirant le bonnet qui maintenait ses cheveux, qui lui arrivent aux épaules.

— Toutes ces moqueries et ces farces ont fini par nous atteindre. C'était le premier match de la saison, et sur leur terrain. Les gradins étaient bleus. C'était trop pour nous, explique-t-il.

— D'autres équipes essaieront aussi de nous déstabiliser, je réponds en me frottant la nuque. On ne peut pas laisser cette merde nous toucher.

— Pourquoi ? demande Josh avec un ricanement. Parce que tu as une bourse pour une fac de League 1 qui t'attend et que nous devons tous marcher au pas pour te mettre en valeur ? Tu as raté l'après-match. C'est comme ça que ça se passera chaque fois que nous ne répondrons pas à tes attentes ?

Je le fusille du regard tout en essayant de garder mes poings contre moi. Josh est un secondeur talentueux mais il s'enflamme avec une mèche plus courte qu'une bite de hamster. Peut-être même plus que Camilo. Il s'est retrouvé deux fois impliqué dans des bagarres contre des joueurs d'équipes adverses l'an dernier, et l'une d'elles s'est terminée avec les deux opposants criant et donnant des coups de pied sur le bus censé nous ramener. Je sais qu'il fréquente le Snake Pit et qu'il a déjà affronté Vaughn plusieurs fois. Mais je sais aussi que son père ne veut pas qu'il aille à l'université. Il a un magasin de voitures qui l'attend, alors il n'ira nulle part. Il est né dans le quartier et il y mourra. La

Terminale est sa dernière chance de jouer avant qu'il ne doive dire au revoir à ses rêves de football.

— Ça n'a rien à voir avec moi.

Je montre les crocs en sentant une colère noire me prendre à la gorge. Même si je sais qu'il a en partie raison. Qu'est-ce que ça peut foutre si j'ai envie de réussir ? Chaque fils de pute de cette équipe en profiterait si nous remportions le championnat. Il y a assez de bourses pour tout le monde, surtout quand vous affichez notre code postal. Ce n'est pas parce que Josh n'a pas les couilles de tenir tête à sa famille que nous devons tous passer pour des merdes.

— Laisse tomber.

Kannon se lève et pose une main sur mon épaule.

— On fera mieux la prochaine fois.

Je me dégage de sa prise d'un mouvement d'épaule et m'avance vers Josh jusqu'à ce que nous soyons nez à nez.

— Est-ce qu'on va avoir un problème cette saison, J ?

Il cogne son torse contre le mien, inclinant la tête sur le côté avec une lueur folle dans le regard.

— J'espère bien, mec. Je ne peux pas rater la chance de t'emmerder.

Si je lui casse la gueule, je risque d'être suspendu. Et étant donné que mon dossier est déjà rempli d'avertissements pour toutes les fois où je me suis battu pour de la nourriture, des cigarettes (j'en ai fini avec cette merde, au fait), et même pour des équipements de foot, je ne peux me permettre aucun faux pas. J'ai promis au coach de me tenir à carreau durant cette saison, et lui, en retour, m'avertira de la venue des repéreurs ou à chaque fois qu'une fac voudra voir les vidéos de nos matchs. J'imagine que casser la gueule à un coéquipier serait indiscutablement considéré comme une infraction.

— Continue de parler comme ça, et je ferai en sorte que tu boives à la paille pendant plusieurs mois, dis-je, l'index pointé tout près de son visage.

Et c'est à cet instant qu'il balance son poing vers le mien.

Je tourne la tête et l'esquive, avant de le tabasser, n'obéissant qu'à mon instinct. Il s'effondre comme une brique. Malcolm et Nelson le tirent vers le banc, puis tentent de le relever pour évaluer les dégâts. Camilo donne alors un coup dans un casier en jurant, puis me pousse violemment contre le mur.

— Tu me reproches d'être une tête brûlée ? Sérieusement, Scully ? demande-t-il, proche de mon visage.

La porte s'ouvre soudainement et Coach Higgins apparaît dans un putain de parfait timing. Sans réfléchir, Kannon se jette sur Josh, évanoui, pour cacher l'enfoiré qui doit probablement encore voir des étoiles, mais plus important : pour me couvrir *moi.*

— Scully !

Le hurlement de Higgins se répand dans tout le vestiaire. Son visage rond et bronzé est rouge, et ses cheveux châtains volent dans tous les sens. Je me précipite vers lui, impatient de le faire sortir.

— Yo, coach !

— N'utilise pas d'argot avec moi comme si j'étais ton pote, crache-t-il (et je me mords la lèvre pour retenir un sourire). Amène ton cul dans mon bureau.

Je suis sa petite silhouette ronde en me demandant si le coach jouait dans une équipe de football avant de l'enseigner. Puis je m'interroge sur ce qu'il doit ressentir quant au fait d'enseigner à une bande de gamins nés avec la bonne taille, la bonne carrure, et le talent nécessaire. J'imagine que nous allons avoir une conversation difficile au sujet du match de vendredi dernier. Il va s'énerver pendant quelques minutes avant de passer à autre chose. En quatre ans, Coach Higgins m'a vu au plus bas – sous-alimenté et mal fagoté, marchant comme un zombie quand je ne dormais plus à l'époque où je devais travailler à mi-temps pour m'assurer de quoi manger. Il sera indulgent avec moi, comme il l'est toujours, parce qu'il sait que ma vie est dans les chiottes.

Coincé entre le labo et les toilettes, son bureau est décoré de jaune et de marron. Il prend place sur son fauteuil et lâche :

— Nous avons un problème.

Je m'affale sur la chaise face à lui en bâillant.

— Relax, coach. Ce n'est qu'un seul match. En plus, je…

— Personne ne parle du match.

Il frappe la table du plat de la main en rugissant.

— Je viens d'avoir Ryan Prichard au téléphone, le proviseur d'All Saints High. Il m'a parlé du petit incident qui a eu lieu dans ses vestiaires jeudi dernier, et dans lequel tu es impliqué.

C'est quoi ce bordel ? Quatre mille questions tournent dans mon esprit. Pourquoi maintenant ? Que s'est-il passé ? L'a-t-elle quitté ? Ses parents ont-ils tout découvert ? En quoi est-ce juste pour mon cul ? Je ne peux pas être suspendu. *Je. Ne. Peux. Pas.* Que tous les Prichard et les Josh du monde aillent se faire foutre.

— Raconte, garçon.

Le coach croise les doigts, comme s'il portait un bébé invisible qu'il serait sur le point de jeter à travers la pièce. Je ne l'ai jamais vu si rouge de ma vie. Mais en même temps, je n'avais encore jamais été menacé par le proviseur du lycée le plus influent de Californie.

— Quoi ? Pas de bière ni de pop-corn ? J'ai besoin d'être dans la bonne ambiance pour parler de mes sexcapades.

J'étends les jambes devant moi.

— J'ai embrassé une nana de là-bas. Je n'ai rien touché. Hormis la fille.

— Daria Followhill, coupe-t-il, enfonçant ses doigts dans ses yeux dans un élan de frustration.

— C'est son nom ?

Je joue l'idiot.

— Tu *connais* son nom, Scully.

Qui ne le connaît pas, putain ?

— Elle est trop « princesse » pour moi, coach ? Vous pensez que je devrais viser plus bas ?

— Je pense que cela n'a aucune importance, tant que tu ne vises pas dans sa direction. À moins que tu veuilles voir ta carrière de football s'éteindre subitement, d'une mort pénible. J'ai passé un marché avec Prichard – qui est catégorique sur le fait qu'il ne veut te voir nulle part près de son établissement, si ce n'est dans un contexte professionnel. Je lui ai donné ma parole que tu ne t'approcherais pas de Mlle Followhill, et lui, en retour, oubliera ton infraction.

Je vis avec elle. J'ai envie de lui rire au nez. Mais puisqu'il est inenvisageable que je lâche cette information, je souris d'un air narquois. S'il s'attend à ce que je le remercie – ou pire, à ce que je coopère –, alors il est évident qu'il n'a pas été très attentif.

Ce n'est pas que je n'aie pas envie de devenir un athlète professionnel. Je le veux. Bon sang, c'est la meilleure chance que j'ai de sortir de ce trou de merde. C'est juste que je n'écoute pas les gens comme Prichard, qui se soucient seulement d'eux-mêmes et de leur queue. Si j'ai appris une chose au sujet de cette vie, c'est qu'il ne faut pas laisser les méchants s'en sortir.

Et Prichard ? Il ne veut pas que je m'éloigne de Daria parce qu'il se soucie de son bien-être. Il m'interdit de l'approcher parce qu'il la *veut.*

— Scully, donne-moi ta parole, ordonne le coach, avec son ventre aussi rond que celui d'une femme enceinte de dix mois pointant sous le maillot rouge « Coach » que nous lui avons offert à Noël. L'enjeu est trop important, et il y a des tas d'autres blondes à embrasser. Tu nageras dedans dans n'importe quelle université de League 1. En plus, pense à Adriana.

Je baisse la tête et ouvre grand les bras.

— Vous avez ma parole, coach Higgins, que je ne me ferai pas suspendre.

Il ne fait pas attention aux mots que j'emploie.

Parce que, pour lui, je ne suis qu'un gamin idiot, et elle, une bimbo parmi d'autres.

Je suis toujours vêtu de mon pantalon de football gris et de la veste de l'équipe quand j'ouvre à coup de pied la porte d'entrée du manoir des Followhill, portant mon sac de sport, mon sac de cours et un énorme carton Amazon Prime commandé par Bailey. Certainement d'autres livres de poésie que nous brûlerons durant le week-end. Je ne veux même pas savoir à quoi ressemble le relevé de compte des Followhill à la fin du mois. Leurs filles dépensent de l'argent comme s'il s'agissait d'un sport de compétition.

— Bailey, je jure devant Dieu, putain, tu lis autant que tu parles, et ce n'est pas rien, dis-je en poussant un grognement.

Personne ne répond, alors j'imagine que la maison est vide.

Je balance le carton dans l'entrée et me dirige vers la cuisine afin de me préparer un repas nourrissant composé de six parts de pizza réchauffées au micro-ondes. Tandis que j'attends qu'elles soient chaudes, j'avale un litre entier de jus d'orange. C'est dingue la vitesse à laquelle les choses changent. Lorsque j'ai emménagé ici il y a moins de deux semaines, tout dans le réfrigérateur me paraissait si petit et si mignon.

Une petite barquette de fromage frais. Des minuscules briques de jus de fruits. Des ficelles de fromage. Puis *je* suis arrivé. Melody a obtenu sa carte Cotsco deux jours plus tard quand elle a pris conscience que je serais capable de manger le putain de plan de travail si personne ne m'arrêtait. Désormais, tout vient en gros. Il y a assez de viande dans le congélateur pour reconstituer une ferme entière.

J'appuie une hanche contre le comptoir de la cuisine pour humer les parts de pizza. Voilà mon goûter. Je me demande ce que Melody compte préparer à dîner. J'ai entraînement tous les jours de 15 h 30 à 18 heures, après quoi je prends une douche et fais mes devoirs. Je n'ai pas le temps de jouer à la famille parfaite avec les Followhill, mais s'il y a bien une chose que je ne rate jamais, c'est le dîner. Ils adorent leurs repas chics, et quand Jaime est de bonne humeur – c'est-à-dire pratiquement tout le temps – il me file une Bud Light.

Mme Followhill est inflexible sur la ponctualité. Mais depuis que j'ai emménagé, Bailey m'a raconté que l'heure du dîner, les soirs où Melody n'enseigne pas, est passée de 18 h 30 précises à 19 h 15, soit l'heure à laquelle je sors de la douche. C'est sympa, je le reconnais. Et c'est devenu de plus en plus difficile pour moi de lui en vouloir face aux nombreux efforts qu'elle déploie.

Elle en fait plus que ma propre mère n'en a jamais fait, en réalité.

Après avoir lavé mon assiette, je me rends à l'étage pour ranger mes affaires dans ma chambre – c'était une chambre d'amis, avant, mais les Followhill l'ont décorée aux couleurs des Raiders et l'ont équipée d'un écran plat, d'une Xbox et d'une guitare. (Une preuve de plus que les riches adorent faire le show. Je ne sais pas jouer.) Il y a même un oreiller marron foncé avec mon nom et mon numéro de maillot dessus. Je trouve chaque jour, quand je rentre, de nouveaux objets à mon effigie. J'ai déjà prévenu Mel que si je la surprenais à essayer de me mettre une couche au milieu de la nuit, ce serait terminé.

Je me tourne pour me diriger vers la douche quand j'aperçois Daria, sur le pas de ma porte, dans son uniforme de pom-pom girl à peine visible. Le minuscule haut court bleu et noir et la minijupe devraient être interdits, sauf dans les clubs de strip-tease et mon lit.

Haussant un sourcil, je retire mes chaussures et jette ma veste au sol. Elle croise les bras, appuyant une épaule contre l'encadrement. Je sais que nous sommes seuls, parce que, dans le cas contraire, elle ne serait pas là à me reluquer ouvertement. Jaime ne veut pas que nous restions tous les deux, donc je ne serais pas étonné de trouver de nouvelles caméras dans la maison.

Mon téléphone affiche de nouveaux messages. Adriana a un sixième sens et se rappelle à ma mémoire.

Addy : **Tu me manques !**

Addy : **Viens chez Lenny.**

Addy : **Quand est-ce que je te verrai ?**

— Continue, je t'en prie.

Le regard de Daria tombe sur ma queue, et y reste.

— Je t'ai interrompu, non ?

J'attrape l'oreiller rouge et le lui lance. Elle le rattrape et le renvoie sur mon lit.

— Va jouer avec tes Barbie, Skull Eyes.

Son sourire s'élargit, et elle rougit. Il me vient à l'idée que je suis probablement en train de bander. Je baisse les yeux : à moitié levée et pratiquement cachée. Alors pourquoi est-elle toute rouge ?

— Tu ne m'as pas appelée Skull Eyes depuis des années.

— Ce n'est pas un putain de petit nom. N'envoie pas encore nos faire-part de mariage.

— Mhm-hmm, répond-elle en hochant la tête et en mordillant son petit doigt.

— Comment va ton petit copain, Gus ? Toujours réduit à sucer pour gagner sa vie ?

— Penn Scully présente : *Quand la vie t'offre des citrons, deviens un con amer.*

— Un match. Vous avez gagné un match. La vie ne m'a pas donné de citron mais une bonne opportunité d'égaliser.

Je dois m'assurer que Daria reste un hobby, pas une addiction. Les cœurs adolescents, c'est de la merde, ils sont aussi loyaux qu'un chat affamé. Ils accepteraient n'importe quoi. Même des déchets. Je n'ai pas envie de nourrir mon cœur rouillé d'ordures. Et Daria, elle l'a piétiné suffisamment pour me faire comprendre qu'elle ne vaut même pas un hamburger juteux. C'est une Pop-Tart couverte de cyanure.

Je passe devant elle en l'évitant d'un mouvement d'épaule. Alors qu'elle me suit dans le couloir, j'essaie de maintenir mon rythme cardiaque à une fréquence raisonnable, mais le cœur a ses raisons et apparemment, il veut une Pop-Tart. Les poils de mes bras se dressent et ma queue frémit dans mon pantalon. Elle veut une dose de cyanure, elle aussi.

Je m'arrête dans la salle de bains et me tourne vers Daria.

— Très bien, le spectacle est fini. Dégage, Dar.

— Dar ! s'écrie-t-elle.

Elle s'est vraiment adoucie avec moi depuis la grande roue. Ou alors elle essaie de m'embrouiller pour que je la baise et me mette dans la merde.

Soyons honnêtes, c'est probablement la dernière option. Daria n'a pas de cœur et elle me déteste toujours.

— J'ai deux petits noms maintenant. Dois-je nous acheter des bracelets d'amitié, P. ?

— Tant qu'ils sont roses. Le jaune me grossit les genoux.

Je suis en train de plaisanter avec elle. Je mérite toutes les merdes sur mon chemin.

J'espère que Via n'est pas vraiment morte, parce que son fantôme hanterait mon cul jusqu'en enfer pour avoir été sympa avec Daria. Mais où que se trouve Via, elle n'est pas là. Et si j'en veux énormément à Daria, ma colère contre ma sœur, elle, est toujours intacte.

— Qu'est-ce que tu veux ?

Je me racle la gorge et crache dans le lavabo.

— Tu m'as vue nue deux fois. Je ne t'ai jamais vu nu. Et je crois qu'il est grand temps que ça change, dit-elle.

Je la dévisage pendant une longue minute, durant laquelle toutes ces choses qui devraient me traverser l'esprit – ma bourse, Prichard, ses parents, Via, ou ma pauvre petite amie, qui a déjà supporté la rumeur au sujet de Blythe Ortiz – ne m'effleurent même pas. Ma seule préoccupation est de savoir si c'est une sorte de farce, parce que ma queue risque de ne jamais s'en remettre si c'est le cas.

— Tu ne vas pas dire à ton papa que je me comporte de manière déplacée ? dis-je avec une moue moqueuse.

Je ne serais pas étonné si Daria me baisait pour me baiser justement, et me faire mettre à la porte.

— Comptes-tu dire à mon papa que je m'enferme avec mon principal trois fois par semaine pour faire Marx sait quoi ? rétorque-t-elle, faisant la moue à son tour.

Je vois clair dans son jeu. Elle essaie de me dire que nous avons tous les deux des moyens de pression l'un contre l'autre. Elle me donne du pouvoir, et je n'en refuse jamais.

— Je ne suis pas vieux et croulant. Est-ce que ce sera un problème ?

— Absolument. Sors de ma salle de bains, dit-elle en riant, mais c'est un rire nerveux.

Je me débarrasse de mon T-shirt, lui révélant mon torse. J'ai des tablettes de six bien dessinées, dorées et impressionnantes, avec ce V qui rend folles les filles, et une ligne de poils châtain clair qui descend de mon nombril à mon pantalon. Je l'observe m'observer. Je bande tellement que mon cerveau fonctionne à peine. Tout mon sang afflue dans ma queue, et elle est si engorgée qu'elle risque d'exploser si Daria regarde dans sa direction.

Alors voilà ce que ça fait de mourir d'excitation. Ma notice nécrologique risque d'être embarrassante, si jamais quelqu'un daigne l'écrire.

— C'est sympa, impressionnant, mais qu'est-ce que ton pantalon fait encore sur toi ?

Elle s'humecte les lèvres, puis défait l'élastique qui maintenait ses cheveux en queue-de-cheval pour le lancer dans le lavabo. Elle secoue la tête, rendant ainsi sa chevelure volumineuse et sexy.

Je retire mon pantalon et mon caleçon d'un seul coup, puis mes chaussettes, parce qu'il existe peu de choses aussi pathétiques qu'un homme nu en chaussettes. Puis je me relève, aussi dur qu'une pierre. Et cela vaut aussi bien pour ma queue que pour l'expression de mon visage.

Daria garde le silence pendant un long moment, avant de faire un pas et de s'approcher tout près de moi en chancelant. Je retiens un gémissement à l'idée qu'elle va me toucher – qu'elle pourrait *la* toucher – mais elle fait couler l'eau derrière moi et retire son haut. J'ai déjà vu ses seins, pourtant je ne peux détacher mon regard de ses tétons roses, son estomac plat et la courbe de ses hanches.

— Dis-moi dans quel trou je devrai glisser ton pourboire.

J'ai beau dire ça crânement, je déglutis. Bon sang. Elle se déshabille. Pour moi.

— Ne pense pas que tu puisses te le permettre. Je n'accepte pas les centimes ni les coupons.

Les rôles se sont de nouveau inversés. Ce constat me donne envie de tout envoyer balader et de faire s'effondrer les murs pour lui prouver que rien n'a changé. Je la déteste toujours. J'ai toujours envie de la baiser.

— Nous allons prendre une douche ensemble, idiot, explique-t-elle finalement, avant de retirer sa jupe en se dandinant, suivie de sa culotte de coton noir. Mais tu ne me toucheras pas. Parce que, devine quoi ? Même si tu n'as aucune idée de ce que j'éprouve concernant mes premières fois, moi, si. Et tu ne mérites pas une partie de sexe sous la douche avec moi.

— Tu n'as jamais fait l'amour sous la douche ?

Ce sont des conneries avec un « C » majuscule. Cette nana a probablement vu plus de queues qu'un agriculteur bovin. Se déshabiller devant moi sans me laisser la toucher, c'est sa façon de se venger. Seulement c'est un prix qui risque de me coûter mes couilles.

— Je plaide le cinquième amendement, ronronne-t-elle.

Putain d'Amérique.

— Très bien.

— *Très bien.*

Nous entrons finalement tous les deux dans la cabine de douche. J'ai conscience que sa famille pourrait revenir plus tôt de la danse ou du travail. Pourtant, je m'en fiche. Ce n'est pas que je n'apprécie pas Mel, Jaime et Bailey. Mais j'ai été déçu par tant de personnes dans ma vie que m'attacher ou me soucier des autres ne fait pas vraiment partie de mes priorités.

Une fois à l'intérieur, j'attrape le savon et me badigeonne le corps, tandis que Daria vide les cent cinq bouteilles colorées de je ne sais quelles huiles de bain. Je les sens toutes, et ça ne me surprend plus qu'elle ait le parfum d'un gâteau décoré de toutes les putains de variétés de fleurs connues au monde.

J'observe les mouvements de son corps – qui se penche, s'étire, *vit* – en me demandant pourquoi nous faisons une chose pareille. Ça ne nous mènera à rien. C'est de la torture pure, délicieuse. Qui rend mes muscles et ma queue douloureux, et pourtant, je ne regrette rien.

Le tourmenteur tourmenté par sa proie.

— T'as passé une bonne journée en cours ? demande-t-elle en papillotant des cils, un sourire doux et sucré sur les lèvres.

Je repense à la conversation que j'ai eue avec le coach au sujet du proviseur Prichard et de ma carrière de football. Un autre type aurait balancé son secret avant de la laisser gérer les conséquences. Mais (A) je n'accepte aucun ordre, surtout pas émanant d'idiots en costumes hors de prix, et (B) dans l'éventualité où cela mettrait Daria dans une position vulnérable, je ne la veux pas dos contre un mur avec lui.

— J'y ai survécu.

Je contracte mon biceps alors que je frotte mes épaules de savon pour voir si elle me mate, et sans aucun doute, elle le fait. Elle détourne le regard rapidement quand je souris d'un air narquois.

— Et toi ?

— Ça va, répond-elle en s'éclaircissant la gorge.

— Daria (je claque des doigts deux fois), je suis juste là. Tu peux parler à ma queue aussi, mais elle est meilleure dans l'action.

— Tu n'es plus ce gamin maigrichon, dit-elle doucement, fermant l'eau derrière moi et, l'espace d'un instant, nos corps s'effleurent.

Son ventre frôle ma queue, mais aucun de nous deux ne bouge. Nous restons tout simplement là, trempés, avec ma queue pointant vers son nombril. Proches, mais éloignés. Nerveux, mais audacieux. Je n'ai jamais fait ça avec qui que ce soit. Être nu pour le simple fait d'être nu. J'ai l'impression que je devrais prendre le contrôle de la situation, mais il faudrait que je la calme, et bien que je me sente comme une merde par rapport à Adriana, je ne peux pas.

Daria se met sur la pointe des pieds et caresse mon oreille de ses lèvres. Je me baisse pour lui faciliter la tâche.

— Merci pour cette autre première fois, Scully. Je n'avais jamais été nue sous la douche avec un homme.

Avant que je m'en rende compte, elle s'est couverte de sa serviette rose et se faufile hors de la salle de bains, me laissant dans la douche avec ma queue dure pointant vers le carrelage.

Je verrouille la porte et m'astique une fois (OK, deux) avant de sortir.

1/0 pour l'équipe locale.

7

Tu portes tes mensonges
Comme une cravate
Trop belle à enlever
Trop élégante pour y résister
Trop serrée pour respirer.

Daria

Les garçons sont un sujet douloureux pour moi.

D'abord, laissez-moi vous dire que ces derniers jours ont été horribles, et je suis contente de pouvoir enfin décompresser. Penn a été absent toute la semaine, à cause de ses entraînements de football et des affaires qu'ils gèrent à San Diego. Peut-être qu'il est avec sa petite amie. Je tuerais pour avoir une réponse claire à mes questions. Qui est-elle ? Que représente-t-elle pour lui ? Mais j'ai trop de fierté pour l'interroger, et encore plus pour me renseigner dans son dos.

Quand il est à la maison, Penn m'ignore complètement. Il s'enferme dans sa chambre et daigne à peine grogner un mot en réponse à toute demande concrète que je formule. Il semblerait qu'il échange des passes avec papa dans le jardin dès qu'il en a l'occasion et qu'il lit avec Bailey. Melody, elle, essaie de passer plus de temps avec moi. Elle n'arrête pas de me demander comment se sont passés mes cours, et je continue de l'éviter. Si elle s'en souciait vraiment, elle vérifierait d'elle-même. Elle ne l'a pas fait depuis des années.

J'ai l'impression d'être invisible. Je me sens toujours invisible. Comme si je me confondais avec les murs et le compotier en verre sur le comptoir où sont posées les pommes que mes parents font nettoyer à la femme de ménage. Des pommes que je retrouve sous mon lit, dans mon sac à dos, dans mes chaussures. Des pommes qui envahissent mon espace, ma chambre, mon âme.

À la fin de la semaine, je suis à bout. All Saints a un match contre Westmount, que nous remportons, mais de peu. Blythe, qui est l'une des *voleuses* de l'équipe et se doit d'être hyper concentrée, a une crise de nerfs dans les vestiaires mais refuse de dire à qui que ce soit ce qui lui arrive. Esme, qui s'applique du maquillage devant le miroir, marmonne :

— La salope est probablement enceinte de cette racaille.

Je m'excuse avant d'aller vomir dans un des W-C.

— Peut-être que Dar est enceinte, elle aussi ! crie Blythe de la cabine voisine.

Quand j'en sors, Esme s'approche de moi et incline la tête en tiquant.

— Tu n'as vraiment pas l'air en forme, ma chérie. Peut-être que tu devrais renoncer pour cette fois.

Peut-être que tu devrais mourir.

Le lycée ressemble à un aquarium rempli de requins. Les élèves tournent en rond, se toisant dangereusement, animés du besoin d'être libérés. Seuls les plus forts survivent.

Samedi, nous décidons de nous rendre à un festival de musique dans le désert.

Je natte mes cheveux, que j'orne de fleurs et d'étoiles en or, avant de me glisser dans un mini-short en jean blanc Daisy Duke et un haut court en crochet, blanc lui aussi. Je noue une chemise en flanelle autour de ma taille et peaufine mon look avec de mignonnes bottines grises.

Au moment de partir, ma famille et Penn sont assis à la table du petit déjeuner, à s'enfiler des pancakes.

— Le seul endroit où tu pourrais te rendre avec un short si court, c'est chez ton gynéco pour un examen de contrôle.

En disant cela, mon père ne lève même pas les yeux du *New York Times*.

— Va te changer.

— Papa ! je m'exclame. The Lonely Man, c'est Coachella sous stéroïdes. Je ne peux pas me ramener habillée comme une nonne.

— Si tu veux y aller, ce sera habillée, répète-t-il.

Je glisse mon short dans mon sac à dos et enfile un jean *boyfriend*, avant de sortir de la maison et de sauter dans la Corvette orange d'Alisha.

Esme et Blythe arrangent leur maquillage à l'arrière.

— Les mecs sont déjà sur place. Apparemment, Gus est défoncé, et Knight s'est tiré avec une star de téléréalité.

Alisha éclate de rire et chausse ses lunettes de soleil.

— Je déteste les mecs, dis-je dans un soupir.

Ceci me ramène à mon choix de relation. Je déteste vraiment, sincèrement les mecs. C'est la raison pour laquelle cette histoire avec le principal Prichard m'allait parfaitement, jusqu'à ce que Penn entre dans ma vie et gâche tout. Les garçons ne tentent jamais de me draguer, parce que personne ne veut rivaliser avec ce putain de principal. Ce qu'ils ignorent, c'est que ma relation avec Prichard est différente. Non conventionnelle. Mais en les dissuadant de me draguer, je me protège. Ce n'est pas que j'aie peur d'avoir le cœur brisé. Seulement, je suis persuadée qu'aucun mec ne pourrait vraiment m'apprécier. Si mes propres parents me tolèrent à peine, alors pourquoi devrais-je m'attendre à ce qu'un type tombe amoureux de moi pour ce que je suis réellement ?

Ce qui fait de Penn un choix sûr. Je n'ai pas besoin de l'impressionner puisque je sais déjà qu'il me hait. En plus, nous devons garder ça secret. Ce que nous partageons, ça n'a pas de pouls, ni de vie, ni de corps. Il n'y a ni battement ni rythme à nos rencontres interdites. Elles vont et viennent. Comme un éclair dans la nuit.

Ouais, Penn est un choix sûr. Si on oublie le fait que chaque cellule de son être respire le danger.

— Allô la Terre, dit Alisha en claquant ses doigts scintillants devant mon visage tandis que nous arrivons.

Nous sautons hors de la voiture pour entrer dans le festival. C'est plein à craquer à 10 heures du matin, et nous retrouvons l'équipe de football près de la scène, sur un morceau de terrain recouvert d'herbe sèche, en donnant des coups de pied aux canettes de bière sur notre chemin. Gus porte un T-shirt de musculation blanc décolleté et bouscule tous ceux qu'il croise, une bouteille de bière à la main. Knight, lui, n'est nulle part en vue – sûrement encore avec son coup – et Colin et Will nous tirent par le bras pour danser.

Je me laisse porter par l'ambiance insouciante du festival, en essayant d'avoir l'air à l'aise. Le bonheur est plus déprimant qu'un simple coup de blues. Des larmes me brûlent les yeux quand je danse, et au moment où le soleil se couche, cette fête m'a donné un tel sentiment de vide que je suis surprise de ne pas être emportée par le vent à l'autre bout de l'État. Puisque j'ai été désignée comme conducteur sobre, je me glisse derrière le volant de la voiture d'Alisha et la démarre.

— Qui dois-je déposer à la maison en premier ?

— À la maison ?

Esme rit sur le siège arrière alors qu'elle s'applique de nouveau du gloss.

— Followhill, arrête de faire ta grand-mère ! Allons *Chez Lenny* !

Chez Lenny est un restaurant célèbre de San Diego, où nous finissons souvent après nos soirées, car il est ouvert 24 heures sur 24 et il s'avère moins bas de gamme qu'IHOP. Blythe, Esme et Alisha ne l'admettront jamais, mais elles aiment aussi cet endroit parce qu'il est parfait pour rencontrer des bikers, des profs de sport canon sur le point de percer à L.A., et d'autres types de mecs beaux et sauvages qu'elles ne s'autorisent jamais à fréquenter. Pour toutes ces raisons, je déteste *Chez Lenny*. Là-bas, je me retrouve toujours assise sur une banquette en vinyle rouge à tremper des frites dans la sauce en attendant que mes amies reviennent. Je fais semblant d'envoyer des messages à Prichard quand je les vois entrer dans la voiture en ajustant leur jupe.

— Es-tu sûre que c'est ce dont ton cul a besoin maintenant ? De la friture ?

J'adresse cette pique à Esme. Je culpabilise les gens au sujet de leur poids pour sauver la face.

Alisha ricane derrière moi avant de descendre une bouteille de Smartwater.

— La vie est trop courte pour ne pas manger gras et ensuite s'affamer pendant une semaine. Contente-toi de conduire jusque *Chez Lenny*, Dar. Les garçons sont déjà en route.

Dès l'instant où je pose un pied à l'intérieur du restaurant, je prends conscience d'avoir atterri dans un champ de mines.

Le décor est celui d'un *diner* américain typique : un sol en carrelage noir et blanc, des banquettes en vinyle rouge et blanc, un juke-box à chaque table et des murs couverts de photos du propriétaire – vous avez deviné : Lenny – donnant l'accolade à des athlètes légendaires ou des célébrités locales. Le menu est affiché en lettres néons vertes et roses au-dessus du comptoir argent. Bondé, bruyant avec une odeur alléchante d'oignions frits et de hamburgers, cet endroit a tout du paradis pour nos culs enivrés. Alors que nous nous glissons sur les banquettes où les garçons sont déjà installés, je ne peux me départir du sentiment que quelque chose de terrible est sur le point de se produire.

Tout le monde commence par un milkshake. Les cheveux de Knight sont tellement en bataille et ses lèvres si enflées qu'il a l'air d'avoir été attaqué par un ours. Les mecs sont décidément bizarres. Être fous amoureux d'une fille ne les empêche pas de s'amuser avec d'autres. Les garçons commandent une quantité scandaleuse de nourriture, tandis que les filles optent pour une salade Cobb et des frites. Je décide, quant à moi, de m'en tenir à mon milkshake vanille-chocolat, et je ne peux retenir un sourire en pensant à ce que Penn dirait de ce choix. Est-ce assimilable à de la glace ? Je poserais la question à Mel si nous étions en bons termes.

Gus imite une sirène de police et pousse un cri, ponctué d'un rot.

— Yo. Alerte « loser » à 3 heures.

Nous tournons tous la tête pour voir l'équipe de football de Las Juntas s'installer sur des banquettes face à nous. Je ne reconnais que le grand quarterback qui a l'air proche de Penn, l'Afro-Américain sexy à la crête style « Mohawk » et, évidemment, mon colocataire.

Penn porte un T-shirt noir avec un trou à l'endroit du cœur et un jean Levi's si usé qu'il tombe sur ses hanches. La chaîne de son portefeuille, elle, est intacte, et il mâche une cigarette éteinte qu'il ne fumera jamais. Je sais qu'il a arrêté ; je l'ai entendu le dire à Mel, qui lui a acheté des patchs ainsi qu'un livre du volume de ma tête intitulé *Comment arrêter de fumer* – et, il discute avec la serveuse qui prend les commandes.

Son badge indique Adriana.

Adriana. N'est-ce pas le nom de sa soi-disant petite amie dont j'essaie d'ignorer l'existence ?

— Ils sont toujours furieux d'avoir perdu ? glousse Esme, en aspirant bruyamment son milkshake.

Blythe, elle, parcourt le compte Instagram de l'artiste italien chez qui Vaughn a passé l'été, et je sais pourquoi. Il s'y trouve une photo de Vaughn en train de sculpter. Vaughn n'a pas de compte sur les réseaux sociaux, et il n'en aura jamais.

— Je n'en sais rien et je m'en fous, grogne Gus, confirmant mon intuition au sujet du champ de mines.

Je ne veux pas vivre d'autre altercation avec Penn. Il est malheureusement préférable de rester à distance plutôt que d'entretenir sa haine à mon égard. Les flammes de son dégoût consument tout autour de moi dès qu'elles sont envoyées dans ma direction.

— Scully a l'air d'être passé à autre chose. On n'appelle pas ça la « grotte des Merveilles » pour rien.

Esme lève son téléphone et prend une photo de Penn avec Adriana, qui rit en se penchant vers lui avec son bloc-notes.

— Tiens, Blythe. Je t'envoie un rappel du fait que tu es

pathétique, ajoute-t-elle en riant. Es-tu toujours « peut-être » enceinte ?

— La ferme, salope.

Blythe devient étrangement pâle. *Marx, pitié, faites qu'elle ne soit pas enceinte.* Cette idée me fait l'effet d'un pic de glace s'enfonçant profondément dans ma poitrine.

— Ne sois pas triste, meuf. Tu chevaucheras certainement un jour cet étalon quand il nettoiera ta piscine dans, oh, peut-être cinq ans, souligne Alisha avec un bâillement tout en examinant ses ongles vernis de rose.

Gus aspire son milkshake très bruyamment.

— Qu'est-ce que Blythe a à voir avec Scully ?

Blythe ramène ses cheveux vers l'arrière en faisant mine de rire, mais je remarque à quel point elle a envie de pleurer et j'en suis désolée.

— Il est possible que je l'aie invité à la maison après le combat. Ce fut la deuxième meilleure expérience de ma vie, derrière Vaughn.

La deuxième meilleure expérience.

Gus renverse la tête en arrière en s'écriant :

— Penn Scully et Adriana, c'est hyper sérieux. Le couple star de Las Juntas. Meuf, ça fait bien deux ans qu'ils ont un putain de *bébé*. Félicitations, B. Tu as été officiellement « l'autre femme » pendant trente secondes.

Un putain de bébé.

J'avale de travers une gorgée de milkshake, que je recrache un peu par la paille quand personne ne regarde. Gus a annoncé cette nouvelle avec tant de naturel que je sais qu'il en croit chaque mot. J'observe de nouveau Penn et la serveuse. Appuyée sur sa table, elle lui murmure quelque chose à l'oreille et il lève le pouce avant de lui pincer le nez d'un air taquin. Il ne m'a pas remarquée – ou alors, nos regards ne se sont juste pas encore croisés – mais c'est trop tard pour la jouer gentille. Le Hulk à l'intérieur de moi prend de l'ampleur à chaque nanoseconde, et je sens que je suis sur le point d'exploser.

Il m'a embrassée.

Il m'a touchée.

Il a pris une douche avec moi.

J'ai vu sa queue. De mes propres yeux. Ma cuisse l'a même rencontrée.

Tant de choses qu'un type, ayant une copine et un bébé, ne devrait pas faire.

Je jette un coup d'œil vers eux encore une fois : Adriana regarde autour d'elle avant de s'asseoir sur les genoux de Penn. Elle a de longs cheveux noirs, lisses et brillants, et de grands yeux bleus. Sa peau bronzée comme du miel lui donne un air exotique. Elle a peut-être mon âge, mais j'ai le sentiment qu'elle est tout simplement… *plus*. Le Hulk en moi perfore ma cage thoracique et étire ses poings à travers ma poitrine. Je suis si jalouse que j'en ai le souffle coupé. Détourner le regard me demande un effort herculéen, mais j'y arrive. Il le faut.

Gus tape sur la table comme sur une batterie et hulule tel un chien.

— Yo, Addy, crie-t-il.

Addy ? Il connaît cette salope ?

— Tu comptes faire un autre bébé à ce loser en plein milieu du restaurant, ou tu vas nous apporter notre commande ? Pas de sperme dans mon burger, s'il te plaît. La viande contient assez de protéines comme ça.

Tout le monde à notre table éclate de rire, alors que mon regard croise enfin celui de Penn. Les yeux d'Adriana passent de lui à moi, et quelque chose voile son visage. Quelque chose de sombre que je connais trop bien.

Tu en as un, toi aussi. Un Hulk.

— Qui est-ce ?

Je lis sur ses lèvres même si elle baisse la tête vers Penn en fronçant les sourcils.

— Personne.

Je décrypte sa réponse alors qu'il replace une mèche de cheveux d'Adriana derrière son oreille.

— Juste une meuf d'ASH.

Une boule se loge dans ma gorge ; je crois bien qu'il s'agit de mon cœur.

Adriana se lève et fait un doigt à Gus. Ils se connaissent vraiment, apparemment. Ce crétin fréquente peut-être ce lieu plus souvent que nous. Je détourne les yeux avant de pleurer. J'étais si obnubilée par la haine de Penn envers moi, que j'ai oublié celle que j'entretenais à son égard.

— Alors, Daria, comment va Prichard ? demande Knight, fort et distinctement en ajoutant un supplément de charme à son sourire prétentieux.

Il me faut une seconde, pendant laquelle Knight lance rapidement un regard vers Penn avant de revenir à moi, pour comprendre ce qu'il fait. Il s'en prend à mon colocataire pour me venger. Il sauve mon honneur.

Ai-je vraiment l'air d'avoir besoin de cette victoire ?

— Une femme ne révèle pas ses secrets, je ronronne avec un sourire éblouissant tout en lançant vers l'arrière ma chevelure fleurie.

— Je me le ferais bien.

Blythe pointe sa paille dans ma direction, avant d'en sucer

le bout. Il est clair qu'elle a un enjeu dans ce combat. Elle doit démontrer elle aussi qu'elle n'en a rien à foutre de lui.

— Prichard, je veux dire. Pas toi.

— N'est-ce pas ?

Je ris.

— J'adore le fait que ce soit un homme, un vrai. Pas un garçon susceptible.

Je me demande s'il est possible de se décomposer de l'intérieur tout en restant en vie. Je suis à peu près certaine que si l'on m'ouvrait, on ne trouverait rien d'autre qu'une sorte de boue verte laissée par Hulk dans son sillage.

Une petite amie. Penn Scully a une petite amie. Et un bébé.

Ce n'est qu'un sale menteur.

Adriana fait onduler ses hanches rondes vers notre table, chargée de deux plateaux remplis de nourriture. Elle fait la distribution, un couinement dans la voix :

— Cheeseburger avec avocat et fromage bleu ?

Colin lève la main.

— Viande label rouge épicée avec un supplément de sauce ?

— Tu peux m'appeler Knight, bébé, lance Cole en lui prenant l'assiette des mains avec un clin d'œil.

Elle rougit. Peut-être qu'elle trompe Scully. Dommage que Jerry Springer[1] soit parti à la retraite. Ils auraient fait de parfaits candidats.

— Tu attends quelque chose, ma belle ?

Elle fait claquer une bulle de son chewing-gum dans ma direction.

1. Présentateur de l'émission télévisée américaine, *The Jerry Springer Show*, dont le principe était de recevoir des gens afin d'exposer et de résoudre leurs problèmes en public.

Je lui lance un sourire mielleux en croisant les bras.

Ne fais pas ça. Ne fais pas ça. Ne fais pas ça.

— Seulement que tu dégages ton cul ambulant avant de me contaminer.

Je perçois un hoquet collectif, puis le silence qui s'abat sur le restaurant. Tout devient si silencieux. Trop silencieux. Je panique, mais personne ne peut le voir puisque je ne me dépars pas de mon air narquois. Knight pose une main sur mon épaule alors que mes mots percutent mon public, déclenchant des échanges de regards.

— Excuse-moi ?

La voix d'Adriana devient aiguë et ses pupilles sont si élargies que je peux me voir à l'intérieur.

— Tu m'as très bien entendue. Je n'ai pas envie de manger dans un restaurant où la serveuse gare son cul sur ses clients. Je crois que tu as tout mélangé. Ce n'est pas le service de nuit de ton club de strip-tease, *ma belle.*

— Brûlée ! hurle Colin, son poing devant la bouche.

— Daria, m'avertit Knight.

En temps normal, il m'aurait traînée dehors pour me faire la morale. Mais pas aujourd'hui. Lui et moi savons qu'il ne peut pas se montrer aussi hypocrite. S'il voyait quelqu'un draguer Luna, il l'aurait réduit en miettes avant de le jeter sur le bas-côté de la route. Je l'ai vu détruire des gens pour moins qu'un regard posé sur elle. Le problème, c'est que Penn n'est pas ma Luna. Nous ne partageons pas une amitié de longue date, complexe et torturée, qui vacille à la frontière de quelque chose de plus.

— Dégage de là.

Adriana sort les crocs, et ses dents sont blanches, étincelantes et légèrement plus longues que chez la plupart des gens. Une imperfection qu'il doit sûrement admirer. Elle ne mâche plus son chewing-gum. Il est collé à ses dents du haut. Je bâille de manière provocante, sans ciller. Tout le monde salive devant notre échange. Tout le monde sauf son petit ami, qui se contente de nous fixer d'un regard meurtrier de l'autre côté du restaurant.

Grillé, connard. Je lui dirais bien à quel point la langue de son copain était délicieuse dans ma bouche si je ne devais pas préserver ma réputation.

— Je suis un client qui consomme. Toi, tu es une décharge. Qui d'entre nous devrait partir, à ton avis ?

Je lance mes cheveux vers l'arrière.

Elle lève le bras pour me donner un coup. Je crois bien qu'est venu le jour où je vais finalement me faire frapper pour avoir été une salope. Mais avant qu'elle puisse faire quoi que ce soit, Penn est derrière elle, la retenant par le poignet. Il le baisse lentement, son regard dur braqué sur moi.

— Sors ton cul de cette banquette, Followhill.

Il abat le menu sur mon téléphone, que je faisais semblant d'étudier avec intérêt.

— Désolée, je ne reçois pas d'ordres des rebus de la société.

Je bois mon milkshake à la paille, en battant des cils. Mon nez a certainement rougi au soleil, et mes cheveux sont en désordre à cause de la tresse que je m'étais faite aujourd'hui. Les pupilles de Penn se dilatent devant le spectacle de la version échevelée que j'offre de moi-même.

Penn me tire par le coude et mes côtes glissent contre le vinyle dans un bruit bizarre, qui me rend encore plus furieuse.

Je me dégage de sa prise.

— Je ne veux pas te parler.

Je lui cracherais bien au visage, mais je ne veux pas aggraver la situation.

— Tu aurais dû y penser avant de te comporter comme

une idiote. Et celui qui essaiera de nous suivre se prendra mon poing dans la figure. Fille, garçon ou animal. J'en ai rien à foutre.

Il me soulève et me porte sur une épaule à l'extérieur du restaurant.

— Penn ! Attends ! crie Adriana.

Je lève la tête de son dos triangulaire et regarde Adriana courir derrière nous avant de s'arrêter brusquement, comme si elle savait qu'elle ne devrait pas. Gus et Colin se lèvent pour intervenir, mais Knight les tire tous les deux par le col.

— Assis.

— Il se passe un truc entre eux, ou quoi ? murmure Esme assez fort, avant d'en rester bouche bée.

Knight ricane avant de lui lancer une frite.

— Non. Juste une vieille querelle d'enfance.

Il ne sait absolument rien – il me couvre, c'est tout – mais il a vu juste.

Penn ouvre la porte du restaurant en grand et le contourne jusqu'à l'allée située entre *Chez Lenny* et un concessionnaire. Il me pose à terre, puis recule d'un pas, comme si lui non plus ne pouvait pas se maîtriser. Je m'appuie contre un immense panneau indiquant CONTRÔLE DE FUMÉE couvert de taches de café, et je croise les bras.

Il fait les cent pas en attendant que je dise quelque chose. Mais ce n'est pas à moi de m'expliquer.

— Tu dois présenter tes excuses à Adriana, lâche-t-il.

— Tu dois *me* présenter des excuses, je rétorque, toujours fermement campée dans le rôle de la salope à sang-froid. Tu as posé les mains sur moi alors que tu avais une petite amie. Je ne suis pas ce genre de fille.

— Tu es carrément ce genre de fille.

Il s'arrête et me regarde, une lueur dans les yeux. Un sourire narquois étire ses lèvres.

— Tu es le genre de fille qui baiserait un homme marié sans ciller juste pour prouver qu'elle en est capable. Tu m'as laissé poser les mains et la langue sur toi en sachant que j'avais une copine, alors ne joue pas à la putain de sainte.

Pour la première fois depuis que j'ai appris à parler, les mots me manquent. Je sais que c'est ce qu'il croit. Il pensera toujours le pire me concernant. Il se transforme lentement en Melody, perdant à son tour toute foi en moi.

Je me retourne et me dirige en trombe vers le restaurant pour récupérer mon téléphone et appeler un Uber. Il me saisit par le poignet, alors je me retourne et le gifle. C'est une réaction viscérale qu'il n'a pas vue venir. Il trébuche en arrière – ce n'est pas le coup mais la surprise qui l'ébranle. Ses yeux me brûlent tandis qu'ils scrutent mon visage. Un courant circule entre nous, me dissuadant du moindre mouvement en sachant que je pourrais m'électrocuter.

— Je n'aurais jamais touché quelqu'un qui ne m'appartient pas. Mais toi, si. Ne retourne pas la situation, Scully. Tu as merdé derrière le dos de la mère de ton bébé avec la Reine des neiges parce que *tu* voulais prouver que tu en étais capable. Mais tu sais quoi ? Tu as raison sur une chose : je me brade. T'embrasser. Me déshabiller pour toi. T'obéir. J'en ai fini d'ignorer les sonnettes d'alarme.

Sur ces mots, j'essaie de me précipiter vers le restaurant mais il me soulève comme un enfant, et cette fois, mon dos atterrit contre le mur. Il saisit mon cou et l'enserre, m'embrassant si violemment sur la bouche que c'en est douloureux. J'abats mes poings contre son torse, puis j'agrandis le trou de son T-shirt pour le griffer.

— Je te déteste. Marx, je te déteste tellement, dis-je en pleurant.

Il me saisit derrière les genoux et j'enroule les jambes autour de sa taille. Il prend ensuite mon visage en coupe et le serre comme s'il voulait en faire sortir un baiser.

— Et pourtant, tu m'embrasses encore, putain. Malgré la petite amie. Malgré la sœur qui sera toujours meilleure que toi. Tu embrasses le frère adoptif qui te déteste, Followhill. Qui te déteste à mort.

— Va te faire foutre.

Mes larmes coulent à flots, si vite, si fort. Mon corps est violemment secoué par les sanglots qui me traversent. Nous avalons les mots l'un de l'autre, les secrets, les mensonges. Mon corps bouge contre le sien. Il grogne entre mes lèvres comme s'il avait mal. Comme s'il voulait reculer, mais qu'il ne pouvait *pas*.

Il défait sa ceinture usée et fait glisser sa braguette pour sortir sa queue de son boxer et la frotter contre mon sexe à travers mon short.

— Dévore-moi, dis-je en gémissant. Tu ne mérites pas de profiter de cet instant. Je suis la seule qui devrait en retirer quelque chose.

Il tombe alors à genoux en écartant mon short et ma culotte, tirant le jean contre ma peau qui souffre délicieusement. Il jette ensuite une de mes jambes par-dessus son épaule et presse son nez contre ma fente en inspirant profondément.

Un grondement sauvage s'échappe d'un endroit profond et primal en lui, puis il me mort l'intérieur de la cuisse.

— Blythe est certainement enceinte, alors bonne chance pour payer la pension alimentaire pour deux enfants à dix-huit ans, connard.

Sa langue glisse le long de mon sexe avant que ses lèvres s'arrêtent sur mon clitoris qu'il suce intensément. Je gémis. Il parcourt ma chatte de ses dents droites, créant ainsi une délicieuse friction.

— Marx, dis-je dans un murmure.

Il rit, d'un rire bourru et adulte qui me fait frémir. J'ignore pourquoi ce mec de dix-huit ans a plus l'air d'un homme que mon proviseur de presque quarante ans.

— Tu pourras garder les enfants ? me taquine-t-il.

Je saisis ses cheveux châtain clair et les tire fort, en essayant de lui faire mal.

— Ce n'est pas drôle.

— Elle n'est pas enceinte, dit-il entre deux coups de langue paresseux.

Je ne sais pas quoi faire de mon corps. Il me rend folle. Personne ne m'a jamais dévorée ainsi, et quand je le lui ai demandé, je m'attendais à ce qu'il me rie au nez. Je ne pouvais pas non plus refuser. Toutes mes amies concluent *Chez Lenny*. Je voulais vivre la même chose.

— Alors pourquoi panique-t-elle ?

— Parce qu'elle a aperçu Vaughn avant le match, il baisait la bouche d'une autre nana sous les gradins.

Après un autre coup de langue, il recommence à sucer fort mon clitoris. Mes cuisses se mettent à trembler autour de son magnifique visage.

— C… comment tu sais ?

Je claque des dents. C'est si bon. J'aimerais que Penn me dévore chaque jour pour le reste de nos vies.

— Parce que *je* faisais quelque chose de similaire sous les mêmes gradins. Tu sais, pour évacuer la pression.

Ouais. Je sais. Avec Adriana, certainement.

Je penche la tête en arrière et ferme les yeux quand il appuie sa langue contre mon clitoris avant de le sucer de nouveau en frottant son menton contre mon sexe. Ce qui se passe entre nous est désordonné, affamé et magnifique. Lorsqu'il empoigne mes fesses, mon corps explose en de petits spasmes et une vague de chaleur me parcourt de la tête aux pieds.

L'orgasme me traverse au galop tels des chevaux sauvages. Je tremble de partout. Je n'ai jamais joui aussi fort de ma vie, encore moins sur le visage de quelqu'un.

Il suce mon clitoris une dernière fois tandis que j'atterris, puis se relève. Son visage brille, luisant de mon plaisir qui goutte de son menton.

J'aimerais lui dire que c'est un connard, mais il écrase sa bouche contre la mienne et me démolit dans un baiser, me forçant ainsi à goûter mon musc doux et terreux. Je me déteste de le laisser me faire ça encore et encore alors qu'il a une petite amie. Ça me rend malade. Je touche son torse à travers le trou dans son T-shirt et tire sur sa lèvre inférieure jusqu'à l'avoir entièrement dans ma bouche. Je prends tout ce qu'il veut bien me donner, puis vole encore d'autres moments en observant sa silhouette sous le ciel étoilé.

— C'est la dernière fois.

C'est une promesse. À lui. À moi-même. Cela n'a rien à voir avec Adriana. C'est pour moi. Je ne veux tromper personne. Et prendre quelqu'un qui, je le sais, ne m'appartient pas – c'est de la tromperie.

Il éloigne ses lèvres des miennes en souriant.

— Tu penses que le plaisir que je t'ai donné, c'est ta victoire ? se moque-t-il, essuyant son menton d'une main pour sucer ses doigts.

Je le regarde, bouche bée. Bon sang, qu'est-il arrivé au garçon de quatorze ans qui m'a offert un précieux verre de mer, l'équivalent d'un diamant rare ?

— Oh ! ma chérie, nous en aurons fini quand je l'aurai décidé.

8

Elle est une œuvre d'art
Et en tant que telle
Il n'existe rien de plus dévastateur
Que de la regarder se briser.

Daria

— On peut passer prendre un café chez Starbucks en rentrant à la maison.

Voici l'offrande de paix qu'il me propose après m'avoir dévorée contre un panneau publicitaire dégoûtant, tandis que sa petite amie se trouvait à moins de cinq mètres.

Penn me tend cette branche d'olivier d'un ton taciturne le lendemain matin, tandis que je suis assise avec ma famille autour du plan de travail de la cuisine, sirotant du café tout en surfant sur mon téléphone. Étant donné que je n'ai pas fermé l'œil de la nuit, tout occupée que j'étais à analyser la chronologie de notre relation, je décide d'entrer dans son jeu. Voici les conclusions que j'ai tirées jusque-là :

Le fait qu'il ait une petite amie n'était qu'une hypothèse jusqu'à hier, pas un fait. Il a esquivé la question quand je l'ai interrogé, et je n'ai pas insisté. Bien que j'aurais effectivement dû approfondir mes recherches, il a fait preuve de si peu de discrétion en suivant Blythe chez elle que je n'y ai pas repensé plus que ça.

Hier, j'étais désorientée et choquée – voilà pourquoi j'ai laissé se produire ce qui s'est produit. Mais on ne m'y reprendra plus. Je ne peux pas avoir une liaison avec un mec qui vit sous mon toit et qui me déteste pour avoir gâché la vie de sa (probablement défunte) sœur.

Il a peut-être pris toutes mes premières fois importantes, mais il n'aura pas ma plus précieuse carte – la V.

Penn attrape sa veste à l'effigie de son lycée et fait signe à Bailey de se bouger. Ils vont à la bibliothèque ensemble. Ils ont passé *beaucoup* de temps tous les deux dernièrement. Et je suis jalouse de Bails. Je suis jalouse de Penn. Mais plus que tout, je suis jalouse du fait qu'ils soient capables de nouer une vraie relation.

À sa demande, tous les yeux quittent leur journal, iPad et magazine en papier glacé pour nous regarder.

— Non, merci, je vais chez Blythe.

Son nom nous arrête tous les deux. Penn hoche sèchement la tête en s'éclaircissant la gorge. Papa nous regarde l'un après l'autre pour tenter de lire entre les lignes.

— Penn, ne te tape pas les amies de Daria, grogne-t-il, arrachant un cri de surprise à Melody.

— Jaime !

— Quoi ? Ce n'est pas moi qui suis concerné !

— Oui, monsieur.

Penn prend un beignet dans la boîte ouverte au centre de la table et mord dedans.

— Je me garderais bien de toucher qui que ce soit affilié à Daria. Sa personnalité est peut-être contagieuse.

Je lève les yeux au ciel en sachant que je suis observée et que papa – la seule personne de mon côté, dans cette maison – péterait les plombs s'il savait que Penn m'avait touchée.

— Je te déteste, frérot, dis-je en souriant.

— Tu m'indiffères, sœurette, rétorque Penn la bouche pleine, passant une main dans ses cheveux avant de se diriger vers la porte avec Bailey.

Mon cœur se met à tressauter telles les ailes d'un papillon, mais en même temps, ça me rend malade. Bailey considère vraiment Penn comme son frère.

Un frère qui a mis ses doigts et sa langue dans les parties intimes de sa grande sœur.

Je passe la journée à espionner Adriana sur les réseaux sociaux. Elle est magnifique, et sa fille, Harper, est adorable. Harper a la peau claire et les yeux verts, comme Penn. Je trouve une tonne de photos d'Addy et Harper, et deux avec Penn. Il les regarde comme si elles étaient la prunelle de ses yeux.

Ce qui me fait penser : il ne m'a pas donné de pommes depuis un moment. Cela veut-il dire qu'il m'a déjà conquise ?

La nuit, une autre catastrophe se produit. Mel ne passe pas me voir dans ma chambre pour la première fois depuis ma naissance. Elle ne me borde pas, ne m'embrasse pas sur le front, ne me dit pas qu'elle m'aime. Probablement parce que ce n'est pas le cas.

Elle a peut-être décidé d'abandonner après la crise chez le glacier. Elle aimerait sûrement que je fasse mes valises et parte pour la fac. Je suis son brillant échec. Pleine de noirceur et vide à la fois.

J'essaie de me convaincre que je m'en fiche, mais au fond, mes entrailles se tordent et saignent abondamment.

Je décide d'aller dans le studio de danse de ma mère, avec mon petit carnet noir. Elle a transformé une partie de notre sous-sol en salle lumineuse dès notre arrivée ici, et depuis, elle y a passé un nombre d'heures considérable, principalement avec Bailey. J'entends encore l'écho de leurs rires quand elles remontent l'escalier chaque soir d'été alors que je suis enfermée dans ma chambre, à escalader les murs par la pensée.

Mel ne m'a jamais invitée dans son studio, alors je viens toute seule, je m'invite.

Le soir où j'ai appris que Via avait fugué, je suis restée debout devant l'immense miroir du studio, vêtue de ma tenue de danseuse. J'ai regardé mon justaucorps léopard, sachant que j'étais trop maladroite, trop en courbes, trop *Daria* pour devenir danseuse étoile. Melody trouvait sa source de joie auprès des autres filles. Des filles plus sportives, plus disciplinées, plus majestueuses. Des filles comme Via. Je suis devenue jalouse, et j'ai commencé à mal me comporter. Au lieu de me retenir, de me dire que j'étais irremplaçable, Mel m'a laissée partir.

Alors je me suis éloignée comme un ballon dans le ciel, attendant que quelqu'un m'ancre sur terre, mais personne ne l'a fait. Ma mère n'a pas fourré son nez dans mes affaires pour essayer de comprendre ce qui se passait depuis des années. Avec le principal Prichard, je fais des choses interdites, et je possède un journal dans lequel je confesse par écrit toutes les horreurs que je commets. Mes amis sont des traîtres qui me détestent, et je n'ai pas ri une seule fois avec ma famille en quatre ans.

Quatre ans.

Quatre années passées inaperçues.

Une larme m'échappe et glisse sur ma joue, quand la porte s'ouvre, laissant apparaître Penn. Il est sombre et silencieux. Et bien présent. Je le sens autant que le sang qui coule dans mes veines. Vital, chaud et porteur de mon ADN. Le problème, c'est que Penn a une petite amie. Mais quand on est ensemble, j'ai l'impression qu'il m'appartient et c'est dangereux.

— Comment as-tu su que j'étais là ?

J'essuie la larme avant qu'il ne la remarque.

Il se frotte la nuque avant de répondre :

— Je pensais que c'était une cave à vin, et je cherchais de l'alcool.

Je lève les yeux au ciel en reniflant.

Il se laisse tomber sur le sol et m'invite à l'y rejoindre en tirant sur mon T-shirt. Une fois que je suis assise, il cale son genou contre le mien.

— Parle.

— Avec l'ennemi ? Non, merci.

Je me rassasie de sa vue. La courbe de sa mèche blond cendré qui tombe sur son front. Son air boudeur. Le suçon dans son cou – qui n'est pas de moi. J'imagine Adriana le sucer, l'embrasser, le mordre, et je me lève, incapable de me calmer. Je me mets à courir vers la porte. Il me rattrape en me tirant vers lui.

— Parle, Daria. Parle, putain.

— Pourquoi ? dis-je en levant les mains. Pour que tu puisses t'en servir contre moi à la première occasion ? Pour que tu puisses en rire avec tes amis ? La petite princesse et ses problèmes de riche ! Pour savoir à quel point je suis faible ? Pourquoi devrais-je te parler ? Je ne suis rien pour toi. C'est ce que j'ai toujours été : ton rien. La salope qui a fait fuir ta sœur. Et ne prétends pas le contraire juste parce qu'on a partagé quelques baisers baveux interdits. Ne fais pas semblant de penser à moi quand on n'est pas ensemble. Je ne suis pas Adriana.

Ses lèvres se tordent de dégoût. Je crois que je l'ai vraiment énervé, cette fois.

Il prend mon visage entre ses mains et colle son nez contre le mien.

— Non, siffle-t-il. Tu n'es pas Adriana. Je suis d'accord.

Il s'écarte pour prendre quelque chose dans la poche arrière de son jean suspendu à ses hanches et en sort une simple clé à laquelle est attachée une ficelle bleue en plastique. Il la jette dans ma main.

J'écarquille les yeux. Comme a-t-il… ?

— Je l'ai volée dans tes pompons.

Il détourne les yeux et traverse la salle, faisant les cent pas comme un tigre en cage. C'est dingue. Énorme, peut-être. Il me garde avec lui partout où il va.

Je le rejoins et pose une main sur son épaule. Il se retourne alors vers moi, l'air ravagé et brisé. Et je crois que c'est à cause de moi. *J'aimerais* que ce soit à cause de moi. Quel genre de personne ça fait de moi ?

— Qu'est-ce qui te tracasse, Daria Followhill, reine du lycée, capitaine des pom-pom girls et Miss Popularité de tout le comté ?

Ma famille.

Mes amis.

Mes secrets.

Mes failles.

Mes erreurs, mes fautes, mon passé.

Et toi. Tu m'as ensevelie si profondément sous des sentiments que je ne peux même pas expliquer.

— Melody ne passe plus dans ma chambre. C'était notre truc, avant. Chaque soir, depuis ma naissance, elle venait m'embrasser pour me souhaiter bonne nuit. Je crois qu'elle ne m'aime plus.

Au moment où je prononce ces mots, je prends conscience qu'il ne s'agit pas d'un mensonge. Cette déclaration m'anesthésie et atteint chaque cellule de mon corps. Ma mère ne m'aime plus.

J'ai réussi à me faire oublier par la personne programmée pour m'aimer de manière inconditionnelle.

— Elle t'aime.

Il glisse le dos de sa main contre ma gorge en me fixant droit dans les yeux.

— Mais tu te détestes, alors cela n'a aucune importance.

Je ricane.

— Je m'aime. Regarde-moi. Je suis Daria Followhill.

Je désigne mon corps d'un geste des mains et il secoue la tête. Il n'y croit pas.

Sans un mot, il me pousse vers le miroir devant nous. Tout en se tenant derrière moi, il lève mon menton pour que je m'observe. Que je *nous* observe. Il me dépasse d'une tête. Il est large et musclé comme un dieu grec. Les traits de son visage sont plus anguleux et symétriques que les miens. Son charisme va faire exploser la pièce, tandis que je me tiens là, dissimulant la majeure partie de son corps et n'attirant pourtant pas l'attention.

— Quand je regarde dans le miroir, je vois un orphelin. Un joueur de football. Un étudiant. Un frère en deuil. Un mec qui rêve d'étudier à Notre-Dame afin d'échapper au trou de merde qu'est sa vie, de briser le cercle de pauvreté. Je sais qui je suis. Mais *toi*, qui es-tu ? Dis-moi ce que tu vois, Daria.

Son souffle balaie mes cheveux.

— Aide-moi à entrer dans cette magnifique et détestable tête.

Je touche mon estomac et saisis un minuscule pan de graisse.

— Je suis trop ronde.

Je fais glisser un doigt le long de mon nez.

— Mon nez est trop petit, mes yeux, trop grands. Et mes cheveux ont toujours l'air secs.

— Quoi d'autre ? demande-t-il.

Il promène une main sous mon short de pyjama et ses doigts longent ma fente à travers ma culotte.

— Confie-toi à moi, mon vilain petit monstre.

Je ricane en secouant la tête. Je veux lui dire d'arrêter. Qu'il a une petite amie et un enfant, et que je n'aime pas ça. Un bordel digne d'une émission à la Jerry Springer. Mais pour la première fois depuis hier, j'ai l'impression qu'on me remarque.

— Je suis la personne la plus jalouse et la plus mesquine que je connaisse.

— C'est parce que tu vis à l'intérieur de toi-même.

Il m'embrasse le cou, et je le laisse faire. Je suis si faible et pathétique.

— Quoi d'autre ?

— Mon âme est noire, Penn. Quand je vois un adversaire potentiel, je l'écrase sans lui laisser aucune chance. Je suis vraiment vindicative.

— Non, Daria. Tu es vraiment humaine. C'est ce que tu es.

Mes orteils décollent le sol quand il écarte ma culotte et qu'il introduit deux doigts en moi tandis que son pouce joue avec mon clitoris. Je gémis et laisse aller ma tête contre son torse en fermant les yeux, me laissant glisser vers un endroit où nous sommes seuls au monde. Je frotte mes fesses contre son érection, prenant conscience à quel point j'adore savoir quel effet j'ai sur lui.

— Tes failles, c'est la chose la plus sexy que j'aie jamais vue.

Il mordille le lobe de mon oreille, me faisant ouvrir les yeux. Je remarque qu'il nous observe toujours dans le miroir.

Évidemment, il se délecte de mes faiblesses. Pourquoi ne le ferait-il pas ? Elles lui donnent l'avantage dans notre relation tordue.

Mes genoux cèdent, faisant plonger mes hanches vers l'arrière tandis qu'il bouge ses doigts plus vite et plus profondément. Mais tout à coup, une porte grince à l'étage et nous entendons des bruits de pas lourds descendant l'escalier.

— Marx.

Je me retourne et rejette Penn. Affolée, je regarde autour de moi et mes yeux tombent sur la salle de bains du studio. Je le pousse à l'intérieur avant de refermer la porte au moment même où celle du studio s'ouvre en grand, laissant apparaître mon père.

Merde, merde, merde.

Je suis trop grillée. Je tire sur mon T-shirt pour dissimuler la tache bien visible de mon désir. Mon corps vibre encore de l'orgasme qui était sur le point de déferler en moi.

— Tout va bien ? demande mon père en fronçant les sourcils. Je me servais un verre d'eau quand j'ai entendu quelqu'un parler.

— Je suis seule !

J'ai crié.

Une vraie idiote.

Je lance mes cheveux vers l'arrière et m'éclaircis la gorge.

— Toute seule, comme tu peux le voir.

Mon sourire est si crispé qu'il pourrait me déchirer la peau. Papa désigne la porte de la salle de bains d'un mouvement du menton.

Non. Pitié, non.

— Ouvre la porte de la salle de bains, Daria.

— Papa…

— *Maintenant.*

Je m'exécute, avançant à pas lents. Mon père est toujours à l'autre bout de la pièce, mais il a une bonne vue de la majeure partie de la salle de bains.

— Tire le rideau de douche.

— Tu es sérieux là ?

— Ne discute pas. C'est marrant, jusqu'à ce qu'il y ait un garçon à la maison qui essaie de se faufiler dans la culotte de ma petite fille.

Je sais que c'est ridicule, mais mon cœur danse dans ma poitrine à l'idée qu'il se soucie vraiment de moi. Prenant mon courage à deux mains et inspirant un grand coup – en sachant qu'il est sur le point de découvrir Penn –, je tire le rideau. Mais Penn n'est pas là. Je mords ma lèvre inférieure pour dissimuler ma surprise, puis me tourne vers mon père avec un haussement d'épaules.

— Je te présente mes excuses, princesse.

Il sourit d'un air narquois.

— Et tant que tu y es, reste loin des garçons.

— Très bien.

— Je veux dire pour toujours.

— Va-t'en, papa.

— Va te coucher. Ton papa t'aime.

Dès qu'il a refermé la porte, j'entre de nouveau dans la salle de bains en cherchant frénétiquement Penn partout. Il n'y a pas de fenêtre, alors où est-il passé ?

— Ici, vilain petit monstre.

J'entends un ricanement.

Il est allongé dans la baignoire avec ce sourire qui pourrait faire exploser le ciel en attirant le soleil.

— Bouge, je grogne, le rejoignant.

Nous restons allongés là, blottis dans les bras l'un de l'autre, jusqu'à ce que nous nous endormions. Plus de discussion, plus de baiser ni de mains baladeuses. Nous sommes rien que tous les deux, immergés dans quelque chose de mal qui a pourtant l'air si bon.

À 4 h 30, son alarme sonne. Nous nous précipitons alors tous les deux vers nos chambres et quand nous atteignons nos portes, il referme la sienne doucement, sans la claquer.

Les petites victoires.

9

Je déteste te mentir
Mais j'adore voir ce que ma bouche peut faire
Quand elle dit des choses
Qui provoquent ta perte.

Daria

Le lendemain, j'aide ma mère en cuisine. Elle sort un plat de légumes du four pendant que je coupe une tomate pour faire une salade.

— On dirait qu'il y a beaucoup trop de légumes et pas assez de viande. Pas vrai, Scully ?

Papa a dit ça en passant la porte pour nous rejoindre, plantant un baiser sur ma joue puis un autre sur les lèvres de Mel. Bailey est occupée à réviser, car elle a un examen demain, et en plus, Melody estime que son planning de danse exténuant l'a laissée complètement épuisée dernièrement.

— Carrément, monsieur.

Penn entre à son tour derrière mon père, encore en tenue de foot. Je consulte l'heure sur la pendule de grand-père de l'autre côté de la pièce. 19 h 30. Quelque chose l'a retenu à San Diego une heure après son entraînement. Ou quelqu'un, peut-être. *Addy, probablement.*

Ne sois pas jalouse. Tu n'en as pas le droit.

— Bébé, il faut qu'on parle de l'école à la maison pour Bailey, et de l'*autre* chose.

Melody embrasse mon père sur les lèvres. Il y a beaucoup trop de baisers échangés dans cette cuisine, je vais en perdre l'appétit.

Attendez, quoi ? Bailey arrête les cours ?

Je lance un regard à Melody.

— Oh ! ce n'est rien.

Elle balaie d'un revers de la main ce qui doit être mon air le plus salopard à ce jour.

— On essaie simplement de rendre les choses plus faciles pour Bailey maintenant qu'elle a six cours de danse par semaine.

Alors j'avais vu juste. Melody *allait* emmener Bailey et Via à Londres, et emménager avec elles. Je parie qu'elle est dévastée que Bailey soit catégorique quant au fait de rester à Todos Santos avec le reste des Tod*merdes* – les enfants des Hot Heroes.

— J'ai le temps de prendre une douche rapide ? demande Penn. Je n'ai pas pu le faire au lycée.

Je ricane discrètement, les yeux fixés sur les tomates. Ma mère a toujours été stricte quant au respect de l'heure du dîner, et l'horaire habituel est déjà passé de quarante-cinq minutes. Baiser la mère de son enfant, au cas où Penn se poserait la question, n'est pas une excuse valable. Melody a déjà reculé l'heure en fonction de ses entraînements de foot.

Elle ne cédera pas cette fois.

— Bien sûr, lance Mel. Bailey n'a pas fini ses devoirs, de toute façon.

Je m'immobilise, la bouche ouverte, résistant fortement à l'envie de la gifler. Elle n'aurait jamais toléré ça avec moi.

Je jette tous les légumes dans le saladier avec des mouvements brusques.

— Voilà, dis-je. Je vais regarder *Les Vraies Femmes au foyer de Dallas* jusqu'à l'heure du dîner.

— Ou tu peux rester avec moi, on pourrait feuilleter le nouveau catalogue Chanel, suggère Melody en ouvrant une bouteille de vin blanc.

— Non, merci.

— Alors, peut-être qu'on pourrait…

— Non.

J'affiche mon sourire le plus superficiel, m'appliquant à battre des cils.

— S'il te plaît, évite de nous embarrasser en essayant de nouveau. Même si tu m'offrais une virée shopping à Milan, la réponse serait toujours non.

Vingt minutes plus tard, nous sommes à table. Tout le monde semble de bonne humeur. L'excitation de Bailey concernant ses cours de danse classique est contagieuse. Cette gamine est vraiment trop parfaite comparée au sac de défauts que je suis.

— Et aussi, ils vont me retirer mes bagues la semaine prochaine ! annonce-t-elle.

Penn et elle cognent leur poing l'un contre l'autre au-dessus de la table. Je lui dis que je suis heureuse pour elle, parce que c'est le cas, puis elle ajoute :

— Juste à temps pour New York.

— New York ?

Je fronce le nez, perplexe.

— Maman va m'emmener à New York.

Je fais tomber ma fourchette dans mon assiette, et le silence s'abat sur la pièce. Les regards sont braqués sur moi. Je dois dire quelque chose. Quelque chose de positif. Et je le veux – j'aime Bailey, sincèrement – mais je ne peux pas. Ce n'est même pas le Hulk en moi qui est énervé. Melody a raison. C'est *moi.*

Bailey regarde autour d'elle nerveusement, et je déteste le fait qu'elle se retrouve mêlée à mes tourments.

— C'est un cadeau d'anniversaire en avance. C'était... c'était mon idée, bégaie-t-elle. Je... hmmm. Je voulais partir une semaine, mais maman a accepté pour quatre jours.

Mon anniversaire est avant le sien, mais je ne le souligne pas. Je sais maintenant pourquoi Mel voulait me montrer le catalogue Chanel. C'est marrant, elle a oublié de mentionner que je rêve de retourner à New York. J'y suis allée à deux reprises, dont une fois pendant une escale, alors ça ne compte pas.

— Nous avons un rendez-vous professionnel.

Melody s'éclaircit la gorge, tapotant les coins de sa bouche avec sa serviette.

— J'allais évidemment te proposer de nous accompagner.

Papa change de sujet sans me laisser le temps de répondre.

— J'ai cherché des universités pour toi, Penn.

Il tousse dans son poing.

— J'ai bien avancé. J'ai pu établir une liste d'au moins six universités que j'aimerais te montrer.

— Je n'ai reçu que trois invitations de League 1 pour l'instant.

Penn fourre une fourchette pleine de légumes dans sa bouche, les yeux fixés sur son assiette. Je crois qu'il est énervé, mais j'ignore pourquoi. C'est moi qui devrais être en colère, puisque l'on m'ignore constamment.

— Le coach m'a conseillé de choisir intelligemment parce qu'à ce stade, c'est une formalité. Une fois qu'ils ont payé pour ton trajet et ton logement, tu es censé accepter.

— Aucun de mes fils n'ira dans la mauvaise fac juste parce qu'on lui a offert un billet en classe éco, dit Jaime.

— Alors heureusement que je ne suis pas votre fils. Je ne peux pas me permettre d'être exigeant. *Monsieur.*

Je me demande ce que pense Adriana du déménagement de son athlète de petit ami et père de son enfant. Il prévoit peut-être de les emmener avec lui. Ça ne m'étonnerait pas.

— Ce n'est pas ce que laissent penser ton talent et ta beauté, plaisante papa.

— Sérieusement, papa ? Sa beauté ?

Bailey laisse échapper un rire nerveux.

J'aimerais tant que mes parents arrêtent d'appeler Penn leur « fils », ça m'éviterait de trouver ultra-dégoûtant de l'embrasser et de frotter mes cuisses et la chose au milieu contre sa queue.

— Nous te considérons comme notre fils, ajoute Melody en adressant à Penn un sourire qu'il ne lui rend pas.

— Ce qui porte le nombre de vos enfants à deux, maintenant que vous vous êtes débarrassés de moi, je marmonne dans mon verre d'eau.

— Merci, Daria, aboie Mel, coupant vigoureusement sa viande avec une lueur dans les yeux. On peut toujours compter sur toi pour casser l'ambiance.

Penn fronce les sourcils. J'ai l'impression qu'il commence à voir que je ne suis pas la seule à blâmer dans cette situation. Il ouvre la bouche, mais ma mère l'interrompt :

— Penn, chéri, il faut que nous discutions. En privé.

— Avant ou après avoir parlé à Bailey de New York ? je demande, en jetant ma serviette sur la table avant de me lever. Et moi, alors ? Vous avez besoin de me parler de quelque chose ? Peut-être des pom-pom girls ? Des cours ? Des gens avec qui je traîne en ce moment ? Des inscriptions à la fac ? Quelque chose, Melody ? Quelque chose qui ne soit pas Chanel, putain ?

Silence.

— Laissez tomber.

Je lance mes cheveux en arrière.

— Le ragoût est raté de toute façon, j'ajoute. Régalez-vous de votre festival de calories, losers.

Je mets mon pouce et mon index contre mon front en forme de L avant de sortir en coup de vent en empruntant l'escalier. J'ignore pourquoi je suis si pressée. Ce n'est pas comme si quelqu'un allait me rattraper. Melody le faisait, avant l'histoire avec Via. Puis elle a pris conscience que je ne lui confierais jamais les choses qui me pesaient. Bailey essaie parfois de me parler, et généralement, ça craint. Bails est si mignonne, mais elle n'a aucune expérience, et tout l'effraie. Papa… Papa sera toujours là pour moi, mais je ne peux rien lui dire au sujet de sa précieuse épouse. Il l'aime trop pour voir derrière l'éclat aveuglant qu'elle projette devant lui.

Je claque la porte, mais les murs sont si fins que j'entends une chaise grincer contre le sol. Cela m'attriste de savoir de qui il s'agit. Il n'y a qu'une seule personne qui n'a pas renoncé, et c'est parce qu'elle n'a jamais eu foi en moi.

— Laisse tomber, Penn, dit ma mère – et je peux l'imaginer prendre une généreuse gorgée de vin. Daria fait seulement sa Daria.

Penn

Dans le livre *Survivor*, Chuck Palahniuk décrit une scène dans laquelle le narrateur prend conscience, après avoir mangé presque un homard entier, que son cœur bat toujours. Vivre sous le même toit que les Followhill me fait cet effet-là. D'être mangé et dépecé, alors que mon pouls bat encore.

Parle.

Je fronce les sourcils devant le message sans réponse que je lui ai envoyé une heure et demie plus tôt.

Je suis allongé dans mon lit parfait, dans ma chambre parfaite, dans cette parfaite maison de pain d'épice dont tous les membres sont parfaitement défectueux, à tel point qu'ils ne se supportent pas. Qui pourrait croire que la parfaite et magnifique Daria Followhill est le mouton noir de sa famille ?

Le pire n'étant pas que Mel ait ignoré Daria. Mais qu'elle l'ait fait si naturellement. Comme si sa fille n'était qu'une mouche agaçante.

Mel est terrorisée par sa fille, qui se comporte comme tout *sauf* sa fille, et Jaime en a assez de devoir choisir son camp. Quant à Bailey, elle se retrouve au milieu de ce bazar à rassembler de la matière bien lourde pour son futur psy.

Plus tôt dans la soirée, alors que je faisais la vaisselle et que Jaime essuyait, il m'a invité à me joindre à ses amis et leurs fils pour un week-end à faire du camping. Je lui ai répondu que cela ne me semblait pas être une bonne idée parce que Daria était déjà passée par cinquante nuances de folie du fait que Bailey et moi monopolisions ses parents. Le pire, c'est que je ne veux pas de leur temps. Seulement de leur frigo. Un lit, aussi, je suppose. Surtout si leur fille est dedans.

— Depuis quand tu te préoccupes de ce que Daria éprouve ?

Jaime fronce les sourcils sans quitter des yeux l'assiette qu'il essuie. Il n'a pas réussi à dissimuler le plaisir dans sa voix.

— Je m'en fiche, mais votre fille a une tonne de munitions

pour mon cul. Et elle appuie facilement sur la détente, alors je ne veux surtout pas être dans sa ligne de mire.

Et voilà une belle boulette enveloppée dans de la merde.

Jaime me dévisage d'un air sceptique.

— Tu racontes de la merde à un raconteur de merde, Scully ? Tu n'en as rien à faire de provoquer l'hostilité de Daria. Tu n'en aurais rien à faire de provoquer l'hostilité de la Russie. Tu te pointerais quand même. Probablement en portant ce jean et ce T-shirt troué, et même avec une cigarette.

— Daria pourrait raconter à tout le monde que je vis ici.

Je hausse les épaules. Elle ne le ferait pas. Je ne sais pas comment j'en ai la certitude, mais c'est le cas. Elle n'est pas une si grosse salope, sauf quand on la provoque. Et même alors, elle est plus du genre à aboyer qu'à mordre, d'après ce que j'ai vu. Elle se prend pour l'Antéchrist alors que, dans les faits, elle ressemble davantage à Marie Madeleine. Elle regarderait le Christ se faire crucifier sans lever le petit doigt, mais à n'en pas douter, elle n'en serait pas ravie. Non, monsieur.

— Et si elle le faisait ? Tu n'as pas besoin de bourse, poursuit Jaime. Je paierai tes études.

— Monsieur, j'apprécie sincèrement votre offre généreuse, mais pour la millième fois, je ne prendrai pas l'argent que vous avez si durement gagné.

— Ce n'est pas si durement gagné, garçon. L'avantage, avec l'argent, c'est que quand tu en as une quantité suffisante, il se multiplie tout seul.

Mais ce n'est pas seulement à cause de mon éducation du Sud, ni pour une question de morale. Ce serait bizarre d'expliquer comment mon cul a atterri tout à coup à Notre-Dame. Mes amis me poignarderaient les couilles s'ils apprenaient que je vis dans cette maison de dingue et que je ne leur ai rien dit.

— En plus, tu t'en sers, maintenant, ajoute-t-il.

— Parce que je n'ai pas le choix. Enfin, sauf si on considère qu'être sans abri constitue une option.

Nous avons tout rangé et j'ai filé dans ma chambre attendre que Daria initie quelque chose. Elle ne l'a pas fait. Quand il m'est apparu clairement qu'elle étendait les frontières de la guerre froide avec sa famille jusqu'à moi, je lui ai envoyé un message auquel elle n'a pas répondu.

« Parle » est notre code pour « rendez-vous au sous-sol ». On ne veut pas prendre de risque, au cas où ses parents décideraient de lire ses messages.

Lassé d'attendre en vain comme un loser désespéré, j'ouvre ma porte d'un coup de pied. Il est 1 h 30 passée, et elle dort peut-être, mais je veux tenter ma chance.

Je frappe à la porte. Pas de réponse.

Je l'ouvre et l'aperçois allongée sur le ventre sur son lit tout bordé. Les femmes de ménage le font tous les jours, comme dans un hôtel. Elle me rappelle Via étendue sur l'herbe jaune le jour où Daria s'est débarrassée de la lettre.

Lumière éteinte. Absente. Désespérée.

Je réfléchis à quelque chose qui pourrait la faire rire. Lui dire que son cul est sublime vu d'ici (c'est le cas). Ou peut-être lui promettre que tout va s'arranger (ce n'est pas le cas).

Je m'arrête près de son lit et étends les doigts dans le bas de son dos avant d'exercer une forte pression. Je la fais plonger dans son matelas de plume jusqu'à ce qu'elle se noie dans le satin.

— Dégage, grogne-t-elle.

— Et me priver de toute cette délicieuse rage adolescente ? je murmure, subjugué par la façon magnifique dont mes mains s'adaptent à son corps.

Son corps semble avoir été formé pour mes mains.

— C'est quasiment Netflix, mais gratuit.

— Je n'ai pas envie de te dire quoi que ce soit.

— Tu n'as pas beaucoup d'options.

— J'ai des amis, rétorque-t-elle.

— Non. C'est faux, dis-je doucement. Tu as des gens avec qui sortir, mais tu ne leur diras jamais une de tes vérités. Même pas la moitié d'une. Même pas un putain de quart. Alors maintenant regarde-moi.

Elle roule sur le dos et je retiens mon souffle. Elle pleure. Elle pleure probablement depuis des heures. Son visage est baigné de larmes et gonflé. Je le prends en coupe et l'attire vers moi pour la bercer. La porte est ouverte. Les Followhill peuvent se réveiller et entrer dans la chambre à tout moment. Et je souhaite qu'ils le fassent. Ils ont besoin d'une prise de conscience. Un putain de réveil, même.

— Parle.

— Non.

Elle rit pour la première fois depuis que nous nous sommes rencontrés, en essuyant ses larmes qui sont suivies par d'autres.

— C'est toujours moi qui parle. Et toi qui écoutes. Je ne sais même pas à *qui* je m'adresse. Tes murs sont toujours debout tandis que j'ai abattu les miens suffisamment pour voir que cette relation ne va que dans un sens.

Elle a raison. J'aimerais être son cheval de Troie. Pénétrer dans ses murailles incognito. Je ne lui donne jamais rien de moi, je suis toujours celui qui prend.

— Imagine que je suis ton ami.

— Je n'ai pas d'amis, tu te souviens ?

— Ça craint d'être toi.

Ma voix se fait menaçante, et elle hausse les épaules.

— Alors pourquoi es-tu ici ?

— Parce que ça craint aussi d'être moi.

Mais ça craint moins quand nous sommes tous les deux, même si je devrais te haïr.

Elle tente de me repousser quand je la prends dans mes bras, mais je la serre encore plus fort, alors elle n'a aucune chance. Pom-pom girl contre receveur ? Pas besoin d'un doctorat en physique pour deviner qui va gagner.

— Parle, dis-je dans son oreille. Ta famille fait de la merde en ce moment. Ta mère ne s'occupe que de ta sœur et ton père est partagé. Rends la situation réelle. Parce qu'à la seconde où tu le feras, tu devras t'en occuper.

Je maîtrise les discours à la Dr Phil, vu que la femme m'ayant donné naissance a passé ses six derniers mois allongée sur le canapé devant ses émissions à juger les participants tout en se droguant.

Fuir ses problèmes ne fait que les multiplier. Un peu comme le cancer. Sans traitement, il gagnera les autres organes de votre corps.

Daria se débat dans mes bras, essayant désespérément de me repousser, et ses doux pleurs se transforment en gros sanglots. Elle tremble contre mon torse, les lèvres pincées.

Elle ne veut pas admettre à une racaille que la vie qu'elle mène au sein de son château doré n'est pas parfaite.

Je l'enveloppe entièrement, même quand elle grogne tel un animal blessé. Même quand le collier avec le verre de mer, *son* collier, me brûle à travers le tissu de la poche arrière de mon pantalon, juste à côté de sa ficelle de pom-pom girl, exigeant de retourner à son propriétaire. Même quand un cri déchire sa gorge et que je dois recouvrir sa bouche avec ma main. Je la tiens.

— Va voir ta petite amie. Elle a plus besoin de toi que moi.

C'est vrai. Addy et Harper ont désespérément besoin de moi. Mais ce n'est pas avec elles que j'ai envie d'être.

— Je parie que c'est la première fois que tu craques.

J'essuie ses larmes.

— Moi, ça m'arrivait souvent. J'allais sous un pont. Près d'un groupe de sans-abri. Je hurlais à la rivière et frappais des murs en béton après la disparition de Via.

Elle voulait quelque chose de réel et d'inconfortable ? La voilà servie.

— Je n'arrivais pas à parler pendant plusieurs jours, après. Une fois, je me suis même donné un coup de poing pour voir si je pouvais pleurer. Et la réponse est non, au fait. Et à la mort de ma mère ? Je suis allé au Snake Pit dans l'espoir que Vaughn me tuerait. Je l'ai laissé me tabasser simplement pour pouvoir ressentir quelque chose. Parce que, tu vois, l'homme de fer, c'est moi. Je n'ai pas de cœur. Pas depuis le départ de Via. Elle représentait le monde à mes yeux. Adriana et Harper, je prends soin d'elles, mais ce n'est pas pareil. Mon cœur était rouillé avant qu'elle parte. Après, il était détruit. Est-ce assez réel pour toi, Daria Followhill ?

Elle renifle et lève les yeux vers moi. Ses yeux bleus sont spectaculaires, comme deux bols remplis de diamants. Ses lèvres tremblent autour des mots qu'elle ne peut toujours pas prononcer par fierté. Son visage brille de l'éclat de ses larmes et de sa morve. Je dépose un petit baiser sur le bout de son nez qui coule et elle renifle immédiatement. Comme si j'en avais quelque chose à foutre de sa petite morve.

— Tu es Saturne, murmure-t-elle. Constitué de fer et de nickel, et entouré d'anneaux de glace et de pierre.

— Comment sais-tu ça ?

Je souris, et je suis convaincu que mon sourire est chaleureux. Il bousille quelque chose en elle, et même si je sais que je ne devrais pas, *j'aime* ça. Après toutes ces années, je veux toujours la détruire. Pour la réparer ensuite. Et recommencer, encore et encore.

— Bailey connaît plein de trucs sur des trucs. Parfois j'en chope une miette à table. Pourquoi es-tu rentré tard aujourd'hui ? demande-t-elle.

Parce que je savais que tu serais là.

— J'ai vu Adriana.

Je mens.

Je la serre encore plus fort tandis qu'elle se débat à nouveau, tentant désespérément de s'échapper, mais je ne peux pas la laisser faire.

Et quand elle craque de nouveau dans mes bras, je rassemble les morceaux, la borde dans son lit et l'embrasse sur le front, ne la lâchant pas avant qu'elle soit profondément endormie.

10

Il veut la laisser partir
Sans pourtant réussir à la libérer
Parce que si elle revient
Elle verra de qui il est tombé amoureux et fuira.

Daria

Allongée sur le flamant rose géant gonflable dans notre piscine en forme romaine, je fixe le soleil à travers mes lunettes. Le soleil ressemble beaucoup à la haine – beau, mortel et nécessaire à notre survie. Il peut vous aveugler mais aussi vous motiver. La haine motive beaucoup plus que l'amour. L'amour est satisfait et paisible. Les gens heureux ne sont pas passionnés. Ils se contentent… d'exister. Mais nous, les gens pleins de haine, c'est une autre histoire. Nous sommes affamés et désespérés.

Les gens haineux font les meilleurs amants.

Le doux bruissement de l'eau me prend au piège et m'invite à la relaxation, à m'abandonner au nirvana. Je cligne des yeux devant les immenses palmiers, le ciel sans nuage et la vue de Todos Santos, et me demande comment quelqu'un qui possède autant peut se sentir aussi petit.

J'ai l'impression d'être une pièce de puzzle qu'on aurait oubliée sous le tapis et que personne ne prend la peine de chercher.

— Ma puce ? Ma chérie ?

La double-porte vitrée s'ouvre sur Mel, vêtue de l'une de ses robes de plage turquoise, avec un immense chapeau de paille. Nous faisons la même taille.

Melody était plus petite que moi à mon âge. Une vraie danseuse étoile, avec les côtes apparentes et les muscles fins de son dos bien visibles. Chaque fois qu'elle s'affaire devant un miroir, se plaignant de ne plus faire taille 0, elle glisse un rapide regard vers moi en s'excusant : « Je ne veux pas dire que la taille 4 est trop grande. »

Non, Mère. Ce n'est juste pas la taille parfaite. D'après toi, en tout cas.

Je l'ignore et continue d'observer le ciel.

Elle s'assied sur l'une des chaises marocaines jaune et rouge à deux mille euros pièce et sirote sa petite margarita.

— Il faut qu'on parle, Dar.

En fait, non. Nous n'avons pas parlé depuis des années, et tu n'en as rien à faire.

— Tu comptes m'ignorer pour toujours ? insiste-t-elle.

Pas pour toujours. Seulement jusqu'à ce que je sois capable de formuler les raisons pour lesquelles elle me fait si mal. En faisant passer Bailey avant moi. Papa aussi. Et Penn. Mais lui dire toutes ces choses me rendrait vulnérable, et le seul avantage que je possède c'est que ma mère me croit forte. Penn a raison : à la seconde où vous avouez quelque chose, celle-ci devient réelle.

— J'aimerais te parler, mais je ne veux pas que tu le prennes mal.

— Alors pourquoi veux-tu me le dire ?

J'étire les bras et regagne tranquillement le bord de la piscine dans de longues brasses. Je saute de la bouée et monte les marches qui mènent au ponton pour prendre une serviette, me sécher et enfiler ma jupe et mon mignon petit haut.

— Tu n'arrêtes pas de faire des trucs qui m'énervent, comme des voyages secrets à New York et les projets d'école à la maison pour Baley, ou adopter Penn.

J'essore mes longs cheveux mouillés.

— Et ça ne t'empêche pas de les faire. Dis-moi, Mère, combien de secrets prévois-tu encore de me cacher ?

Elle retire ses lunettes et nos regards se croisent. Ses yeux sont remplis de larmes.

— Un, murmure-t-elle. Un seul. Combien de secrets me caches-tu, Daria ?

Je pense alors à la lettre de Via. À Prichard. À Penn. Et je secoue la tête.

— Je dois y aller.

— Daria…

J'attrape mon téléphone et me précipite dans la maison en prenant mes clés de voiture au passage. Melody est sur mes talons, me suppliant de m'arrêter. Mais je ne peux penser à rien d'autre qu'à elle et Bailey organisant des voyages à New York, ou assises toutes les deux pendant des heures – des jours – à la maison, pendant que je suis en cours, à l'université, ou n'importe où loin d'elle.

Penn descend l'escalier à ce moment-là. Pourquoi est-il toujours à la maison quand il n'a pas entraînement ? Pourquoi ne passe-t-il pas plus de temps avec sa fille ? Il s'immobilise en bas des marches, son large torse me bloquant l'accès. Il est secoué par son doux rire hypnotisant qui fait généralement naître jusque dans mes os une vague de frissons affamée. Il porte un sweat à capuche noir sur lequel la main d'un squelette fait un doigt d'honneur – le trou est quelque part en dessous – et un jean usé qui tombe trop bas sur son cul. Des baskets aux lacets défaits. Les cheveux en bataille. La perfection pure.

— Où vas-tu ? tempête Mel.

Les yeux brillants de larme, je le pousse et me faufile à l'extérieur de la maison. Je saute dans ma voiture et la démarre. Qu'est-ce que Mel compte faire, maintenant ? Déménager à Londres avec Bailey ? M'envoyer à l'université dans un autre État pour se débarrasser de moi ? Me vendre à la mafia ? Je ne serais pas étonnée, venant d'elle. Avant que je comprenne ce qui se passe, Penn atterrit sur le siège passager à côté de moi.

— Putain ! Laisse-moi tranquille ! je crie, en donnant un coup sur le tableau de bord.

Mel arrive, nerveuse, en trébuchant à la porte d'entrée. Je ne comprends pas sa réaction. Elle a fait de son mieux pour m'énerver depuis des mois.

— L'hystérie ne te va pas très bien, Skull Eyes. Où allons-nous ?

— Je ne sais pas.

— Ma destination préférée.

— Pourquoi fais-tu ça ? dis-je en gémissant, la douleur perçant dans ma voix à tel point qu'elle est rauque.

Mel nous rejoint, contourne la voiture et frappe ma vitre du plat de la main. Je me rends compte qu'il est désormais trop tard pour virer Penn.

— Daria !

Je passe la première de ma BMW et observe Mel disparaître dans mon rétroviseur. Je traverse les quartiers immaculés et le centre-ville de Todos Santos, vers l'autoroute, entre des dunes dorées. Je conduis jusqu'à ce qu'il n'y ait nulle part où aller. Belle and Sebastian passe à la radio, me demandant si je suis d'humeur sinistre. J'essaie de faire comme si Penn n'était pas là, d'ailleurs son silence m'aide à y croire.

Un panneau de station essence bleu et blanc brille au loin sur un fond de néon jaune. Aucun de nous ne mentionne le fait que c'est mon anniversaire aujourd'hui. Que je n'ai pas eu de gâteau, de carte ni de câlin. Que ma famille s'est sentie excusée de sauter cette occasion puisqu'elle a accepté que je donne une fête dans quelques semaines. À chaque fois que ma mère appelle, faisant retentir dans la voiture l'alarme Jaws – sa sonnerie attitrée, accompagnée d'une photo d'elle avec son sourire tout en dents –, Penn la fait basculer sur la messagerie.

— Gare-toi.

Penn fait claquer son chewing-gum en une bulle.

— Pourquoi ?

— Bière.

— Et comment ?

Je lève les yeux au ciel.

Il soulève son cul du siège pour prendre son portefeuille, d'où il sort ce qui ressemble à une fausse carte d'identité.

— Racaille, dis-je en toussant dans mon poing.

Il me lance un sourire narquois et fait glisser la carte entre mes cuisses, le long de ma fente, comme s'il s'agissait d'une carte de crédit.

Je retiens mon souffle.

— Putain, tu penses faire quoi là ?

— Je te montre que je suis peut-être un punk, mais toi, tu es le vilain petit monstre qui tombe amoureuse de lui.

Je me gare sur le parking de la station-service et le pousse hors de la voiture. Alors que je l'observe à travers la vitrine du 7-Eleven, je ressasse ses paroles. Je ne tombe pas amoureuse de lui. Pas du tout. Il s'approche calmement de la caisse avec un pack de six Budweiser et un paquet de chips, puis demande un paquet de cigarettes, alors qu'il ne fume plus. Quand il me rejoint dans la voiture, je l'interroge à ce sujet.

— Une expérience, répond-il en fourrant une chips dans sa bouche. Démarre, reine du jour. Je vais te guider.

Je suis ses directives sans prendre la peine de lui demander où nous allons. La vérité, c'est que cela n'a aucune importance. Lui et papa sont les seules personnes que je suis prête à suivre.

Nous arrivons à un parc appelé Castle Hill. D'immenses arbres s'élèvent jusqu'au ciel, prenant racine dans une terre humide et de la mousse claire. Cet endroit est étonnamment vert pour la région, où le jaune beurre prédomine. Je gare la voiture devant le tronc d'un arbre tombé au milieu des bois et suis Penn qui est sorti, deux bières à la main.

— Ce parc est magique, dit-il. Je viens là quand j'ai besoin de reprendre mon putain de souffle.

Il ouvre une bouteille avant de me la tendre, mais je secoue la tête.

— Je conduis.

— Une seule bière. Je ne te laisserai pas t'enivrer.

Il s'appuie contre le gros tronc tandis que je prends, avec hésitation, une longue gorgée de la bière qu'il m'a offerte. Je gémis de plaisir en la sentant couler, douce et froide, dans ma gorge, puis je m'assois sur un autre tronc en face de Penn. Nous nous regardons pendant un moment avant qu'il ne finisse par sortir son paquet de cigarettes, qu'il ouvre avec la bouche en crachant le plastique par terre. Il en sort une avec les dents et l'allume.

— Tu apprécies ton bâtonnet de cancer ? je marmonne.

— Pas autant que toi quand tu auras essayé, dit-il platement en me tendant une cigarette.

Quelque chose passe dans le silence entre nous, et je la prends en attendant d'autres instructions. Il a les chevilles croisées, l'air complètement indifférent. Comme s'il s'agissait d'un numéro qu'il fait depuis des années.

— Prends une bouffée.

Je m'exécute. Et je me mets immédiatement à tousser. La fumée me chatouille la gorge et me brûle les poumons. Je ne comprends pas comment Knight et Vaughn peuvent consommer autant d'herbe. En plus, je déteste l'arrière-goût.

Pendant ce temps, Penn m'observe comme si j'étais sa proie.

— Maintenant, prends une plus longue bouffée. Et cette fois, ne la recrache pas. Garde-la.

Il termine sa bouteille de bière et la jette contre un arbre. Il vise juste et la bouteille se brise en minuscules bouts de verre.

— Garde la putain de bouffée, Skull Eyes.

Je fais ce qu'il me dit, en attendant de comprendre. Je tire sur la cigarette et patiente. Ma gorge se contracte autour de la fumée, et j'ai l'impression d'étouffer. Mes poumons sont remplis de poison, au point que j'ai envie de vomir. Je sens mon visage rougir alors que j'ignore si je vais pouvoir tenir plus longtemps.

Il s'approche de moi d'un pas nonchalant, et s'accroupit légèrement pour capter mon regard.

— Relâche.

J'expire la fumée et tousse à en expulser mes poumons. Oh ! mon Marx. Pourquoi ai-je fait ça, d'abord ? Parce qu'il est mignon, autoritaire et dérangé, et qu'il m'a dit de le faire ?

Penn lève mon menton afin que nos regards ne se détachent pas l'un de l'autre.

— Voilà ce que ça fait de garder de la rage en toi. Cette merde est toxique. Tu vas devoir affronter ta mère, tes amis, ton principal, ta putain de *vie*, ou te préparer à te sentir comme quand tu retiens de la fumée dans tes poumons pendant un très long moment. Parce que, bébé, ça ne va pas s'arranger. Plus on vieillit, plus la merde dans laquelle on nage est profonde.

Je baisse les yeux pour éviter de pleurer. J'ai toujours été en colère, mais depuis que Penn est entré dans ma vie en tenant un miroir face à moi, je suis *furieuse*.

Qui est Penn pour me dicter la façon dont je dois gérer mes problèmes ? Ce n'est pas parce qu'il est présent quand les choses dérapent que l'herbe est plus verte dans sa vie. Il est loin d'être parfait. D'ailleurs, je me souviens bien, il a géré la mort de sa mère en mode alcoolique qui cherche la bagarre au Snake Pit, qui boit, qui fume, et raconte de la merde au monde entier. Sans compter qu'il a une petite amie et une fille qu'il voit à peine, préférant s'amuser avec le jouet tout neuf avec lequel il habite.

— Waouh. Très inspirant, ton discours. Garde-le pour quelqu'un qui s'en soucie.

Je marche péniblement vers la voiture, mais il m'attrape par le poignet et me tire vers l'arrière. Je me retourne vivement, les yeux plissés.

— Tu m'incites à fumer et à boire, et maintenant tu veux m'empêcher de rentrer chez moi ? Je vois mal comment mes parents pourraient approuver ton comportement.

Il incline la tête pour m'examiner.

— Tes parents n'en auraient rien à foutre si je te baisais sur la table à manger pendant que Bailey se sert une seconde part de tarte.

Je le gifle. Fort. Il penche la tête en arrière et éclate de rire comme si tout ça n'était qu'une farce. Comme s'il *voulait* que je le frappe. Désormais, nous rougissons tous les deux. Moi d'embarras, lui à cause de mon coup.

— Merde. Tu y crois, en fait.

Il secoue la tête et attrape une autre bouteille du pack avant de l'ouvrir.

— Tu crois qu'on ne t'aime pas à ce point.

— Arrête.

Je le dis, je plaide, je *supplie.*

Je ne suis pas certaine qu'il ait tort.

— S'il te plaît, arrête.

— Putain, si magnifique, si populaire, si *détestée*, continue-t-il alors que j'avance vers lui pour le frapper de nouveau, ne trouvant pas d'autre moyen pour le faire taire.

Il me saisit par les poignets et m'emprisonne contre le tronc d'un arbre en rapprochant son visage tout près du mien, l'air hargneux. Je glisse mais il me marche délibérément sur les pieds, provoquant ma chute sur un lit de feuilles auburn. Je me retrouve sur le dos, les yeux rivés sur lui en retenant de toutes mes forces les larmes suspendues à mes cils.

Il se place alors au-dessus de moi, un genou entre mes cuisses, le regard virant de la colère à l'adoration d'une façon que je n'avais jamais vue avant. Il s'en veut d'être aussi attiré par moi. Et il me déteste de rendre les choses si difficiles pour tout le monde. Lui inclus.

Penn pose une main sur ma gorge, et mon pouls s'accélère au contact de sa peau chaude. Je dois lutter pour ne pas me laisser aller à fermer les yeux.

— Pourquoi ignorent-ils ton anniversaire, Skull Eyes ? Dis-moi la vérité.

J'ai du mal à avaler tant il y a d'amertume dans ma gorge. La vérité semble se trouver à des océans de nous. Je la vois au loin, mais elle est inatteignable. Si difficile à formuler.

— Je le leur ai demandé. Je leur ai fait promettre, j'articule péniblement.

Alors que je ferme les yeux, je sens son souffle sur mon visage. Nous sommes seuls. Il pourrait arriver n'importe quoi. *Tout* pourrait arriver.

— Pourquoi ? demande-t-il d'une voix rauque.

— Parce que je ne supporterai pas d'être déçue une fois de plus.

Silence.

— Je ne coucherai pas avec toi, Penn.

— Pourquoi ça ?

— Tu as une petite amie.

— Peut-être que non.

— Mais c'est le cas.

— En fait, non.

— Hein ?

Je laisse échapper un rire nerveux, que j'interromps quand je sens ses doigts appuyer contre ma gorge.

— Qu'est-ce que tu veux dire ?

— Je ne peux pas vraiment entrer dans les détails maintenant, mais penses-y pendant une seconde. Suis-je avec elle ? Vais-je chez elle ? Nous vois-tu parler au téléphone ? Discuter ? Traîner ensemble ? Ai-je déjà parlé d'elle ? L'ai-je déjà invitée à la maison ? Adriana n'est pas ma petite amie.

Donc tu l'as seulement mise enceinte. Sympa.

— Tu as déjà vu *La Belle et le Clochard* ?

Il touche le bout de mon nez avec le sien, tentant ainsi de me distraire des pensées qui m'occupent l'esprit.

— Ou… ouais ?

— Tu te souviens de la scène des spaghettis ?

— Je crois.

— Lequel des deux résistait au baiser, la Belle ou le Clochard ?

Je réfléchis à la réponse, mais je n'ai pas regardé ce dessin animé depuis des années. Honnêtement, ce n'est pas l'un de mes films préférés. Je me suis toujours demandé ce qu'une chienne royale pouvait bien trouver à ce sale chien errant. Mais maintenant, je sais. Oh ! je sais très bien pourquoi les filles d'un certain pedigree aiment s'encanailler. Les chiens errants incarnent l'interdit. Le frisson. Et les dresser représente un défi qu'aucune princesse à la cuillère en or ne peut refuser.

— Je crois que c'est elle, dis-je. La Belle.

— *Ding, ding, ding*. Dix points.

— Où veux-tu en venir ?

Je déglutis quand il appuie son genou entre mes cuisses contre mon clitoris, provoquant une délicieuse pression qui se répand dans toute ma zone sensible.

— Tu ne recules jamais quand je t'embrasse.

Il me regarde toujours dans les yeux.

— Non ?

Il secoue la tête, faisant tomber ses longs cheveux devant ses yeux.

— Tu me veux, dit-il simplement.

Je ricane.

— Bon sang, ce que tu es prétentieux.

Tenant toujours mon cou d'une main, il s'approche de moi au point que nos nez se frôlent. Il resserre légèrement sa prise tandis que sa langue me caresse de mon menton jusqu'à mon front, puis il m'embrasse le long de mon cuir chevelu.

— Dis-moi que tu ne veux pas me baiser autant que moi je veux de toi, toi la fille perdue, dérangée et magnifique qui a des crânes dans ses pupilles, murmure-t-il en faisant aller ses doigts calleux le long de l'intérieur de ma cuisse jusqu'au bord de ma jupe.

Mon pouls se met à battre fort contre sa main.

— Dis-moi que tu ne veux pas que j'insère mes doigts en toi pour te faire jouir.

— Je ne veux pas que tu…

Je m'interromps quand sa main se faufile entre mes jambes, me faisant frissonner. Mes yeux sont à moitié fermés, je vois à peine ce qui se passe. J'écarte davantage les jambes pour lui. Il n'a pas reconnu qu'il avait une petite amie, alors pourquoi devrais-je me retenir ?

— Termine ta phrase, ordonne-t-il.

Je détourne la tête et ferme les yeux. C'est humiliant d'avouer que j'aimerais qu'il me fasse toutes ces choses, tandis qu'il n'est même pas mon copain. Nous ne sommes même pas *amis*.

Penn glisse une main dans mon bikini et caresse mon clitoris avec son pouce en grognant. Il se place légèrement au-dessus de moi afin de pouvoir presser son sexe contre ma cuisse. Il est chaud et dur, même à travers son jean.

J'avance les hanches pour rejoindre son mouvement, cependant il ne m'embrasse toujours pas. Quand je grimace une seconde avant qu'un orgasme me submerge – mon corps entier n'étant plus qu'un tas de muscles tendus et rouges, brûlants de plaisir –, c'est à ce moment-là qu'il appuie fortement sur mon clitoris avec son pouce et insère son majeur en moi. Je mouille. Tellement. Je mouille pour mon frère adoptif et c'est si embarrassant. Avec un peu de recul, je prends conscience maintenant que c'est ce que Penn est vraiment devenu pour moi : une sorte de famille. Je couche avec quelqu'un qui est censé être un proche. Je donne ma virginité à quelqu'un pour qui je devrais avoir des sentiments fraternels.

Marx, aide-moi.

Ses lèvres sont maintenant sur mon oreille, ses cheveux

dorés caramel dissimulant nos deux visages. Nos fronts sont collés par de la sueur chaude. Nous haletons en chœur.

— Dis-moi de ne pas t'embrasser jusqu'à épuisement.

Face à mon silence, ses lèvres s'écrasent contre les miennes. Je suis toujours sous le coup de l'orgasme précédent et il ne sait pas que je suis vierge. Pas encore. Il est sur le point de le découvrir.

Je m'écarte de lui, rompant ainsi notre baiser, pour le défier :

— Dis-moi que tu ne veux pas toutes mes premières fois.

Ses yeux de jade me sondent à la recherche d'indices. Quand j'avance les hanches pour toucher son érection, il ferme les yeux.

— Dis-moi que tu ne veux pas ma virginité, je murmure.

Il ouvre les yeux d'un coup. Je sais que, malgré sa surprise, il me croit. Beaucoup de mecs ne m'ont pas crue quand je le leur ai annoncé, alors j'ai arrêté de le dire. Cela n'avait aucun intérêt d'essayer de convaincre mes amis. Ils ne m'écoutaient pas.

J'approche de nouveau les hanches. Nous nous emboîtons comme un puzzle parfait.

Ses joues sont roses et son visage si beau, et moi, tellement dans la merde.

— Dis-le-moi, je chuchote.

— Mais je la veux.

Il plisse le front d'un air angoissé.

— Je ne veux rien de plus au monde que toutes les choses que tu as à donner.

Je ferme les yeux en inspirant profondément tandis qu'il prend un préservatif dans la poche arrière de son pantalon. Ce n'est pas romantique. Ni intime. Ni parfait. Mais c'est nous. Deux sales gamins dans une forêt où personne ne peut nous voir ou nous trouver. Penn sort la capote de son emballage et descend son pantalon jusqu'à ses chevilles. Alors qu'il déroule le préservatif, il me demande si je suis sûre de moi.

Je ricane.

— Et toi ? Tu risques plus gros.

Il s'arrête et prend mon visage entre ses mains. Une étincelle brille dans ses yeux, mais peut-être n'est-ce qu'une illusion. Je n'avais pas l'intention de lui garder toutes mes premières fois. Mais c'est arrivé, et une partie de moi en est heureuse. Parce que Penn est le premier mec à m'avoir offert un cadeau. Le premier à m'avoir embrassée. Le premier à avoir voulu être mon ami, pas parce que j'étais populaire, mais parce que j'étais *moi.*

Penn est le premier à avoir remarqué l'animal blessé derrière la carapace d'hostilité, et à avoir essayé de lui trouver de l'eau et un foyer.

— Rien à foutre, du risque.

Le premier coup de reins me fait l'effet d'une lame de couteau bien aiguisée. Mes poumons retiennent tout l'oxygène qu'ils contiennent et le désagrément persiste tandis que Penn dépose une pluie de baisers sur ma bouche. Mes joues, mon cou et mes seins. Il s'arrête de temps en temps pour se retenir de jouir, sucer un de mes tétons et le lécher. Il me caresse le visage et dégage quelques mèches de cheveux de mon front. Il bouge en moi comme s'il l'avait fait des milliers de fois auparavant, mais il est aussi doux et attentionné. Les feuilles sur lesquelles je suis allongée craquent à chaque mouvement et me chatouillent le dos.

Quand il grogne, quelque chose s'éveille en moi. J'entoure ses épaules de mes bras et le serre fort alors que je veux plus de lui contre moi, en moi, avec moi. J'aimerais tant pouvoir nous enfermer dans une bulle et ne jamais le lâcher. J'aimerais que nous puissions rester ici. Que je n'aie pas à le détester, et que vouloir une relation avec lui ne soit pas si mal.

Ses coups de reins se font plus rapides et plus violents, me faisant écarquiller les yeux. J'imagine qu'il va jouir. Et je n'ai jamais vu un mec le faire. *Une autre première*. J'ai mal entre les cuisses, mais d'une douleur délicieusement pécheresse. Je suis pleine de lui, de désir et de plaisir.

Je me rends compte que je pleure seulement quand il se vide en moi. Sa mâchoire se contracte, et il est si beau que c'est certainement en partie pour cette raison que je pleure. Dès qu'il en prend conscience, il fronce les sourcils et embrasse mes larmes. Il ne prend même pas le temps de se réajuster. Quand il lèche mes larmes, une par une, pour les chasser, il est toujours en moi.

— Si nul que ça, hein ? Je te jure que je fais meilleure impression quand les nanas sont à moitié ivres.

Mon rire se mêle à mes pleurs, et je le frappe sur le torse.

J'ai envie qu'il me dise tout. Pourquoi il m'appelle Skull Eyes. Pourquoi il a un trou dans ses T-shirts. Ce qu'Adriana représente pour lui. Et pour la première fois, je crois que j'ai une chance d'obtenir toutes les réponses. Parce que étant donné la façon dont il me regarde, il ne me déteste pas. Pas en ce moment.

— As-tu couché avec beaucoup de filles ?

Il s'écarte de moi en provoquant une légère sensation de brûlure. Nous baissons les yeux et apercevons un peu de sang sur le préservatif. Il le retire lentement et nous restons tous les deux fascinés quand il noue l'ouverture avant de le jeter derrière le tronc.

— Pas beaucoup. Moins de cinq, plus de trois. J'étais ton premier ?

— Ouais.

— Dis-le. Fais une phrase.

— Hein ?

— Penn Scully, tu étais mon premier.

— Penn Scully, tu étais mon premier.

Je lève les yeux au ciel en riant.

Il se relève, renfile son pantalon et me tend la main. Alors que je la saisis, la réalité de la situation m'imprègne lentement. J'ai laissé le capitaine de l'équipe de Las Juntas me baiser dans la forêt. Si qui que ce soit venait à l'apprendre, je serais officiellement déchue. À cette prise de conscience, une soudaine vague de panique me submerge.

— Dis-moi que tu veux toujours être mon ami.

Je me mordille la lèvre inférieure.

— Je le veux. Je le *suis*. J'ai toujours été ton ami, Skull Eyes. Même il y a quatre ans.

— Qu'est-ce qui te fait dire ça ?

Il cille, l'air hyper sérieux.

— Parce que si ça n'avait pas été le cas, je t'aurais baisée et me serais assuré que tu payes pour ce que tu as fait.

Je glisse une main sous son sweat noir, à la recherche du trou dans son T-shirt. Je le trouve, il est plus petit. Son cœur bat à tout rompre contre la paume de ma main. Je sais qu'il le ressent, lui aussi.

Je souffle une bougie imaginaire et fais un vœu.

— Tu sais comment je me sens, là ? demande-t-il.

— Comment ?

Il peut à peine dissimuler son sourire carnassier.

— Comme une pomme.

Sur le chemin du retour, Penn soutient que je dois laisser une chance à ma mère de me parler.

— Elle est folle à lier, pleine de bonnes intentions mais

maladroite, et elle est terrorisée par toi, mais elle t'aime. C'est d'une clarté nauséeuse.

— Je vais y réfléchir.

Et pour la première fois depuis longtemps, je le pense sincèrement.

Je sais que papa et Bailey seraient contents si nous pouvions enterrer la hache de guerre. Je ne m'étais pas sentie si pleine d'espoir depuis des années.

Nous nous garons devant la maison, puis je suis Penn en direction de la porte d'entrée. Il s'arrête devant et se retourne avant de me tirer par la ceinture de ma jupe.

— Pour info, tu sens la partie de sexe dans la forêt.

— Tu sens la bière bon marché, dis-je dans un murmure tandis que ses lèvres, enivrantes et parfaites, trouvent les miennes.

— Tu as l'odeur de mon nouveau plan cul.

Sa bouche bouge contre la mienne.

— Tu as l'odeur de beaucoup de nuits amusantes.

Je feins de renifler son cou, ses aisselles et son visage. Mon cœur accélère et ses battements résonnent dans toute ma poitrine. Je mets de côté le souvenir d'Adriana. Les autres filles de Las Juntas. Blythe.

— Tu as l'odeur de quelqu'un qui a raison.

Il dépose un autre baiser mouillé sur mes lèvres et ouvre la porte.

Mon sourire est si large que mes joues sont douloureuses. Nous entrons ensemble d'un pas nonchalant, mais suffisamment loin l'un de l'autre pour ne pas éveiller les soupçons. Penn s'arrête à l'entrée du salon, faisant tomber les clés dans un bruit sec.

Je souffle et me baisse pour les ramasser.

— Marx, Penn ! Tu es vraiment maladroit.

Je ris de bon cœur.

— Tu as fait tomber tes…

— Via ?

Sa voix est aussi tranchante que du verre sur le point de se briser.

Je lève les yeux de ses stupides clés pour les poser sur le stupide canapé où est assise ma famille – Mel, papa et Bailey – en rang d'oignon, les mains entre leurs cuisses, et entre eux est assise une version adulte de Sylvia Scully. Elle est habillée d'une robe noire modeste qui lui arrive aux chevilles et affiche un sourire poli, tel un robot.

Elle me regarde, moi, pas Penn.

— Surprise.

11

Tu es revenue vers moi comme une tempête
Belle, éblouissante et destructrice
Déchirant tout sur ton passage
Y compris, mais pas seulement, mon cœur.

Penn

Soyez prudents avec les vœux que vous formulez.

Pendant quatre ans, j'ai rêvé de ce moment.

Dans certaines versions, je lui mettais un coup de poing dans le nez en la traitant de connasse.

Dans d'autres, je la prenais dans mes bras et tombais à genoux, la suppliant de ne plus jamais me quitter.

La plupart du temps, je lui racontais toutes les choses que j'avais voulu partager avec elle pendant son absence. Que l'état de maman a empiré après sa disparition, ce qui signifie qu'elle ne s'en foutait peut-être pas tant que ça. Que Rhett s'est fait tabasser par des trafiquants de drogue suprématistes qui ont essayé d'entrer sur son territoire à plusieurs reprises, et qu'il a été hospitalisé deux fois. Qu'il lui manque trois dents, la moitié d'une oreille, et j'ajouterais d'un air taquin que cette situation a mis définitivement un terme à sa carrière de mannequin. Que je n'ai pas perdu ma virginité avec Adriana, comme Via l'avait parié, parce que « Adriana regarde les gens comme s'ils étaient des morceaux de viande, le genre qu'on mange en entier ». Que je suis devenu capitaine. Qu'elle avait tort au sujet de Kannon, aussi. Il n'est pas devenu un enfoiré et il est même plutôt supportable en tant qu'être humain.

Mais maintenant qu'elle est là, je me contente de rester debout en parfait idiot et de la fixer comme si elle avait chié sur mon équipement de football. Putain, je ne peux pas respirer, et j'ai l'impression qu'elle appuie sur mon sternum avec ses chaussures orthopédiques.

Je fais l'inventaire, pour je ne sais quelle putain de raison, afin de vérifier que tous ses organes sont bien en place. Même si elle est assise, je me rends compte qu'elle mesure toujours une tête et demie de moins que moi, sauf que nous sommes tous les deux plus grands. Elle est agile et athlétique, mais ses cheveux blonds sont nattés en une sorte de chignon amish et elle ne porte plus ni maquillage ni l'anneau qu'elle avait au nez. Sa robe pourrait appartenir à une religieuse.

Ce n'est pas ma Via.

Elle contourne la table basse en effectuant des petits pas légers et me prend dans ses bras. Mon cerveau ordonne enfin à mon corps de réagir quand je sens ses bras maigres m'entourer maladroitement, et je lui tapote le dos. J'ai envie de l'écraser dans une étreinte étouffante, mais je ne peux pas. C'est une étrangère. En tout cas, elle en a l'air. Je jette un coup d'œil à Jaime et Mel, qui se lèvent tous les deux, les bras derrière le dos.

Via est de retour.

Ils ont ramené ma sœur.

Melody est évidemment la première à pleurer. Je vous jure,

cette nana aurait dû naître dans un épisode des *Frères Scott*. L'émotion est toujours à son comble quand elle est dans la pièce.

— Penn, dit-elle.

Sa lèvre tremble. Mon Dieu, pitié. Ne la laissez pas filmer cette merde et l'envoyer ensuite au *Ellen DeGeneres Show*.

— Via. Vous avez tellement de choses à rattraper.

Je me doute que je suis sous le choc lorsque mon esprit prend une autre direction. Au lieu de, vous savez, vouloir rattraper le temps perdu avec ma sœur et découvrir où elle a été, putain, pendant toutes ces années, j'essaie de comprendre pourquoi ils ne m'ont rien dit avant. Pourquoi ils n'ont pas prévenu Daria.

Merde, Daria.

Le jus de son plaisir est toujours sur mes doigts. Je recule d'un pas pour m'éloigner de ma sœur, qui ne ressemble plus à ma sœur, et tourne la tête vers l'endroit où j'ai laissé Daria. Elle s'y trouve toujours, enracinée au sol, bouche bée face à Via. Laquelle pose les yeux sur elle et déglutit. J'attends que ma jumelle commence à parler afin d'avoir une idée de la personne à qui j'ai affaire. Parce que, pour le moment, j'ai l'impression de rencontrer une pâle copie de ma jumelle. Une ébauche qui attend de recevoir une personnalité, une âme et un caractère.

— Putain, où étais-tu passée ?

Je retrousse les lèvres de révulsion.

OK. Ce n'était pas la réaction que tout le monde attendait, vu la façon dont Via a cillé et dont Melody retient son souffle. Mais je n'en ai rien à foutre. Ce n'est pas eux qui ont été abandonnés.

Tu as fait de moi un putain d'homme de fer, sœurette.

Via baisse les yeux sur ses chaussures vieillottes, cirées a la perfection. Elle se tord les pouces.

Bon sang, qui est cette fille ?

— Avec papa…

Sa voix est à peine un murmure. Elle est si délicate et fragile qu'elle se brise sur la dernière syllabe.

— Et mamie.

— Je croyais qu'ils voyageaient à travers le pays pour leur secte ? Pour rendre le Midwest encore plus *redneck*.

Mon père, l'enfoiré qui, en plein milieu de mon enfance, a décidé que ma mère n'en valait pas la peine et que nous n'étions que des obstacles sur son chemin vers la grandeur. Il a donc choisi de devenir une sorte de prêcheur itinérant. Aux dernières nouvelles, il vivait dans une caravane des années 1980 avec ma mamie du Sud. Une putain de situation.

— Effectivement.

Elle a toujours les yeux baissés.

— C'est toujours le cas. Quand je me suis enfuie, j'ai réussi à les trouver dans le Mississippi. J'ai appelé et appelé jusqu'à ce qu'il décroche, puis j'ai fait du stop pour les rejoindre.

— Jusqu'au Mississippi ?

Elle hoche la tête.

Elle est réservée, timide, et ne me regarde pas dans les yeux. Ma véritable sœur jumelle d'il y a quatre ans n'aurait fait qu'une bouchée de cette pâle copie.

— Pourquoi ne discuterions-nous pas de tout ça autour d'une tasse de thé ?

Melody tape des mains, réveillant sa reine Élisabeth intérieure. Je ne veux pas de thé. Je veux tout savoir. Et je veux savoir pourquoi Via n'a pas décroché le téléphone pour m'appeler en quatre ans.

— Pourquoi ne m'as-tu pas appelé ?

— Père a dit que je ne le pouvais pas.

Père.

— Tu aurais pu m'écrire. Tu connaissais mon adresse.

— Il a dit qu'il me mettrait à la porte si je tentais de te contacter. Je n'avais nulle part où aller. Je ne pouvais pas retourner vivre avec Rhett. Je ne pouvais pas prendre le risque que tu me répondes. S'il te plaît, Penn.

Elle me touche le bras et je recule instinctivement. Mais Bailey se lève derrière Via et passe un bras autour de ses épaules. Ma sœur se tourne et se réfugie dans son étreinte. Je suis si concentré sur la scène devant moi que je réagis à peine quand Melody crie le prénom de Daria et court à sa suite dans l'escalier.

Daria s'est échappée.

Et je ne lui en veux pas.

J'aurais certainement tué ma mère si elle m'avait fait une merde pareille.

Heureusement pour moi, la mienne est déjà morte.

RIEN À FOUTRE. DU. THÉ.

J'ai fait un trou dans le mur parfait de Melody et je suis désormais en train de tirer ma sœur jumelle par le bras. Je la fais voler dans ma chambre avant de refermer la porte. Elle est hystérique, tremblante de partout, et ses yeux sont grands comme des soucoupes. Je ressens trop de choses et rien à la fois. Toutes les émotions que j'ai éteintes il y a quatre ans se réveillent avec force, et je dois gérer un grave problème : penser Via morte était déchirant mais réconfortant. Savoir qu'elle était vivante et qu'elle m'ignorait, en revanche, est une pure torture.

— Alors tu as vécu dans la caravane ?

Je l'interroge, sans chercher à rendre la conversation chaleureuse.

Elle hoche la tête.

— Où dormiez-vous ?

— Père a pris la mini-chambre. Mamie et moi partagions un matelas dans la pièce, à l'arrière.

Ce n'est qu'un enfoiré égoïste, à ce que j'entends. Au moins une personne de ma famille qui n'a pas changé.

— L'école ?

Je fais un mouvement du menton dans sa direction, et elle secoue la tête.

— Techniquement, j'étais scolarisée à la maison mais…

Elle joue avec sa lèvre et s'éclaircit la gorge.

— J'ai beaucoup de retard à rattraper.

— Nous te ferons suivre tous les cours particuliers dont tu as besoin ! crie Melody de l'autre côté de la porte.

Fils de pute.

— Madame !

Je tape la porte du poing.

— Un putain de moment et un peu d'air, ce serait sympa.

— Oui. Je suis désolée. Je m'en vais, là… oh, et pas de gros mots ! aboie-t-elle, puis je l'entends chuchoter avec Jaime.

Jaime qui, d'ailleurs, avait l'air contrarié sur le canapé tout à l'heure et n'a pas eu le temps de creuser ce qui se passait entre Daria et moi quand nous sommes rentrés.

— Tu m'a manq…

— Où comptes-tu dormir ? dis-je sans lui laisser le temps de finir sa phrase.

— Mel me donne la chambre d'amis à côté du studio, au sous-sol. Elle est déjà meublée.

— Sympa.

Tel un chiot que l'on aurait frappé dans les côtes, elle se recroqueville au bord de mon lit, les mains sur les cuisses. J'imagine qu'elle a été coupée du monde durant les quatre dernières années. Je pose une main sur ma hanche, et je me rends compte que l'odeur de Daria est partout. Sur ma peau, mes vêtements, mes doigts et dans ma bouche.

— Tu fais toujours un trou dans tes T-shirts ?

Elle m'adresse un léger sourire crispé qui me laisse penser qu'elle ne sait pas non plus à qui elle a affaire.

Je hausse une épaule. Elle connaît le résultat. Elle sait quand le trou sera enfin comblé.

— Je ne reconnais rien de toi, lui dis-je franchement.

— Je suis toujours la même Via.

— Ma Via ne m'aurait pas abandonné.

— Ta Via n'avait pas le choix.

— Il y a toujours un putain de choix à faire.

J'écrase mon poing contre le mur. Encore une fois.

Via sursaute. Elle sait que la conversation prend un tour qu'elle ne souhaite pas, alors elle se lève et plaque les mains sur mon torse.

— Je suis là, maintenant. Je sais que j'ai été la pire des sœurs ces dernières années, mais la beauté de la situation, c'est que nous n'avons pas le choix. Nous devons être là, l'un pour l'autre, car nous n'avons personne d'autre. Maman est morte. Papa et mamie ne m'accepteront plus jamais. Pas avec toi, en tout cas. Ils pensent que Rhett et maman t'ont détruit. Alors que ce n'est peut-être pas le cas. Alors tu dois me pardonner.

Je secoue la tête avant de me mettre à faire les cent pas dans la pièce, sachant très bien que mes jointures brûlantes ont besoin de glace avant que la peau craque et que tout me fasse mal comme un milliard de salopes. Puisque je ne sais toujours pas comment gérer la situation, je me concentre sur les détails pratiques.

— Alors tu vas rester avec nous ?

Comme si les Followhill et moi formions une sorte d'unité ou une connerie du genre.

Elle hausse les épaules.

— Mme Followhill pense que c'est mieux pour tout le monde.

Sauf pour sa fille.

— Tu vas aller en cours ?

Je croise les bras.

— Oui.

— Eh bien, je pars tous les matins très tôt pour Las Juntas, alors ta version 2.0 a intérêt à être du matin.

— Je…

Elle parcourt du regard la chambre vide en mordant sa lèvre inférieure.

— En fait, je vais aller à All Saints High. C'est plus près et ils ont un programme de rattrapage intensif.

— Daria va à ASH.

Pour moi, il n'y a rien d'autre à ajouter. Elles ne peuvent pas fréquenter le même lycée. Je doute qu'elles survivent plus de trois heures sous le même toit.

Via se met à retirer des poussières imaginaires de sa robe de nonne.

— Mme Followhill a dit que Daria pourrait m'emmener. Je ne me mettrai pas sur son chemin.

Sa voix est douce, timide.

— Je veux seulement obtenir mon diplôme. J'ai sûrement un niveau de Seconde, et encore. Je dois parler au conseiller d'orientation et passer une série de tests.

Je détourne le regard et soupire. Enfin quelque chose que je peux comprendre et décrypter. De l'empathie pour ma sœur, pour la situation de merde dans laquelle elle se trouve.

— Personne ne doit savoir que je vis ici. Coach Higgins pense que je vis avec Rhett. Je ne peux pas changer de district sans changer d'équipe de football.

Elle hoche la tête.

— Je ne te trahirai jamais, Penn. Tu peux me faire confiance.

Je ricane. Premièrement, non, je ne peux pas. Et deuxièmement, elle parle comme une gamine de douze ans.

Je me dirige vers la porte et l'ouvre avant de tourner la tête. Je ne peux pas la regarder dans les yeux pour l'instant. Trop de choses se bousculent dans mon esprit et ma poitrine.

— Dehors.

Ses pas sont lents et prudents alors qu'elle avance vers la porte, s'arrêtant sur le seuil.

— Écoute, je veux seulement retrouver mon frère. Je le jure. Je ne suis pas là pour causer des problèmes. Peux-tu essayer ? S'il te plaît ?

Elle joint les paumes de ses mains devant elle.

— Tu es sérieuse, là ?

— Mon Dieu, Penn.

Elle ferme les yeux en secouant la tête.

— Tu es la seule chose qui ait du sens dans ma vie désormais. Oui.

Je retourne vers mon bureau et sors un couteau suisse d'un tiroir. Je me coupe au niveau de la paume de main, du pouce vers l'auriculaire, puis lui tends ma main sanglante en une invitation.

Elle hésite seulement quelques secondes avant d'ouvrir sa petite main.

— Coupe-toi.

Je lui jette le couteau.

Via a toujours eu une peur bleue du sang, des aiguilles et de tout, putain. Je veux dire, elle avait même peur des mouches. Le sang la rend folle.

Elle déglutit en fixant des yeux ma main, le couteau, puis ma main de nouveau.

— Saigne pour moi.

Comme j'ai saigné pour toi. Chaque nuit blanche. Chaque jour douloureux.

Je l'observe se balancer d'avant en arrière secouée de sanglots silencieux alors qu'elle perce sa peau à l'aide du couteau. Du sang coule entre nous sur la moquette crème du manoir des Followhill alors que nous nous serrons la main, nous promettant de ne plus jamais nous trahir.

— Je t'emmènerai avec moi jusqu'à ma tombe, dit-elle.

Plus tard dans la soirée, je suis allongé dans mon lit et je regarde le sang séché sur ma paume.

Puis mon esprit voyage jusqu'au sang sur le préservatif quand je me suis retiré de Daria.

J'ai fait deux serments de sang avec deux filles différentes aujourd'hui.

Deux ennemies jurées.

L'une a eu un anniversaire de merde, l'autre une renaissance glorieuse.

Mais une chose est sûre : l'une d'entre elles sera trahie.

12

Tu arraches des confessions de ma bouche
Des réactions de ma chair
Des combats de mes poings
Du sang de mon cœur
D'un regard seulement
J'ai parfois envie d'abattre le mur que j'ai dressé entre nous
Te laisser entrer
Et te regarder me détruire.

Daria

Je compte les grains de beauté sur mes cuisses.

Je les examine tous les six, le front appuyé sur le volant en attendant Via. J'ai accepté de la conduire au lycée et de l'accompagner au bureau du conseiller, puis de lui faire visiter l'établissement. Je crois que j'ai réagi sous le choc. Mais la réalité de la situation – que Mel l'ait ramenée ici, que Penn le savait et ne m'ait rien dit et que papa et Bailey l'acceptent – commence à nuire à mon état mental.

C'est impossible que Penn n'en ait rien su, et c'est impossible que Via soit apparue comme par magie, devant là maison, puis ait décidé de rester.

J'ai choisi une robe d'été bleu marine avec un nœud rouge au col, que j'ai associée à mes sandales Jimmy Choo les plus belles. Je me suis fait une tresse danoise, puis j'ai rejoint tout le monde autour de la table à manger. J'ai bu du jus d'orange. Ignoré les bagels. Ignoré Mel. Ignoré Penn, Via et Bailey qui discutaient d'une nouvelle émission qui serait diffusée à la télé ce soir. Via n'en savait rien puisqu'elle n'avait pas de télé dans le Mississippi. Penn jetait des coups d'œil vers moi, mais j'ai fait semblant de ne rien voir, me contentant de fixer sans ciller mon jus d'orange. La seule personne à qui j'ai adressé la parole, c'est papa.

— Tu es magnifique, Dar.

J'ai fait semblant de trinquer avec lui.

— Tu sais que tu es ma préférée, hein ?

Il s'est penché en avant pour me saisir le menton.

Je savais ce qu'il faisait, et je lui en étais reconnaissante. Je l'ai même cru.

— Je sais.

Papa est la seule personne pour qui je ne pète pas les plombs. Après que Melody a essayé pour la millième fois de me parler, il est venu dans ma chambre. Il m'a expliqué qu'ils ne m'avaient rien dit car Via n'avait pas l'air de vouloir rester avec nous, et ils ne voulaient pas compliquer davantage ma relation avec Mel. J'ai à moitié écouté jusqu'à ce qu'il avoue que, durant les deux dernières semaines, lui et Mel se sont disputés à ce sujet, pour savoir s'ils devaient m'en parler. C'était la première fois qu'il reconnaissait n'avoir pas été entièrement d'accord avec ma mère.

— Je vais m'occuper de Mel, a-t-il doucement promis. Mais pour l'instant, Via est ici, et Penn aussi. Facilite-toi la vie, et fais avec.

— Je la déteste.

Je parlais de Mel. Mais soyons francs : Via aussi.

Papa a serré les dents et dégluti. Dans d'autres circonstances, il m'aurait contredite et se serait surpassé pour me prouver que Mel vit et respire pour nous.

— Reste forte, bébé. Nous sommes les Followhill. On suit littéralement les montagnes. Toujours au sommet. Montre-moi de quoi tu es faite.

— Je suis faite de la boue verte de Hulk.

— Tu es faite d'or, Daria. Et d'une âme. D'une si belle âme.

Et me voilà, fixant mes cuisses en essayant de ne pas pleurer à ce souvenir.

Quelqu'un frappe alors à la vitre et je la baisse sans même regarder de qui il s'agit. Knight, Vaughn et Luna me regardent.

— On dirait que tu es en train de vivre un moment intense avec ta chatte.

Knight tire la bretelle de son sac à dos Louis Vuitton Supreme avec son pouce en faisant claquer son chewing-gum.

— Je me demande si ton vagin raconte moins de la merde que toi.

— Je ne parlais pas à mon vagin.

Je plisse les yeux vers lui, les essuyant rapidement au cas où il y aurait une larme.

Knight se met à rire.

— Je jure devant Dieu, Followhill. Tu as un drôle d'air, mais c'est tout ce que tu as de drôle.

Vaughn pose les coudes sur le rebord de ma vitre et glisse la tête à l'intérieur de ma voiture.

— Il paraît que la sœur de Penn est en ville.

— Comment le sais-tu ?

— Bailey l'a dit à Lev, qui l'a dit à Knight, qui l'a dit à…

Vaughn lève les yeux puis fronce les sourcils, feignant de compter sur ses doigts.

— L'hémisphère Nord tout entier.

— Spencer exagère, comme d'habitude.

Knight prend Luna par les épaules et dépose un baiser sur son front.

— Je l'ai seulement dit à l'équipe. Et uniquement parce que c'est la sœur de Penn, et que je voulais acter le fait qu'elle vit ici tandis que lui est chez son beau-père de merde. Pour que tout le monde ait la même version.

Je fronce les sourcils.

— Pourquoi protèges-tu Penn ?

Knight est aussi généreux qu'une couche usagée. Il cille, l'air sincère.

— Parce que personne d'autre ne le fait.

Luna fait un pas vers lui et incline la tête sur le côté. Elle ne parle pas, mais c'est sa façon de me demander si je vais bien. Je lève les yeux au ciel.

— Je vais bien, Luna. Je peux gérer.

— Bon.

Vaughn crache par terre et saisit son casque en se dirigeant vers son vélo.

— Fais attention à toi. Ton nom est sur toutes les lèvres, avec les rumeurs au sujet de Prichard. Ne laisse pas cette meuf mettre la main sur ce genre de choses.

Mon sang ne fait qu'un tour. Merde. Je n'y avais même pas pensé. Mais je ne quitte pas mon carnet noir. À aucun moment. Il est dans mon sac à dos, là.

Trois minutes plus tard, je démarre la voiture et commence un nouveau message pour dire à papa de dire à Mel de dire à Via de ramener son cul jusqu'à la voiture avant que je ne récolte mon premier billet de retard de l'année. Traitez-moi de peste si vous voulez, mais au vu des derniers actes de trahison, je refuse de m'adresser directement à Melody. Au moment d'appuyer sur « Envoyer », la porte côté passager s'ouvre et Via se glisse dans la voiture. Elle a mis l'une de mes tenues préférées. Une robe longue grise à fleurs Neiman Marcus. On est loin du sac de jute qu'elle portait encore hier.

Je la regarde, longuement et intensément, en attendant des explications.

Tu ne péteras pas les plombs, Daria. Surtout maintenant que son frère t'a déflorée et a suggéré que ce soit régulier.

— Oh ! ça ?

Elle caresse la robe.

— Melody m'a dit de choisir ce qui me plaisait.

Je suis étonnée qu'elle puisse concentrer autant de venin dans une seule phrase. Elle a dû dépasser une sorte de record mondial.

Je passe une main sur ma natte.

— La prochaine fois, choisis quelque chose que tu peux retirer. Prête à rouler ?

Elle me scrute des pieds à la tête et je rentre instinctivement mon ventre. Elle est toujours plus mince et plus grande que moi.

— Toi, oui, apparemment.

Je te tuerai, salope. Tu vas devenir aussi ringarde qu'une Spice Girl, dans mon lycée.

Je passe la première dans ma voiture et mon cerveau. Via n'a pas changé en quatre ans. Elle n'est ni douce ni timide ou réservée. Elle fait seulement semblant de l'être devant mes parents, ma sœur et son frère. Je dois désormais trouver quel est son angle d'attaque et à quelle distance sa vraie personnalité se trouve de la fausse. Heureusement, je ne manque pas d'expérience en la matière. Ma personnalité est constituée d'environ 100 % de plastique recyclable. La seule personne capable de trouver un peu d'authenticité en moi est son frère.

— Est-ce que Penn et toi avez pu rattraper le temps ?

J'enclenche le clignotant à droite et passe à toute vitesse les manoirs Tudor et les immenses villas espagnoles.

— C'était génial.

Elle ouvre le pare-soleil pour se regarder dans le miroir, fait voler ses cheveux vers l'arrière, me laissant apercevoir la paume de sa main. Il y a une coupure marquée par une ligne de sang séché.

Mon estomac se noue.

— Il est si protecteur et aimant.

Elle plonge la main dans mon ancien sac à dos pour en sortir un kit de maquillage qui me rappelle quelque chose. Parce que c'est le mien. Je me mords l'intérieur de la lèvre.

— Charmant, dis-je distraitement.

J'ai envie de vomir en sentant la panique s'emparer de moi. Je lui ai donné ma virginité. Bon sang, je lui ai donné beaucoup plus. Elle est vindicative et furieuse et avide d'attention et d'amour. Elle a toutes les raisons de vouloir me détruire.

Elle ne doit pas savoir au sujet de la lettre de l'Académie royale.

— Ce sera sympa de traîner avec lui, tu sais ? Et avec Kannon, Camilo, et Adriana. Oh ! mon Dieu. Elle doit être sublime aujourd'hui. Penn a toujours craqué pour elle.

Je souris en expirant par le nez. L'hameçon qu'elle me tend est évident, mais je ne pense pas qu'elle soit au courant de ce qui se passe entre son frère et moi. Penn est plus secret que la CIA. Il ne lui offrirait jamais aucune information sur nous.

Ou peut-être que si ?

Il m'a caché l'arrivée de sa sœur, alors peut-être qu'il dissimule d'autres choses.

— Tu peux toujours aller la voir. Ta meilleure amie si glamour travaille *Chez Lenny*.

Je fais une bulle avec mon chewing-gum.

— Et elle pourrait avoir besoin de fond de teint et de fard à paupières violet.

Chaque mot me fait l'effet d'une lame glissant sur ma langue. Je navigue déjà dans des eaux troubles avec ma mère, je suis coincée jusqu'au cou avec le principal Prichard, et je me noie en essayant de conserver mon statut de reine du lycée. Je ne peux pas me battre sur tous les fronts. Mais Via est pratiquement en train de me supplier de le faire, alors il est de mon devoir de lui montrer les armes sous ma veste de cow-boy. Façon de parler.

— Oh ! quelqu'un est jaloux, on dirait, dit-elle.

Je ricane.

— Seulement personnellement offensée par son manque de style.

— Ouais. Tu m'as bien l'air offensée. Comme hier, quand tu t'es précipitée dans ta chambre. Certaines choses ne changent pas, ma puce.

Elle referme le pare-soleil en un claquement et me foudroie du regard.

Je me gare dans le parking d'All Saints High, puis détache ma ceinture avant de me tourner complètement face à elle.

— Nous n'avons pas à être ennemies, Sylvia. Je sais que tu essayes de vendre l'histoire de la nonne à ma famille, mais ce n'est pas qui tu es vraiment, et ce n'est pas ce que tu as besoin d'être pour intégrer ma famille. Nous avons eu nos différends par le passé, mais nous avions quatorze ans et nous nous battions pour la même place. Cette place est à toi. Je ne m'intéresse plus à la danse. Nous n'avons qu'une seule année de Terminale. Alors essayons de ne pas la gâcher, tu veux ?

Elle se penche vers moi, avec un petit sourire étirant ses lèvres. Je ne respire plus en attendant sa réponse. J'avais oublié que les Scully étaient nés avec des sourires qui peuvent tuer, ou au moins grièvement blesser quand ils vous sont directement adressés. Ils sont beaux à ce point.

— Il y a quatre ans, tu me narguais avec tout ce que tu possédais. Maintenant, je vais prendre la moindre chose qui t'appartient et faire le show devant tous les habitants de la ville. Je veux tout, Daria. Ta mère dévouée, ta mignonne petite sœur, ton papa loyal et tes amis populaires. Si tu as un petit ami, je le prendrai aussi. Et je le baiserai mieux que toi.

Elle sourit. J'ai envie d'exploser de rire quand je pense au seul mec avec qui j'ai couché. Puis j'ai envie de vomir. Marx. Qu'ai-je fait ? Ça complique tellement les choses.

— Oh ! et bonne chance pour les convaincre que je suis une salope. Mon frère et moi, nous avons une chose en commun : nous sommes de très bons acteurs.

Sur ces mots, elle ouvre grand la portière. Une jambe posée sur le béton, elle se détache les cheveux et fait glisser les dents de la barrette le long du délicat tissu de la robe qu'elle porte au niveau du décolleté, déchirant ainsi mon vêtement pour dévoiler plus de peau.

— Après tout, j'ai passé les quatre dernières années à assurer dans ce domaine.

J'accompagne Via jusqu'au bureau du conseiller du lycée avec la sensation d'avancer dans le couloir de la mort. Sur le chemin, nous croisons Colin Stimatzky. Il examine Via de haut en bas avant d'émettre un bruit de succion en signe d'approbation. C'est de la viande fraîche, du genre à donner l'eau à la bouche. Elle fait exprès de se cogner contre son bras, comme dans une mauvaise romance adolescente, et se retourne vers lui en gloussant. Quand elle se présente, des étincelles s'illuminent et je peux quasiment les sentir me brûler la peau. Je finis par l'abandonner chez le conseiller puis file vers ma classe avant la sonnerie sans prendre le temps de réfléchir à tout ce que ce cirque signifie.

Daria Followhill n'est plus la plus jolie fille du lycée.

C'est Sylvia Scully.

Par conséquent, Sylvia Scully va payer cher pour cette petite déclaration de guerre.

Je passe la première moitié de la journée à ressasser les paroles de Via en me rongeant les ongles et à m'interroger sur le tournant qu'a pris la situation. Elle est de retour et désormais, son frère m'ignore. Son frère à qui j'ai donné ma virginité. Son frère qui savait évidemment qu'elle revenait et qui a quand même pris ce qui ne lui appartenait pas. À l'heure du déjeuner, je me force à être sympa comme papa me l'a demandé, comme ça, quand je la frapperai fort – et je compte les frapper tous les deux, elle et son frère, à la manière d'un boulet de canon – personne ne l'aura vu venir, et personne ne m'accusera.

Cette fois, quand je frapperai, personne ne s'en doutera.

J'envoie un message à Via (papa a enregistré son numéro dans mon téléphone) pour lui demander où elle est. Elle me répond qu'elle se trouve dans la classe d'art plastique, alors j'en déduis qu'elle est avec une classe de Terminale. En tout cas, pour l'instant. Je l'attends à la porte.

— Je vais te présenter à la haute. Tu vas avoir la cote.

Je la prends par le bras en feignant de ne pas entendre ses protestations, où elle promet de me retirer tout ce à quoi je tiens.

Elle pouffe, en retirant son bras du mien pour mettre un peu d'espace entre nous.

— La haute ?

— Ouais. Tu sais, genre, la société à la mode. Désolée. Je suis assez fan de romances histo.

Je joue la carte de l'humilité. Je n'ai pas lu de livres pour le plaisir depuis une décennie, mais la plupart de mes amies emploient tout le temps ce terme, et j'aime la faire se sentir stupide.

— Non, c'est moi qui suis désolée.

Sa bouche se tord d'agacement.

— Je n'avais pas le droit de lire autre chose que la Bible ces quatre dernières années. Je dois me rattraper.

Super. Maintenant je me sens de nouveau comme une merde du fait qu'elle ait dû traverser cette épreuve. C'est quoi ce truc chez les Scully qui me fait toujours passer par l'essoreuse émotionnelle ?

Nous nous dirigeons vers la cafèt', rejointes par Esme, Blythe, Alisha et le reste de l'équipe de football que nous croisons devant les casiers. Je fais de rapides présentations avant que nous nous installions. Je bouge Blythe de sa place habituelle et tapote le siège.

— Tu peux t'asseoir avec moi, Via.

— Ça, c'est ce qu'on appelle de la psychologie inversée à la *Mean Girls*, commente Knight en me désignant avec un morceau de carotte qu'il lance ensuite dans sa bouche.

Via le regarde sous ses cils, en mode « yeux de biche », prête à le charmer jusqu'à ce qu'il fasse tomber son pantalon.

— Et toi, tu es ?

— Pas intéressé.

Je souris et explose de joie intérieurement. Knight est un

mec loyal. Vaughn aussi. D'après ce que j'ai entendu, quand elle lui a souri plus tôt dans le couloir, il est passé devant elle en grognant : « Tu n'as pas gagné le droit de me parler. Essaie dans deux mois. »

Seules les personnes vivant sous le même toit que moi se laissent conquérir par l'ennemie.

Gus est en retard, comme d'habitude. À son arrivée, la première chose qu'il remarque, c'est qu'il se retrouve assis plus près de l'extrémité de la table, et la jointure de ses doigts blanchit autour de son plateau. Il cligne des yeux devant Via et l'inquiétude trouble son regard.

Je jette un coup d'œil discret vers elle. Elle fixe Gus comme si elle affrontait un fantôme.

— Gus Bauer.

— Sylvia Scully. Mais tout le monde m'appelle Via.

— Via.

Il goûte les syllabes de son prénom sur ses lèvres, et l'espace d'un instant, il l'observe comme si elle possédait la moitié du ciel.

Il finit par s'asseoir sans toutefois la quitter des yeux. Autant dire qu'il échoue complètement à vouloir paraître indifférent. À cette pensée, mon cœur se décroche jusqu'à mes orteils. Le moyen le plus facile pour escalader l'échelle sociale d'All Saints High est de sortir avec un joueur de football de première classe. Si Via sort avec Gus, mon titre de reine du lycée pourra aller reposer en paix. Je ne participerai pas à son enterrement, car Via sera là – pour ramasser ma couronne.

— Où vis-tu ? demande-t-il.

J'imagine que ce n'est pas bizarre, comme question. Sauf que là, on dirait qu'il lui reproche quelque chose. Je regarde autour de moi et me rends compte que personne d'autre ne remarque leur conversation. Peut-être parce que tout le monde est occupé à discuter de la nouvelle nana mystère de Vaughn qui le suce dans les lieux publics.

— El Dorado. Je vis chez les Followhill, répond-elle d'un ton poli et docile, avec un très léger accent du Sud – qui, je le sais, est faux, car elle ne l'avait pas dans la voiture tout à l'heure.

Cette fois, elle met sa main devant la bouche pour s'exprimer, pour cacher sa dent manquante, je crois. Elle a passé les dernières heures à se réinventer. La question est : pourquoi ?

— Hm.

Gus ouvre son yaourt puis en lèche l'opercule avant de le jeter sur son plateau.

— Tu es fille unique ?

À cette question, Knight et moi échangeons un regard.

Gus est au courant.

En dépit de la trahison de Penn, je ne l'aurais jamais dénoncé. Sa carrière de football entière dépend de ce petit mensonge. Et Knight a raison : il mérite qu'on lui fiche la paix.

Via ne cille pas.

— J'ai un frère jumeau. Il vivait ici pendant que j'étais dans le Mississippi avec mon père.

— Et où vit ton frère maintenant ?

Gus baisse le menton, complètement immunisé contre le charme de Via désormais. Il est concentré pour en savoir plus sur Penn.

— Chez mon beau-père.

— Hmmm.

Gus fronce les sourcils, feignant la confusion.

— Pourquoi ne vivez-vous pas ensemble ?

— Je ne m'entends pas avec mon beau-père. C'est à cause de lui que je suis partie. Mais avec les Followhill, c'est différent. J'adore Daria.

Elle m'adresse un sourire éblouissant en me caressant le dos, ce qui me donne la nausée.

— Et j'ai toujours été la danseuse préférée de Mme Followhill, souligne-t-elle à mon intention. J'espère pouvoir reprendre les choses là où elles se sont arrêtées.

— Alors, tu ne comptes pas devenir pom-pom girl ?

Esme regarde Via de haut. C'est la seule de la table qui n'approuve pas complètement que Via se joigne à notre groupe. Je me demande si elle changera d'avis quand elle aura compris que Via elle aussi veut ma peau.

Je sais ce qu'Esme essaie de faire. Elle veut que Via apparaisse comme une snob. Quelqu'un qui se considère au-dessus des pom-pom girls. Son attitude me donne envie de lui rire au nez. Les Scully sont bien trop intelligents pour tomber dans ce genre de conneries à la *Riverdale*.

Via se redresse.

— Oh ! j'adorerais ! Si seulement j'étais revenue à temps pour les auditions. Malheureusement, Mme Followhill dit que nous avons déjà assez de pain sur la planche, mais je sais qu'elle est capable de me mener au sommet.

Oui. C'est moi qu'elle est contente de laisser en bas.

À la fin de la journée, Via est la nouvelle coqueluche d'All Saints High. Les gens adorent qu'elle soit à la fois jolie et sportive, mais aussi polie, une fille du Sud soucieuse de plaire. Quand je passe devant les filles du lycée, elles me lancent un regard qui dit clairement que le jeu est fini pour moi. Que personne ne pourra plus me regarder sans me comparer à Via, vu que nous vivons ensemble. Que je serai toujours perdante.

Lorsque Via entre dans ma voiture, je sors mon téléphone et remarque un message de Penn.

Parle.

J'essaie de le ranger dans mon sac mais Via l'attrape et hausse un sourcil.

— J'espère que ce n'est pas ce que je pense, dit-elle sèchement, en sortant sa (non, *ma*) trousse de maquillage pour s'appliquer du rouge à lèvres.

— Et quoi donc ?

Je commence à perdre patience.

— Si tu crois avoir une chance avec mon frère, je te prouverai le contraire aussi longtemps que je serai en vie, ma puce.

13

J'aimerais réécrire ma vie sans toi
Mais toutes les pages où tu apparais sont surlignées
Écornées et froissées à mort
Je ne peux plus te lire désormais
Mais tu es toujours mon poème préféré.

Daria

Ce soir-là, mes deux ennemis publics hissent le drapeau blanc.

Mel est la première. Elle nous convoque tous dans le garage après le dîner, après avoir amené Via chez le dentiste pour réparer sa dent cassée. Un véhicule dissimulé sous une couverture rose pétant est garé à côté de la Tesla de papa. Je me contente de rester plantée là, les bras croisés. À l'expression de mon visage, on pourrait croire qu'une organisation terroriste m'a kidnappée. Melody, pleine d'un enthousiasme superficiel, agite des pompons invisibles avant de tirer soudainement la couverture. Elle tend les bras en signe de présentation, comme Vanna White dans *La Roue de la fortune*. C'est un jeep Hummer rose.

— Je sais qu'on avait dit « pas de cadeau ni de célébration » – tu ne voulais qu'une fête – mais je n'ai pas pu m'en empêcher.

Melody, encouragée par Via et Bailey, pousse des cris en tapant des mains. Papa et Penn, eux, sont silencieux à côté de moi. Une fois l'excitation féminine tarie, je réagis.

— Waouh.

Je contourne la voiture, d'un air délibérément placide.

— C'est horriblement moche.

Je ricane au moment où nos regards se croisent. Je ricane parce que en fait, elle ne me connaît pas du tout. Si elle pense pouvoir se payer une place dans mon cœur avec des cadeaux hors de prix, elle m'a vraiment mal comprise. Bien sûr, j'aime ma collection de robes, de chaussures et de sacs haute couture et j'ai des goûts de luxe – peut-être pas autant que Knight, mais sûrement plus que Vaughn et Luna – mais je n'en ai pas besoin. Les choses matérielles ne me procurent aucune joie. Je les aime bien parce qu'elles sont là, à ma disposition. Parce qu'elles représentent un petit plaisir sans calories.

Le sourire de Melody s'évanouit tel un brin de paille balayé par le vent et elle me regarde en clignant des yeux. J'ai l'impression qu'elle est sur le point de pleurer, mais j'ai du mal à m'en soucier. Elle a invité mon pire cauchemar chez moi sans m'avertir. Et elle a été très claire sur le fait qu'elle est beaucoup plus impressionnée par ma sœur que par moi.

— Je la trouve géniale, maman.

Bailey se précipite pour consoler sa mère en la serrant fort dans ses bras.

— Ne t'inquiète pas. Daria finira par l'apprécier.

Via regarde autour d'elle et les rejoint d'un pas hésitant, pour frotter le dos de Mel comme elle l'a fait plus tôt avec moi.

— Oui, madame Followhill. Je suis sûre qu'elle est seulement sous le choc.

— Je ne suis pas sous le choc. Je suis un peu vexée qu'elle

pense que je conduirais volontairement une chose pareille. On dirait un clitoris géant.

Penn éclate de rire et papa se joint à lui malgré lui, le poing devant la bouche. Ils se donnent des coups de coude l'un à l'autre pour s'enjoindre d'arrêter de rire, mais c'est l'effet contraire qui se produit et qui leur donne l'air de participer à un rodéo hystérique.

Bailey écarquille les yeux tandis que Via, Dieu sait comment, parvient à feindre un rougissement. Super. Je les ai unies contre moi. Via doit être ravie. Elle doit probablement danser le cha-cha-cha dans sa tête.

Mel lève des yeux brillants de larmes vers moi. Elle ne prête plus aucune attention à Via et Bailey, qui s'agitent à côté, sauf que c'est trop tard. Le mal a été fait.

— Qu'attends-tu de moi, Daria ? demande-t-elle, si bas que je l'entends à peine.

— Rien.

Tout.

— Que puis-je faire pour te rendre heureuse ? Pour t'atteindre ?

La supplication dans sa voix est si vibrante qu'elle me déchire. Et l'espace d'un instant, je la crois. Jusqu'à ce que je me souvienne qu'elle m'a inscrite au lycée dans lequel elle a baisé son élève, m'a imposé un frère adoptif sombre, furieux et sexy, puis sa sœur encore plus furieuse et complètement folle qui, en plus, est ma pire ennemie, après avoir ignoré et minimisé mon existence pendant quatre ans au point que, parfois, je me suis demandé si j'existais vraiment.

— Est-ce que ma fête tient toujours pour ce week-end ?

Je fais mine de ne pas saisir la vraie signification de ces mots. Je ne peux pas perdre la face devant toutes ces personnes.

— Oui, mais ce n'est pas ce que je…

— Merci, Mel ! Bonne chance pour revendre ce truc. Il paraît qu'un véhicule perd la moitié de sa valeur à la minute où il quitte le parking du vendeur, je me trompe ?

Je fonce vers la maison, les laissant tous derrière moi. Arrivée dans ma chambre, je ferme la porte et refoule l'amertume de ne pas pouvoir m'endormir en pleurant au sous-sol parce que Via occupe désormais les lieux. Je bondis sur mon lit et saisis mon portable pour envoyer un message au principal Prichard, qui y est enregistré sous le nom de « Prince ». J'ai comme l'impression que je vais devoir reprendre le rythme de trois rendez-vous par semaine.

J'ai besoin de vous voir. Je suis désespérée.

Je ne l'ai jamais vu à l'extérieur de l'enceinte du lycée, mais je ne sais pas vers qui me tourner. Mes amis ne sont pas sincères, Knight et Vaughn prennent tout au troisième degré et mêler papa à tout ça ne fera que compliquer sa relation avec Mel. Quant à Bailey, elle est géniale mais beaucoup trop jeune et trop douce pour comprendre la noirceur des sentiments qui m'habitent.

Demain.

Je réponds :

Je ne peux pas attendre.

Il tape.

Tu m'as fait attendre assez longtemps ces deux dernières semaines. Demain.

Je laisse tomber ma tête sur mes oreillers et je ferme les yeux en soupirant. Merde. J'étais à l'ouest, entièrement absorbée par tout ce qui se passait avec Penn Scully au point de repousser toutes les avances du principal. Il savait qu'il ne devait pas me traquer au risque de se faire remarquer.

Quand j'entends la porte de ma chambre s'ouvrir, je m'attends à ce que ce soit Melody ou Papa. Ou bien Bailey avec ses paroles de sagesse naïves à la Hallmark. Mais c'est Penn qui se tient dans l'embrasure de la porte, les coudes appuyés contre l'encadrement. Son large T-shirt à col en V remonte, dévoilant ainsi son V extraordinaire qui pointe comme une flèche vers son sexe.

— Tu comptes m'ignorer jusqu'à la fin de ta vie ?

Je cligne des yeux en regardant le plafond, en tentant désespérément de ne pas laisser mon traître de regard glisser vers son visage. Je souffre déjà de TPPS. Troubles Post-Penn Scully.

— C'est le plan.

— J'ai toujours su que tu n'étais qu'une chatte effrayée. J'apprécie d'en avoir enfin la preuve.

Va te faire foutre, Scully. Je ne me gênerai pas pour t'envoyer chier une deuxième fois, toi aussi.

— Je croyais qu'on était d'accord sur le fait que j'avais une chatte, l'autre jour.

— Le voilà enfin. Le vilain petit monstre sarcastique que tu es.

Je souffle.

— Pourquoi es-tu ici, vaurien ?

— Pour parler.

Il entre dans ma chambre et ferme la porte derrière lui. Je jette un coup d'œil dans sa direction pour m'assurer que je n'ai pas rêvé. En voyant la porte bel et bien fermée, un sourire chatouille ma moue boudeuse.

— Mon père va te tuer s'il découvre que tu as fermé la porte.

— Bonne chance à ton père pour m'attraper, rétorque-t-il sans ciller.

Je me redresse et m'appuie contre la tête de lit en m'autorisant une pointe d'optimisme. Peut-être qu'il se soucie de moi.

— Pourquoi ne m'as-tu rien dit au sujet de Via ?

— J'savais pas.

Il n'a pas bougé et je ne sais pas si je dois être reconnaissante qu'il me laisse de l'espace ou si j'ai envie qu'il me noie dans une étreinte étouffante qui me ferait perdre mon souffle en me redonnant vie en même temps.

— Tu t'attends à ce que je te croie ?

— Fais ce que tu veux de cette information. Je n'avais pas la moindre idée de ce qui se passait. Ta mère avait évoqué le fait qu'elle la cherchait plusieurs fois, mais honnêtement, elle n'avait pas l'air très optimiste.

— Eh bien, merci de m'avoir déflorée puis ignorée le temps que tu tires les choses au clair.

— De rien, dit-il avant de regarder vers la porte en cillant.

Il expire ensuite d'un air énervé en se passant une main dans les cheveux.

— Écoute, dis-je, c'est la merde. Mes émotions vont dans tous les sens. Je voulais prendre du recul pour essayer de voir plus clair dans ce bordel.

— Et tu as réussi ?

Le sombre éclat de rire que je produis a vraiment un goût amer dans ma bouche.

— Loin de là.

À ces mots, je craque et les larmes roulent sur mes joues. Je m'essuie le nez avec la manche de mon gilet rose pâle. Penn me rejoint alors et me tire pour me relever et m'envelopper de ses bras. Je me blottis dans son étreinte. Son contact. Son corps. Son âme.

— Marx, Penn. Je croyais que tu t'étais servi de moi.

— Waouh.

Il fait mine de s'éloigner de moi pendant une fraction de seconde.

— Qui te dit que ce n'est pas le cas ?

Je frotte mon nez contre le trou de son T-shirt à l'endroit de son cœur en riant.

Il recule d'un pas afin de pouvoir prendre mon visage en coupe. Quand nos regards se croisent, mon cœur accélère.

— Je ne suis même pas certain de ce que je ressens quant au fait qu'elle soit ici. C'est comme si j'avais grandi en boitant et qu'on m'offrait une nouvelle paire de jambes. Je suis censé me sentir bien, mais en fait, c'est l'angoisse. J'ai déjà appris à vivre sans, tu comprends ?

Je comprends.

Je meurs d'envie de lui dire qu'elle fait semblant d'être bonne et gentille.

Qu'elle a menacé de tout me prendre plus tôt dans la journée. Les mots me brûlent la langue, me suppliant de les laisser sortir. Il y a quelques mois, j'aurais tout avoué sans hésiter. Mais j'ai vu les dégâts que cette histoire a causés à Penn. Je ne peux pas lui faire ça. Je ne peux pas gâcher ses chances de renouer avec sa sœur, peu importe à quel point je la méprise.

— Je comprends.

Je le reprends dans mes bras parce qu'il me manque déjà. Il me manque même quand il est là. Il n'y a pas assez de lui pour me satisfaire, et peut-être que si je traîne les pieds pour tout ce qui concerne la fac, c'est parce que la vie après Penn ne me paraît pas réelle.

— Accorde-toi du temps. Les choses vont s'arranger.

Et juste comme ça, notre mémoire sensorielle s'active. Mes lèvres trouvent les siennes et nous nous embrassons. Profondément, longtemps et passionnément. Il grogne contre ma bouche et prend mes mains entre ses mains dures, nous ramenant tous les deux vers mon lit. Mes genoux cognent contre le cadre du lit et nous plongeons tous les deux sur le matelas, avec des éclats de rire haletants. Il me chevauche et embrasse mon cou et mon menton.

— Putain. Tes lèvres m'ont manqué, dit-il.

— Ton cul m'a manqué.

Je lui pince les fesses en mordant sa lèvre inférieure.

— Tu es un sacré hobby, Skull Eyes. Souviens-toi que ce n'est rien de plus et qu'à la minute où tu t'attacheras, c'est à peu près le moment où je me passerai de toi.

— Regarde si j'en ai quelque chose à faire, bébé. Tu n'es qu'une phase. Peut-être que mon futur chirurgien de mari réparera ta jambe cassée si tu arrives un jour dans la NFL.

Il rit et parsème ma peau de baisers jusqu'à ma poitrine en déboutonnant mon gilet.

— Peut-être qu'il la coupera quand je l'aurai nargué en lui racontant à quel point je m'éclatais à l'intérieur de sa femme.

— Plus qu'avec Adriana ?

Je m'écarte pour sonder son regard.

— Lima, ou celle qui est dans ma classe ?

Celle dont tu es amoureux, d'après ta sœur.

— Celle de ta classe. Comme si Adriana Lima pouvait s'intéresser à toi.

— Serais-tu jalouse ?

— Serais-tu en train d'éviter la question ?

Il fait courir ses dents le long de mon cou avant de les planter au niveau de ma clavicule. Je sais qu'il me perce la peau, qu'il me marque aux yeux de tous. La vague de soulagement qui me submerge me laisse penser que la raison pour laquelle j'avais l'impression de porter un poids de colère de sept tonnes ces derniers jours, c'était parce que je ne pouvais pas être avec Penn. Et bien que je sois son hobby, lui est en train de devenir… mon tout. Mon réconfort. Mon bon côté. La chose que je préfère dans la vie.

— Adriana n'est pas un facteur, ici. C'est une part intégrante de ma vie qui n'a rien à voir avec toi. Toi…

Il empoigne le col de mon gilet pour me rapprocher de son visage.

— Tu es le meilleur plaisir passager que j'aie eu depuis longtemps.

— Je ne te crois pas une seconde.

Mes lèvres tremblent en prononçant ces mots. Je dois me convaincre qu'il ment.

Il baisse la tête et m'adresse un sourire narquois.

— Ce serait un plaisir de te prouver à quel point tu ne comptes pas pour moi.

Nos lèvres sont sur le point de s'unir à nouveau quand un violent coup contre la porte nous interrompt. Penn s'écarte de moi en grognant de frustration. Même s'il n'en a rien à foutre qu'on soit surpris ensemble, il sait que ce n'est pas mon cas. Il passe une main dans ses cheveux pour se recoiffer et glisse l'autre dans son Levi's usé pour dissimuler son érection.

— Oui ?

Ma voix est un peu trop aiguë par rapport à la façon dont j'ai quitté le garage. Je m'éclaircis la gorge pour réajuster mon ton.

— Quoi ?

— Daria ?

La voix fausse et nerveuse de Via nous parvient depuis l'autre côté de la porte.

— C'est moi. Sylvia. Je sais que je suis certainement la dernière personne à qui tu as envie de parler, mais j'aimerais vraiment t'aider à aller mieux.

Je suis immédiatement convaincue que Via a vu Penn se faufiler dans ma chambre et qu'elle essaie de gâcher notre moment. C'est évident. Elle m'a dit clairement que je ne pourrais pas avoir son frère jumeau. Et pour ne rien arranger, le fait qu'on ait fermé la porte à clé confirme que nous cachons effectivement quelque chose. Je ne peux pas lui dire non. Pas quand Penn est avec moi. Elle essaie prétendument de me tendre la main. Il ne peut pas découvrir la vérité.

Penn et moi échangeons un regard. Je lis de l'espoir dans le sien et ça me brise, parce que Via me piège pour me détruire. Il est en train de s'habituer à la version améliorée de sa sœur. Il l'a peut-être connue en tant qu'adolescente rusée, taquine et passionnée, mais aujourd'hui, elle n'est que lumière et bonnes intentions. Il craque pour elle alors qu'il devrait craquer pour moi – d'une autre façon, bien sûr, mais c'est ce qui se passe néanmoins.

Je décide d'entrer dans son jeu. Si elle veut jouer l'actrice, alors moi aussi.

— Je…

Je regarde autour de moi, l'air paniqué, mais qu'est-ce que je cherche exactement ? Je ne peux pas cacher son frère. C'est un receveur de la taille d'un frigidaire industriel. Mon armoire est trop pleine, et l'espace sous mon lit trop étroit.

— Laisse-moi enfiler quelque chose.

Je cours ouvrir la fenêtre pour inviter Penn à sortir. Il est toujours au milieu de la chambre dans toute sa grandeur et sa gloire musclée. Je ne suis même pas sûre qu'il pourrait passer par là, et encore moins discrètement.

— Sérieusement ?

Il hausse un sourcil.

— Je passe à peine entre les putains de portes, Skull Eyes.

— Eh bien, c'est soit ça, soit te glisser sous mon lit, soit dans mon armoire. Choisis ton cliché de film d'ados.

Je hausse à mon tour les sourcils.

Il ricane et m'attire à lui en saisissant le bord de mon haut pour m'embrasser tendrement, avec la langue et tout, comme si sa sœur n'attendait pas de l'autre côté de la porte.

Penn attrape mes fesses et me presse contre son érection, frottant mon corps contre elle, me malmenant d'une main, sans effort.

— Ta gentillesse envers Via ne passe pas inaperçue.

Je saisis sa queue entre nous, la serrant légèrement, pas assez pour lui faire mal mais suffisamment pour le taquiner. Il s'humecte les lèvres et lève les yeux au ciel avant de les fermer.

— Ça me coûte toute ma patience et ma bonne volonté.

— Je te revaudrai ça avec ma langue et ma queue.

Il me vole un dernier baiser avant de se faufiler en riant par la fenêtre, son rire ricochant sur ma peau. Il n'essaie même pas de se cacher. De nous cacher. S'il est si ouvert à notre sujet devant Via, cela signifie qu'il n'a pas honte de moi. Qu'il n'est pas à cent pour cent de son côté.

J'ouvre la porte pour laisser Via entrer dans mon domaine. J'ai décidé de la jouer gentille pour qu'elle ait envie de vomir des arcs-en-ciel et des licornes quand j'en aurai fini avec elle. Si je ne lui donne aucune arme contre moi, au bout d'un moment, elle en aura assez d'essayer d'en trouver.

Via ne prend pas le temps d'apprécier le mur aquarium couleur rose champagne et le luxe de ma chambre – mais pourquoi le ferait-elle ? Elle est déjà venue fouiller dans mes vêtements. Elle ferme la porte et se jette sur mon lit comme s'il lui appartenait.

Elle prend une profonde inspiration en souriant depuis le trône de mes oreillers en satin et de mes ours en peluche vintage.

— Ça sent mon frère, ici.

Ça t'excite, perverse ?

Je m'assois au bord du lit en sachant pertinemment qu'elle sait qu'il n'est plus là. Elle n'a pas les couilles de l'affronter. Et je crois que personne ne les a.

— Tu sais, tu pourrais prendre la jeep.

J'examine ma parfaite french manucure.

— Mel ne va probablement pas la rendre, alors ce serait du gâchis de ne pas s'en servir.

Je voudrais que ma mère s'étouffe avec l'offense qu'elle m'a faite en pensant que je serais horrible avec Via. Et si je peux tuer Via avec ma gentillesse en même temps, eh bien, ce serait un super bonus.

— Beurk.

Elle tire la langue.

— Putain, ce truc était immonde. Non, merci. Je ne sais pas comment tu fais pour supporter cette femme. Elle est tellement soumise. Ça m'avait franchement refroidie à l'époque, mais aujourd'hui, c'est carrément un fléau.

Je sens ma mâchoire se décrocher. Est-ce qu'elle vient vraiment de parler de ma mère en ces termes ? De la femme qui a investi plus en elle qu'en sa propre fille ? De la femme qui s'est battue bec et ongles pour la ramener ? Qui l'héberge ? Qui a mis en putain de danger sa relation avec mon père et moi – réduite aux seuls liens de la nature – juste pour la sauver ? L'expression de mon visage trahit certainement mon choc et mon dégoût, car Via commence à s'expliquer.

— J'ai disparu il y a quatre ans. Et elle m'a trouvée il y a quoi, un mois seulement. Elle n'a pas pris Penn sous son aile plus tôt. Où était-elle passée pendant tout ce temps ?

J'ai vu Mel faire le deuil de Via. C'est en partie la raison pour laquelle je n'ai pas dit à maman ce que Penn et moi avons fait ce jour-là. Je savais qu'elle ne me pardonnerait jamais. Qu'elle me haïrait et me déshériterait mentalement. Je ne suis pas la plus grande fan de Mel à l'heure actuelle, mais même moi je sais que Via raconte des conneries.

— Elle a vraiment essayé de te trouver quand tu es partie.

J'espère terriblement que je m'exprime d'un ton égal.

— Ce n'est pas ta mère.

— Dieu merci. Imagine si j'avais hérité de ses cuisses, comme toi.

Elle bondit de mon lit et se dirige vers l'aquarium, qu'elle tape du doigt en observant les bulles s'élever du ballon d'oxygène en dessous.

— Tu t'es déjà demandé ce que ça ferait si tu balançais un marteau dans ce truc ?

— Non.

— Humm.

Un sourire distant étire ses lèvres avant qu'elle ne retourne son attention sur moi en tournant la tête dans ma direction.

— Comme je l'ai déjà dit, tu ne peux pas sortir avec mon frère. Correction : tu ne peux même pas baiser mon frère. Tu n'es qu'un plan cul pour lui, et même si tu n'as aucun respect pour toi-même, je suis là pour te dire que même toi, tu peux faire mieux. Adriana ne permettra pas que ça se produise, et c'est elle la fille qu'il finira par épouser et par emmener à la fac avec lui. Elle a donné naissance à son enfant, bon sang. Arrête de t'humilier et mets un terme à ce truc idiot qu'il y a entre vous. Aujourd'hui.

— Ils t'ont nourrie à quoi, dans le Mississippi ? À l'acide et aux illusions ?

J'examine mes ongles en essayant de me donner un air blasé.

— Et si j'aimais être utilisée ? Et s'il n'était qu'un plan cul pour moi aussi ?

Elle me regarde, abasourdie, comme si je lui avais révélé une information inédite.

— Je peux faire de ta vie un enfer.

— Vas-y.

Je tends la main vers elle. *Tu le fais déjà.*

— Fais-toi plaisir.

— Est-ce la guerre, Daria ?

Une étincelle de folie illumine ses yeux. Je l'ai déjà vue, le jour où Penn m'a proposé d'être amie avec lui des années auparavant. Le shoot d'adrénaline. La preuve qu'un Scully est excité.

Je fais semblant de bâiller.

— Si tu veux que ça le soit, j'apporterai mes tanks. Tu peux ramener tes bâtons.

— Tes tanks en papier.

Elle me sourit avec douceur, et pour une raison qui m'échappe, son regard me donne l'impression d'être nue. En position de faiblesse.

— Des tanks en papier à paillettes que je peux froisser dans mon poing. C'est parti, Followhill.

Penn quitte la maison trois heures avant le début de ma fête.

Une heure après que Bailey et mes parents sont partis passer la nuit dans un hôtel à Malibu, pour être précise. Ils seront absents jusqu'à dimanche matin pour me laisser organiser la mère de toutes les teufs. Avant l'arrivée de Penn, j'étais célèbre pour mes soirées.

Avant son départ, Penn et moi nous tenons à la porte, nous flirtons, nous nous pelotons et nous nous embrassons durant de longues minutes jusqu'à ce que Via descende l'escalier. Penn grogne et écarte sa bouche de la mienne avec une expression douloureuse. Dommage qu'elle n'ait rien vu. À ce stade, j'aurais voulu qu'elle constate qu'on était toujours d'actualité. Je me suis récemment confiée à Vaughn et Knight sur le sujet – il fallait que j'en parle à quelqu'un et Marx sait que je ne peux pas faire confiance à Esme ni à l'équipe de pom-pom girls – et ils m'ont tous les deux dit que j'étais folle de me taper mon frère adoptif, même si je ne leur ai pas explicitement parlé de sexe.

Le principal Prichard, quant à lui, m'a évitée systématiquement toute la semaine depuis nos derniers messages. Je crois qu'il me punit. Ou peut-être qu'il veut que je rampe jusqu'à lui. Les choses sont devenues bizarres entre nous depuis qu'il m'a surprise avec Penn dans les vestiaires. Je sais que je vais devoir affronter la situation, mais je dois gérer tellement de fronts que je ne peux même pas commencer à m'occuper de ce problème.

Maintenant que la fête bat son plein, je peux me poser et me détendre pour la première fois depuis ce qui me semble être une éternité. Assise sur le canapé, j'observe les gens faire la bombe dans ma piscine, allumer un million de lumières différentes. Je suis coincée entre Esme et Blythe. Knight, Colin et Vaughn sont assis dans les fauteuils autour de nous. Gus n'est nulle part en vue et je parie qu'il est avec Via à sucer l'âme de bébés inconnus en faisant semblant d'être leur humble baby-sitter. Mel était tellement contente que Via « accepte » de rester pour la fête.

« Je suis si contente que tu te fasses des amis, Via. »

Ouais. *Mes* amis. Et pas par un putain de hasard, Mère.

— Où est Gus ?

Je pose la question en sirotant une coupe de champagne. J'ai placé une poignée de mes Minions de Seconde dans la cuisine en tant que baristas ; elles nous ont servi du champagne et de la bière importée toute la soirée. Ce n'est pas un problème, pour elles. Cela leur permet de se mêler à la noblesse du lycée et d'être vues. Sans compter qu'elles ont obtenu une invitation « Followhill », ce qui équivaut quasiment à un billet de loterie gagnant dans cette ville.

À quoi on reconnaît les fêtes d'All Saints High ? Si elles sont bonnes, avec une tonne d'alcool, de sexe et de la bonne musique, vous n'en entendez pas parler à moins d'y avoir été invité.

L'année prochaine, ils prendront la relève et feront comme moi. Ce soir, cependant, ils graviteront dans mon orbite, et seulement de loin.

— Il est sur une nouvelle meuf depuis genre, deux heures environ.

Colin prend une gorgée de sa bière avant de taper la cuisse de Knight avec pour qu'il lui passe le joint.

— Via ?

Ma bouche devient subitement sèche. J'espère qu'ils ne sont pas en train de baiser. Penn déteste absolument Gus, et c'est réciproque.

— Ouais, elle.

Colin bâille en pointant sa bouteille vers moi.

— J'espère qu'elle sait qu'on l'appelle Texas Gus pour une raison.

— Gus est surnommé Texas Gus ?

Blythe fronce le nez tandis qu'Esme rougit à côté de moi avant de vider son verre.

— Correct.

Knight passe le joint à Colin qui doit le rouler méticuleusement en utilisant la brosse de mon mascara.

— Un jour, une fille a eu les yeux rouges après qu'il a vidé sa sauce piquante dans une direction stratégique.

Blythe pouffe de rire.

— La honte. Qui était-ce ?

Esme fait semblant d'envoyer des messages mais ses doigts ne bougent pas. Knight sourit, l'air narquois, avant de la désigner du regard.

— J'imagine que c'était quelqu'un qui ne valait pas la peine d'être baisée.

— Excusez-moi.

Je chantonne (comme ma mère, je m'en rends compte, mais trop tard) en me levant du canapé pour aller à la recherche de Gus et Via.

Les enceintes crachent « Killing in the Name » des Rage Against the Machine tandis que je me faufile à travers le salon rempli d'adolescents qui boivent, dansent et s'embrassent contre les murs et les meubles. J'entends un rire à l'étage alors que des gens sautent sur le trampoline depuis la fenêtre de Bailey. Je m'aventure jusqu'au premier en m'accrochant à la rambarde parce que ma vision devient floue. Je suis plus ivre que ce que je pensais et je monte en titubant. Arrivée en haut, j'ouvre toutes les portes en grand, sentant mon pouls accélérer. La chambre de Penn est fermée à clé, mais je m'y attendais. Je l'ai aperçu plus tôt dans la journée ranger tout ce qui aurait pu trahir sa présence dans des sacs-poubelle qu'il a rangés dans le pool-house de Vaughn. Il ne prend aucun risque. Je n'ai invité aucun de mes amis à la maison depuis qu'il a emménagé et je crois qu'il sait que c'est un sacrifice. Ce que je ne lui dis pas, c'est que je le fais avec joie. Et ce que je ne formule jamais, c'est à quel point je suis fière qu'il traverse tout ça sans jamais se plaindre.

J'arrive à ma chambre et ouvre la porte sur Via, allongée sur mon lit avec Gus, penché au-dessus d'elle. Leurs bouches ne font plus qu'une et il fait courir ses doigts sur ses jambes nues. Elle porte une robe que je ne reconnais pas. Mel a dû l'emmener faire les magasins entre le moment où elle m'a brisé le cœur et celui où elle l'a écrasé avec son poing, pour s'assurer qu'il était bien mort.

— Texas Gus.

Gus lève les yeux sans changer de position.

— Va faire un tour. J'ai besoin de parler à Mississippi Sylvia.

— Nan, Followhill, je suis bien…

Il avance sa queue contre le sexe de Via, la faisant rire d'un air diabolique.

— … là …

Il s'approche pour lui mordiller le nez.

— … putain.

Je prends mon portable et commence à taper un message avec un air bravache sans lien avec ce que je ressens.

— Je suppose que je vais en parler à ton référent. Tu sais que mon père lui donne toujours cette responsabilité, de s'assurer que tout le monde se comporte comme il faut pendant mes soirées.

— Salope.

Gus suce une dernière fois les lèvres de Via avant de bondir sur ses pieds, d'attraper sa veste et de foncer hors de la chambre, son épaule frôlant la mienne.

Je reste près de la porte. Je ne vais même pas commencer à aborder le fait qu'ils étaient en train de s'embrasser sur mon lit, même de loin. Ça me donne envie de vomir dans ma bouche, et ça me met en colère, mais pas autant que le fait qu'elle couche avec l'ennemi – et assez littéralement, bon sang.

Via se relève en soufflant, s'apprêtant à partir, sauf que cette fois, c'est moi qui ferme la porte et la pousse sur mon lit.

— Assieds-toi.

— Donne-moi une bonne raison de le faire, dit-elle en faisant mine de se relever.

— C'est à propos de ton frère, et si tu te soucies de lui – ce que tu n'as pas démontré durant ces quatre dernières années –, tu vas m'écouter.

Je m'installe à côté d'elle et nous regardons toutes les deux nos pieds. Je me sens pompette et frustrée par ce qui s'est passé ces derniers jours. Juste au moment où je pensais faire des progrès avec Penn et Mel, Via est revenue et a tout fait foirer.

— Que se passe-t-il entre toi et Gus ?

— Comme si j'allais te dire quoi que ce soit, répond-elle avec une moue boudeuse.

Je jette un coup d'œil vers elle et m'aperçoit qu'elle est sur le point de pleurer. Ça doit être difficile pour elle de voir toutes ces choses et de réaliser qu'elles n'ont pas fait partie de son adolescence. Que ce ne sera jamais le cas. Elle ne peut pas rattraper ses années de lycée.

— Gus t'avait-il déjà embrassée avant ?

Je fais glisser le bout de mon doigt le long de mon drap. Je tente une nouvelle approche mais je suis sincèrement curieuse de connaître la réponse.

Elle pouffe de rire à travers ses larmes.

— Dis ce que tu as à dire, Daria. Nous ne sommes pas amies, ce n'est pas une discussion à cœur ouvert.

— OK.

Je prends une profonde inspiration.

— Je veux juste que tu aies toutes les informations avant de te décider à sortir avec Gus ou de seulement t'amuser avec lui. Lui et ton frère sont en guerre. J'ai entendu dire qu'ils s'étaient provoqués oralement le jour où les Saints ont battu les Bulldogs sur le terrain, au début de la saison. Penn est venu jusqu'au lycée quelques jours avant pour essayer d'arranger la situation, mais en vain. Penn pense que Gus a triché pour gagner.

Alors que je lui explique la situation, j'essaie de lui communiquer le niveau de haine qui existe entre ces deux mecs.

— Et à chaque fois que je les vois au même endroit, Gus essaie de déstabiliser Penn.

Via prend une profonde inspiration et ferme les yeux.

— J'ai l'impression que Penn m'a abandonnée dès l'instant où j'ai fui, et que rien ne pourra combler le fossé qui s'est creusé entre nous, admet-elle.

Je lève les yeux pour la regarder attentivement. Ce qu'elle vient de dire ressemble beaucoup à une confession. Et une confession me semble bien mieux qu'une attaque – la seule chose à laquelle j'ai droit depuis son arrivée.

— Comment ça ?

Ma voix est si faible et encourageante, à peine un murmure.

— Penn est bizarre avec moi. Pas vraiment hostile mais… distant. J'ai l'impression que je l'ai tellement déçu en partant. Comme si j'avais eu le choix. Je pensais que Rhett allait me tuer. Et Penn, peu importe à quel point il m'aimait et était là pour moi, il n'était qu'un enfant. Il ne pouvait pas me protéger. J'ai conscience que je suis la seule à blâmer…

Je l'interromps :

— Non, ce n'est pas toi. C'est Rhett, qu'il faut blâmer. Ta mère. Ton école, et le système, dans une certaine mesure, même ma mère pour ne pas l'avoir remarqué. Mais pas toi.

— Penn n'est pas à blâmer, insiste-t-elle. Et pourtant, c'est lui qui a le plus souffert.

J'ai désormais mon propre aveu à faire. La vérité est coincée dans ma gorge et l'alcool me supplie de la faire sortir. C'est un aveu. Un aveu difficile. Mais qui l'aiderait à se départir de ses inhibitions et de sa culpabilité, peut-être même à construire un pont plus solide pour traverser ce fossé.

— Penn et moi avons aussi notre part de responsabilité.

— Quoi ?

Elle lève les yeux vers moi.

— De quoi tu parles, putain ? Vous ne vous connaissiez pas à l'époque.

Je lui raconte tout ce qui s'est passé ce jour-là. Repassant la journée entière en partant du moment où je me suis tenue à la porte en priant pour ne pas la voir jusqu'à l'instant où Penn m'a donné mon premier baiser, en mentionnant tous les détails entre les deux. La lettre. La façon dont il l'a déchirée. La joie que j'ai ressentie quand il l'a fait. Ce que j'ai écrit à ce sujet dans mon petit carnet noir ce soir-là. À quel point le carnet s'est rempli.

— Il l'a déchirée mais il ne le savait pas. Il ne savait pas, Via. Il ne savait pas.

Je suis à bout de souffle à la fin de mon récit. Comme si je venais de courir un marathon. Je me tourne vers elle pour pouvoir la regarder vraiment. Elle tremble et des larmes coulent sur son visage. Je me rends compte à cet instant que ma mère ne lui a pas annoncé qu'elle avait été admise à l'Académie royale. Pourquoi l'aurait-elle fait ? Ce n'est plus qu'une nouvelle cruelle et amère. J'essaie de la prendre dans mes bras mais elle bondit de mon lit. Et je l'imite.

— Pas un jour n'est passé sans que je pense à cette lettre, et à toi, et à quel point je suis horrible.

Les larmes me brouillent la vue. C'est la vérité. Même quand je la détestais, je me détestais d'avoir fait ça. Et c'est toujours le cas. C'est à cette époque que maman est devenue Mel, pour moi. Quand ma chute a commencé.

— S'il te plaît, crois-moi.

La gifle me prend par surprise. Aussi tranchante qu'un couteau, et brûlante. Je sens sa paume longtemps après et je lève instinctivement la main pour me frotter la joue.

Tu viens de te faire gifler. Mon cerveau hurle au reste de mon corps et son écho résonne entre mes oreilles. *Ad infinitum.*

— Et ça excuse tout ?

Son visage entier est déformé par la rage.

— Mon frère et toi avez détruit ma vie. Rhett était un enfoiré abusif. Maman était inconsciente quatre-vingts pour cent du temps, tandis que ta mère me repoussait parce que tu ne supportais pas qu'on soit proches et qu'elle ne voulait pas te contrarier, me dit-elle, me coupant le souffle.

Je ne le savais pas. Je ne savais pas que Via et maman gardaient leurs distances.

— Je ne serais jamais partie si j'avais su que j'étais prise ! J'aurais tout supporté, Daria.

— Je sais.

Je sanglote ; les mains sur les genoux, je secoue la tête. Les larmes me brûlent à l'endroit où elle m'a frappée, mais ivre et sans défense, je reconnais que je l'ai mérité.

— Mon Dieu, je sais.

Mes épaules sont secouées par mes pleurs. J'avance vers

elle pour… Je ne sais pas, je serais prête à m'agenouiller s'il le fallait, mais elle recule et se cogne contre ma table de nuit. Elle attrape alors la première chose qui lui tombe sous la main – un réveil doré que Luna m'a ramené d'un voyage avec sa famille en Suisse il y a quelques années de cela – et le lance vers moi.

— Ne t'approche pas de moi, Daria. Je ne plaisante pas.

— S'il te plaît, ça ne change rien au sujet de ton frère. Je ne voulais pas que tu le voies différemment. Seulement que tu saches que tout le monde est responsable de ce qui s'est passé, mais maintenant que tu es revenue, on peut tous essayer de rattraper le temps perdu.

— Tu ne peux pas rattraper le temps perdu !

Elle hurle de toutes ses forces, son corps se soulève même sous l'effort que lui demande de produire un cri si profond. Heureusement que la musique est forte à l'extérieur. J'entends « Tainted Love » de Soft Cell et je ne peux qu'être d'accord avec cette chanson.

L'amour est si corrompu. Il ternit tout ce qui est beau et pervertit l'âme. L'amour est beaucoup plus laid que la haine parce que, quand vous haïssez quelqu'un, vous avez les idées claires. Quand vous êtes amoureux, vous perdez la raison.

— Tu ne peux pas revenir en arrière. J'étais malheureuse et on a abusé de moi dans le Mississippi, d'une autre façon.

— Alors pourquoi ma mère a-t-elle dû insister pour que tu reviennes ?

J'essaie de reprendre le contrôle de ma voix, de mes muscles, de mon cœur.

— Pourquoi voulais-tu rester là-bas quand Mel te suppliait de revenir ?

— Parce que je te détestais trop ! s'exclame-t-elle en levant les bras. Parce que je savais ce qui m'attendais : une place au premier rang du spectacle de la vie parfaite de Daria Followhill. Parce qu'une partie de moi savait que tu séduirais Penn. Parce que c'est ce que tu fais, Daria. Tu prends tout ce que j'ai et tu te l'appropries.

— C'est drôle.

Je renifle et ma bouche se remplit alors d'amertume.

— Je ressens la même chose à ton sujet.

Via secoue la tête avant de foncer vers la porte, et je cours derrière elle. Je bouscule les gens sur mon passage et leur aboie de dégager. J'ai certainement l'air possédée et tout le monde regarde par-dessus son épaule pour voir la reine Daria courir après sa nouvelle sœur adoptive. Mais je ne peux pas la laisser fuir cette conversation. Pas comme ça. Pas quand rien n'est réglé. La panique se répand dans mes veines telle une rivière. Plus je fais des efforts avec elle, plus elle me repousse.

Je finis par la perdre dans la foule et me fais arrêter par Alisha, qui veut dévaliser le dressing de Mel pour voir quelle pièce de la Fashion Week elle a eue cette saison. Je m'exécute par automatisme.

Le château de la princesse est en train de s'écrouler.

Et je sais que, très bientôt, la malédiction va tomber.

Mais alors je sourirai en saluant de la main, comme une princesse.

Même – et surtout – une princesse qui s'effondre.

14

Tu penses être si fausse
Quand en réalité tu es la chose la plus vraie que j'aie jamais vue
Douloureuse à regarder
Magnifique à voir
Bouleversante à toucher.

Penn

La curiosité a eu raison de moi et il était grand temps que je mette aussi mon cul dans la merde.

Je savais que c'était une nouvelle preuve de stupidité de revenir avant d'avoir reçu un texto m'y autorisant, mais je l'ai fait quand même.

La fête bat son plein quand je gare la Prius à l'autre bout du quartier, un vrai truc de pervers pour le coup. Je gagne le manoir des Followhill à pied, une casquette sur la tête et les mains enfoncées dans les poches.

— Yo, petite merde.

J'entends quelqu'un pouffer de rire derrière moi et – parce que l'intelligence n'est pas mon amie ce soir – je me retourne. C'est Dean Cole, le père de Knight. Il est assis sous le porche de sa maison coloniale – un style architectural bizarre pour SoCal, mais apparemment, sa femme est originaire de Virginie et il en est dingue, alors il lui a construit une maison du Sud –, il sirote du whisky.

— Tu penses que c'est une bonne idée d'y aller ?

Il désigne le manoir des Followhill du menton.

Je crache mon chewing-gum et l'envoie d'un coup de pied jusqu'à la pelouse des Spencer.

— Nope.

— Je voulais juste vérifier, répond-il en riant.

— Que faites-vous debout ?

Je l'observe attentivement. Espionne-t-il pour les Followhill ?

J'entends une toux féminine à l'intérieur de sa maison. Il grimace avant de faire tourner son whisky et de le finir d'un trait.

— Madame ne se sent pas bien. Elle va me rejoindre pour prendre l'air.

Je n'ai rien à répondre, alors je me contente de hocher la tête.

— Tu peux squatter ici ce soir, si tu veux.

— Nan. J'ai des affaires à régler avec les amis de votre progéniture.

Je mordille une callosité sur ma main et recrache le morceau de peau morte à terre.

Je veux peut-être seulement être près de Daria et Via. M'assurer qu'elles ne se sont pas encore entretuées. Je me retourne pour partir.

— Tu l'aimes ?

La voix de Dean Cole me cloue sur place.

Je ne sais pas comment il est au courant.

Je ne sais pas si ça signifie que Jaime et Mel sont aussi au courant.

Et je n'ai aucune idée de la raison pour laquelle mon visage me brûle autant.

Tout ce que je *sais*, c'est que ce n'est pas le moment de réfléchir à cette question.

Je secoue la tête en riant.

— Ce n'est qu'un jeu inoffensif.

— Inoffensif pour qui ? crie-t-il alors que j'arrive devant chez les Followhill.

Pour moi, ai-je envie de dire. *L'homme de fer.*

— Vous comptez en parler à Jaime et Mel ?

Je me retourne et continue à marcher à reculons.

Il remplit de nouveau son verre avec une bouteille qu'il a sortie du bras de son fauteuil, les yeux rivés sur le whisky.

— Et rater le moment où il le découvre et te botte le cul ? Je crois que je vais te laisser t'en charger. Mais réserve-moi une place au premier rang.

— Ça marche.

Je me faufile par la porte du pool-house, à bonne distance de Gus et du reste de l'équipe de football d'All Saints.

Pour ma défense, je ne suis pas venu jouer les Sherlock et écouter aux portes. L'occasion s'est présentée toute seule à la minute où j'ai mis un pied dans le jardin. J'étais sur le point de traverser le terrain pour trouver ma sœur et m'assurer qu'elle n'était pas trop dépassée par la situation, quand j'ai entendu Gus. Désormais, impossible de ne pas écouter.

— … si on n'arrive pas jusqu'au championnat national, le coach nous tuera de sang-froid. Le principal Prichard brûlera ce qui restera de nos corps, et le maire nous jettera de la ville.

Je les entends grommeler de dos dans leur bière.

— Eh Gus, mec, je sais que nous avons eu de la chance, mais tu nous as vus à l'entraînement. On craint.

Gus rit. Je jette un coup d'œil de derrière le pool-house et l'observe jouer avec un cendrier comme avec un boomerang dans la piscine.

— Ce n'est pas parce que tu es nul que tout le monde l'est ici.

— Alexa.

Knight Cole souffle la fumée provenant de son joint, et se tourne vers l'assistant virtuel posé près de lui sur une table entre des chaises longues.

— Dis à Gus qu'il ne trompe personne. Qu'on a été mauvais aux derniers matchs et qu'on a gagné de justesse, même lorsque l'autre équipe n'était pas sur le terrain, et qu'on arrive à la fin de notre stock de chance. On va devoir parler au coach pour qu'il effectue de sérieux changements s'il veut nous voir au championnat national.

— Relax, Cole.

Gus tapote son torse avant de réajuster sa casquette. Celle qui a l'air de puer.

— Je contrôle la situation. Merde, « contrôle » et « Cole », ça rime ! Putain, je suis créatif quand je suis stone.

— Qu'est-ce que tu veux dire ? demande Knight d'un air sérieux.

Je décèle une sorte d'alarme dans sa voix, pourtant Knight ne se laisse pas déstabiliser facilement. Gus a baissé sa garde, il est ivre et stone ; s'il peut dire quelque chose qui va le foutre dans la merde, c'est le moment. Je retiens mon souffle tandis que ma peau se recouvre de chair de poule. Gus ouvre la bouche, mais seuls les premiers mots lui échappent avant qu'une plainte l'interrompe :

— Te voilà ! Je te cherchais.

Via jette ses bras autour de son cou en ronronnant.

Sa voix est si pétillante, vibrante, et comme d'habitude, elle sonne faux, putain. Je ferme le poing et mobilise chaque once de maîtrise de moi-même à disposition afin de m'assurer qu'il ne finisse pas dans un mur. Via jacasse sur des sujets de merde – apparemment, ils rangent et tout le monde part, alors si les garçons veulent une autre bière, c'est maintenant ou jamais. Elle vient de gâcher mes chances d'entendre un aveu de la gueule du cheval.

Super la réconciliation, la reconstruction et toute ces conneries.

Les invités commencent à quitter la maison. Un voisin menace d'appeler la police mais il laisse à Daria trente minutes pour régler la situation. Si je reste derrière le pool-house, les gens me remarqueront quand ils contourneront la maison pour rejoindre leur voiture, alors je me faufile à l'intérieur pour me cacher.

Le pool-house ressemble plus à une maison d'hôte avec un salon ouvert et une kitchenette en marbre turquoise et chêne foncé. Il y a aussi une chambre avec un mur en verre. On peut voir la chambre de n'importe quel endroit du salon. Non que j'en aie actuellement besoin. Mais à la seconde où j'atteins l'interrupteur, je m'arrête. Des gémissements me parviennent et m'indiquent qu'un moment très privé est en train d'être partagé dans la chambre.

Je me retourne en ricanant pour ouvrir la porte et repartir, lorsqu'un petit corps se cogne contre moi. Je baisse les yeux sur Daria.

Elle écarquille les yeux, la bouche ouverte.

— Qu'est-ce que tu fous de ce côté de la maison ? lui dis-je.

Je poursuis sur ma lancée de pervers stupide de la soirée. Elle habite ici. C'est moi qui devrais être ailleurs. Mais Daria est toujours légèrement désorientée avec moi, ce qui procure à mon ego et ma queue beaucoup de plaisir.

— Nous stockons les glaçons ici, et il y a un crétin qui a donné un coup dans le mur pour gagner un pari.

Elle lève les yeux au ciel comme une pom-pom girl typique.

Je l'attrape par le col de sa robe et la fais entrer dans le pool-house en fermant la porte derrière nous.

— Je…, commence-t-elle, mais je l'interromps en mordillant sa lèvre inférieure comme un sauvage.

Fort et imprévisible.

— Chhh, je murmure. Nous avons de la compagnie, mon vilain petit monstre.

L'obscurité nous dissimule totalement, je la tourne dos à moi et pose le menton sur sa tête en indiquant le mur en verre de la chambre. Nous n'apercevons que des silhouettes, mais leur position ne laisse aucun doute sur leur activité. Un mec, une main sur le mur, enfonce sa queue dans la bouche d'une nana. Il baise sa bouche avec ferveur en tenant son visage de l'autre main. Daria laisse échapper un hoquet, faisant se dresser ma queue dans mon jean. Ça fait trop longtemps que je n'ai pas été en elle.

— Tu t'es déjà agenouillée devant quelqu'un ?

Je me baisse vers elle, permettant ainsi à mes lèvres de frôler son épaule. Je la saisis par la taille et la presse contre moi, ma queue dure contre son dos.

Maudite différence de taille.

Je ne sais pas pourquoi je lui demande ça. Obtenir une réponse honnête qui ne me plaira pas pourrait bien me faire vriller. Et un casier judiciaire, c'est bien la dernière chose dont j'ai besoin, mais si j'apprends que le principal Prichard se fait sucer par Daria, je le découperai en minuscules morceaux et me le ferai griller au petit déjeuner.

Eh, les athlètes ne mangent jamais assez de protéines.

Elle inspire vivement sans répondre.

Je fais promener mes doigts le long de sa cuisse et mes dents caressent son oreille tandis que je me fraie un chemin jusqu'à sa culotte, que j'écarte.

— Réponds-moi.

Elle halète quand je pince son clitoris alors je recommence. Je bande tellement que je suis sur le point d'éjaculer partout sur sa robe, et je suis sûr que ma petite princesse n'apprécierait pas. Elle renverse la tête contre mon épaule lorsque je commence à la baiser avec mon index et mon majeur, tout en frottant son clitoris d'un mouvement circulaire. Avec mon autre main, je m'occupe de ses seins.

— Toutes mes premières fois, halète-t-elle. Tu les as prises.

— *Ça, c'est ma meuf.* Regarde-les.

Ma voix est si rauque et bourrue que je la reconnais à peine.

— Prends des notes, Skull Eyes. Demain, ce sera notre tour.

Elle se concentre à nouveau sur le couple devant nous. Il grogne tandis que ses coups de reins deviennent plus violents et plus rapides. Daria prend mon sexe dans sa main et le presse, me faisant fermer les yeux.

Ne jouis pas. Ne jouis pas. Ne jouis pas.

À l'extérieur, les gens contournent le pool-house. Ils discutent, rient et crient, vivant leur médiocre existence de base. Le manoir se vide mais il reste quelques enfoirés qui traînent, refusant de partir. Y compris le couple devant nous, qui n'appréciera pas d'avoir eu un public quand ils auront fini de traire la queue du type.

— Je vais jouir, crie le mec, sa voix trahissant un ennui mortel.

Je peux pratiquement voir les yeux de Daria s'écarquiller quand elle reconnaît le ton familier. Je me dépêche de la maintenir en état de pré-orgasme.

C'est Vaughn.

— Pas sur mon visage, cette fois, ronronne la fille, la bouche pleine de lui.

Daria grogne.

— *Esme.*

Je déplace rapidement la main qui s'occupait de ses seins jusqu'à sa bouche au cas où elle serait d'humeur à l'affrontement

J'en ai personnellement rien à foutre de qui il s'agit. Je sais juste qu'ils m'ont fait durcir les couilles et maintenant, j'ai besoin d'un exécutoire. Vaughn se retire de la bouche d'Esme et lui tire les cheveux pour lever son visage et éjaculer sur son cou et ses seins à travers sa robe. Je jure qu'à cet instant j'étais à deux doigts de plonger mon poing entier dans la bouche de Daria, et elle jouit si fort qu'elle hurle mon nom en me mordant la paume, celle où je me suis coupé pour mon pacte de sang avec Via.

Comptez sur Daria pour détruire la moindre bonne intention que j'ai envers ma sœur en carton.

Esme tourne la tête vers nous tandis que Vaughn continue de pomper sa queue paresseusement entre ses seins, et sans réfléchir, j'attrape Daria par la main et l'entraîne à l'extérieur avant qu'Esme ne puisse voir nos visages. Du sang coule de la main par laquelle je la tiens sur sa pelouse manucurée.

— Merde.

Elle me suit en courant à travers son jardin. Ses talons s'enfoncent dans la terre humide et la ralentissent, alors je la tire par la main. Je ne suis pas du tout d'humeur pour qu'un enfoiré d'ASH grille le rat de Las Juntas à l'une de leurs précieuses soirées.

— Et s'ils nous ont vus ? siffle-t-elle, essoufflée.

— C'est eux qui ont été surpris, la queue de Vaughn dans la bouche d'Esme. Laisse-les se débrouiller.

Je contourne la maison et l'arrête sous la fenêtre de la cuisine qui fait face à une porte en fer forgée entourée de hauts buissons. Personne ne peut nous voir, ici.

— Où étais-tu ce soir ?

Sa voix est dure, son ton accusateur. J'ai rendu visite à Adriana et Harper, mais c'est la fête d'anniversaire de Daria et je ne veux pas lui servir de la merde. Je l'attire entre mes cuisses, serrant son cul d'une main.

— Je t'ai manqué ?

J'essuie le sang sur ma main avec sa lèvre inférieure. Et sans hésiter une seconde, elle le lèche, les yeux fixés sur moi.

— Réponds à ma question, Penn.

— J'ai un cadeau pour toi.

— Un serment de sang avec ta sœur ?

Elle désigne ma main d'un regard.

C'est une petite perspicace, cette Daria. Je pense que les gens la sous-estiment. Elle aurait pu trouver Ben Laden en une semaine si on lui avait donné du Red Bull et une bonne connexion Internet. Je ne suis toujours pas certain de ce que je ressens pour Via. Je ne crois pas à son rôle de gentille fille, et plus le temps passe, plus je me rends compte que je l'aimais seulement parce qu'il fallait que quelqu'un l'aime. Parce que ma mère ne se donnait pas cette peine. Quand Via était vraiment elle-même, je pouvais au moins comprendre sa colère. Je la ressentais aussi. Mais cette version Brady Bunch ? Elle est faite de carton et de fausses paillettes.

Je décide de changer de sujet.

— Tourne-toi.

— On dirait que c'est dans cette position que tu me préfères.

Daria souffle, mais obtempère. Elle a tort, ceci dit. Je pourrais contempler son visage toute une putain de journée. J'aurais aimé que ce soit un vrai job afin de pouvoir gagner de l'argent. Je ferais toutes les heures supplémentaires possibles et deviendrais millionnaire en un an.

(Le calcul est impossible, au fait, alors n'essayez même pas.)

Je rassemble ses mèches blondes et les laisse tomber sur son épaule droite afin d'embrasser son cou. Je sors le collier de verre de mer de ma poche et le lui passe autour du cou.

Elle halète au moment où le verre de mer orange touche sa peau délicate et je sens sa poitrine céder.

Daria se retourne vers moi les yeux remplis de larmes. Je ne supporte pas sa vulnérabilité, parce qu'elle a l'air vraie, et je ne peux pas penser à elle en ces termes. Même si elle est sincère, ça ne pourrait jamais marcher. Même si j'en ai rien à foutre de ce que Jaime et Mel pensent, Daria, elle, s'en préoccupe – elle préférerait mourir que de l'avouer, cependant. Et ses parents n'accepteront jamais notre relation. Sans parler de l'enfer que Via me ferait vivre. Mais avant que tout ça puisse se matérialiser, il y aurait aussi le bordel avec Adriana et le principal Prichard à régler, et rien ne garantit que Daria ne reculera pas devant le fait d'annoncer à ses riches amis qu'elle sort avec une œuvre de charité.

À chaque fois que je l'inviterais à sortir, je réglerais la note avec la pension de son papa. Je ne gagnerai pas d'argent avant de jouer au foot à l'université, et quand ce sera le cas, qui sait où sera Daria ? Nous n'en avons jamais parlé. Mais j'irai là où on me proposera une bourse.

Le monde lui tend les bras. Elle peut aller sur la côte Est, dans le Midwest ou parcourir l'Europe.

Mon monde, en revanche, ne m'offre qu'un chemin étroit et terne. Je ne crois pas aux contes de fées. Je pense que Shakespeare avait raison. Quand deux personnes essaient d'aller à l'encontre de leurs valeurs, ils se font baiser. Fin de l'histoire.

— Skull Eyes, dis-je dans un murmure.

Elle passe les bras autour de mon cou et se hisse sur la pointe des pieds pour m'embrasser.

— Je me sentais si seule sans lui, murmure-t-elle contre mes lèvres.

— Lui aussi se sentait seul sans toi.

— Est-ce qu'on parle toujours du collier ?

Nous rions tous les deux, mais notre joie s'éteint rapidement. Nos lèvres se trouvent comme si elles étaient programmées pour le faire. Nous nous embrassons si longtemps que mes lèvres brûlent et gercent à la commissure. Ce baiser est empreint d'un désespoir qui n'existait pas auparavant. On dirait un au revoir, et je n'en aime pas le goût. Je m'écarte, je veux recommencer. Je veux aussi lui dire d'arrêter de voir Prichard. Qu'il est temps de couper tous les bruits de fond. Je ne sais pas encore quoi faire au sujet d'Adriana, ou des parents de Daria, ou de ma putain de vie, mais j'ai toujours su gérer les choses en route.

À la seconde où j'ouvre la bouche, un hurlement d'horreur retentit à ma droite. Daria et moi tournons la tête pour découvrir Via, la main devant la bouche.

Ma sœur jumelle fait demi-tour en courant et je me lance à sa poursuite, plus par instinct qu'autre chose parce que, la dernière fois, Rhett m'a arrêté.

Cette fois, rien ne le pourra.

Je tacle Via sur l'herbe humide au bord de la piscine, qui nous fait glisser tous les deux. Elle se débat sous mon poids en criant. Malheureusement pour elle, l'humidité, l'herbe et le ciel du vendredi soir constituent un terrain idéal pour moi. Je me lève en la tirant par le bras, puis je la saisis par le coude jusqu'à la maison. Elle proteste entre deux sanglots mais j'ai comme l'impression qu'elle est trop folle pour être cohérente.

Une fois à l'intérieur de la maison vide – que je trouve dans un état bordélique avancé –, je la conduis à sa chambre au sous-sol. Je suis momentanément désorienté par tout le rose que Melody y a mis. Quelqu'un doit intervenir et lui dire que tout ce qui est en rapport avec le féminin et l'adolescence n'a pas besoin de ressembler à une chatte. Je jette Via sur un pouf et carre les épaules.

— Écoute, dis-je avec un calme que je ne ressens pas du tout. La situation est ce qu'elle est.

La nullité de mon explication ne m'échappe pas. Cela ne la rend pas moins vraie pour autant. Si elle perd les pédales parce que Daria et moi échangeons des fluides, elle n'est pas au bout de ses surprises.

— Tu sors avec elle ?

Ses yeux sont d'un rouge brillant, et son visage entier est dans un sale état.

Je me gratte la tête pour me laisser le temps d'y réfléchir sincèrement.

— Je ne sais pas plus que toi.

— Et Adriana et le bébé ?

— Elles n'ont rien à voir là-dedans.

Je tique.

— Attends, que sais-tu au sujet de Harper ?

J'imagine que c'est logique qu'elle soit au courant, mais je suis quand même en colère qu'elle ne l'ait pas appris par moi. Je suis en colère que nous n'ayons pas eu le temps d'en parler. Que nous ne soyons plus ce que nous sommes censés être l'un pour l'autre.

Elle baisse les yeux, l'air boudeur. Et c'est à ce moment-là que je comprends. Elle a écrit à Addy. Elles sont restées en contact. Cette salope est incroyable. Je savais que Via m'en voulait, qu'elle le reconnaisse ou non, mais quelque chose en moi m'a poussé à espérer. Quelque chose qui a donné à mon homme de fer et mon cœur à moitié fonctionnel une raison de se briser.

Elle n'est pas revenue pour moi.

— Adriana est au courant ? demande-t-elle entre deux reniflements.

Mon histoire avec Adriana remonte à mes cinq ans. Nous avons grandi dans le même quartier. Via et moi avions pris l'habitude de nous faufiler chez elle chaque fois que l'odeur du pozole que sa mère accompagnait de riz espagnol devenait irrésistible. Nous mendiions de la nourriture, et la mère d'Addy a pris pitié de nous. Et je me suis retrouvé à devoir assumer un « heureux événement » parfaitement indésirable. En tout cas, c'est la version de l'histoire que je garde.

— Elle est au courant, dis-je l'air rageur.

Après ce qui s'est passé *Chez Lenny*, Adriana a commencé à m'interroger. Elle a l'habitude que j'aille voir ailleurs, mais cela n'avait jamais été sérieux jusqu'à présent, ni jusqu'à menacer sa place.

Inutile de dire que la situation ne lui a pas plu. Je crois qu'une partie d'elle espère que je vais les emmener avec moi, elle et Harper, quand j'irai à l'université. Mais j'ai seulement promis de pourvoir à leurs besoins, pas de former une famille.

Via se jette sur le lit, un bras devant les yeux, et recommence à pleurer.

— Je n'arrive pas à croire que tu sois tombé amoureux d'elle, Penn.

C'est la troisième fois ce soir qu'on évoque mes sentiments envers Skull Eyes. Aucun mur de ce manoir n'est à l'abri de mes poings.

— Tu ne peux plus la voir.

Via essuie ses larmes tandis que je la regarde avec pitié.

— Ce n'est pas à toi de décider.

— Non.

Elle secoue la tête frénétiquement en se levant.

— Tu ne comprends pas. Tu ne peux pas. Je ne te pardonnerai jamais cette trahison.

— *Quelle* trahison ?

— La lettre d'admission que vous avez tous les deux détruite.

Putain de merde. Comment le sait-elle ?

— C'est vrai, continue-t-elle le menton haut. Daria a décidé de me balancer ça en pleine tête ce soir. Elle a pensé que ce serait marrant de me voir agoniser. Penn, comment peux-tu apprécier quelqu'un comme ça ? Je sais qu'elle est jolie, mais elle est horrible. Elle a fait des choses terribles, à moi et à d'autres personnes. Elle nous détruit.

Je siffle entre mes dents alors que mon monde bascule. Je suis en train de perdre le contrôle. Parfois, je me mets à souhaiter être un aigle, un loup ou un putain de wombat. N'importe quoi qui m'éviterait d'avoir à faire face aux humains.

— Romps avec elle.

— Via.

Je préfère la mettre en garde : je ne reçois d'ordres de personne. Pas même de mon coach.

— C'est un ultimatum, énonce-t-elle d'une voix calme et métallique.

— C'est un grand mot pour quelqu'un qui signifie actuellement très peu pour moi.

À mon tour de trancher dans le vif. Son visage se tord de douleur en entendant ma confession.

Je hausse un sourcil.

— Oh. Tu pensais que j'étais toujours le même enfoiré que tu as quitté ?

Elle tremble désormais comme une feuille et se précipite vers moi en me saisissant par les épaules. Je ne sais pas pourquoi je déteste cette attitude encore plus que tout ce que j'ai pu haïr à son sujet depuis qu'elle est revenue. La Via d'origine était beaucoup de choses, mais elle n'était pas tactile. Elle était vraie. Vraiment mesquine. Vraiment vindicative. Vraiment affamée. Mais vraie.

— Tu ne comprends pas ! crie-t-elle. C'est elle ou moi.

— Je ne réponds pas aux ultimatums. Force-moi à choisir et je te garantis que tu n'aimeras pas le résultat.

— Si tu ne romps pas avec elle, je retournerai vivre avec papa. C'était horrible, là-bas, mais au moins j'avais l'impression de faire partie d'une famille. Leurs intentions sont bonnes même si leur mode de vie, lui, ne l'est pas. Je ne peux pas rester ici, parmi des inconnus, avec un frère amoureux de ma pire ennemie qui est aussi la fille ayant détruit mon futur. Pourquoi devrais-je être près d'un mec qui a aidé Daria Followhill à se débarrasser de ma lettre d'admission à l'Académie royale ? C'est pour cette raison que je suis partie, Penn. Alors maintenant, tu vas me voir refaire du stop jusqu'au Mississippi. Et prie pour que je ne me fasse pas violer ou battre à mort cette fois. Et avant que tu ne me demandes si je le pense vraiment, s'il te plaît, souviens-toi que je l'ai fait il y a quatre ans, alors que j'étais beaucoup plus jeune et sans défense.

Mon sang se fige dans mes veines. Nous savons tous les deux que je ne me le pardonnerais jamais si Via partait de nouveau. Les quatre dernières années ont été un enfer pour elle, et nous n'étions pas là l'un pour l'autre. Oui, elle est revenue un peu bizarre avec un côté religieux et beaucoup trop propre et net à mon goût, mais elle reste ma sœur jumelle. Nous avons partagé le même ventre pendant neuf mois, sans compter tous les problèmes que la vie ne nous a pas épargnés par la suite. Son absence n'a rien changé à tout ça. Une fille avec des yeux océan et des cheveux comme une plage d'or fin ne peut rien y changer.

Via frappe le dernier clou sur le cercueil.

— Si tu ne romps pas avec elle, je raconterai ce qu'elle m'a fait. À sa mère, à ses amis et à tous ceux à qui elle tient. Nous savons tous les deux qu'ils l'aiment mais ne l'estiment pas du tout. Tout ce dont ils ont besoin, c'est d'un peu d'aide pour faire de Daria une paria, et je serais plus que ravie d'y contribuer. Sa chute serait spectaculaire. Mais si tu fais ce que je dis, je garderai le secret.

Je tourne les talons et m'apprête à sortir avant de faire quelque chose de stupide.

Sur le seuil de sa porte, le dos tourné vers elle, je frappe l'ultime coup. On peut dire que c'est de bonne guerre, un soldat ne tombe pas sans prendre un ennemi avec lui.

— Tu ne veux pas que je sois avec Followhill ? Alors ne t'approche pas de Gus.

15

Si je pouvais te détester
Comme tu te détestes
Je ne serais pas dévoré vivant
Par la culpabilité
Le désir
Et la convoitise.

Daria

Je me réveille avec une gueule de bois grandissante qui bat contre mes paupières tel du métal froid. En voulant me toucher le visage, je frôle le collier que Penn m'a rendu. Je souris avant que la gifle de Via ne me revienne à l'esprit. Mon aveu. La façon dont Penn lui a couru après.

Ma bouche s'assèche.

Elle pourrait le dire à Mel.

Elle pourrait le dire à Penn.

Elle pourrait le dire à tout le lycée.

Putain de merde.

Melody, papa et Bailey sont déjà rentrés. L'odeur de produits ménagers utilisés par l'équipe de nettoyage mêlée à celle du bacon, des œufs et de pains au miel s'insinue à travers ma porte. Mon portable vibre sur ma table de nuit et je me précipite dessus.

J'ai reçu des messages habituels de mon groupe d'amis mais aussi un message de Penn.

Rejoins-moi dans le pool-house de Vaughn à midi.

Mon cœur fait des bonds alors que j'interprète cette invitation. Il faut que je me calme. Penn veut probablement faire ce que Vaughn a fait dans mon pool-house lors de ma fête, et chez moi, c'est impossible avec mes parents dans les parages. Il n'a pas l'air énervé. Il est aussi sec que d'habitude.

Je lui réponds.

À tout à l'heure. xoxo

Pendant le petit déjeuner, Melody essaie de me convaincre d'aller avec elle et Bailey à New York. Je dis non. Elle m'explique alors que Via sera de la partie. J'aurais dû le voir venir à des kilomètres, mais ça ne me fait pas changer d'avis. C'est toujours un bon gros NON. Au moins, je suis contente d'avoir un peu de temps tranquille avec papa et Penn. À part Bailey, ce sont les seules personnes que je supporte.

À midi moins le quart, je me faufile dans le pool-house de Vaughn sur le domaine des Spencer. Je ne suis pas certaine de la façon dont Penn compte s'y rendre. J'imagine qu'il va passer par Vaughn. Moi, j'ai tous les codes de sécurité des Spencer et eux ont les nôtres.

Une fois à l'intérieur, je décide de décongeler le cœur de l'homme de fer de Penn.

Je me mets en culotte et soutien-gorge – en dentelle noire de chez Agent Provocateur, qui s'accordera parfaitement au canapé en velours noir sur lequel je m'allonge – et surfe sur mon portable en attendant.

Penn arrive cinq minutes plus tard, l'air énervé et agité. Ses sourcils sont couverts de sueur et il porte des baskets, son short de basket et aucun T-shirt. Apparemment, il courait. Ce qu'il fuyait en revanche, je l'ignore. Son torse est bronzé, ciselé et musclé à la perfection. Je lécherais bien la sueur de son corps goutte par goutte s'il me laissait faire. Ses yeux, cependant, sont cerclés de cernes noirs. Il n'a pas l'air d'avoir dormi.

— Waouh.

Nous nous étonnons en chœur à la vue l'un de l'autre. Mais son expression change quand il prend conscience que je suis à moitié nue.

Je me relève en me couvrant la poitrine à l'aide de mes bras tandis que Penn me jette mes vêtements.

— Habille-toi, Daria. Tu t'abaisses toute seule.

Daria ? Qu'est-il arrivé à Skull Eyes ? Je m'étais attachée à ce stupide surnom. J'enfile frénétiquement mon mini-short et m'habille sans croiser son regard. Il ne veut pas tirer un coup. J'admets que c'est plutôt humiliant.

— C'est quoi ton problème, Penn ?

— Aucun. J'ai obtenu ce que je voulais de toi, et toi aussi. Il est l'heure de mettre un terme à ces conneries.

Il me délivre son message sans une once d'émotion dans la voix. Ma première intention est de lui répondre que c'est une bonne idée. Super. Que je voulais y mettre fin depuis un moment. Qu'il n'est qu'une merde. Que sa sœur n'est qu'une salope hypocrite. Mais ça, c'est l'ancienne Daria. Celle qui prétend qu'elle s'en fiche de perdre.

La nouvelle Daria ? Elle ne veut pas le perdre.

— D'où ça vient, ça ?

J'enfile mes chaussures, mais plus je me couvre et plus je me sens nue.

Je l'aperçois hausser les épaules dans mon champ de vision périphérique.

— J'en ai assez de toi, et tu ne vaux pas la peine que je prenne un tel risque. Tes parents vont nous démonter s'ils l'apprennent. En plus, tu as Prichard, et moi, Adriana.

Il balaie ce qui ressemble fort peu à un conflit d'un revers de la main.

— Game over.

— Ce n'est pas ce que tu crois, dis-je rapidement.

S'il faut que je lui avoue ce qu'il y a entre Prichard et moi, je le ferai. Je n'en suis pas fière, mais la fierté n'est qu'une corde glissante quand il s'agit d'amour. Marx. Amour. Je n'emploie pas ce terme à la légère. Je ne me promène pas en disant aux autres que j'aime la pizza ou le chocolat ou *Riverdale*. J'apprécie ces choses. L'amour, je le garde pour celles qui comptent.

Et je suis désespérément, tragiquement amoureuse de Penn Scully.

C'est pour cette raison que je n'arrive pas à vraiment détester sa sœur. Pas entièrement, en tout cas. C'est une extension de lui, et il a mon cœur.

— Laisse-moi t'expliquer.

Je me précipite vers lui et pose une main sur son torse humide. Il le contracte instinctivement et se dégage de ma prise.

— Inutile de t'expliquer. Je voulais juste te dire les choses dans un endroit privé, tu sais, parce que tu pleures si facilement comme une petite chochotte.

Ma bouche s'assèche et ma respiration s'accélère. Mon cœur bat dans tous les sens en tentant de sortir de ma cage thoracique. Il veut sortir, et il veut Penn. Moi ? Je veux simplement lui faire comprendre que ce n'est pas ce qu'il croit entre Prichard et moi. Mais cette rupture me prend par surprise et a un timing étrange...

Via.

C'est la faute de Via. Via m'a tuée. Encore une fois. Mon sang bout dans mes veines. Je sais qu'il se montre méchant et injuste avec moi, mais aveuglée par mon désespoir, je ne le vois pas.

— Mais, Penn, avec le principal Prichard...

Il me coupe durement.

— Tu es sourde ? Je t'ai dit que je m'en fous. Ça n'a rien à voir avec lui.

— Alors dis-moi...

— À cause de Harper, OK ? lâche-t-il, en donnant un coup de pied sur le canapé. Je ne quitterai jamais Addy. Encore moins pour un cul gâté pourri comme le tien. Elle ira à l'université avec moi. Respecte-toi un peu et lâche l'affaire.

Il pivote sur lui-même et sort en trombe, claquant la porte derrière lui. Je me mords la lèvre inférieure pour me retenir de pleurer et d'accomplir sa grossière prédiction. J'entreprends de faire les cent pas dans la pièce en m'attrapant le cou, serrant avec mes doigts jusqu'à faire craquer ma peau.

Penn a une fille.

Il a dit qu'entre lui et Addy, ce n'était pas ce que je croyais, mais il mentait pour obtenir ce qu'il voulait.

Il est entré dans ma maison et dans ma culotte, puis dans mon cœur, me servant toutes les conneries qu'il pensait que je rêvais d'entendre.

La porte s'ouvre et je me retourne, m'attendant à voir Penn. Priant pour qu'il soit revenu m'annoncer que ce n'était qu'une blague stupide ayant mal tourné.

C'est Vaughn.

En voyant mes yeux remplis de larmes, il détourne le regard comme si je n'étais pas décente. Les sentiments le font grimacer.

— Tu étais au courant ?

Ma voix n'est qu'un murmure.

Il avance nonchalamment dans la pièce, tout de noir vêtu tel un Lucifer adolescent assoiffé de misère et de sang.

— Qu'il allait rompre avec moi ? Qu'il jouait avec moi ?

— Non et non. Je savais seulement qu'il avait besoin d'intimité. Chose que tu ne m'as pas accordée, hier soir, dit-il.

Il hausse un sourcil d'un air entendu et un rire amer s'échappe de ma gorge.

— À ce sujet : tu t'envoies en l'air avec ma meilleure voleuse ?

— Quand l'occasion se présente.

— Es-tu en train de tomber amoureux d'elle ?

Esme ne mérite pas un mec comme Vaughn.

— Je tomberai amoureux d'une pierre avant que ça n'arrive.

— Ne sous-estime pas les pierres. Elles ne mourront jamais dans tes bras, au moins.

Je renifle et il me serre dans ses bras. Un événement rare que je ne prends pas pour acquis le concernant. J'enfouis mon visage contre son torse et m'effondre au point de sentir mes os trembler dans mon corps.

— Ça va aller, Followhill.

Et pour la première fois depuis longtemps, je n'y crois pas.

16

Il n'y a rien de plus inspirant en poésie
Que d'aimer la bonne personne
Au mauvais endroit
Au mauvais moment.

Penn

Après l'entraînement, je passe voir Adriana *Chez Lenny*. Je ne veux pas me retrouver près des Followhill. Je ne peux pas regarder Daria dans les yeux, et avoir affaire à ma sœur est hors de question. Elles errent toutes les deux dans les couloirs comme des fantômes. Silencieuses, pâles, sans vie. Melody est sur le point de craquer. En parlant d'elle, je reçois un message de sa part alors qu'Addy me sert un steak et des petits pois en me serrant le bras au niveau du biceps.

— Tu travailles si dur. Tu es si fort. Si jamais tu as besoin de relâcher la pression avec quelqu'un…

Melody :

Cette maison a des règles, et j'en ai assez de tous ces adolescents qui ne les respectent pas. Tu es attendu à la maison tous les soirs à 19 heures pour le dîner. Si

tu n'as pas le courage de me prévenir quand tu es en retard, alors fais tes valises et déménage chez les Cole.

Je retourne le téléphone. Elle a enfin trouvé un os à mordre. Tant mieux pour elle. Même s'il n'est pas question que je réponde à ses conneries. Addy revient vers moi et me frotte le bras.

— Qu'est-ce qui t'arrive, chéri ? Tu as une sale tête. L'interview s'est bien passée ?

All Saints High et les Bulldogs de Las Juntas se sont qualifiés pour les play-offs.

Toute la ville de Todos Santos est en émoi. Ils ont interviewé Gus et moi pour la chaîne d'info locale aujourd'hui. Nos deux coachs étaient présents afin de veiller à ce qu'il n'y ait pas de coups échangés.

— Ça s'est bien passé, dis-je.

— Qu'y a-t-il, alors ?

Je ne peux pas lui annoncer que j'ai rompu avec Daria, parce que ça lui donnerait des idées. Je secoue la tête et me lève. Il est temps d'affronter Mel, de toute façon. J'attrape ma veste et embrasse Adriana sur le front. Elle en profite pour me saisir par le col de mon T-shirt afin de m'embrasser sur la bouche. Je grogne, mais pas de plaisir. Elle est en train d'effacer mon dernier baiser avec Daria.

Écoute-toi, un peu. On dirait un putain de taré.

— Donne-moi une chance, murmure Addy contre mes lèvres immobiles. Je peux rendre ta vie agréable. Elle ne te connaît pas. Moi, si. Je sais exactement de quoi tu as besoin.

— Est-ce que Via t'a parlé ?

J'ai posé la question sur le ton de la conversation, et Addy y répond d'un hochement de tête.

— Ne la déteste pas, Penn. Elle veut seulement te voir heureux. Avec Harper. Ensemble.

J'arrive à la maison en même temps que Jaime. Nous nous rencontrons devant la porte d'entrée. Il porte un costume et affiche un air sombre, mais il me lance un paquet de lettres dans les mains. Jaime est intervenu et, durant les dernières semaines qui se sont écoulées, il s'est arrêté chez Rhett au retour du travail pour ouvrir la boîte aux lettres à l'aide d'une épingle à cheveux de Bailey et me faire passer les lettres qui me concernent.

Je les rattrape et les parcours, le menton baissé afin qu'il ne déchiffre pas l'expression de mon visage. Je n'ai pas dormi depuis un moment.

Jaime s'approche de moi et me donne une tape dans le dos.

— Continue, me dit-il.

Oklahoma. Texas. UCLA. Ohio State. J'attends ce fameux roulement de tambour dans ma poitrine qui me signalerait de l'excitation. Ce sont les universités de première catégorie que je voulais depuis si longtemps. Mes yeux s'arrêtent sur le logo de Notre-Dame. L'université de mes rêves. La seule chose pour laquelle j'ai travaillé.

Je ne ressens rien.

Jaime me secoue par l'épaule.

— Eh ! Que se passe-t-il ?

— Rien, je marmonne en fourrant les lettres dans mon sac à dos.

Nous les parcourrons ce soir, comme nous l'avons fait tous les soirs dernièrement. Ce n'est pas comme si je pouvais passer du temps avec Daria, et je préférerais encore me faire battre à mort à coups d'annuaire par des veuves évangéliques plutôt que de parler à ma sœur après le coup de pute qu'elle m'a fait.

— Regarde-moi, m'ordonne Jaime.

Je relève la tête et cligne des yeux devant lui. Il n'est pas comme sa femme. Il respire la confiance en soi et l'assurance. Je ne fais pas le malin avec lui.

— Qu'est-ce qui ne va pas ? demande-t-il en fronçant les sourcils.

— Rien.

— C'est à propos de Via ?

Je hausse les épaules. D'après ce que je comprends, il tolère silencieusement la présence de ma sœur sous son toit. Il est assez proche de Daria pour savoir à quel point ça lui pèse de vivre avec elle.

— C'est au sujet de ma fille ?

Je hausse un sourcil.

— Laquelle ?

— La biologique, bâtard.

Je souris. Je ne lui mens pas, parce que je n'y arrive pas. Parce qu'il mérite mieux que ça, putain.

— On devrait rentrer. Votre femme va s'énerver.

— Ma femme est toujours énervée. Elle a deux filles qu'elle ne peut contrôler sous son toit, et elle les aime beaucoup trop pour durcir le ton. Crois-le ou non, Penn, je suis de ton côté. C'est pour ça que je vais te donner un précieux conseil. Ici. Maintenant. Est-ce que tu m'écoutes ?

Je cille, dans l'expectative.

— Choisis ta sœur.

— Monsieur ?

— Choisis-la. Ne choisis pas Daria. Tu ne pourras pas lui donner tout ce qu'elle mérite. Et ma fille mérite tout. Pas la moitié. Pas un quart. Et surtout pas de la merde. Laisse-la. À moins, bien sûr…

Il s'interrompt et penche la tête pour m'examiner. J'arrête immédiatement de respirer.

— À moins ?

— Que tu aimes Daria. Dans ce cas, je ne te permets pas, sous aucun putain de prétexte, de briser vos deux cœurs parce que Sylvia Scully l'a mauvaise.

Je déglutis.

— Vous savez quelles universités intéressent Daria ?

Il penche la tête en arrière et explose de rire, puis la secoue. Je crois que nous ne sommes malheureusement pas assez subtils. Jaime ouvre grand la porte avant d'entrer.

— Tu es dans la merde, Scully. Tellement dans la merde.

17

Tu me tues avec ton regard
Me consumes avec ton sourire
M'enterres avec ton indifférence.

Daria

Je vais à New York avec maman, Bailey et Via.

Principalement pour mettre un peu de distance entre Penn et moi. Quand j'ai envoyé un message à Mel pour lui dire que j'acceptais, elle a répondu avec une brochette d'émojis. Elle s'est néanmoins retenue de me supplier de prendre un café avec elle ou de faire une virée shopping, cette fois.

Elle s'est détendue, dernièrement. Mais son changement d'attitude est trop subtil et trop tardif pour que je puisse l'apprécier réellement.

J'organise mon temps à la maison stratégiquement, comme si ma vie en dépendait. Parce que c'est le cas. Mon cœur ne peut pas supporter plus qu'il ne l'a fait dernièrement.

Le matin, je garde le nez plongé dans mon téléphone. Et au cours du dîner, je laisse Bailey et Via monopoliser la conversation et m'en tiens à mes discussions avec papa. J'entends parfois Via dans le couloir, elle supplie Penn de lui ouvrir sa porte.

Il ne le fait jamais.

Arrivées à l'hôtel à New York, Via et Bailey se débarrassent de leurs ballerines assorties et sautent sur l'un des deux lits doubles. La chambre est relativement plus petite que ce dont nous avons l'habitude, et je sais que ce n'est pas pour des raisons économiques que Melody l'a choisie ainsi.

— Tu dormiras avec moi, ma puce, dit Mel. Ça ne t'embête pas, si ?

Je fais semblant de ne pas l'entendre. J'ai comme l'impression que je vais avoir des choses à ajouter dans mon petit carnet noir ce week-end. Le principal Prichard sera ravi quand je me présenterai à son bureau prête à expier mes péchés.

Je prends un air indifférent et parle uniquement quand on m'adresse directement la parole, ce qui n'arrive pas souvent. Mel nous emmène dîner dans un restaurant italien. Bailey et moi commandons chacune des pâtes et un panini, tandis que Melody et Via se partagent une salade.

— Vous vous souvenez quand je mangeais les barres protéinées que vous m'apportiez à chaque cours, madame Followhill ?

Via fait semblant d'essuyer une larme.

— Je ne savais pas qu'elles avaient dans les mille calories, ajoute-t-elle.

— Tu en avais besoin.

Mel se penche au-dessus de la table pour essuyer une des larmes de crocodile de Via.

Je détourne la tête comme si on m'avait giflée.

— Ce dont j'avais besoin, c'était de quelqu'un comme vous. Je suis reconnaissante que vous soyez dans ma vie, murmure Via.

C'est maintenant au tour de Bailey de lui sourire avec douceur.

Je baisse les yeux sur mon verre d'eau pétillante. Tout ça venant de la salope qui a reproché à ma mère d'être insupportable quand on était dans ma chambre. Mais je ne peux pas la confronter. Pas maintenant qu'elle sait ce que je lui ai fait il y a quatre ans.

— Les filles, lance Melody dans un souffle. Il faut que je vous dise pourquoi nous sommes vraiment ici.

Mel nous explique que le ballet de New York veut ouvrir une annexe à Los Angeles, et qu'ils envisagent de lui proposer d'en être la cofondatrice. Elle annonce cette nouvelle avec des larmes suspendues à ses cils. Mon cœur souffre, parce que normalement, il y a encore un an, même si nous n'étions pas super proches, elle m'en aurait parlé avant de le dire à tout le monde.

— Ce poste est pour vous, madame Followhill, s'exclame Via en levant le poing.

— S'il te plaît, appelle-moi Mel.

— Mel.

— Je crois en toi, maman, l'encourage Bailey.

Melody se tourne vers moi. Je prends mon panini et mords dedans, avant de regarder autour de moi. Tous les yeux sont sur moi, alors je dis la seule chose qui me vient à l'esprit :

— Ces barres énergétiques étaient dégueulasses.

La nuit, je me tourne dans tous les sens. Mel essaie de dormir à côté de moi. Chaque fois qu'elle tend le bras vers moi pour me frotter le dos dans une tentative de m'apaiser, je recule. Je ne cesse de me demander comment nous en sommes arrivées là, et s'il existe un moyen de retrouver la relation que nous avions le soir où j'ai vu Penn au Snake Pit. Quand Melody et moi étions polies l'une avec l'autre. Que nous communiquions encore.

Le matin, Via se réveille avec des cloques aux pieds aussi larges que des briques.

— C'est à cause de toute cette marche.

Elle fond en larmes.

— Papa et Nana ne m'emmenaient jamais nulle part dans le Mississippi. Je crois que j'ai oublié ce que c'était de marcher.

Faites. La. Taire.

— Nous allons aller chez Duane Reade.

Mel la console en frottant son dos, maintenant. Aucune objection de ce côté.

— On pourra t'acheter des baskets au magasin Nike ! ajoute Bailey.

Elles s'agitent autour d'elle, lui assurant que ces boules de pus géantes seront de l'histoire ancienne d'ici la fin de la journée.

— Attendez-nous ici, dit Mel en nous regardant toutes les deux attentivement. Bailey et moi seront vite de retour.

— Oh ! je ne vais pas vous laisser faire mes courses. Je viens ! crie Via sur un ton exagéré.

Évidemment. Passer une seconde avec moi, ce serait la fin du monde.

Une fois qu'elles sont parties, je me rends compte que le téléphone de Mel est toujours sur la table de nuit près de notre lit. J'initie alors une conversation pour la première fois depuis des années. Ce n'est pas rien pour moi, étant donné que j'ai toujours été si réticente à lui parler. Je l'ai évitée comme la peste pendant des mois.

— Eh, Melody !

Je l'appelle alors qu'elles courent toutes les trois vers l'ascenseur pour essayer de le retenir.

— Tu…

— Pas maintenant, Daria !

Elle rit avec les autres filles en disparaissant derrière les portes qui se referment.

Daria.

Elle s'appelle Melody et moi, Daria.

« Maman » et « ma puce » sont officiellement mortes.

Je me retourne en poussant un soupir. Je consulte mon portable : aucun nouveau message. Penn m'a oubliée, et c'est peut-être pour le mieux. Je lui ai donné mon cœur de glace et au final il l'a décongelé, réchauffé, brûlé et poignardé. Il ne me mérite pas, et je ne mérite pas de me faire chevaucher par le bousilleur de service.

Je traîne les pieds jusqu'à la salle de bains et commence à me faire couler un bain quand je remarque l'écran du téléphone de Mel qui s'allume pour signaler la réception d'un message.

Bonjour, Melody. C'est Grace. Je me demandais si nous pouvions décaler notre rendez-vous demain prévu à 14 heures, à aujourd'hui à la même heure ? Le directeur des ressources humaines ne sera pas en ville demain soir et ne pourra pas passer en revue les termes du contrat avec vous.

Je fixe les mots. Mes mains tremblent et chaque souffle me fait l'effet d'une coulée de lave se déversant dans mes poumons. Toute la colère et toute la frustration que j'ai ressenties ces derniers mois se concentrent dans ma poitrine.

D'abord, elle a accueilli Penn.

Ensuite, elle a scolarisé Bailey à la maison.

Ensuite, elle a accueilli Via.

Ensuite, Penn m'a brisé le cœur.

Et Via m'a volé Bailey et elle.

Je sais que si je suis ici, c'est parce que Mel ne pouvait pas ne pas m'inviter. Un désir impérieux de revanche me traverse. J'essaie de me retenir quand mes doigts restent suspendus de leur propre chef au-dessus de l'écran du téléphone.

En fait, j'apprécie l'opportunité que vous m'offrez, mais j'ai décidé que ça ne me conviendrait pas finalement.

J'envoie le message à Grace.

Et je le regrette immédiatement, mais avouer ce que je viens de faire ne fera qu'empirer les choses. Mel me déteste déjà. Elle n'a pas besoin de raisons supplémentaires pour alimenter sa haine.

Je suis vraiment désolée de l'apprendre. Contactez-moi si vous changez d'avis.

Qu'ai-je fait ?

Qu'ai-je fait ?

Je supprime la conversation avant de bloquer et d'effacer Grace du téléphone de ma mère et de le reposer exactement où je l'ai trouvé.

Je m'enfouis sous les couvertures du lit double et n'en ressors même pas pour reprendre mon souffle.

18

Derrière chaque fille méfiante se trouve un garçon qui l'a rendue ainsi.

Daria

Mel cherchant frénétiquement son téléphone.

Mel cherchant le numéro de Grace.

Mel reniflant, murmurant merde, merde, merde quand les pièces du puzzle s'assemblent. Elle n'aura pas ce poste. Elle ne réalisera pas son rêve.

Mes doigts tremblent autour du stylo alors que je fixe la dernière entrée de mon journal, frappée par les souvenirs du moment précis où Mel a tout compris. Le temps qu'elle contacte Grace, le poste avait déjà été attribué au deuxième candidat.

Quand j'ai commencé mon petit carnet noir, je ne pensais pas que j'atteindrais de nouveau le niveau de méchanceté que j'avais manifesté à l'encontre de Via. Pourtant, j'ai non seulement réitéré la grave erreur de faire rater à quelqu'un l'opportunité d'une vie par jalousie, mais je m'en suis prise à ma propre mère.

Je roule sur mon lit pour contempler le plafond. Récemment,

et en particulier depuis que je me suis mise à fréquenter Penn, j'ai envisagé de mettre fin à ce qui se passait entre le principal Prichard et moi. Je n'avais plus besoin de lui. Mais désormais, je brûle de le voir demain pour lui raconter ce que j'ai fait.

Je descends discrètement afin de me servir un verre d'eau. Il est bientôt minuit. Toutes les lumières de la maison sont éteintes et le seul bruit audible est celui du thermostat et de la machine à café qui produit des bulles.

Une fois mon verre d'eau servi, j'entreprends de regagner ma chambre à l'étage lorsque la porte d'entrée s'ouvre. Je me retourne instinctivement. Et me retrouve face à un Penn ravagé. Son visage est tuméfié, coupé, et quasiment violet. Il boite jusqu'à la cuisine en traînant la jambe gauche, et se cogne les épaules contre les murs au passage. Percute une statue grecque et une plante immense. Il est apparemment ivre en plus d'être blessé.

J'ouvre la bouche pour lui demander s'il revient du Snake Pit avant de la refermer quand je me souviens que ce ne sont pas mes affaires. La mère de son gosse peut bien prendre soin de lui. Il a été parfaitement clair. Je n'ai qu'à arrêter de m'humilier en me souciant du garçon qui a joué impitoyablement avec moi. Qui a pris ma virginité alors qu'il se promettait à une autre fille. Au moins, cette fois-là, il a utilisé un préservatif.

« Tu n'es pas une erreur qui en vaut la peine à long terme. »

Je pivote et entreprends de monter les marches.

— Nul…, gémit-il.

Je maintiens l'allure. *Allez, allez, allez, jusqu'à ma chambre.* Je peux le faire. Si je ne me retourne pas. Si je ne me perds pas dans la lumière de ses yeux et les ténèbres de son âme.

— Skull… Eyes, rectifie-t-il.

Je sens une main tirer le bord de mon T-shirt et me faire descendre de deux marches, au bas de l'escalier. En un mouvement brusque, Penn m'épingle contre le mur dans l'alcôve entre la cuisine et le salon. Je grimace en sentant son haleine imprégnée d'alcool.

Son œil est enflé, et du sang coule de sa lèvre sur ses chaussures. Penn bourré m'offre un spectacle que je n'aurais jamais pensé voir un soir de semaine. Quand il se réveille, généralement à la même heure, qu'il pleuve ou qu'il vente, pour aller à son renforcement musculaire du matin, il ressemble à un million de dollars fourrés dans des vêtements à dix balles.

— Qu'est-ce que tu veux ?

Je me sens si fragile dans ses bras.

— Un baiser.

Je l'écarte en poussant son torse. Il dit n'importe quoi.

— Va crever, Scully.

On dirait qu'il pourrait bien mourir là, en fait.

Je me retourne vers l'escalier mais il me retient de nouveau en me saisissant le poignet. Son regard se fait suppliant, avec ses sourcils qui ne forment plus qu'une ligne. Il a l'air… pathétique, et l'ancienne Daria se régalerait de cette vue. Mais la nouvelle a envie de mourir de savoir qu'il a mal. Pire que ça, qu'il souffre continuellement. Que le retour de sa sœur dans sa vie n'est pas tout ce qu'il espérait.

— Il faut que tu te nettoies, dis-je doucement. Sinon, tes blessures risquent de s'infecter sérieusement.

— Tu m'aides ? gémit-il, la voix rauque de douleur.

— Pourquoi ne demanderais-tu pas à ta petite amie de le faire ?

— Parce qu'elle habite à deux villes d'ici.

— Mauvaise réponse.

— Parce que je ne veux pas de son aide. Je veux la tienne.

Je ferme les yeux. Je me convaincs que je l'aide seulement à se nettoyer, je ne vais pas coucher avec lui. Je ne pense pas avoir déjà vu Penn aussi mal en point. Physiquement – peut-être. C'est un joueur de foot. Mais émotionnellement… pour la première fois depuis que je le connais, je le vois éprouver quelque chose. Les murs suintent de ses émotions, l'air en est saturé.

Je vais chercher la trousse de premiers secours dans l'armoire au-dessus de l'évier et lui indique, d'un mouvement de la tête, de s'approcher. Il bondit sur l'îlot de la cuisine et m'enserre entre ses jambes alors que je lui lave le visage avec un linge chaud qui, j'en suis à peu près certaine, sert au nettoyage des pneus. Puis je nettoie ses bleus avec des lingettes désinfectantes et colle un pansement sur l'entaille qu'il a au front et qui aurait probablement besoin de points de suture. Je ne lui demande pas ce qui s'est passé. Mais il me le raconte quand même.

— Je me suis battu contre trois mecs au Snake Pit.

— C'était stupide, je murmure.

— Simultanément.

— Vraiment stupide.

Il essaie de rire mais la coupure à sa lèvre se rouvre.

— Voilà.

Je recule d'un pas.

— Je parie que tu te sens comme neuf.

— Comment c'était, New York ? demande-t-il.

Je ne peux même pas penser à cette ville sans avoir la nausée. Je me demande si je serais capable d'y retourner un jour.

— Non.

— Non quoi ?

— Ne fais pas semblant d'être mon ami.

Je ferme la trousse de soins et la range dans l'armoire avant de remonter pour finir d'écrire dans mon carnet.

Quand je regagne mon lit, le petit carnet noir a disparu.

19

Écoute le chaos
Qui fait rage dans ta tête
Ça, ma petite amante intrépide
C'est la fin de notre histoire.

Daria

Le lendemain, je suis une morte vivante.

Lorsque je croise Via dans le couloir, je passe devant elle en silence. J'ai peur qu'en essayant de dire quoi que ce soit, je perde le contrôle, et ma position est déjà bien assez périlleuse. J'ai tant perdu ces dernières semaines… je ne sais pas si je peux avoir confiance en mes réactions.

Je suis devenue passive. Réservée. Effrayée.

Exactement ce à quoi elle voulait me réduire. Précisément ce qu'elle prétend être.

L'entraînement de pom-pom girl est la seule chose qui me reste ; alors, en enfilant mon uniforme dans les vestiaires, j'essaie de prendre une profonde inspiration et de profiter du calme alentour. Tout le monde m'attend à l'extérieur. C'est l'heure de briller. D'être l'ancienne Moi. Qui qu'elle soit.

J'assemble mes cheveux en une queue-de-cheval haute avant de pivoter pour me diriger vers la porte au moment même où elle se referme dans un fracas. Je lève les yeux pour découvrir Esme, appuyée dessus, bras croisés. Elle porte sa minuscule tenue accompagnée d'un sourire triomphant.

— Je peux te confier un secret ?

Sa voix est mielleuse et me hérisse les poils immédiatement. Je lève le menton.

— Bien sûr. Je deviens bonne pour les garder.

Elle se relève et avance dans la pièce jusqu'à ce que nous nous retrouvions face à face.

— J'ai toujours su que tu provoquerais ta propre chute. Tu étais si jolie et parfaite avec tes cheveux brillants et tes longs cils. Si prétentieuse et à juste titre, avec ta lignée de dingue, ton ancienne prof de mère et ton Hot Hero de père. Parfois, la nuit, je m'endormais en pleurs en me convainquant que tu tomberais, parce que je n'avais pas l'impression que ça arriverait un jour. Et, soyons francs…

Elle pouffe de rire.

— Le rôle de capitaine a toujours été le mien. Je suis la meilleure danseuse. Une meilleure meneuse, meilleure médiatrice et un meilleur être humain que toi.

Je me redresse. Elle parle de moi au passé, et je n'aime pas ça. Je relève la pointe de mon nez pour lui rappeler qui est la cheffe. Même si, à dire vrai, je ne me suis pas sentie au contrôle depuis un bon moment.

— Tu ne peux pas me voler mon titre, Esme. Ça ne fonctionne pas comme ça, peu importe à quel point tu le veux.

— C'est là que tu te trompes.

Elle met deux doigts dans la bouche pour siffler. La porte s'ouvre et l'équipe entière en uniforme entre dans toute sa splendeur. Et au bout de la ligne parfaite qu'elles forment se tient Sylvia Scully dans une tenue qu'elle a dû voler. Me voler.

Je vois rouge.

Je recule d'un pas et mes lèvres s'étirent en une grimace. Esme avance vers moi, retirant une poussière invisible de mon haut.

— Tu t'es montrée distraite, déconcentrée et aux abonnées absentes quand nous avions besoin de toi. Sans parler de ce que tu as fait il y a quatre ans, comme nous l'a raconté Via, dit-elle avec une moue.

Je lance un regard accusateur à Via et m'aperçois que non seulement elle m'affronte mais elle sourit, aussi. Elle s'est fait faire une nouvelle coiffure de lutin, stylée et chère, et elle porte de nouvelles boucles d'oreilles cloutées. Elle se réinvente déjà, et personne ne l'arrête alors qu'elle détruit ma vie. Melody compense notre absence de relation en couvrant Via et Bailey de toutes les choses que je n'accepterai jamais de sa part, et pour une raison qui m'échappe, Penn est fermement de son côté. La seule personne pour qui je compte encore, c'est papa, mais même moi je me rends compte qu'il s'isole en voulant me soutenir.

Je montre les crocs à Esme, et me rapproche de son visage.

— Tu ne t'en sortiras pas comme ça.

Elle incline la tête en souriant.

— Que comptes-tu faire ?

D'abord, dire à Blythe, ta meilleure amie, que tu couches avec Vaughn. Ensuite, dire à Vaughn de te larguer, et ne te fais aucune illusion, ce mec n'a pas une once d'émotion dans le corps. Il le fera sans même regretter les séances de suce.

Je ne peux pas lui dire ça. En tout cas, pas en public. Les méfaits de Hulk doivent être exécutés dans le secret.

— J'imagine que c'est réglé, alors ? je demande en tournant la tête vers le reste de l'équipe.

Dos contre les casiers, elles baissent toutes les yeux. Toutes, sauf Via. Je pars alors d'un rire hystérique, puis secoue la tête en les saluant de la main d'un air dédaigneux.

— Vous êtes pathétiques. Vous détestez toutes Esme.

Pas de réponse.

— Bonne chance avec votre nouveau régime de Coca Light et d'air.

Je perds les pédales, et je perds ma place dans le monde, rapidement. Le pire, c'est que je ne peux même pas me battre pour ce qui m'appartient. Pas alors que Via détient mon journal. Agitant ma vie, mon futur et ma réputation au-dessus de ma tête.

— Est-ce que vous étiez sincères, au moins, quand vous avez voté pour moi ? Est-ce que vous êtes sincères dans quoi que ce soit ? Jusqu'à quel point pouvez-vous être fausses ?

Blythe retient son souffle en secouant la tête. Une larme lui échappe, me révélant qu'Esme l'a forcée à faire ça, mais je la déteste quand même pour ne pas avoir de personnalité propre. En balayant du regard leurs visages – graves, coupables et gênés –, je ne sais même plus quoi penser.

Tout ce que je possède est en train de s'effondrer.

Tout ce pour quoi j'ai travaillé est en train de périr.

Via a promis de me détruire, et jusqu'à présent, elle a tenu parole.

Je fonce à l'extérieur, jusqu'au lycée, avant que les larmes ne coulent. Peut-être que Penn a raison. Peut-être que je pleure tout le temps et que j'exagère. Mais voici une scène que je n'oublierai jamais :

Le jour où Via et Esme ont pris mon insigne de capitaine des pom-pom girls est le jour où j'ai découvert que je n'étais pas la seule à être née avec un Hulk à l'intérieur. Elles en ont un aussi. Et il vient juste d'éclater à travers leurs os et leur peau, et de me chasser.

Mon estomac dégringole.

J'ai au moins réussi à tenir le mien en laisse.

— Tiens, tiens, regardez qui voilà.

Alors que je sors mes livres de mon casier bleu, Gus claque la porte dans un fracas et me bouscule, l'air taquin. Il n'y a personne dans le couloir. J'ai dix minutes de retard parce que je carbure à l'insomnie, à la caféine et à l'anxiété. Le lycée est équipé de caméras, mais Gus est le capitaine de l'équipe de foot, alors il pourrait s'en sortir même s'il commettait un meurtre. Probablement au sens littéral.

Je ne bouge pas pour ramasser les livres éparpillés au sol qui sont tombés quand il m'a prise en embuscade.

— Tu es sûr que c'est une bonne idée de sécher les cours ? lui dis-je.Tu n'es pas le plus brillant du lot.

Je feins le désintérêt et la nonchalance, mais je suis loin de les ressentir. Je suis si vide que je suis surprise de tenir encore debout.

— Très drôle, Followhill. Je me demandais…

Il se rapproche tout près de mon visage et penche la tête avec un sourire fou.

— Seras-tu toujours aussi drôle quand je t'aurais montré ce que je possède ?

Il lève le bras, me dévoilant mon petit carnet noir. Ma bouche s'assèche immédiatement. Je vais m'évanouir. Cette fois, Via a réussi.

Je m'appuie contre les casiers en cherchant de l'air, mais

l'oxygène ne parvient pas jusqu'à mes poumons. Je crois que je fais une crise de panique. Une vraie.

— Tu as l'air pâle, reine Daria. Où sont tes Minions pour faire bronzer ta peau et lui redonner sa fausse perfection ?

Il éclate d'un rire diabolique.

— Que veux-tu ?

Je sais déjà que, peu importe ce qu'il veut, je le lui donnerai. Personne ne peut mettre la main sur mon journal. La perspective que quelqu'un sache ce que j'ai fait à mes camarades ou avec le principal Prichard me paralyse, mais celle qui me motive le plus, c'est Mel. Si elle apprend que j'ai détruit son rêve et celui de Via, je la perdrai pour toujours.

Je perdrai mon tout.

Gus se tapote le menton, la tête vers le plafond et mon journal toujours en l'air, au-dessus de sa tête. Je le regarde intensément en priant pour qu'il s'envole vers moi comme un livre dans Harry Potter.

— Voyons voir. Qu'est-ce que je veux ? Oh ! je sais ! Je veux que Las Juntas foire les play-offs et me donne ce que je mérite : une victoire.

À ces mots, j'explose de rire. C'est un rire hystérique, mais il jaillit de ma gorge. Je lève une main jusqu'à ma clavicule et mon cou pour essuyer la sueur froide qui y a perlé.

— Ne devrais-tu pas demander quelque chose que je peux te donner ?

— Tu te tapes leur capitaine. C'est dans le journal. Tu as certainement du pouvoir sur lui.

Je grimace.

— Ce n'est arrivé qu'une fois et il s'en fiche de moi.

C'est une confession brutale, mais il faut qu'il sache que je ne peux rien faire pour l'aider.

Il lève les yeux au ciel.

— Il t'a déflorée, hein ? Quel chanceux connard. Bref, tu as demandé mon prix, et je te l'ai donné. C'est ton problème maintenant, pas le mien.

— Je ne peux pas faire ça.

Je commence à gémir et à perdre le contrôle sur mon indifférence. Mon masque tombe. Je ne peux pas lui donner ce que je n'ai pas.

— Il ne ferait rien pour moi. Il sort avec Adriana.

— Pour ce que j'en ai à foutre, menace-le de dire à Adriana que vous baisez depuis toujours. Fais ce que tu as à faire pour que son équipe merde vendredi. Sinon…

Il agite mon journal comme s'il ne contenait pas tous mes secrets, toutes mes insécurités et ma vulnérabilité. Comme si Hulk ne vivait pas à l'intérieur.

— Je vais le photocopier – chaque page – en milliers d'exemplaires et les coller sur les casiers et partout dans les toilettes, la classe d'arts plastiques, le labo, et les vestiaires. Je le publierai sur tous les réseaux sociaux et je veillerai à ce que tu ne puisses jamais y échapper, aussi loin que tu pourrais aller, putain. Et n'essaie même pas de jouer la carte des parents, Followhill, parce que le lycée entier te tuerait d'avoir gâché le championnat.

Il se retourne et longe le couloir vide. Je lui cours après, m'étouffant avec ma propre salive. Je suis trop choquée pour pleurer. Ma vie, telle que je l'ai connue, est terminée. Je trébuche et me rattrape à son sac à dos pour ne pas m'effondrer. Il se retourne alors vivement en grognant :

— Ne me touche pas, Followhill.

— Tu ne peux pas me faire ça.

Mes genoux touchent le sol. Si pratique : de cet angle, je peux enfin voir la réalité telle qu'elle est. Toutes mes erreurs, les gens à qui j'ai choisi de m'associer – les athlètes, les hypocrites, les populaires – me reviennent à la figure. Gus tient mon futur – ma réputation – entre ses doigts de saucisse.

— S'il te plaît.

Je me déleste du peu de fierté qu'il me restait.

— Je t'en supplie. Je ferai ce que tu veux. Dis-moi quoi faire. Mais je ne peux pas atteindre Penn. Personne ne le peut.

Penn est l'homme de fer.

Gus me sourit poliment en attrapant le col de ma robe pour me remettre sur pied.

— Je pense, en fait, que tu es une fille pleine de ressources, Daria. Débrouille-toi. Ou je t'enterre.

— Il faut qu'on parle.

J'aurais pu m'imaginer dire ces mots un jour à ma mère, mes futurs petits amis, mes amis, ma famille... pas à mon principal. Et pourtant, me voici devant le proviseur Prichard. Je viens de vomir mon petit déjeuner inexistant dans les toilettes et de pleurer jusqu'à épuisement, et mon apparence reflète certainement le désordre que je ressens à l'intérieur.

En entrant dans son bureau, j'ai fermé la porte derrière moi sans attendre l'ordre explicite de le faire, ce qui constitue le premier indice que quelque chose ne va pas. D'habitude, je me soumets à lui et j'attends ses instructions précises. C'est comme ça que les choses se passent depuis la première entrée que j'ai rédigée dans mon journal. Celle sur Via. Quand je suis arrivée dans son bureau au collège, je m'attendais à ce qu'il appelle mes parents et déclenche une chaîne de réactions qui réparerait mon erreur. Qui me réparerait moi.

Au lieu de ça, il a sorti de sous son bureau, sans me quitter des yeux, un bol de M&M's. Une pluie de chocolats multicolores s'est répandue sur le sol jusqu'à mes pieds, comme des billes.

— Ramassez-les tous, mademoiselle Followhill. À genoux, tandis que je vous lis vos péchés.

Et c'est devenu notre rituel.

Au fil des années, il m'aboyait de ranger ses étagères, nettoyer la moquette, faire briller ses chaussures, et plus récemment, après l'arrivée de Penn dans le paysage, il a frappé l'intérieur de ma main avec une règle. À l'endroit où je pourrais justifier les marques rouges par mes entraînements intensifs de pom-pom girl.

Il me fait toujours la lecture de mes péchés, lentement, derrière sa porte close, en marquant des pauses mélodramatiques aux moments croustillants.

La plupart des pécheurs récitent des *Je vous salue Marie.*

J'expie mes péchés avec les coups de sa règle.

Je le mérite. Je mérite la douleur. J'en inflige tant aux autres que je ne peux même pas blâmer le proviseur Prichard de me faire vivre tout ça.

Le principal Prichard dit que nos sessions m'apprennent la discipline. Me remettent sur le droit chemin. Mais honnêtement, nous savons tous les deux que je ne m'améliore pas : plus les années passent, plus la misère dans laquelle je me noie s'approfondit.

J'ai toujours pensé que nous étions deux personnes tordues s'adonnant à des pratiques bizarres que personne ne pouvait comprendre. C'est depuis mon histoire avec Penn que j'ai pris conscience à quel point le principal Prichard peut se montrer possessif. Et que le désir me procure de meilleures sensations que ses coups. Que c'était une expérience glorieuse quand elle était vécue dans de bonnes conditions.

Depuis, les tâches de Prichard sont devenues plus radicales et méticuleuses. Les coups, plus forts.

— Je vous demande pardon ?

Il ne lève pas les yeux de la paperasse qu'il signe. J'aperçois le logo du lycée alors je sais que ça concerne le football. Tout semble concerner le foot dernièrement. Il paraît que Gus est sous Xanax et descend des bouteilles pour gérer le stress.

Je m'assois sur la chaise face à lui. Il lève enfin les yeux.

— Avez-vous été invitée à vous asseoir, mademoiselle Followhill ?

— Nous avons un problème.

Mes lèvres tremblent et je tends la main, pour lui faire poser son stylo.

Ses yeux rétrécissent en deux fentes focalisées sur ma main.

— Bien vrai. Sortez le livre de vos péchés.

C'est ainsi qu'il l'appelle. Et ça me rend folle. Comme s'il était au-dessus de ça.

Je prends une profonde inspiration que je relâche d'un coup. Et rien ne se passe.

— Je ne l'ai pas.

Sa mâchoire se contracte.

— Comment ça, vous ne l'avez pas ?

— Sylvia Scully me l'a volé dans ma chambre hier soir. Elle vit avec nous, comme vous le savez. C'est Gus qui le détient et il menace de le rendre public si ne je convaincs pas Penn Scully de perdre le match des play-offs.

Ils ont probablement manigancé tout ça ensemble en riant. Et moi ? J'ai été assez stupide pour tomber dans le piège de Penn. Je l'ai aidé à panser ses plaies alors que Via était à l'étage, en train de voler mon bien le plus précieux. La seule chose qui puisse me détruire. Les lèvres du principal Prichard se déforment en une grimace. Avec les cernes noirs qui entourent mes yeux et les petites veines rouges à l'intérieur, je suis certaine que je suis loin de la jolie fille qui l'a attiré dans cet arrangement. Je ne me suis pas maquillée ce matin et mes cheveux sont en désordre.

— Je parle de vous, dans le carnet.

J'ajoute cette précision pour lui signifier à quel point la situation est grave. Prichard apparaît dans mon journal à de nombreuses reprises. Je ferme les yeux et rougis au souvenir de toutes les choses que j'ai écrites.

L'entrée numéro 122 raconte la fois où, quand je suis entrée dans son bureau et qu'il n'y était pas, je me suis frottée contre sa chaise. Lorsqu'il est arrivé, il m'a fait lécher les traces que j'avais laissées sur ladite chaise. C'est l'acte le plus sexuel que nous ayons commis, et même si nous ne nous sommes pas touchés, il y a de quoi nous faire tous les deux tomber.

Sa mâchoire se contracte, se contracte, se contracte, et je sais qu'il est en train de perdre patience. Nous avons l'un comme l'autre de gros problèmes maintenant. C'est la raison pour laquelle je suis là. Nous devons arrêter Gus.

— Il ne publiera rien me concernant, m'informe le principal Prichard avec un calme olympien.

Je cille, sidérée.

— Comment le savez-vous ?

— D'abord, je suis plus intelligent qu'une pom-pom girl. Et lui aussi.

Je me rassois en fixant un point derrière lui, les yeux écarquillés.

— Je ne sais pas. Peut-être que je suis stupide, mais Gus aussi, et croyez-moi, il va compromettre votre cul de pervers.

— Vraiment ! tonne-t-il en se levant et en balayant tout ce qui se trouve sur son bureau.

Je sursaute sur ma chaise. Je ne l'ai jamais vu si en colère.

— Que suis-je censé faire ? Menacer Mlle Scully et M. Bauer ? Juste parce que vous avez décidé d'écarter les jambes pour le garçon du mauvais côté du terrain alors que je vous avais prévenue de ne pas le faire ?

C'est à mon tour de me lever, les poings le long de mon corps, vibrant d'une colère qui menace de jaillir à tout instant.

— Nous sommes dans cette situation ensemble, et nous devons réfléchir à une solution.

— Non. Vous allez réfléchir à une solution. Ça n'est pas *mon* problème. C'est typiquement l'un des vôtres.

— Même si vous arrivez à convaincre Gus de ne pas photocopier les pages où vous apparaissez, je dévoilerai tout.

Il sourit d'un air narquois et sombre.

— Et ? Personne ne vous croira. Vous n'êtes qu'une idiote gâtée et perdue, éprise du principal, une de plus. N'oubliez pas ce qui s'est passé ici. Vous avez fait parader vos tétons et vous êtes penchée en avant. Je n'ai jamais couché avec vous. Je ne vous ai jamais touchée peau contre peau. Je ne vous ai même jamais embrassée. Tout est votre faute.

Je suis sciée. J'ai l'impression que quelqu'un a tiré le tapis qui se trouvait sous mes pieds. Je fonctionne désormais en pilote automatique, parce que je ne peux pas le laisser s'en tirer comme ça.

— Vous êtes prêt à prendre le risque, Ryan ?

Ryan. Je ne l'avais jamais appelé par son prénom jusqu'à aujourd'hui. Désormais, je n'ai vraiment plus de respect pour lui.

Il passe une main frustrée dans ses cheveux.

— Partez, mademoiselle Followhill, et ne revenez pas à moins d'avoir récupéré votre carnet et de vouloir être punie au point que votre derrière devienne bleu.

— Comme si j'allais encore m'approcher de vous après ça.

Je lève la tête et pars d'un rire vibrant d'une joie que je ne ressens pas.

— Vous avez toujours été jaloux de Penn qui, au fait...

Je mets un doigt dans ma bouche et le suce bruyamment.

— ... est un coup fantastique.

— Daria...

Prichard ne m'appelle jamais par mon prénom non plus.

— Il était si bon quand il a pris ma virginité. Pas longtemps après que vous nous avez surpris dans les vestiaires, d'ailleurs.

— Arrêtez ça, maintenant.

Il contourne son bureau. Lentement. Comme un prédateur.

— Bien sûr, j'étais alors bien prête pour...

— Stop !

Il sort sa règle de sous son bureau et la pointe vers moi. Mon sourire s'élargit. Je tombe en chute libre d'une falaise équipée d'un parachute défectueux. Autant profiter de la chute.

— ... l'avoir en moi, je me tortillais en gémissant, secouée par un orgasme après l'autre, il m'a presque fait perdre conscience...

En un mouvement agile, il me jette contre le mur, le ventre plaqué sur la surface froide. Il relève ma robe et me frappe les fesses si fort avec sa règle que je vois des étoiles.

— Non !

Je hurle.

— Ne me touchez pas, enfoiré ! C'est terminé, Ryan.

Il me tire par les cheveux pour me murmurer à l'oreille :

— On en aura fini quand je l'aurai décidé, Daria.

Il frappe, frappe, frappe.

Mes fesses me brûlent et mes yeux aussi. Je suis trop sonnée pour bouger, pour m'enfuir, je m'étouffe avec la bile qui coule dans ma gorge.

Mon principal, mon prêtre, l'homme qui détient tous mes secrets, celui à qui je pensais pouvoir me confier, est en train de me fesser contre mon gré avec une règle. Pas une fois. Pas deux. Mais une douzaine de fois, avec une frénésie que je ne lui avais jamais vue avant.

Quand il s'arrête enfin, j'ai l'impression que le monde tangue, comme un bateau sur une mer agitée. Nauséeuse, je recule du mur, bouche bée, tout en ne sachant pas vraiment quoi dire. Le principal Prichard ne m'aidera pas.

Non seulement je livrerai cette guerre contre Via et Gus, mais je viens de découvrir qu'ils avaient un allié puissant.

En l'entendant reculer d'un pas, je me retourne pour lui faire face.

Que vous est-il arrivé dans cette église ?

Je l'observe à travers le rideau de mes larmes, dans l'attente d'une excuse. D'une supplique. D'un remords. Pas seulement pour ce qui vient de se passer à l'instant – je ne pense pas que j'en saisisse entièrement la portée – mais pour les quatre dernières années. Je baisse alors les yeux et je remarque qu'il bande.

Vraiment.

Beaucoup.

Comment ai-je pu passer à côté d'une chose pareille ? Le catholique abusé et propret s'avère un homme au comportement impropre et abusif. Mes fesses sont si brûlantes et si douloureuses que je ne pense pas pouvoir m'asseoir de sitôt. Mes jambes tremblent et mon cœur souffre intensément dans ma poitrine.

J'ai tout perdu en l'espace d'un semestre. Je n'ai eu ni le garçon ni la fin heureuse, ni la parfaite famille, je n'ai même pas su conserver mon statut de reine du lycée ou mon insigne de capitaine des pom-pom girls.

— Vous êtes ma pire erreur, je lui murmure.

Il sourit diaboliquement.

— Et vous, ma chère, mon péché préféré.

20

Le poids de mon amour pour toi
M'a enterré si profondément
Que je ne peux plus dormir
Ni manger
Ni croiser
Mon propre regard dans le miroir.

Daria

Quand le premier domino tombe et que ma réalité s'effondre d'un bloc, tout reste en suspens dans les airs, immobile durant une fraction de seconde. C'est le moment que je choisis pour inspirer profondément et me préparer à l'impact.

J'en suis là. Endolorie, blessée et effrayée. Je viens de vivre l'événement le plus tragique qui me soit jamais arrivé – un abus physique, sexuel –, pourtant, d'une certaine façon, je sais que le pire est devant moi.

J'étudie les marques rouges sur mes fesses dans le miroir de la salle de bains de la maison en clignant des yeux pour repousser les larmes. Je suis marquée par la honte, l'horreur et la peur.

Il m'a touchée contre mon gré.

Il m'a frappée contre mon gré.

J'ai joué avec le feu et me suis tellement brûlée que la flamme m'a marquée. Une douzaine de fois.

Le plus triste, c'est que ça ne me fait pas autant mal que de croiser Penn dans les couloirs.

J'applique de l'aloe vera sur mes plaies avant d'enfiler à la hâte un pantacourt de pyjama. Je ne supporte aucune matière contre ma peau à vif. Mon téléphone carillonne pour m'indiquer un nouveau message, mais j'hésite avant de le lire.

C'est Prichard.

Rejoignez-moi au parc Castle Hill à 19 heures. Au banc sous le cerisier.

Ryan Prichard ne s'excuse pas. C'est un homme dangereux, un égoïste accompli, et même si j'ai pris la décision de ne plus le revoir, il reste une bonne chance pour qu'il ait retrouvé la raison. Il a peut-être compris que Gus et Via peuvent nous faire tomber tous les deux et souhaite arranger les choses. Je sais qu'il me pense trop apeurée pour parler de ce qui s'est passé à mes parents, mais pourquoi prendrais-je un risque ? Je lui réponds.

Pour que vous abusiez encore un peu plus de moi ? Non merci.

Il répond dans la seconde :

Pour que nous réglions la situation et fassions avancer notre relation.

Je lâche un rire hystérique quand un poing frappe contre la porte depuis l'extérieur.

— Tu es enfermée depuis une heure, gémit Via. N'utilise pas toute l'eau chaude, princesse.

Elle se permet évidemment de me parler comme ça quand

nous ne sommes que toutes les deux à la maison. J'écarte mon pantalon de pyjama pour jeter un dernier coup d'œil à mes fesses avant de déverrouiller la porte, sans lever la main de la poignée. Je la dévisage en attendant ses excuses. Une reconnaissance de ce qu'elle a fait. N'importe. Quel. Foutu. Signe. D'humanité.

Rien. Blanc. *Gurnisht.*

Via arque un de ses sourcils blonds en croisant les bras. Elle porte une minirobe à fleurs magnifique que Melody lui a sûrement achetée. Peut-être à New York. Probablement pendant que je faisais le deuil de ma famille telle que je l'avais connue.

— Tu as une sale gueule. Tu pleurais ?

Elle pouffe et me donne un coup d'épaule en se faufilant dans la salle de bains.

Je secoue la tête.

— Tu es tellement dans la merde, lui dis-je.

Ma voix est basse. Étrangement calme.

C'est la seule chose qui me vient à l'esprit. Peut-être bien la seule chose qui compte. Parce que, ma vie est peut-être finie, mais la sienne aussi. La seule différence, c'est que, moi, je connais mon destin.

— De quoi parles-tu ?

Face au miroir, elle libère ses cheveux de son élastique et prend la trousse de maquillage pour se faire jolie, j'en suis certaine, à l'intention de Gus.

— Que pensais-tu que Gus voulait obtenir de ma part quand tu lui as donné mon journal ?

Je lui pose la question en m'appuyant d'une hanche contre le meuble du lavabo. Elle recule d'un pas. Et je m'approche. Elle percute la paroi de douche derrière elle, et c'est précisément là que je la prends entre quat'z'yeux.

Je ne vais pas la blesser. Pas physiquement, du moins.

Peut-être même pas du tout étant donné que je suis désespérément amoureuse de son frère et qu'il veut la voir heureuse. Mais ça, elle ne le sait pas. Elle ne sait pas ce que c'est d'aimer au point d'avoir mal et de se dépouiller de sa dignité et de sa fierté pour quelqu'un.

— Gus veut que Penn perde le match, je lâche.

Via écarquille les yeux. Elle l'apprend visiblement, et je laisse échapper un soupir de soulagement. Qu'elle veuille ma peau, je n'en doute pas. Mais qu'elle s'en prenne à Penn ? Je ne peux pas en supporter l'idée.

— Il veut détruire la vie de ton frère.

Je prends son menton d'une main et lui relève la tête pour que nous nous regardions dans les yeux, ce que nous n'avons pas fait depuis des semaines. Des années.

— Et tu lui as tout simplement livré l'arme pour le faire.

Elle me frappe la main pour se dégager de ma prise.

— Conneries.

— Yep.

Je saisis de nouveau son visage pour qu'elle ne me quitte pas des yeux.

— Penn est brisé, frustré, perdu, et tout ça, à cause de toi.

— Tu ne peux pas lui dire.

Via déglutit et me repousse. Je trébuche en arrière en riant. C'est tout ce qui lui importe ? Elle me rappelle l'ancienne Daria.

Via fait les cent pas, se triturant le visage de ses doigts qui laissent des marques roses sur leur passage.

— Il ne peut pas le savoir, il ne peut pas le savoir, répète-t-elle.

Je me retourne pour regagner ma chambre. Il faut que je m'habille si je veux arriver au parc à l'heure. Prichard a choisi l'endroit où Penn a pris ma virginité, ce qu'il sait grâce à la lecture de mon journal, évidemment. Nous nous sommes vus quelques fois après le retour de Penn dans ma vie, mais nos sessions se sont rarifiées. J'ai essayé de ne pas y penser, de les chasser à l'arrière de mon esprit. Et, la plupart du temps, j'ai réussi.

Via me suit en tirant sur mon pyjama pour me faire pivoter.

— Que dois-je faire ? hurle-t-elle.

Je m'arrête. Je souris. J'admire le spectacle.

— Tu sais quoi, Via ? Je t'ai enviée pendant tellement longtemps. Pendant des années, en fait. Depuis le jour où tu t'es pointée au studio de danse de ma mère. Pas parce que tu étais jolie ou supposément riche ou quoi que ce soit de ce genre. Mais parce que tu étais talentueuse. Tu étais meilleure que moi, et je ne pouvais pas l'accepter. Alors imagine mon plaisir et ma surprise quand tu es revenue et que j'ai découvert que, finalement, tu n'étais pas meilleure que moi. Bien sûr, tu aurais pu être la meilleure danseuse, mais tout ce qu'il y a en toi est pourri. Tu es égoïste, laide et encore plus mal dans ta peau que moi. Tu es vindicative, petite et peureuse. Tu ne seras jamais heureuse, Via. Jamais. Et c'est la plus belle revanche dont j'aurais pu rêver.

J'arrive au lieu de rendez-vous avec quinze minutes de retard.

Essoufflée et toute transpirante, je repère Ryan assis sur le banc. Il porte un pantalon de survêtement gris, une veste North Face, des lunettes de soleil et une casquette. Il est évident qu'il ne souhaite pas être reconnu. Je l'observe de loin pendant un long moment, en essayant d'ajuster l'image que j'ai de lui – bien équipé et prêt à se battre – à cette bombe à retardement destructrice et inattendue.

— Assieds-toi, m'ordonne-t-il en regardant un point fixe dans le parc.

Je vacille jusqu'à lui, mon cœur battant à tout rompre. Je

m'assois à l'autre extrémité du banc, aussi loin de lui que possible, retenant un gémissement. Mon cul me fait si mal que je peine à respirer. Mais je ne lui montrerai plus ma misère. J'en ai fini de lui donner ce qu'il veut. Je prie pour que ce cauchemar se termine, et là, j'ai besoin de me concentrer pour minimiser les dommages et m'assurer que le journal ne sera pas diffusé.

Je ne l'interroge pas sur la raison de ce rendez-vous. Je n'exige pas d'excuses. En fait, je garde les toutes petites cartes de merde dont je dispose tout près de mon cœur.

— Regarde vers le banc en face de nous, sous le chêne.

Je suis son regard. L'autre côté du parc est dissimulé par une colline et quelques arbres, mais étant donné que nous sommes en hauteur, je peux profiter d'une vue directe sur le banc à l'autre bout des jardins.

J'en ai le souffle coupé. Penn et Adriana sont assis ensemble, près l'un de l'autre. Harper se trouve entre eux, elle gazouille vers Adriana. Penn se baisse et embrasse Harper sur le nez en faisant semblant de lui mordre la joue. La petite rit et agite vers lui ses petits poings potelés, le suppliant de la porter.

Adriana sourit et donne Harper à Penn. Penn la prend en riant. Je peux sentir ses éclats de joie résonner dans le vide de ma poitrine alors que je me brise en un millier de minuscules morceaux. Les morceaux de mon cœur brisé sont si petits qu'ils ressemblent à de la poussière, et des cendres se répandant en moi.

J'aimerais détourner les yeux mais je suis enchaînée à l'instant présent. Leur moment. À cette illustration parfaite du bonheur familial que j'essayais de piétiner. Ma famille est en train de s'effondrer, et j'ai tenté d'en tuer une autre pour conquérir ce garçon.

Mais ce garçon est amoureux d'une autre fille : la femme de son enfant.

Je suis l'erreur. Un écart dans son existence. Un jeu pour passer le temps. Ça ? Ça, c'est réel. Penn Scully ne m'appartient pas. Et il n'a jamais prétendu le contraire.

Tout ce que j'ai abandonné – mon temps, mon cœur, ma vanité –, c'était en vain.

— Voilà la raison pour laquelle vous avez bouleversé votre vie. Pour un garçon amoureux de sa copine de lycée. Le père d'un bébé innocent.

La voix de Ryan est coupante.

— Il y a des moments dans la vie où le mal prend le contrôle de notre âme, et c'est à nous de chercher la pureté et le réconfort auprès de ceux qui se soucient de nous. Vous êtes venue à moi blessée, corrompue, et sans direction, Daria, et j'ai fait ce que j'avais à faire. Vous aviez besoin de cette fessée. Vous aviez besoin de ce sursaut. Vous devez laisser à Penn Scully une chance de bâtir sa famille. Revenez à moi, ma chérie. À nous. Il est temps de renoncer.

— Vous ne m'aiderez pas à récupérer ce journal.

Ma voix n'est qu'un murmure alors que la vérité me frappe enfin.

— Bien sûr que si. Après tout, je suis votre sauveur.

Vous êtes ma perte.

— Comment saviez-vous qu'ils seraient là ?

Mes lèvres tremblent et je renifle, mais je me retiens de pleurer – je commence à devenir bonne à ce jeu.

— Bauer, dit-il simplement. Je suis le marionnettiste, Daria. Je joue avec vous tous, gardant vos ficelles courtes et serrées. Gus ne s'opposera jamais à moi. Désormais, nous pouvons faire les choses correctement et montrer à Penn qu'il doit perdre le match. Je récupérerai votre journal – je dirai même à Gus de me le remettre personnellement. Ou nous pouvons faire les choses autrement et le journal sera rendu public, signant notre fin.

— Notre fin ?

Je cille. Il pense encore qu'il existe un « nous ». Incroyable.

Il glisse sur le banc pour me rejoindre et prend ma joue en coupe. J'ai envie de lui mordre la main pour qu'il me lâche.

— L'adultère est le pire des péchés, mais je suis prêt à vous pardonner. Vous êtes, après tout, terriblement jeune et impressionnable.

De nombreuses choses me frappent alors simultanément. Ce psychopathe pense en fait que je l'ai trompé. Et il est de mèche avec Gus. Il espère si désespérément voir notre lycée gagner pour justifier les sommes d'argent phénoménales dépensées pour l'équipe qu'il s'associe avec un adolescent harceleur.

— Pourquoi pensez-vous que j'ai du pouvoir sur Penn ? Vous l'avez dit vous-même : il est amoureux d'une autre fille.

Je me tourne vers lui. Détacher les yeux de Penn et Adriana me fait l'effet d'un pansement arraché. J'entends leurs rires ricocher sur les arbres. Le son est partout, je ne peux y échapper. Son bonheur fait mon malheur.

— Parce que (il se tourne vers moi) vous direz au monde entier qu'il vit chez vous s'il ne le fait pas. Vous le ferez chanter, ma chérie.

Ma mâchoire se décroche. Les conséquences sont évidentes.

Il perdra sa place de capitaine.

Il se fera virer de son équipe.

Et ses amis et ses pairs le haïront pour avoir vécu du bon côté du terrain en secret.

— Sylvia a confié à Gus le petit secret de son frère, explique-t-il calmement. Le cœur des adolescents est terriblement traître, mais cela a fini par jouer à mon avantage. Vous voyez, après votre petite aventure dans les vestiaires des filles, j'ai fait passer le message à notre bourreau des cœurs qu'il n'avait pas intérêt à poser les mains sur vous. Quand il fut évident qu'il l'avait fait, je n'avais pas d'autre choix que de riposter. Et qu'existe-t-il de plus beau que de tuer son futur et de le voir exclu de son équipe ?

Chaque poil de mon corps se hérisse.

Via a trahi Penn. Elle a détruit sa lettre d'admission, pour ainsi dire. Elle n'a jamais voulu tout recommencer. Elle est revenue pour égaliser.

— Dites-moi que vous comprenez, que vous obtempérerez et que cette affaire est réglée, mademoiselle Followhill.

Il se lève et pose les mains sur les hanches. Son entrejambe est au niveau de mon visage, me donnant la nausée.

C'est à cet instant que j'ai une épiphanie. Je sais ce que je dois faire pour sauver tout le monde.

Penn.

Adriana.

Harper.

Bailey.

Et surtout : moi.

Je hoche la tête, endurcissant mon cœur tandis que j'accepte le rôle que je dois jouer.

— C'est très clair, principal Prichard.

Je rampe jusqu'à ma chambre avec le peu d'énergie qui me reste. Tous les os de mon corps sont douloureux. J'ai des courbatures et mes fesses me brûlent à chaque pas.

La maison est plongée dans le silence. Bailey et Melody sont à la danse. Papa, au travail. Penn – probablement encore à l'entraînement ou avec Adriana et Harper. Je n'ai même pas assez de force pour me réjouir que Via ne soit pas là. Je n'ai pas vu la hideuse jeep rose qu'elle a fini par accepter (« Mel, c'est la meilleure chose qui me soit arrivée ! Tellement, tellement belle, merci ! »), et je n'ai trouvé aucun signe qui indiquerait la présence de qui que soit d'autre.

Quand je pousse la porte de ma chambre pour l'ouvrir, je suis frappée par une odeur d'alcool et de vin qui me fait trébucher vers l'arrière et me cogner le dos contre le mur opposé. La porte entrouverte m'offre une meilleure vue sur la raison de cette odeur. Mes pieds nus sont mouillés et collants.

Mon mur aquarium est brisé. Le marteau que Via a utilisé est toujours au milieu du mur, d'où le champagne rose s'échappe dans un sifflement semblable à celui d'une bouteille de bière tout juste ouverte.

J'entre en titubant et en me tenant aux meubles. J'essaie de garder les yeux ouverts mais mes paupières sont trop enflées. Je remarque une feuille couleur crème collée à un morceau de verre humide restant du mur. Je reconnais immédiatement le papier : il a été déchiré de mon journal. Je le détache.

Dis-leur que c'était un accident.
Ou ta mère découvrira que tu as tué son rêve à elle aussi.

Mes yeux se révulsent et mes genoux cèdent. Tout devient noir, comme le livre dans lequel je garde mes secrets, et il n'y a pas de lumière au bout du tunnel.

21

L'amour ressemble tant à la mort
Certain
Absolu
Hors de contrôle.

Melody

Le futur est toujours merveilleusement retouché.

Nous avons toujours quelques kilos en moins, un peu plus de neurones et nous évoluons d'une expérience à l'autre dans une logique toute saine.

La triste réalité, c'est qu'en grandissant, vous ne devenez jamais la personne que vous aviez imaginée.

À l'adolescence et jusqu'à mes trente ans, j'ai cru que je serais la meilleure mère du monde. La maternité était dans mon viseur, c'était mon but, ma quête. J'étais si précisément consciente des erreurs que mes propres parents avaient commises avec moi que je m'étais juré d'être parfaite.

De l'extérieur, être un parent a l'air facile. Et la personne qui a dit que ça ne s'apprend pas dans les livres avait tort : il existe des dizaines de livres bien épais remplis de conseils – que j'ai tous lus en attendant Daria – et voici quelques principes que j'ai estimés cruciaux pour réussir :

Ne criez pas sur votre enfant.

Ne perdez pas votre sang-froid (voir numéro 1).

Donnez-leur de l'espace.

Ayez confiance en eux.

Encouragez-les à devenir indépendants.

Abreuvez-les d'amour et de reconnaissance, et ils deviendront de bonnes personnes.

Mes parents m'ont harcelée pour que je fasse carrière dans la danse ; ils voulaient que je sois tout ce que ma mère n'a pas eu les moyens de devenir. Ainsi, quand Daria est née, j'ai compris très vite qu'elle avait de l'esprit, qu'elle était rebelle et pleine de la même colère que son père – une férocité brute impossible à contenir –, alors je ne l'ai pas poussée à suivre ma voie. La danse classique, après tout, est une discipline difficile et exigeante. J'ai toujours veillé à ce qu'elle ne se sente pas obligée de devenir comme moi. Mais il semblerait que plus je lui laissais le choix, plus elle essayait de me montrer que j'avais tort.

Tandis que je plie le linge des enfants, je me demande à quel moment la situation a dérapé. Étant donné l'aide dont je bénéficie pour gérer la maison, je n'ai pas besoin de m'occuper du linge. Seulement, c'est une tâche qui s'avère révélatrice quand vous élevez des adolescents.

Je peux voir, sentir et trouver tous leurs secrets.

J'ai trouvé la ficelle de pompon de Daria dans la poche arrière du jean de Penn. La gouttière occlusale de Penn dans la poche du gilet de Daria. Il reste une trace de rouge à lèvres rose chewing-gum sur l'un des T-shirts de Penn. Un rouge à lèvres qui, je le sais, appartient à ma fille. Les vêtements de Bailey sont toujours pleins de boue – elle traîne avec Lev, notre voisin, sur les collines d'El Dorado. Via est la seule à veiller à ne pas trahir où elle a été. Elle est donc celle qui a le plus de choses à cacher.

Elle croit nous berner. Mais en réalité, je tolère son comportement uniquement parce qu'elle a déjà traversé beaucoup d'épreuves.

Je m'arrête en touchant la chemise de nuit de Daria. Elle est collante et plus lourde que le reste du linge, comme si elle n'était pas entièrement sèche. Je la retourne et la renifle – une mère renifle toujours les vêtements de ses enfants – et sent l'aloe vera.

Pourquoi mettrait-elle de l'aloe partout sur ses fesses ?

Serrant le vêtement dans mon poing, j'abandonne le reste du linge pour lui poser justement cette question.

Ces derniers mois, je l'ai suppliée pour obtenir des miettes d'attention, tout en sachant quelque part au fond de moi que je ne les mérite pas. Elle a toujours l'air si forte et déterminée, et j'ai commis la pire erreur qu'un parent puisse commettre : je l'ai traitée comme une égale.

Sauf que Daria n'est pas mon égale. C'est ma fille. Ma fille hypersensible. Elle a récemment été blessée et je n'ai rien fait pour rétablir la situation qui n'a fait qu'empirer, accumulant toujours plus de facteurs d'éloignement.

Je me dirige vers sa chambre et m'arrête en entendant la voix de mon mari derrière sa porte.

— Bien sûr, tu peux me parler, Dar. Tu sais qu'il n'y a pas de place pour le jugement entre ces murs.

Je me fige, bouche bée. Une partie de moi, la partie logique, m'intime de faire demi-tour et de m'éloigner. Elle se confie à Jaime, pas à moi. Mais l'autre partie – la mère en moi – refuse d'abandonner. J'en veux à mon propre mari d'avoir un lien plus fort avec elle. J'en veux au monde entier, Bailey incluse, et Via, et Penn, ainsi que tous nos amis qui se mettent entre Daria et moi.

— Le principal Prichard m'a frappée.

L'air quitte mes poumons et je titube en arrière. Silence. Mon mari reprend ses esprits après ce qui me paraît être une longue minute.

— Dis-moi tout, s'il te plaît.

Il modère à peine sa voix.

Et elle le fait. Ma fille passe les dix minutes suivantes à raconter les effrayantes quatre dernières années qu'elle a vécues. Elle ne lui cache rien. De la destruction de la lettre d'admission de Via – ce dont je n'ai jamais osé lui parler – au commencement de son journal intime, en passant par la façon dont il l'utilise contre elle. Elle s'effondre quand elle en arrive au fait qu'elle a effacé les messages de Grace à New York. Je n'avais pas besoin de l'entendre de sa bouche pour savoir que c'était vrai. Je l'ai compris quand j'ai finalement retrouvé le numéro de Grace et que je l'ai appelée. À ce stade, je pouvais à peine en vouloir à Daria. J'avais été aux abonnées absentes les dix derniers mois de sa vie. Trop occupée à sauver Via et Penn et à donner à Bailey tout ce dont elle avait besoin. De mon point de vue, jusqu'à l'incident qui s'est produit à New York – ma propre prise de conscience, si vous voulez –, je la laissais juste tranquille, comme elle me l'avait si souvent demandé.

Daria a toujours l'air si distante et indépendante, comme si elle n'avait besoin de personne. Comment ai-je pu être aussi stupide ?

Daria se comporte comme la Mel de dix-huit ans. Abasourdie, confuse et blessée.

À New York, quand Bailey et Via me cajolaient et que Daria me gratifiait de longs bâillements, j'ai fait ce que je faisais toujours quand elle me frustrait : j'ai érigé un mur de glace du même genre que celui qu'elle m'oppose quand je viens frapper à la porte de son cœur.

Je n'aurais pas dû bâtir plus de murs.

J'aurais dû les abattre.

Les renverser et pénétrer avec fracas pour lui donner tout ce dont elle avait besoin, afin qu'elle n'ait pas besoin d'aller le chercher auprès d'un éducateur abusif qui a profité d'elle.

J'entends ma fille pleurer dans sa chambre et je trouve le courage d'avancer sur la pointe des pieds pour espionner à travers la porte entrouverte. Ils sont silencieux, satisfaits et anéantis. Mon beau et parfait mari assis sur le bord du lit de ma fille, la serrant fort contre lui en embrassant le sommet de son crâne blond. Elle s'effondre dans ses bras et mon cœur me fait si mal que je peine à respirer.

C'est moi qui devrais te serrer dans mes bras.

Te réconforter.

Je m'appuie contre le mur pour reprendre mon souffle.

Je réfrène la vague d'amertume qui remonte par ma gorge mais elle revient, elle veut jaillir puissamment. J'aimerais purger ce qu'il y a en moi sur le sol. Toute la frustration, la haine et l'animosité envers la personne à qui j'ai donné naissance. Cette situation n'a que trop duré. Je veux retrouver mon bébé.

— Papa ?

— Oui, amour de ma vie ?

L'amour de sa vie. Je sais qu'il le pense. Jaime donnerait sa vie pour voir cette mini-version de moi sourire.

— Je ne peux pas rester ici, tu sais. Je ne laisserai pas Penn perdre le match et je ne serai pas capable de me pointer au lycée après la publication du journal.

— Les choses n'en arriveront pas là. Je me chargerai de Gus ce soir.

— Non.

J'entends Daria renifler et je sais qu'elle secoue la tête. Elle a pris sa décision.

— C'est trop tard. Ma réputation est ternie. Si la vérité est révélée, les gens sauront que j'ai gâché les chances d'All Saints High de gagner le championnat, et Gus et Via tourneront tout le monde contre moi. En plus…

Elle inspire profondément. Je sais pourquoi. Je le sais parce que j'ai plié leurs vêtements et rangé leurs secrets dans leurs armoires tous les jours.

— Il faut que je mette de la distance entre Scully et moi.

— Ah bon ?

— Je suis tellement désolée, papa. Je sais que tu ne voulais pas que ça arrive. Et je sais que je t'ai déçu un milliard de fois. En laissant Hulk gagner. En étant jalouse. En étant méchante. En ne parvenant pas à être la meilleure version de moi-même. En tombant amoureuse de la personne qui m'était interdite.

— Chhh, murmure-t-il contre ses cheveux en la berçant.

Ils se balancent d'avant en arrière au son d'une mélodie silencieuse, blottis dans un monde où je n'ai pas ma place.

— Tu es la meilleure version de toi-même, ma puce. Authentique. Nous sommes pareils, toi et moi.

Il embrasse son nez, puis les larmes qui coulent de ses yeux.

— Quand j'avais ton âge, j'étais frustré et confus. J'avais toujours les meilleures intentions mais mes actions les contredisaient. Et quant à tomber amoureux de la mauvaise personne…

Il rit en secouant la tête.

Un faible sourire me chatouille les lèvres.

Ne le dis pas, Jaime.

— Je suis beaucoup de choses, mais pas un hypocrite. Je suis tombé amoureux de ma prof de lycée. Et devine quoi ? On a tout fait pour que ça marche. Ne laisse personne te dire qui tu dois aimer, et ne pense pas que le reste de ta vie sera merdique à cause des quatre dernières années. Regarde ton vieux. J'ai eu ma *happy end*. Tu l'auras, toi aussi.

Elle réfléchit à ses mots en se mordillant la lèvre.

— Je dois fuir.

— Tes problèmes ? Pas une bonne idée.

— Non, les gens que j'ai blessés. Nous avons tous besoin de guérison. Il me faut un nouveau départ où j'aurai une chance de me réinventer. D'être celle que je sais pouvoir être, papa.

Il ne dit rien et tout en même temps. Ses yeux lui expriment qu'il le lui accorde, son nouveau départ. Il ne lui refusera jamais rien. Pas même si ça implique de nous quitter.

J'ai envie de le frapper. De lui hurler dessus. De le serrer dans mes bras pour avoir gardé le mental de notre fille au-dessus de la surface de l'eau tout le temps où j'en étais incapable. Ils échangent un autre câlin. Daria est en train de vivre l'instant le plus décisif de son adolescence, sans moi.

Voilà ma punition pour toutes mes erreurs. Le prix que je dois payer.

— Tu crois que Mel me laissera partir pour le semestre prochain ?

Elle s'écarte de lui et le regarde en clignant des yeux.

Mel. Oh ! combien je déteste mon nom sur ses lèvres. *C'est « maman »*, ai-je envie de crier la plupart du temps.

Jaime prend son visage entre ses mains pour l'embrasser sur le front.

— Je crois qu'elle t'aime trop pour te refuser quoi que ce soit. Y compris lui briser le cœur.

Mes doigts tremblent autour du volant tandis que je fonce vers la maison de Ryan Prichard.

Quinze ans auparavant, une fois que les choses s'étaient calmées et que Jaime et moi sommes revenus à Todos Santos, j'ai décidé de postuler à All Saints High. De créer des liens avec les autres professeurs et de redorer ma réputation pour le bien de mes enfants. Je me suis dit que si je voulais rester dans cette ville, je devais prouver que je n'étais pas une prédatrice cinglée.

Des liens. Il ne m'a fallu qu'un coup de téléphone pour obtenir l'adresse de ce bâtard.

Je ne suis pas d'humeur à la confrontation, mais je ne doute pas que j'y arriverai, car je n'agis pas pour moi. J'agis pour ma fille. Les filles et Jaime ne savent pas où je vais. J'ai commandé une pizza avant de me précipiter vers la porte sans explication, laissant un tas de linge fraîchement lavé sur mon passage. Daria était à l'étage, inconsciente de l'effondrement de sa mère à quelques mètres d'elle. Je suis contente qu'elle ne m'ait pas vue craquer quand j'ai découvert ce qu'il lui avait fait. La dernière chose que je souhaite, c'est qu'elle ait honte ou se sente humiliée à cause de ce que cet enfoiré lui a infligé.

Arrivée devant une maison de style Tudor dans la banlieue de Todos Santos, je coupe le moteur et fais craquer mes doigts en prenant une inspiration tremblante.

Ne tue pas ce bâtard. Tes enfants ont encore besoin de toi et tu ne pourras pas beaucoup les aider en prison.

Plus facile à dire qu'à faire. Alors que je claque la portière et que j'avance jusqu'à la porte d'entrée, pas un os de mon corps ne peut résister à l'envie de saccager son jardin, et sa maison, et sa tête.

Tu as touché ma fille, putain.

J'ai oublié de préciser : même si je dis aux enfants de ne pas le faire, je jure dans ma tête. Beaucoup.

Parce que c'est l'état d'esprit approprié et pour le succès de mon plan, j'affiche mon sourire de professeur de danse avant de frapper à sa porte rouge. Ma relation avec ma fille est peut-être irréparable, mais personne ne peut la blesser ainsi et s'en tirer, en dépit du fait qu'elle ne voudra probablement plus jamais de moi.

Il ouvre la porte, vêtu de son pantalon de costume gris pâle et d'une chemise blanche, en affichant un froncement de sourcils qui devient une grimace à la minute où il voit mon visage. Attendait-il ma fille ? Je ne peux pas le lui demander, même si j'en meurs d'envie.

— Madame Followhill. Votre visite est inattendue.

— L'est-elle vraiment, Ryan ?

J'incline la tête en lui adressant un sourire qui, j'en suis sûre, paraît carrément dingue.

— Réfléchissons-y une seconde. Ma visite est-elle une surprise ?

Il me fait la totale : l'air renfrogné, le clignement d'yeux, le hochement de tête grave.

— Je ne suis pas certain de savoir à quoi vous faites allusion.

Sa voix est calme mais son œil gauche tressaute. Je suis déjà sous sa peau et je ne suis même pas encore à la meilleure partie.

— Je fais allusion au fait qu'aujourd'hui, j'ai passé vingt minutes à me demander ce qu'était la tache collante sur le pyjama de ma fille avant de comprendre qu'il s'agissait d'aloe vera. De l'aloe vera qu'elle a appliqué sur ses fesses pour soulager la douleur que vous lui avez impitoyablement infligée avec une règle.

Je lui annonce la nouvelle d'un ton égal, sachant que si je laisse mes émotions s'emballer, je gâcherai tout. Je ne peux pas tout gâcher. Pas quand il s'agit de Daria. Je ne la décevrai plus.

— C'est une sacrée accusation, madame Followhill, et je dois dire que je ne sais pas de quoi vous parlez, répond-il.

Mais il pâlit et s'accroche à l'encadrement de la porte comme si sa vie en dépendait.

J'avance d'un pas vers lui en levant le menton afin qu'on puisse se regarder dans les yeux.

— Dois-je vous rafraîchir la mémoire ? Parce que j'ai accès au téléphone de ma fille, à ses contacts, à ses messages, et je crois que l'un de nous s'est révélé imprudent en communiquant avec ma Daria.

Il se balance d'un pied sur l'autre et se passe une main sur le visage en comprenant que je détiens peut-être des preuves accablantes contre lui.

— Madame Followhill, s'il vous plaît, ne me traitez pas de haut sur ce sujet. Vous étiez à ma place. Ces gamins, dit-il en faisant référence à mon mari, ont l'âge légal, et ne sont qu'hormones et envies malsaines. Vous, plus que n'importe qui, devriez savoir que les frontières s'estompent.

— Premièrement, Daria n'avait pas l'âge légal quand, à quatorze ans, elle est venue vous voir la première fois. Jaime avait l'âge légal bien avant que je ne le touche, alors ne comparez pas nos situations. Et deuxièmement (je pointe un doigt accusateur vers lui), je n'ai jamais blessé mes élèves. Avez-vous conscience des problèmes que vous vous êtes attirés, monsieur Prichard ? Je n'en ai pas l'impression.

Un autre coup de couteau manipulateur de ma part : je lui parle comme s'il avait déjà reconnu ses torts.

— Malheureusement, je crois que cette situation devrait être résolue avec mon avo…

— Oh là, oh là. Cette histoire risque de détruire votre parfaite carrière.

Je tique exagérément dans un clappement de langue.

— Avantage sur mineure, conduite physique inappropriée…

— Elle en avait besoin ! Elle le VOULAIT ! me crie-t-il en plein visage avant de lancer soudainement son poing contre la porte.

Elle rebondit sous l'impact et il la frappe à nouveau, paume ouverte, en criant comme un animal blessé.

— Votre fille m'a supplié de lui faire tout ça ! À part la dernière fois, elle a toujours été consentante. Elle m'a encouragé. Attiré. Telle une petite sirène séductrice, une lolita avec de grands yeux bleus. Vous l'aviez déçue et j'étais là pour recoller les morceaux et la guider dans ce monde. J'étais présent quand vous ne l'étiez pas.

C'est à son tour de me pointer du doigt à chaque mot qui sort de sa bouche.

— Je prends soin d'elle, insiste-t-il. Je me soucie d'elle. J'ai même changé d'établissement pour elle. Vous pensez que j'aime gérer des adolescents ? Une équipe de foot prétentieuse et sans talent ? Vous faites erreur. J'ai fait tout ça pour votre fille. Je suis resté célibataire, pour votre fille. Je vis dans cette ignoble ville en plastique, pour votre fille. Ne venez pas frapper à ma porte pour me donner des leçons. Daria se sent à moitié orpheline à cause de vous. Je suis seulement devenu celui dont elle avait besoin. La seule personne dans sa vie qui se soucie assez d'elle pour lui donner la discipline qu'elle désirait tant. Et la fessée ?

Il s'arrête, à bout de souffle. Sa poitrine se soulève. Il est fou. Sur le point de s'effondrer. Il essuie la sueur sur son sourcil.

— Quand j'étais jeune, on me donnait la fessée. Souvent. On me corrigeait ainsi lorsque je m'éloignais de la Parole de Dieu. Et regardez-moi aujourd'hui.

Il fait un geste pour se désigner d'une main.

— En un seul morceau.

Pour l'instant, connard.

Je recule d'un pas, et calme ma respiration. Ses mots me coupent comme un couteau, mais ce que je vais faire va l'achever. Je dégage le collier de perles que je porte et écarte ma chemise bleu ciel pour révéler le petit appareil enregistreur accroché à la bretelle de mon soutien-gorge. Cela a-t-il de la valeur dans un tribunal ? Qui peut le savoir, bon sang ? Tout ce que je sais, c'est que Prichard n'est pas assez stupide pour essayer de le découvrir.

— Désolée, Prichard, si pour vous cela rend tout ce que vous avez fait acceptable. J'espère seulement que les autorités trouveront votre version convaincante.

Il baisse les yeux sur l'enregistreur, et je sais à ce moment-là que j'ai gagné. Je détiens toutes les preuves du monde pour le faire tomber. Une confession flagrante. Je ne veux pas que cette histoire se termine en scandale. Je ne veux pas devoir traîner ma fille devant la cour d'un tribunal. Je veux une défaite calme et silencieuse. Même si je souffre de savoir qu'il va s'en sortir.

Il ne peut pas y avoir de procès.

Cette histoire ne peut pas devenir publique.

Daria a assez souffert.

— Quel est votre prix ? grogne-t-il, le regard sombre.

— Tout simplement : votre emploi, votre logement et votre parole. Je ne veux plus que vous vous approchiez d'enfants ou d'adolescents, monsieur Prichard, et vous allez signer.

22

J'aimerais être tout pour toi
Sauf ton passé.

Penn

Je fourre la bouteille de vodka dans la boîte à gants, puis m'essuie la bouche du dos de la main.

Génial. Je commence à ressembler à ce putain de Rhett. J'ai évité le manoir des Followhill depuis cette rupture de merde avec Daria sauf pour dormir, chier et prendre une douche. Et même si je marche sur des œufs en faisant tout mon possible pour ne pas croiser Daria ou Via, quand ça arrive, j'ai l'impression qu'elles m'ont coupé en deux et qu'elles ont tiré chacune une part de mon être dans une direction opposée.

J'ouvre en grand la portière et titube jusqu'au Snake Pit. Les combats ne commencent pas avant un moment, pourtant il y a déjà des gens qui traînent dans les gradins en se faisant passer des bières, des cigarettes électroniques et classiques. Je retrouve Gus sous les gradins, lisant les statistiques des combattants qu'il note au marqueur sur un bloc-notes. Quand je m'approche de lui, il se lèche le doigt avant de tourner une page sans même lever les yeux.

— Scully.

— Tu comptes me rouler des pelles ou me dire pourquoi tu m'as demandé de venir ici, putain ?

Je hoquette et m'appuie sur le côté d'un banc bleu en dessous duquel nous nous trouvons.

Hier, Adriana m'a appelé pour me demander de la rejoindre au parc. Elle a insisté sur le fait que c'était urgent. J'ai accepté parce que j'ai cru qu'il s'agissait de mon beau-père. C'est un fouteur de merde renommé dans mon ancien voisinage. En arrière-fond, lors de l'appel, j'ai entendu la voix de Gus, il chuchotait presque, mais je me suis dit qu'elle était peut-être en train de le servir *Chez Lenny*. C'est seulement en quittant Addy et Harper au parc – où Addy m'a dit avoir eu peur que Harper ait de la fièvre (ce qui n'était pas le cas) – que je me suis rappelé qu'Addy avait pris une semaine de congé pour se concentrer sur les cours.

J'aimerais désormais savoir à quel point Gus s'est immiscé dans ma vie dans mon dos. Parce que s'il utilise Addy tout en s'amusant avec ma sœur, qui sait ce qu'il touche d'autre sans ma permission ?

J'espère pour lui que ce n'est pas Daria.

— Oh.

Gus jette son bloc-notes à terre avant d'ajuster sa casquette parce que, apparemment, il n'avait pas l'air assez con comme ça.

— Quelqu'un est mauvais perdant ?

— Accouche.

— Je voulais seulement te parler, dit-il les mains levées.

— Je n'ai rien à te dire si ce n'est que ton équipe est nulle, mais les actions parlent d'elles-mêmes, alors je me contenterai de te rafraîchir la mémoire sur le terrain la semaine prochaine.

— À ce sujet, rétorque Gus en tapotant sa lèvre du doigt en une mimique exagérée. Je vois que ta petite amie ne t'a pas mis au courant de notre dernière discussion.

Je me frotte la mâchoire.

— Adriana essaie d'oublier ton existence. Elle te déteste, comme tout le monde.

— Nan, pas celle-là. Celle qui tient vraiment à toi.

Daria.

Ma mâchoire se contracte et je serais prêt à lui démolir la gueule s'il ne faisait ne serait-ce que respirer dans sa direction. Elle en bave déjà assez – en partie à cause de mon misérable cul –, alors elle n'a pas besoin de l'avoir en plus sur le dos.

— Laisse-la en dehors de ça, ou tu auras de beaucoup plus gros problèmes que de te faire botter le cul vendredi prochain.

Ma voix se transforme en acier et il n'y a plus aucune trace d'alcool dans mon système. Je suis désormais bien éveillé, j'ai décuvé tout à coup.

— Trop tard, joli cœur. J'ai récupéré son journal. Quelle merde fascinante.

Il siffle en se ventilant le visage d'une main.

— Ce truc va faire exploser l'école. Se faire fesser et humilier par son principal dans son bureau comme dans un mauvais porno, se faire baiser par toi dans la forêt, et carrément faire merder les rêves de ta sœur et de sa propre mère. Daria a été une bien mauvaise fille, ces quatre dernières années.

Le principal Prichard l'a fessée ? Les mots me brûlent la peau et je vois rouge. Il l'a touchée. Pire, il l'a blessée. Sous mes putains d'yeux.

La colère se propage dans mes veines et se loge dans mon estomac. Et je suis sur le point de la déverser sur Gus.

J'avance d'un pas vers lui et serre sa gorge de mes doigts.

Je pourrais l'étouffer de sang-froid dans l'instant sans même le regretter le lendemain. Cette idée m'effraie mais c'est pourtant vrai. J'étais sous le choc quand j'ai découvert qu'il s'amusait avec ma sœur, mais apparemment, les deux parties de moi que Daria et Via se sont partagées ne sont pas égales, en fait. Celle de Daria est beaucoup plus importante. Je tiens plus à elle.

— Si cette merde devient publique…

Gus tente de déglutir, en vain, et produit un son entre le gémissement et l'étouffement. Ma poigne sur son cou gras est si ferme que je peux voir ses veines bleues apparaître entre mes doigts. Ses yeux deviennent rouges comme si les vaisseaux sanguins étaient sur le point d'exploser.

— Que penses-tu qu'il se passera si tu me baises, Scully ? Tu as bien compris. La personne à qui j'ai confié le journal va l'imprimer et le donner à tous les intéressés. Et crois-moi : les gens feront la queue pour lire la merde de ta copine.

— Que veux-tu ?

Des postillons volent de ma bouche. Je perds pied. Je la perds, elle. L'air commence à pulser et le monde autour s'anime, se balançant en tous sens pour essayer de me piéger.

— Perds le match, mec. Je lui ai dit que c'était le seul moyen pour qu'elle le récupère sans aucune répercussion. Tout le monde sait que tu as été approché par les grands. Fais seulement un pas de côté et laisse aux autres une part du gâteau.

— J'ai toujours mes coéquipiers. C'est eux qui méritent une part du gâteau.

Ils n'ont pas tous encore été contactés pour une bourse potentielle. Kannon, par exemple. Camilo est observé par des recruteurs mais n'a pas encore reçu d'offre concrète. Nelson non plus. En perdant le match, je sacrifie leur futur.

Sans parler du coach Higgins.

Ni de ma putain d'intégrité.

— Ils ne te soutiennent pas, alors je ne vois pas pourquoi tu le ferais.

Gus pousse mon torse et c'est alors que je me rends compte que ma poigne s'est relâchée. Les marques rouges autour de son cou seront violettes demain.

— Arrête avec tes énigmes. Si tu as quelque chose à me dire, dis-le.

Il ramasse le bloc-notes et le frappe trois fois. J'entends des gens se lever et encercler les gradins puis, en moins d'une minute, je me tiens devant son équipe entière, Knight Cole en moins. Sa troupe est là, bras croisés, torse bombé, prête à appuyer les dires de Gus.

— Perds le match, lance ce dernier en levant le menton. Sauve ta princesse. Elle ferait pareil pour toi.

Je le regarde à travers un rideau de rage aveuglant.

Je me rapproche de son visage en ricanant.

— Souviens-toi bien de ce que je vais te dire, Bauer. Je vais te baiser si violemment et si brutalement qu'aucune université ne voudra t'approcher même avec une lance de dix mètres.

Via a volé le journal de Daria.

Via se tape *toujours* Gus.

Via lui a certainement dit que je vivais chez les Followhill.

En rentrant à la maison, je luttais pour retrouver mon calme afin d'éviter de provoquer un accident mortel tandis que l'adrénaline pulsait dans mes veines, quand j'ai compris pourquoi Gus n'a pas impliqué ma sœur dans son chantage alors qu'il m'a servi les minutions qu'il possède contre moi sur un plateau d'argent.

Gus protège Via.

Via protège Gus.

Personne ne protège Daria.

Je pénètre comme une furie dans le salon des Followhill sans même les regarder. La seule chose que je vois, c'est la tête de ma sœur penchée au-dessus des devoirs qu'elle fait sur l'îlot de la cuisine. J'attrape le tissu dans le dos de sa robe et la tire dans le jardin. Bailey lève les yeux de ses devoirs et s'apprête à protester quand elle aperçoit l'expression de mon visage.

— Penn, qu'est-ce que tu…

— La ferme.

Étonnamment, elle la ferme. Peut-être que ma tête suffit à l'avertir que je serais prêt à l'enfermer dans le cagibi si elle ne coopère pas.

— Oh mon Dieu ! Tu es devenu fou ! Qu'est-ce que tu fais ? Lâche-moi !

Via passe des hurlements aux supplications.

— Penn ! Attends ! Je peux tout expliquer.

— Tu peux, mais j'en ai assez d'écouter tes conneries, dis-je d'un ton égal.

Ma jumelle croasse comme un corbeau lorsque je me sers de l'arrière de son col pour l'envoyer loin dans la piscine. Je la regarde plonger comme une brique puis remonter à la surface. Elle secoue la tête et ses cheveux se collent à son visage. J'avance jusqu'au rebord en l'observant. J'attends de ressentir quelque chose de plus que du dédain, mais je découvre que je ne ressens absolument *rien*.

— Qu'est-ce qui ne va pas chez toi, putain ?

Elle frappe l'eau en hurlant.

Je renverse la tête en arrière et explose de rire.

— Tu jures, maintenant ? Tu en as mis du temps à retirer ton masque à deux balles, Sylvia, mais puisque c'est fait, je t'accorde une chose : je peux voir ton vrai visage, et il est plutôt moche.

Elle s'essuie la figure avant de nager vers l'échelle pour remonter.

— Alors je suis Sylvia maintenant, hein ?

— Estime-toi chanceuse d'être encore quelque chose. Je t'avais dit de ne pas la toucher. Nous avions un accord. *Un serment de sang.*

Le jour où j'ai dit à Daria d'aller chercher de la baise ailleurs, je suis entré dans le pool-house de Vaughn en pensant lui rendre temporairement service en lui brisant le cœur. En petit enfoiré prétentieux que j'étais, ça ne m'est pas venu à l'idée que je brisais le mien par la même occasion.

Je n'arrive plus à manger. Je n'arrive plus à dormir. Je ne peux même pas envisager de bander, encore moins laisser le harem de pom-pom girls et de groupies me faire l'honneur d'essayer. Je ne peux pas respirer sans penser à la fille de l'autre côté du couloir. Je fonctionne pour me prouver simplement que j'en suis encore capable, et je ne peux même pas regarder ma sœur dans les yeux sans vouloir lui infliger des coquards.

Via grimpe l'échelle à la manière de Samara Morgan dans *The Ring* au moment même où Jaime passe la tête par la baie vitrée.

— Qu'est-ce qui se passe, bon sang ?

Sa voix n'est qu'un rugissement impatient.

— Rien, dis-je en agitant une main légère. On doit régler nos merdes.

Jaime jette un œil à ma sœur d'un air glacial qu'il n'avait pas auparavant. Mel a peut-être la patience d'un millier de saints, mais Jaime sait ce qu'il se passe, et il est dans l'équipe Daria, à fond.

Via hoche la tête en frissonnant, tandis qu'elle rejoint une chaise longue.

— Merci, monsieur Followhill. Je vais bien.

Jaime ferme la porte derrière lui. Je m'approche d'elle, projetant une ombre sur sa silhouette, et frappe légèrement son menton.

— Réponds-moi.

— Elle a tout gâché, soupire-t-elle, ses lèvres se tordant en une grimace de dégoût.

Si elle croit qu'elle va s'en sortir en pleurant, elle se trompe gravement, putain, c'est mal connaître l'homme de fer qu'elle a créé en partant.

— Je la déteste tellement. Et je jure que je ne savais pas que Gus te demanderait de perdre le match. Tu dois me croire, Penn. Je voulais seulement me venger d'elle pour avoir jeté ma lettre.

— *J'ai* jeté la lettre, dis-je en lui hurlant au visage et en pointant un doigt sur moi, à l'endroit où se trouve le trou dans mon T-shirt.

Un trou qui avait rétréci ces dernières semaines mais qui est désormais plus grand depuis le retour de Via. J'ai déchiré mes T-shirts le jour où j'ai rompu avec Daria, les trous sont devenus si larges qu'on peut voir maintenant la moitié de mon torse.

— Je suis aussi responsable qu'elle.

— Je t'ai détesté aussi.

Elle se lève d'un bond en me repoussant, puis elle fait un pas vers moi.

— C'est ce que tu voulais entendre ? Parce que c'est la vérité. Même avant de savoir que tu avais jeté ma lettre, je te détestais. Je te détestais de la regarder avec des étoiles plein les yeux à chaque fois que tu attendais au coin de la rue pour venir me chercher après mon cours de danse. Je t'ai vu tomber amoureux d'elle avant même que l'abruti que tu es s'en rende compte. Alors que c'était l'ennemie. Tu es tombé amoureux de celle qui a provoqué ma chute.

Je ferme la bouche et me mets à me frotter la nuque. Depuis

tout ce temps, je pensais que Daria était une salope pour avoir fait ce qu'elle a fait à Via. Je ne me suis jamais arrêté sur le fait que ma sœur l'avait bien cherché, même à l'époque. Via a toujours compensé en étant méchante. Ces deux-là étaient horribles l'une envers l'autre, et il s'est avéré que Daria est tombée sur quelque chose d'énorme qu'elle pouvait détruire.

Si Via avait trouvé la même lettre pour Daria, elle l'aurait détruite, elle aussi.

— J'en ai fini avec toi.

Je me retourne pour m'en aller. J'entends ses pas de folle me rattraper. Elle me tire par la manche et tombe à genoux devant moi, me forçant à m'arrêter.

— Penn, s'il te plaît.

— Tu es avec lui.

C'est une affirmation, pas une question. Et elle ne me contredit pas. Elle répète seulement « s'il te plaît, s'il te plaît, s'il te plaît ». Je ne suis même pas certain de ce qu'elle demande, mais si c'est mon pardon, elle plane complètement.

— Je suis avec lui parce que j'ai besoin de quelqu'un. J'ai besoin d'un allié, admet-elle.

Je ris car ça n'a maintenant plus aucune importance. Je me dégage de sa prise.

— Qui était mon allié, d'après toi, Sylvia ?

— Daria est mon ennemie, gémit-elle.

— Gus est le mien.

J'ai gagné cette bataille mais j'ai perdu cette putain de guerre. C'est comme ramper vainqueur jusqu'à chez soi et trouver la maison réduite en cendres aux portes de son royaume déchu.

Je fais quelques pas de plus avant de m'arrêter sur le seuil de la porte et de pivoter vers elle.

— La seule chose que je regrette, c'est d'avoir essayé de

ménager ton cul et d'avoir rompu avec Daria. Je t'ai aimée quand personne d'autre ne t'aimait. J'étais en deuil de toi. Je t'ai crue morte et je me suis torturé, je m'en suis voulu. Mais je n'ai jamais voulu te blesser. J'ai fait une erreur. Toi, tu as fait tout ça intentionnellement. Alors maintenant *je* te quitte, comme tu m'as quitté. Sauf que j'ai quatre ans de retard.

Quand ma mère était toujours à fond dans la poésie (et dans la vie en général), elle nous lisait des poèmes tous les soirs. L'un d'eux m'a particulièrement marqué pendant plusieurs années. Pas le poème en entier – cette merde était nulle. Seulement un vers.

L'amour rend humble.

Ces mots n'avaient pas de sens pour moi. En quoi l'amour nous rendrait-il humble ? L'amour est une célébration. Une victoire. L'exact opposé de l'humilité. Même à l'époque, je comprenais la définition du mot « amour » mais pas son sens profond. Aujourd'hui, alors que je me tiens devant la porte fermée de Daria pour la première fois depuis des semaines, sans avoir échangé un mot, un baiser ou un putain de regard avec elle pendant tout ce temps, je suis, de manière dévastatrice, genre « tire-moi en pleine face », véritablement devenu humble.

Je frappe à la porte avant de me rendre compte que c'est stupide. Un homme, un vrai, la défoncerait et prendrait Daria sur son épaule. C'était le genre d'homme que j'étais *Chez Lenny* quand j'étais encore sûr de pouvoir gagner son cœur.

Mais ça, c'était avant que je cède aux caprices de ma sœur.

À l'époque où j'étais un vrai homme.

Putain. C'est vraiment dur.

— Entrez.

Sa voix est rauque, calleuse et distante.

J'ouvre la porte, puis pénètre dans sa chambre avant de la fermer derrière moi. Je reste dos à Daria afin de ne pas voir son visage ni ce qu'il exprime, et demande :

— On parle ?

Je garde les yeux fixés sur la porte. Depuis quand j'utilise des points d'interrogation ? Depuis que j'ai perdu mon putain de droit de lui dire quoi faire.

Dis oui.

Dis oui.

Dis oui.

Mais elle ne dit rien.

J'attends. Et j'attends. Et j'attends. Je le mérite. Tout. Mon téléphone sonne et je le sors de ma poche.

Parle.

Un sourire fatigué étire mes lèvres. On est toujours « nous », et je trouve encore du réconfort dans cette simple vérité. Quand vous ne parlez pas à quelqu'un que vous voyez tous les jours, vous commencez à vous demander s'il ne vous a pas banni de son existence. Mais Daria se souvient. La grande roue, la salle de danse et les bois. Le pool-house avec Vaughn et les vestiaires d'All Saints High.

Je réponds à son message, sans me retourner.

Je suis désolé.

Elle :

Moi aussi.

Moi :

Gus a ton journal. Il m'a demandé de perdre le match, sinon il le photocopiera.

Elle :

Gus est un lâche. Et bonne chance à ce crétin pour faire marcher un photocopieur.

Je ris doucement en secouant la tête. Daria et Sylvia telles que je ne les ai jamais vues auparavant. L'une se sacrifie pour moi, tandis que l'autre me sacrifie pour elle-même.

Je peux me retourner ?

Elle :

Je ne sais pas si c'est une bonne idée.

Respire, fils de pute. Respire.

J'ai besoin de voir ton visage quand tu recevras le prochain message.

Deux minutes passent avant qu'elle cède.

OK.

Je me retourne et me rassasie de sa vue. Elle est assise sur son lit, dans un pyjama large. Ses cheveux sont tressés de la façon que je préfère, et tombent sur son épaule droite. Mon cœur titube comme un idiot bourré à la sortie d'une taverne jusqu'aux bras de la princesse Disney qui ne lui sont plus grands ouverts. Et je suis stupide, parce que je l'ai laissée partir, mais peut-être que je suis intelligent aussi, parce que j'ai compris mon erreur.

J'espère que ce n'est pas trop tard.

Je baisse les yeux, mes pouces survolent l'écran de mon téléphone.

Regarde-moi.

Je l'observe en train de lire mon message. Son visage se tord et se tend de douleur. Elle ne lève pas les yeux.

J'essaie de nouveau.

Je vais perdre le match et récupérer ton journal. Je suis désolé d'avoir mis aussi longtemps à me sortir la tête du cul. Il faisait sombre, là-dedans. C'était difficile de démêler le bien du mal. J'ai protégé ma sœur pendant si longtemps, je ne me suis pas demandé une seule fois si elle était digne d'être protégée.

Elle ne me regarde toujours pas. Des larmes roulent sur ses joues. Je suis trop nul à ça. Je ne sais pas grand-chose sur les filles. Encore moins sur les filles qui me plaisent. Et apparemment encore moins sur les filles que j'aime.

Amour. Cinq lettres qui englobent ce que je ressens pour Daria Followhill. Elles me semblent trop triviales, trop petites, trop usées.

Via m'a forcé à choisir entre vous deux. Elle m'a dit qu'elle retournerait dans le Mississippi si je faisais le mauvais choix.

Ses doigts sont immobiles au-dessus de l'écran de son téléphone. Elle ne dit rien, ne tape rien, elle ne fait rien du tout. Et l'amour rend *vraiment* humble, je le sais désormais parce que j'ai envie de me mettre un poing dans la figure pour avoir été un bâtard prétentieux ayant osé penser qu'il sortirait de cette merde indemne. L'homme de fer n'a pas demandé d'avoir un cœur – mais il en a eu un quand même.

Je t'aime, Daria Followhill, et je crois que tu m'aimes aussi. En fait, je pense qu'on est tombés amoureux en même temps. Toi, comme la pluie, par averses au fil des

semaines. Moi, comme le putain de ciel au-dessus de ma tête, d'un coup, je me suis effondré sans une seule putain de chance de pouvoir me relever.

Ses doigts bougent. Je suis stupéfait. Elle tape, lève les yeux, et nos regards se croisent à travers le voile de ses larmes. Elle finit par poser son téléphone.

— C'est trop tard.

Je me précipite vers elle et tombe à genoux en enserrant sa taille de mes bras. J'enfouis ma tête entre ses cuisses et elle ne bouge toujours pas.

— Skull Eyes ?

— Ne perds pas le match. Le journal sera rendu public un jour. C'est *déjà* hors de contrôle. Tu ne devrais pas vous priver, toi et ton équipe, de cette victoire.

— Je n'en ai rien à foutre, du match. Mais qu'en est-il de toi ? De nous ?

Qu'en est-il du fait que je viens d'arracher mon putain de cœur pour le jeter à tes pieds en espérant que tu le ramasses, et tu l'as jeté à travers la pièce ? Hein ?

Je lève les yeux. Elle se mord l'intérieur de la joue. Son nez est rouge, et ses yeux brillants. C'est alors que je prends conscience que ça ne me fait plus plaisir de la voir souffrir. Ça me déchire.

— Je t'ai dit que je t'aime.

Je le lui rappelle tout doucement, comme si elle n'avait pas été là il y a deux secondes à peine.

— Si c'est comme ça que tu m'aimes…

Elle secoue la tête.

— Alors je ne veux pas de ton amour, Penn Scully.

J'ouvre la bouche pour dire quelque chose, mais elle est plus rapide que moi.

— En plus, tu dois t'occuper d'Adriana et Harper.

— Adriana et Harper, c'est une histoire compliquée.

Je penche la tête en arrière pour me préparer à cracher le récit d'un vrai bordel.

— Je connais Adriana depuis que je suis gamin. Adriana a développé des sentiments pour moi que je n'ai jamais éprouvés pour elle. J'étais coincé au stade « les filles sont dégoûtantes » au moment où elle a commencé à s'intéresser aux garçons. Ça ne l'a pas empêchée de venir chez moi tous les jours. Je l'ai mise en garde de nombreuses fois, surtout alors qu'au fil des années, la situation à la maison empirait. Maman était à l'ouest, et Rhett devenait de plus en plus violent. Un jour, juste avant la rentrée en Première, elle venue chez moi mais j'étais à l'entraînement. Rhett a ouvert la porte et lui a dit que j'allais rentrer d'une minute à l'autre, alors elle m'a attendu. Et il l'a violée.

J'observe les yeux de Daria s'écarquiller, puis elle déglutit, alors je poursuis mon récit.

— Elle s'en est tirée choquée et honteuse. Elle voulait que personne ne soit au courant. Trois mois plus tard, elle a découvert qu'elle était enceinte. C'était trop tard pour faire quoi que ce soit.

Je m'éclaircis la gorge.

Je me souviens de toutes les fois où Adriana se torturait en disant ne pas désirer Harper avant sa naissance. À quel point je me sentais mal pour elle. Si *coupable*.

— Elle avait surtout peur que Rhett raconte ce qu'il lui avait fait. Qu'il s'en vante. La plupart des gens essaieraient de le cacher, mais Rhett est un putain d'abruti, loin d'être futé. Sans compter qu'il est à moitié fou. Alors Addy et moi avons inventé une histoire pour les protéger, elle et sa fille, et offrir à Harper des origines à peu près légitimes. Nous avons annoncé à tout le monde que j'étais le père de l'enfant, étant donné que je n'avais pas de bonne réputation à perdre – je suis issu d'une impressionnante lignée de merde. Ça ne me dérangeait pas de prétendre sortir avec Addy. Ce mensonge tenait les préadolescentes à distance. Et puis, je n'ai jamais voulu sortir avec qui que ce soit.

Jusqu'à toi.

— Voilà comment les choses se sont passées ces trois dernières années. Et la majeure partie du temps, tout allait bien. Adriana fermait les yeux quand je couchais avec des filles comme Blythe. Et ça arrivait souvent, étant donné que je ne touchais pas Adriana. Mais dès l'instant où tu as fait ton entrée sur scène, la situation a dégénéré et c'est devenu sérieux.

— Je suis désolée pour Adriana, dit Daria en me serrant l'épaule.

— Elle est folle de Harper maintenant, alors ne t'inquiète pas.

— Je vous ai vus au parc. À Castle Hill.

Daria retire sa main de mon épaule et mon esprit retourne deux jours en arrière. L'appel d'Addy. Le rendez-vous urgent. La voix de Gus en arrière-plan.

Ding, ding, ding.

Je serre les dents. Je suis entouré de putains de traîtres. Ironiquement, la seule personne qui ne m'a pas encore trahi jusqu'à présent, c'est Daria.

— Je…

Elle touche mes lèvres avec ses doigts que j'embrasse.

— Un secret en échange ?

Elle sourit, mais c'est un sourire triste, fatigué.

— Bien sûr.

J'appuie mon front contre ses cuisses et inspire profondément pour m'imprégner de son odeur.

Elle me raconte ce qui s'est passé avec le proviseur Prichard.

Comment cette histoire a pu durer quatre ans. Puis son dernier passage dans son bureau d'où elle est sortie si endolorie qu'elle ne peut toujours pas s'asseoir correctement.

— C'est lui qui m'a conduite jusqu'au parc pour vous observer, toi et Adriana. Je crois qu'il voulait me faire renoncer à toi.

— Il a réussi ?

Elle se met debout et soulève sa robe avant de se tourner vers moi.

Ses fesses et l'arrière de ses cuisses sont couverts de zébrures violettes, noires et jaune terne. Je me force à garder la bouche fermée afin de m'empêcher de faire une putain de grimace. Mon corps contient la rage d'une armée entière, et pour la première fois de ma vie, je m'inquiète de ce que mon manque de contrôle pourrait me conduire à faire à Ryan Prichard. J'ai toujours été impulsif mais jamais aussi fou qu'aujourd'hui. La haine que j'éprouve envers Bauer et Prichard me dévore au point qu'il ne faudrait pas me laisser sortir de cette maison pendant une bonne décennie.

— Oh ! s'exclame-t-elle avec une grimace. Et j'ai tout raconté à papa, donc je lui ai aussi avoué qu'on a été ensemble en quelque sorte pendant une seconde.

A été.

En quelque sorte.

Pendant une seconde.

— Ce n'est pas grave, dis-je dans un murmure.

Je ne suis pas sûr de la direction à prendre à partir de là. Tant de choses ont été dites, et je suis encore à genoux tandis qu'elle ne me montre toujours aucun signe de la Daria chaleureuse et sensible que j'ai repoussée une fois de trop en lui rappelant qu'elle n'était pas à la hauteur. Qu'elle ne le serait jamais.

Je me lève, et elle m'imite. Nos corps oscillent dans la même direction sans jamais se toucher.

— Si je compte pour toi, gagne le match.

— Pourquoi ?

Bravo à elle de vouloir faire ce qui est juste, mais putain, cette fois les choses vont trop loin, même pour Mère Teresa.

Elle inspire profondément, se préparant à ce qu'elle va dire ensuite.

— Parce que je prends l'avion samedi prochain pour finir ma Terminale ailleurs.

Ma bouche s'assèche et je secoue lentement la tête. Elle avance d'un pas vers moi et serre mon T-shirt dans son poing, de sorte que le trou a l'air de se refermer quand, en réalité, il est ouvert comme des mâchoires de requin.

— J'abîme tout ce que je touche, Penn. Tout ce que je veux se transforme en cendres. J'ai passé le semestre à essayer d'être à toi, mais tu n'as pas une seule fois demandé mon cœur. Je t'envoie dans les bras d'Adriana, pas parce que je m'en fiche, au contraire. Tu comptes tellement pour moi. Peut-être trop. Parce que j'ai mis à mal trop de relations, et je dois me retirer de l'équation pour nous laisser une chance de guérir.

C'est toi, la putain d'équation, j'ai envie de lui hurler au visage. *L'énigme, la réponse, et les chiffres qui la composent. Tu es une science. Tu donnes du sens.*

— Ne t'en va pas, je gémis.

J'ai l'air faible. Je ne reconnais même pas ma voix. Je veux me faire rembourser mes cordes vocales. Elles sont nulles.

En la voyant reculer d'un pas, je tente une nouvelle approche.

— Où vas-tu ?

Elle hausse les épaules avant de se jeter sur son lit en disparaissant dans le matelas doux comme un nuage.

— Allez, putain, Daria. Donne-moi quelque chose.

Elle sourit au plafond, s'éloignant de la réalité.

J'avance un autre argument.

— Tu ne sais pas comment va se terminer le week-end.

— Mais si, dit-elle doucement. C'est ça, le truc, au sujet des péchés. Ils s'accumulent avant de t'exploser au visage. Tu ne peux pas être mon bouclier.

Je peux être tout ce que tu veux. Mets-moi à l'épreuve, putain.

Je me retourne et me tire les cheveux jusqu'à ce que mon crâne me brûle en jurant dans ma barbe. Vous ne savez jamais quel est votre pire cauchemar avant de l'avoir vécu. Via et moi avons poussé Daria à partir. À quitter sa maison.

Peut-être est-ce parce que je ne peux pas avancer, parce que je ne peux pas mettre fin à ces conneries, ou parce que je suis nul en tant qu'être humain en général, mais au bout d'un moment, Daria se relève et me conduit jusqu'à la porte.

Alors voilà ce que ça fait de mourir. Cool. Bon à savoir.

Elle se hisse sur la pointe des pieds et je ne me baisse pas pour la rejoindre, car je sais qu'un baiser pourrait très bien servir de conclusion à ce stade. Elle se contente de presser les lèvres contre ma gorge.

— Moi aussi, murmure-t-elle en me poussant à l'extérieur de la chambre.

Je la regarde, avec un immense point d'interrogation sur le visage.

— Tu n'as jamais été une légère averse, Penn Scully. Quand je suis tombée amoureuse de toi, c'était des trombes d'eau, et je t'ai senti partout. Tu étais de la grêle.

23

Pourquoi ne m'as-tu pas dit que nous étions amoureux ?
Pourquoi as-tu attendu que je le découvre
Pour me briser le cœur ?

Penn

Ce soir-là, je me présente à la porte de Cam avec une tête de déterré et probablement l'odeur qui va avec.

Kannon, ainsi que la sœur de Cam, son frère, sa mère… son voisinage entier, en gros, me regardent comme si j'étais ce connard d'E.T., assorti de son vélo et de sa couverture blanche. Évidemment, il me fallait un public le pire jour de ma vie. Le karma a un sens de l'humour complètement dingue.

— Je ne vis plus avec Rhett depuis un moment maintenant.

Je vais droit au but, rien à foutre de la politesse.

— On sait.

Cam ouvre plus grand la porte en faisant un pas de côté pour me laisser entrer.

— Tout le monde le sait, Penn. Tu crois que personne n'a essayé de passer te voir ? De laisser un message ? Même les filles que tu sautes se sont demandé où tu étais passé. Personne n'a rien dit parce qu'on avait compris que tu avais tes raisons. Où étais-tu ?

— Chez les Followhill. Via y est aussi. Elle est revenue.

— Et comment te sens-tu ? demande Kannon.

— Comme une merde.

Je souris, l'air fatigué.

Tout le monde hoche la tête. La sœur de Cam me secoue en saisissant le trou de mon T-shirt.

— Petit punk, tu es complètement dépassé.

Cette semaine est une torture sans fin. Je ne prends même pas la peine de rentrer manger et dormir chez les Followhill. Je dors sur le canapé de Camilo pour éviter une Mel inquiète et un Jaime furieux. J'attends que le couperet tombe, certainement sur mon cul, que Jaime me confronte pour avoir touché sa fille. Pour l'instant, il a l'air plus irrité que fâché dans ses messages.

Tu ne peux pas m'éviter indéfiniment.

Regarde-moi faire.

Tu te rends compte que je te verrai au match, pas vrai, Einstein ?

Ce n'est pas faux, mais j'ai dix-huit ans. Je ne pense pas plus loin que les dix prochaines minutes.

Daria s'inquiète pour toi.

Je suis évidemment assez con pour mordre à l'hameçon, et je lui réponds :

Vous me racontez des conneries, monsieur ?

Jaime :

Oui. Mais tu dois rentrer si tu veux la voir avant qu'elle ne prenne l'avion.

Ce que je ne lui dis pas, c'est que je ne peux plus en voir un dans le ciel sans avoir la haine. Chaque engin constitue une offense personnelle. Je rejette tous les appels de Via. Le jour où elle se présente chez Camilo dans sa jeep immonde, je lui claque la porte au nez, en regrettant qu'elle n'ait pas frappé avec son cul.

Alors que nous approchons de la fin de la saison, Higgins me prend la tête parce que je tape trop fort sans jamais lâcher prise. Il y a tant de rage contenue en moi que je pourrais donner du fil à retordre au Samson de la Bible. Coach Higgins fait en sorte que, d'ici le match de vendredi soir, nous soyons si affamés et prêts que l'échec ne sera pas une option.

Gus m'a envoyé plusieurs messages par-ci par-là avec des points d'interrogation. Je ne sais pas ce que Via lui a dit, mais je ne négocie pas avec les terroristes. Le jeudi, Colin, le larbin de Gus, envoie un message groupé annonçant un rassemblement spontané au Snake Pit pour des combats spécial « pré-play-offs ».

Le message à peine reçu, j'enferme mon équipe dans les vestiaires.

— Si j'entends qu'un de vos misérables culs s'est battu, je vous ferai vivre un enfer, vous m'entendez ?

Tout le monde hoche la tête. Tout le monde, sauf un Camilo très énervé.

— Ils ont passé la saison à raconter de la merde sur nous.

— Et alors ? Ce ne sont que des mots, répond Kannon.

— Les mots, c'est *tout* ce qui compte, rétorque Camilo. Ils m'ont traité de putain d'Hispano.

Je secoue la tête.

— Tout ce qui compte, c'est ton futur. Ne le gâche pas sous prétexte que Gus essaie de te provoquer.

Plus tard ce jour-là, je décide de refaire une apparition chez les Followhill, sachant que je ne peux plus retarder ce qui pourrait être mon dernier face-à-face avec Daria avant son départ. Je suis resté à la phase de négociation « ne pars pas », alors que je devrais m'appliquer à lui faire avouer *l'endroit* où elle s'en va. Mais on dirait que je n'aurai pas plus de chance dans ce domaine non plus. Dans les films, les conneries se terminent une fois que le mec a compris qu'il aimait la fille et qu'ils font une grande annonce.

Dans notre histoire, ce n'est qu'un rebondissement parmi d'autres.

Je me gare devant la maison et utilise ma clé pour entrer puis entreprends de faire un tour à l'intérieur. Je minimise le fait que je n'ai pas été ici pendant des jours.

Je trouve Bailey et Via assises sur le canapé, un livre à la main. Daria est de l'autre côté de la pièce, elle remplit un document – un dossier d'inscription ? – avec Mel à ses côtés, fixant les pages que Daria complète comme si elle essayait activement de les poignarder. Tout le monde a entendu la porte se refermer derrière moi, mais c'est Jaime qui se porte volontaire pour descendre les marches et s'occuper du bordel que représente mon arrivée.

Daria s'excuse en emportant son dossier avec elle. J'ai envie de lui hurler qu'elle est la seule raison pour laquelle j'ai décidé de revenir.

— Assieds-toi à l'îlot de la cuisine, m'ordonne Jaime – et je m'exécute.

Mel se lève pour aller chercher un pichet de limonade. Je

regarde mes mains en me demandant si les choses auraient pu se passer autrement. Si elles le peuvent toujours.

Jaime s'installe en face de moi et expire longuement.

— Tu penses que les choses peuvent s'arranger si tu t'absentes aussi longtemps ?

Je réponds honnêtement :

— Je crois que « penser » n'est pas ma plus grande compétence quand il s'agit des gens de cette maison. Plus j'essaie d'arranger les choses, plus je me prends de la merde en pleine face.

— Comment se passe l'entraînement ?

— Il se passe.

— Est-ce qu'on va parler du fait que tu as fourré ta langue dans la bouche de ma fille ?

Entre autres endroits, monsieur.

Je lève les yeux vers lui pour lui signifier que je ne fuis pas cette conversation.

— Écoutez, je sais que vous m'avez averti et je sais que j'ai ignoré cet avertissement mais, pour ce que ça vaut, ça signifiait quelque chose. Pour moi, en tout cas. Je ne peux pas parler pour votre fille qui est actuellement en train de faire ses bagages.

C'est un coup bas, mais à ce stade, je ne peux pas être la meilleure personne dans cette histoire. Je peux à peine être humain. Il devrait se montrer indulgent avec moi ; c'est sa progéniture qui m'a rendu ainsi.

Jaime croise le regard de Mel, qui touche l'arrière de mon crâne en passant. Elle n'a pas bonne mine. Elle a l'air encore plus maigre et plus mal nourrie que d'habitude.

— Tu as eu le temps de bouder, dit-elle. Tu reviens t'installer à la maison après le match.

Elle pose devant moi un verre de limonade et une assiette avec un sandwich de fromage fondu.

Je ne raterais ma dernière nuit avec Daria pour rien au monde.

— Est-ce que je peux lui parler ?

On pourrait croire que je m'adresse au sandwich, puisque c'est lui que je regarde en ce moment.

— Tu dois d'abord parler à ta sœur.

Mel coupe le sandwich en deux et distribue une moitié à Jaime et une à moi.

— Ça ne risque pas d'arriver.

— Mel, tu peux nous laisser une minute ? demande Jaime, son regard dur toujours braqué sur moi.

Elle se lève et agite la main en se dirigeant vers l'escalier.

— Les mecs resteront des mecs.

Une fois qu'elle n'est plus à portée de voix, Jaime claque des doigts pour capter mon attention.

— Tu as déjà entendu parler du jeu « Défi » ?

Je hausse un sourcil. Je ne suis pas dans l'état mental qu'il faut pour penser à quoi que ce soit d'autre qu'à Daria ou au match de demain. Ce sera vraiment la merde de perdre pour sauver la peau de Daria, mais je suis prêt à retourner le monde pour la protéger.

— La tradition d'All Saints High ? Ouais. Pourquoi ?

Cette connerie est morte avant que j'arrive au collège. Ils ont arrêté d'y jouer il y a plus de dix ans.

Jaime se lève pour sortir son portable de sa poche.

— Je sors ce jeu de sa retraite, une dernière fois.

Je me renfonce dans ma chaise en riant.

— Vous n'avez pas besoin de me défier. Vous pouvez tout simplement me botter le cul. J'aurais sûrement fait pareil.

— Pas ton cul. Je ne peux pas t'en vouloir d'être amoureux

même si l'idée de tes phalanges calleuses sur la peau de ma fille me donne envie de te frapper.

— À qui comptez-vous vous en prendre, alors ?

La réponse m'apparaît au moment où je pose la question. Aussi claire que de l'eau de roche.

Bien sûr.

— Ryan Prichard, disons-nous en chœur.

— Il a démissionné la semaine dernière. Il fait ses bagages pour se tirer avant qu'on l'attrape, explique Jaime.

— Quand allez-vous frapper ?

— Aujourd'hui.

— Je viens.

Jaime

Lourd est le poing qui appartient au père ayant appris que sa précieuse fille s'est fait harceler depuis l'âge de quatorze ans par le principal de son école.

Plus lourd encore est le poing de l'homme qui l'apprend *après* que sa fille a vécu l'enfer cette année.

Je suis du genre à ne pas faire de prisonnier.

Quand je vise, c'est pour tuer.

Prichard habite dans une maison en banlieue de Todos Santos. La seule lumière au loin est celle de son Alfa Romeo. Alentour, il fait nuit noire alors que nous pénétrons sur la route de terre, moi à l'avant de ma Tesla, suivi de près par la Mercedes de Vicious. Trent Rexroth, mon ami du lycée, est à côté de moi, et Penn Scully – et son putain de cœur brisé – se trouve à l'arrière, l'air impitoyablement déterminé et le regard vide comme nous tous. Vicious et Dean nous font des appels de phares pour nous signaler l'arrêt. Je coupe le moteur de la voiture et me tourne.

— Toi, tu attends ici.

— Y a pas moyen, putain. Il l'a blessée, crache Penn, les poings déjà serrés.

Ça ne me suffit pas que Ryan ait perdu son emploi. Loin de là. Je veux qu'il perde tout, y compris sa capacité de s'asseoir pendant les deux prochaines années.

— Tu pourrais t'attirer des ennuis.

Je l'avertis, mais le cœur n'y est pas. Si quelqu'un blessait Mel, je voudrais probablement le tuer, moi aussi.

— Oh ! et vous non ?

Les épaules de Trent sont secouées d'un rire contenu.

— Pourquoi ? me défie Penn.

— Prichard a trop à perdre. Il ne peut pas s'en prendre à nous.

— Qui le peut ? demande Penn alors que quelqu'un ouvre la porte de Trent.

Dean siffle pour lui indiquer de sortir, lançant ma batte de base-ball sur son épaule.

— Dieu, peut-être.

— Même ça, j'en doute, chuchote Dean. Bon sang, ces bonnes vieilles farces m'avaient manqué. Dehors, Rexroth. Et toi, bourreau des cœurs, ajoute-t-il à l'adresse de Penn, assure-toi de rester sage et silencieux, à moins que tu ne veuilles voir ta carrière de foot tomber à l'eau.

Prichard, qui ignore la proximité de nos voitures, sort de sa maison et lance deux valises dans le coffre de sa voiture en marche. Je sors de mon véhicule et le contourne avec Vicious, Dean et Trent.

Chaque fibre de mon corps est en éveil et bouillant d'adrénaline alors que je lui tapote l'épaule. Il se raidit, dur comme de la pierre. Quand il se retourne, les phares de sa voiture révèlent la peur sur son visage immonde.

— Bonsoir, monsieur Prichard.

Je souris tel le putain de roi que je suis dans cette ville. Trop important pour être atteint, trop friqué pour perdre le contrôle. Dean balance la batte de base-ball derrière moi, comme s'il s'échauffait.

Prichard secoue la tête violemment.

— Oh non. Non, non, non. J'ai déjà parlé à votre femme. Nous avons déjà réglé la situation. Nous...

— Vous n'avez rien réglé avec moi.

Mel m'a raconté ce qu'elle a fait après l'avoir fait, et même si j'avais envie de la tuer, je pouvais comprendre ses motivations

— Si on vous laisse vous en sortir sans procès, c'est uniquement pour éviter de faire souffrir Daria.

J'efface la distance qui nous sépare avec un sourire diabolique. Mon regard est vide. Mes muscles, détendus.

— C'est l'heure de payer.

Vicious ferme brusquement le coffre de l'Alfa Romeo au moment où je pousse Ryan à l'arrière de sa voiture en le faisant se pencher d'un seul mouvement brusque. Dean me tend la batte de base-ball en pouffant.

— Et si jamais on apprend que vous essayez de relancer votre carrière dans une autre ville...

Dean baisse le pantalon et le caleçon de Prichard d'un coup, exposant son cul blanc comme du lait. Aussi brillant que la putain de lune.

— Au secours ! Au secours ! Au secours !

Prichard gémit comme un bébé.

Malgré les cris de cette chochotte, j'entends Penn faire craquer les feuilles sous ses pieds tandis qu'il nous rejoint. Il ne peut pas rester hors de cette histoire. Bien. Je ne laisserais jamais un enfoiré capable de rester assis sans rien faire toucher Daria.

Penn se trouve désormais à côté de moi, nous sommes épaule contre épaule. Je ne dis rien parce que je ne veux pas que Prichard découvre sa présence. Il n'est pas aussi protégé que nous.

— Au secoouuurs ! crie Prichard d'une voix traînante, le visage contre la surface froide du revêtement de la voiture.

— La ferme.

Je lui enlève violemment sa veste de sport et la roule en boule afin de la lui enfoncer dans la bouche jusqu'à ce qu'il s'étouffe avec.

Vicious plaque une main contre le dos de Prichard en me regardant avec un sourire serein.

— Dites quelques *Je vous salue Marie*, espèce de fils de pute tordu. Peut-être que ça vous ralentira sur le chemin de l'enfer.

Je frappe Ryan sur le cul avec la batte, en mobilisant chaque gramme de puissance et de muscle de mon corps. Mon coup est si fort que le son résonne à nos oreilles, si bien que nous laissons passer quelques secondes jusqu'à ce qu'il s'estompe.

Le deuxième coup est encore plus fort, comme si j'avais trouvé mon rythme. Je pense à tout ce que ma fille a vécu ces derniers six mois.

À sa mère, que j'aime plus que la vie elle-même, qui insiste pour sauver tout ce qui est brisé et qui, ce faisant, a joué un rôle dans la souffrance de notre fille.

Je pense à quel point je ne supporte pas de poser les yeux sur la gamine de dix-huit ans vivant sous mon toit, parce qu'elle a abîmé ma princesse.

Je pense à son frère jumeau, qui est trop amoureux de ma fille pour y renoncer, qu'elle en ait conscience ou non.

À la troisième frappe, Ryan recrache sa veste, glapissant vers le ciel comme un loup solitaire.

Après lui avoir asséné dix-huit coups, un pour chaque anniversaire que ma fille a célébré, je passe la batte à Vicious mais c'est Penn qui s'en saisit sans attendre ma permission.

Je secoue la tête pour lui signifier de ne pas dire un mot. C'est trop risqué.

Il ouvre la bouche et me regarde tout en s'adressant à Ryan Prichard :

— Remerciez votre bonne étoile que je ne sois pas seul, parce que vous seriez déjà mort, dit Penn sans une once d'émotion dans la voix.

— Penn ? Penn Scully ? interroge Prichard entre deux quintes de toux.

Penn balance la batte en arrière et le frappe si fort que j'en grimace. Et Prichard s'évanouit.

Quand nous rentrons à la maison, Prichard saigne et ne peut distinguer ni les formes ni les visages. Avant de l'abandonner, nous avons laissé une copie de l'enregistrement de Mel dans la veste de sa poche pour nous assurer qu'il ne tentera pas de nous piéger. Surtout pas Penn.

Prichard emmènera ça, et ce qu'il a fait à Daria, dans sa tombe.

Penn

— Je vais juste récupérer mes affaires chez Camilo.

Je lance mon sac à dos sur mon épaule et laisse Mel m'embrasser sur la joue. Il sera bientôt minuit, et il semblerait que nous allons dîner bien tard, mais ça, c'est parce que les Followhill ont compris que Jaime et moi devions régler nos comptes avant que Prichard quitte la ville.

Mel coupe des légumes alors qu'un plat de lasagnes cuit dans le four et me lance son fameux regard « sois prudent ». L'éternelle multitâche. Bailey se tient à côté d'elle ; elle presse des citrons pour le thé glacé. Via est assise sur une chaise longue près de la piscine, les genoux contre sa poitrine. La dynamique de la maison a changé. Via n'est plus le petit miracle qu'elle était il y a peu. Elle a été remisée au statut de simple mortelle.

— As-tu besoin d'aide ?

Mel s'essuie le nez avec sa manche en coupant les oignons.

— Pour faire tes bagages, je veux dire.

— Seulement si c'est Daria qui propose.

J'ai officiellement perdu le droit de monter dans sa chambre pour lui poser la question. Jaime me jette des regards menaçants quand je pose seulement les yeux sur l'escalier qui mène à l'étage, et Daria ne descendra sûrement pas avant de prendre son vol. Je me demande s'il a conscience que je vais devoir monter pour aller me coucher ce soir.

— Jaime peut t'aider.

— Il peut porter son sac à moitié vide tout seul.

Jaime, qui zappe de chaîne en chaîne à la télé, n'a apparemment pas fini de m'en vouloir.

— Je serai de retour pour le dîner.

J'attrape mes clés et vole un petit pain à l'ail au passage. Par habitude, ou peut-être parce que je ne me suis pas encore assez torturé, je tourne la tête pour voir si Daria me regarde par la fenêtre de sa chambre. Peine perdue. La lumière est éteinte derrière ses rideaux. Elle est mentalement déjà partie avant même d'être montée dans l'avion.

Sur la route, j'essaie d'appeler Camilo pour le prévenir de mon arrivée.

Il ne répond pas et ça commence à m'énerver. Je lui ai clairement ordonné de garder son cul aussi loin que possible du Snake Pit. Si je parviens à ne pas me servir de mes poings alors que Gus chie systématiquement sur tout ce que j'aime, alors il peut le faire aussi.

Je gare la voiture devant la porte de Camilo, en sachant que je ne peux pas frapper à minuit. Puis j'entends un bébé pleurer et une femme, contrariée, marmonner. Je sais alors que je ne risque pas de réveiller qui que ce soit. Je frappe. La sœur de Camilo m'ouvre, un enfant callé sur la hanche. Je passe devant elle pour prendre mon sac, près du canapé.

— Où est ton imbécile de frère ?

— Qu'est-ce que j'en sais ? Peut-être dans ce coin, là, où vont tous les gamins populaires.

— Au Snake Pit ?

— Ça s'appelle comme ça ?

Elle rit et ouvre la porte du micro-ondes dans la cuisine ouverte pour en sortir un biberon qu'elle fourre dans la bouche de l'enfant.

— Assure-toi de protéger ta jolie petite gueule, Scully. Avec des pommettes comme ça, tu peux engrosser la gosse de riches et vivre sur le dos de ses parents.

Alors que je conduis en direction du Snake Pit, je suis sur les nerfs. Camilo est non seulement impulsif mais aussi toujours disposé à faire quelque chose de stupide. Je le sais, parce qu'il fut un temps, faire des choses stupides était devenu notre passe-temps favori. Je me gare à l'extérieur du terrain de foot abandonné et cours vers la porte fermée par une chaîne. Des cris et des jurons jaillissent dans l'air tels des coups de feu. Un nuage de rage et de sueur s'élève de derrière les gradins quand je passe par-dessus le grillage pour voir ce qu'il se passe.

C'est une putain de zone de guerre.

Il y a un combat de groupe et tout le monde y participe – y compris Knight, Vaughn, Colin, Will, Josh, Malcolm et Nelson. Les Bulldogs et les Saints sont là pour gagner. Par terre se trouve Camilo, étendu sur le sol sec.

Je fonce vers lui en poussant les spectateurs alors que la mêlée grossit. Les joueurs vacillent et se frappent les uns les autres, sans prêter attention au reste. Camilo ne bouge plus.

— Qu'est-ce qui t'est arrivé, putain ?

Je mets un genou à terre, effrayé de le toucher étant donné que je ne sais pas où il a été blessé.

— Cassé… je crois que c'est cassé.

Il termine à peine sa phrase et tente d'examiner sa jambe. Je suis son regard et le vois clairement, même à travers son jean. Sa jambe est pliée de manière anormale. Comme dans un dessin animé. Sa fibule est tordue. Il a l'air mal en point.

— Il faut que tu ailles à l'hôpital.

— Sans blague, Sherlock.

Il rit, la voix sèche et rauque. Il est allongé ainsi depuis un moment, j'imagine. J'appelle une ambulance tandis que Gus se faufile hors des gradins, criant :

— Dégagez, dégagez, Scully a invité les flics.

Tout le monde se met à courir autour de nous, soulevant un nuage de poussière au passage. Ils me huent comme si j'en avais quelque chose à foutre. Knight attrape mon T-shirt pour me forcer à me lever, mais je me dégage de sa prise.

— Je reste avec Cam.

Vaughn s'arrête à côté de lui et me lance un regard dur.

— Tu as un match demain, me rappelle-t-il.

— Tu aurais laissé Knight ?

Knight et moi le fixons tous les deux, et il serre l'épaule de son meilleur ami.

— Ses funérailles. Allons-y.

Je me tourne vers Cam et demande :

— Que s'est-il passé ?

Mais je crois que je le sais déjà. Gus a pensé que je ne perdrais pas le match, alors il a envoyé quelqu'un s'assurer que mon quarterback ne pourrait pas jouer. C'est un coup calculé et froid pour se débarrasser de Camilo et nous enlever toute chance de gagner.

— Colin a foncé. Il m'a taclé et a enfoncé son pied sur le côté de mon genou. Knight et Vaughn nous ont rejoints deux minutes trop tard pour le dégager.

Au ton calme de sa voix, je comprends qu'il n'a pas encore percuté.

Pas de football.

Pas de bourse.

Pas de futur.

— Ça va aller.

Je lui sers ce mensonge en soulevant le haut de son corps.

Il rit.

— Je ne suis pas idiot, Scully. Je sais ce qui se passe. Tu avais raison. C'est ce que tu veux entendre, non ? Parce que c'est vrai.

Mon équipe vient de perdre l'un de ses meilleurs joueurs.

Pour rien.

24

Tomber amoureux, c'est comme un sentiment de déjà-vu
C'est se sentir chez soi auprès d'un inconnu
Quand je t'ai rencontrée quatre ans et demi auparavant, j'ai vu qui tu étais
Je devais simplement comprendre qui j'étais
Alors je t'ai donné quelque chose pour m'assurer que j'allais pouvoir te chercher à nouveau
Et que peut-être, tu tomberais amoureuse de la personne que j'étais.

Daria

Je garde la tête baissée alors que l'équipe de pom-pom girls pénètre sur le terrain en agitant ses pompons. D'après papa, ma présence représente une énorme victoire. J'appelle ça plutôt « chercher les problèmes ».

Les immenses sourires en plastique des filles sont révélateurs. Je ne suis plus de la partie. Via, si. Notre uniforme, le bleu et noir, moule son corps agile comme une seconde peau. Elle brille si fort qu'Esme l'a placée aussi loin que possible du centre. Loin d'elle. Je me sens nue sans mes pompons. Je me languis de les tenir dans mes mains mais je sais que c'est trop tard. Ma carrière de pom-pom girl est terminée, en tout cas au lycée.

Mel fait mine de fouiller dans son sac, mais je sais qu'elle ne peut pas regarder Via. Étonnamment, ça ne me rend pas heureuse. Du tout. Je suis comme un taco : une coquille croustillante et vide.

Melody reste à mes côtés, même si je refuse toujours son amour, son attention et ses excuses silencieuses. Bailey vient dans ma chambre tous les matins pour m'apporter sur un plateau du jus d'orange, un toast avec des blancs d'œufs et une citation mignonne qu'elle trouve sur Pinterest. Papa, lui, adoucit mes soirée en venant m'embrasser pour me souhaiter bonne nuit. Il agrémente toujours sa visite d'un souvenir heureux pour me rappeler que des jours meilleurs m'attendent.

Tu te rappelles quand Knight a lancé une petite fusée sur ton front, quand vous étiez petits, et que j'ai failli le tuer en pensant que c'était autre chose ?

Tu te rappelles quand Vaughn s'est promené sur la plage avec une méduse géante à la main en annonçant que c'était son nouvel animal de compagnie ?

Tu te rappelles quand Luna pensait que tu étais une princesse à cause de tes cheveux ?

Il est désormais établi que Melody ne peut plus venir m'embrasser avant d'aller dormir.

Papa pense que c'est une bonne chose. Que quand quelque chose est détruit, il est possible d'en construire une meilleure version. Mais cela demande de la force et du courage, et je n'ai ni l'un ni l'autre en ce moment.

Esme lève un pied dans les airs, qu'elle touche d'une main, et Via la suit en accomplissant un herkie parfait. Mel tapote ma maigre cuisse. Je porte un haut jaune, car je ne suis plus associée à aucune équipe. La situation a dégénéré depuis la démission brutale du principal Prichard qu'il a mise sur le compte d'un parent gravement malade dont il devait s'occuper sur la côte Est. La rumeur dit que j'ai quitté l'équipe de pom-pom girls pour soigner mon cœur brisé. Même si c'est vrai, tout le monde pense que c'est pour le principal Prichard que je me morfonds.

Personne ne soupçonne que le garçon sur le point d'entrer sur le terrain aujourd'hui est celui qui a réduit en poussière mon cœur, lequel, désormais, s'envole dans les airs, s'éparpillant au loin. Personne ne sait ce que j'ai vécu depuis que ce garçon a reconnu être amoureux de moi, et que je n'ai pas pu l'accepter de nouveau dans ma vie, même si j'en avais envie. Regretter d'avoir cassé quelque chose ne suffit pas à le réparer.

— Ne les regarde pas, murmure Mel en me serrant la cuisse. Elles n'en valent pas la peine.

— Lâche ma jambe, Melody.

Elle s'exécute. Papa frappe des mains à l'entrée des deux équipes sur le terrain, même si je sais qu'il aimerait briser la colonne vertébrale de Gus. Las Juntas présente son nouveau quarterback, un garçon qui a l'air de peser une centaine de kilos d'os, au point que les spectateurs ricanent dans les gradins. Je me sens mal pour ce gamin. Dire que j'étais le genre de fille qui aurait fait une remarque sur sa carrure ridicule.

Le match commencé, il devient vite évident que Penn veut perdre. C'est flagrant. Il ne fait même pas illusion. Mon cœur tombe dans ma poitrine en le voyant rater une passe, déambuler d'un bout à l'autre du terrain. Il est immobile et ne se soucie pas d'attraper la balle même quand elle atterrit sur son torse.

Littéralement.

Il se traîne sur le gazon, la démarche lourde, à l'opposé du joueur talentueux qu'il est d'habitude. Ses coéquipiers crient de frustration, et l'un d'eux donne un coup de pied dans un monticule de terre. Sur la touche, son coach est sur le point de faire une crise cardiaque, mais Penn feint de ne pas l'entendre. Coincé dans son propre univers, il ne cesse de manquer les passes en regardant dans la direction opposée, l'air confus, dès qu'il en a l'occasion, et il s'arrête toutes les deux minutes pour s'appuyer sur ses genoux, comme s'il était essoufflé.

À la mi-temps, le coach de Penn le convoque, probablement pour lui faire part d'une nouvelle stratégie, et Penn hoche la tête, l'air attentif et déterminé. Mais quand il revient, c'est pire.

Et puis il y a Knight. Dean va bientôt cracher un poumon à côté de papa, dans les gradins. Il se demande à voix haute pourquoi son quarterback de fils a raté l'occasion d'un *touchdown* en envoyant la balle sur la touche.

— Qu'est-ce qu'il se passe, bon sang ?

Dean donne un coup de pied dans le siège devant lui, et un homme d'une cinquantaine d'années en surpoids se retourne en le regardant d'un air dur.

— Votre fils joue comme une merde.

— Au moins il ne sent pas la merde, rétorque Dean.

— Je crois savoir ce qui se passe, murmure amèrement papa. Et tu peux être sacrément fier, Cole.

— Pourquoi ça ? Donne-moi un putain d'éclairage sur la situation, Jaime.

Parce que Knight refuse de gagner le match. Penn essaie de ruiner les chances de Las Juntas afin de me sauver, mais Knight ne le laisse pas faire, parce qu'il sait qu'il mérite mieux.

Knight est dans la confidence pour autre chose, aussi. Il sait que j'en ai fini ici.

Je pars demain. Je n'ai rien à gagner, et rien à perdre. C'est précisément la raison pour laquelle je me lève et descends des gradins. Je ne sais pas ce que je fais. Tout ce que je sais, c'est que je vais vraiment attirer l'attention sur moi, chose que je m'étais juré de ne plus faire depuis que je me suis fait virer de l'équipe de pom-pom girls et que le principal Prichard a démissionné en laissant derrière lui une traînée de rumeurs scandaleuses à notre sujet. Je me précipite en bas des escaliers, saute la barrière et me plante sur la touche, près du coach d'All Saints High. Le bout des pieds dans l'herbe et les talons sur le béton, je mets mes mains en coupe autour de ma bouche pour crier :

— Penn Scully, si tu es la moitié de l'homme que je sais que tu es, tu vas le prouver sur ce terrain.

Toutes les têtes se tournent vers moi. Penn, qui courait à faible allure, s'arrête complètement en jetant son casque au sol. Nos regards se croisent.

— Numéro 22 !

L'arbitre lève un drapeau jaune pour signaler un comportement antisportif.

— Ton équipe perd quinze mètres.

— Scully ! hurle son coach. Je vais te renvoyer sur le banc.

— Fais-toi plaisir.

Les lèvres de Penn s'étirent en un sourire amusé, nos regards toujours rivés l'un à l'autre.

Je me sens nue, vulnérable et jugée. Le monde continue de tourner, et le jeu se poursuit. C'est Knight qui a la balle. Las Juntas est sur la défensive, mais Penn reste immobile, subjugué par la supplication dans mes yeux. Les pom-pom girls arrêtent de danser sur la touche et m'adressent une moue de pitié. Je sais ce qu'elles pensent.

C'est finalement arrivé. Leur connasse d'ex-capitaine a perdu la tête.

Je souris, je m'autorise désormais à être quelqu'un de différent.

Quelqu'un d'imparfait. Quelqu'un de réel. Je me libère de ce que les gens pensent de moi, de la façon dont ils me voient, de ce qu'ils diront après le match.

— Je veux que tu enterres ces enfoirés !

Mes poumons me brûlent tandis que je hurle ces mots, un sourire fou menaçant de déchirer mes joues, alors que je suis loin d'être heureuse. Je m'affiche contre mon équipe – contre les Saints, que j'ai encouragés pendant quatre ans. J'entends des bruits de pas approcher. Deux enseignants d'All Saints High qui jouent le rôle d'agents de sécurité – Mlle Linde et M. Hathaway – me prennent par les poignets et m'évacuent du terrain. Papa saute la barrière, aussi agile et athlétique qu'un joueur de football, et retire la main de M. Hathaway de mon bras.

— Touchez ma fille encore une fois, et je vous enterrerai sous des emmerdes juridiques jusqu'au jour de votre retraite.

— 22 !

J'entends siffler, et le coach de Penn bondit pratiquement sur le terrain, mais nos regards ne se détachent jamais.

— Putain de numéro 22 ! Mets ton casque, garçon !

— Penn !

Il brise à peu près cinq mille règles en discutant en plein match, alors tout le monde s'arrête. Gus donne un coup de pied dans l'herbe en jurant. Il pose les mains sur les hanches et secoue la tête. Papa m'entoure par la taille et me sort du terrain pour me ramener dans les gradins.

— Peux-tu faire quelque chose pour moi ?

Je m'adresse à Penn en criant. Mes jambes ne bougent pas mais je ris comme une folle.

Penn hoche la tête.

— Fais-leur mordre la poussière.

Les spectateurs me huent alors papa attrape Melody et Bailey. Nous nous précipitons tous vers la sortie avant que je me fasse brûler vive. Papa glisse un bras autour de mes épaules tandis que nous passons les portes en chancelant, me serre contre lui et m'embrasse le haut du crâne.

— Ma fille, folle et exceptionnelle. Et tu pensais ne pas être féroce.

Penn

Les gens sont comme des pommes. De bonnes pommes. De mauvaises pommes. Et dans chaque pomme, il y a un trognon. Un cœur. Quelque chose qui la rend unique.

Ma mère m'a dit un jour qu'elle ne s'inquiétait pas pour Via car mon cœur, c'était sa sécurité. Je suis le protecteur. J'ai protégé Via quand personne ne voulait le faire, et désormais, alors que Daria me supplie de prendre ce qui me revient – cette victoire, ce match, ce championnat – et que mes coéquipiers crachent sang et sueur pour y arriver, et que Knight Cole se retire de mon chemin pour sauver ma peau, je n'y arrive pas.

Protéger Via était un devoir. Protéger Daria est un honneur.

Je fais semblant de me prendre les pieds et de tomber après le départ de Daria et de sa famille. Les encouragements et les cris se transforment en huées et en jurons. Puis c'est la mi-temps, c'est-à-dire l'heure pour le coach de me défoncer. Nous quittons le terrain avec une avance spectaculaire – 28 à 14 –, mais rien que je ne puisse faire foirer si j'essaie encore plus fort.

— Scully !

Coach Higgins rugit si fort que sa voix rebondit sur les immenses projecteurs.

— Ramène ton cul par ici, maintenant ! hurle-t-il en pointant le sol du doigt.

Je me faufile dans sa direction aussi lentement que possible en retirant mon casque, mais passe devant lui sans m'arrêter. Il tire alors mon maillot et me ramène à lui. Le reste de l'équipe emprunte le tunnel pour rejoindre les vestiaires et le coach leur fait signe de nous contourner alors qu'il me plaque contre un mur, l'air hargneux.

— Fais-tu exprès de perdre mon match, fiston ?

N'importe quel autre mec prendrait ce que Daria m'a si généreusement offert et remporterait la deuxième moitié du match. Pas moi. Je m'en fiche de ce que veut Daria, et je m'en fiche qu'elle ne soit pas là lundi pour découvrir les pages de son journal collées sur tous les casiers de l'école. Elle ne mérite pas cette merde.

— Monsieur, je me suis déconcentré. Je m'en excuse.

Je lui dis ce qu'il a besoin d'entendre pour me laisser rester sur le terrain.

— À cause de la jolie blonde ? crache-t-il.

— À cause d'un enfoiré de blond, dis-je en désignant du menton Gus, qui se dirige vers les vestiaires d'ASH. L'enculé a enfoncé la serviette de Josh dans sa gorge. Le type scotche toujours des pièces de 25 sur ses phalanges comme si on était dans les années 1990.

Je laisse échapper un rire amer.

— Surveille ton langage ! hurle-t-il. Et je m'en fiche de ce que tu ressens pour Bauer. Si tu le laisses t'atteindre, tu ne seras jamais repéré. Tu ne feras pas carrière. Tu ne seras jamais prêt pour la NFL. Tu seras juste un autre garçon pauvre avec beaucoup de potentiel mais pas de cervelle qui a gâché un match parce que quelqu'un a dit quelque chose sur sa petite amie. Tu crois qu'elle va rester une fois que la gloire t'aura quitté ? Quand vous irez tous à l'université ? Tu penses qu'elle vaut la peine que tu compromettes ton futur ? Le futur de ton équipe ? Mon futur ?

Oui, oui, oui, oui. Et oui.

Je secoue la tête, et le contourne en un mouvement d'épaule. Il me suit dans le tunnel, sa voix résonnant dans cet endroit caverneux.

— Réponds-moi, fiston !

J'entre comme une tornade dans les vestiaires. J'en ai assez de m'expliquer. Surtout auprès de celui qui m'a dit de rester loin de ma petite amie afin que Prichard puisse abuser d'elle.

Ex-petite amie. Merde.

Alors que je me baisse devant un banc pour reprendre mon souffle, coach Higgins pénètre dans la pièce et frappe du poing contre un casier, créant ainsi un enfoncement. Quand il retire sa main, ses jointures sont blessées et saignent.

— Chacun d'entre vous, bande d'idiots, est comme mon propre gamin. Dites-moi ce qui arrive à votre capitaine, ou je vais le lui faire cracher et m'assurer que chaque coup de téléphone d'une université pour l'un d'entre vous reçoive la même réponse : « Il n'est pas assez bon. Il n'est pas prêt. Ne lui donnez pas de bourse. » En d'autres mots, si vous ne trahissez pas Penn pour me dire quel est le problème, vous tomberez tous avec lui, compris ?

— Oui, monsieur !

Je mâchonne ma gouttière occlusale les yeux rivés au sol. Peut-être qu'ils savent. Peut-être qu'ils me trahiront et que ce sera la fin de ma carrière. Tout ce que je sais, c'est que je n'ai jamais été aussi sûr d'une chose de ma vie : je ne participerai pas à la chute de Daria, avec ou sans sa bénédiction.

— Alors, crie Higgins, qu'est-il arrivé à Penn Scully ?

— Rien, monsieur !

— Qu'est-il arrivé ? hurle-t-il.

— Rien, monsieur, aboient-ils tous en même temps.

Je devrais me sentir fier. Touché. Quelque chose du genre. N'importe quoi. Mais non. Je ne ressens rien, putain. C'est trop tard.

— Je vais détruire vos putains de carrières de football, les garçons !

Il frappe de nouveau les casiers. Encore. Et encore.

— Penn Scully est notre capitaine, monsieur.

Pour la première fois depuis des semaines, je souris.

Je soutiens Daria.

Et mon équipe me soutient.

25

T'aimer, c'est comme
Écouter une chanson
Pour la première fois
Et, de façon inexplicable, connaître toutes les paroles.

Penn

Le match se termine avec un score de 42 à 17 alors que je me suis démené pour essayer de perdre. Notre quarterback faiblard s'est révélé avoir un bras comme Brett Favre, et la défense a joué de son mieux. Les Bulldogs de Las Juntas ont gagné. Kannon obtient le ballon, mais nous savons tous les deux qui le mérite.

Je m'éclipse avant la prière d'après-match. Je prends une douche rapide dans les vestiaires, jette mon sac par-dessus mon épaule et fonce dans les douches ouvertes d'All Saints. La plupart des joueurs sont à l'intérieur, recouverts de savon, affichant des bleus sur leurs fronts et leurs torses. Gus est assis sur un banc, une serviette autour de la taille et la tête dans les mains. Il est toujours aussi sec qu'un os.

Je lève son menton du bout du pied et claque des doigts devant lui. Quand il pose les yeux sur moi, il a l'air misérable. Ses yeux sont rouges, ses joues creuses. Les gens se plaignent de ma présence comme si j'étais venu avec une règle pour comparer nos queues. J'ignore leurs protestations et leurs demandes de me voir partir.

Gus pouffe sombrement.

— Ta petite copine est morte.

— Rendez-vous au Pit ce soir, Bauer. Et cette fois, tu ne t'occupes pas de la foutue paperasse. Tu vas te battre. Contre moi.

Daria a souhaité que personne ne soit au courant de son départ. Elle l'a voulu ainsi, se méfiant de ce que pourrait faire Gus avec cette information. Mais je n'ai pas confiance en ma sœur et je veux m'assurer que Gus ne s'en prendra pas à Daria ce soir.

— Donne-moi une seule bonne raison de faire ce que tu demandes, espèce de sous-merde. J'ai tous les droits de…

Je le frappe au visage, l'envoyant valser en arrière. Il tombe, et Colin – *Je n'en ai pas fini avec toi non plus, Colin* – parvient à le rattraper avant que sa tête ne heurte le sol.

— Tu viendras parce que je sais où tu habites, et si tu m'obliges à venir jusqu'à toi, je le ferai, et sans témoin, tu subiras bien pire. Toi aussi, Stimatzky.

Je lève les yeux pour croiser le regard de Colin.

— J'ai des comptes à régler avec toi.

Je sors en trombe en entendant Knight crier « Je le savais » et des casiers se fermer au loin.

Les membres de l'équipe d'All Saints High ne sont pas tous des enculés. Mais leur capitaine, si.

La guerre est un langage universel. Chrétiens, juifs, bouddhistes ou musulmans. Beaux ou laids. Riches ou pauvres.

Ils sont sur le point de découvrir qu'elle est particulièrement cruelle pour les perdants.

— Il faut que je te dise quelque chose, frère.

Kannon agite son genou frénétiquement alors que nous roulons de l'hôpital jusqu'au Snake Pit. Nous avons fait un crochet au chevet de Cam pour lui donner le ballon avec lequel nous avons gagné, signé par chacun d'entre nous, et tant que nous y étions, nous lui avons apporté de la nourriture bien grasse qu'il n'aura jamais dans cette cantine dégoûtante.

— Balance.

Je baisse la vitre et crache une glaire. Mon esprit n'est pas concentré sur le combat que je suis sur le point de livrer. Mon esprit est rentré avec les Followhill, où Daria fait ses valises pour s'envoler je ne sais où, putain. Jaime et Mel vont la conduire à l'aéroport demain, et ils ont déjà été clairs quant au fait qu'il s'agissait d'un événement familial auquel les Scully n'étaient pas invités.

Daria a été une rock star aujourd'hui en me disant de sauver mon cul parce que le sien était déjà en feu. Mais quand elle s'est tenue là en criant, ses cheveux attachés révélant sa nuque, la seule chose à laquelle je pensais était qu'il lui manquait le verre de mer.

Je frappe le volant.

— Waouh. Qu'est-ce qui ne va pas avec toi ? demande Kannon.

Tout. Tout ne va pas avec moi, putain.

— Dis ce que tu as à dire, K.

— D'abord, je veux que tu saches que je sais ce qui s'est passé sur le terrain, Penn.

— Rien. Et si tu ne dis pas ce que tu as à dire maintenant, je te jette de la voiture, dis-je d'une voix égale sans hésiter.

— Eh bien, merde, j'espérais que tu serais de meilleure humeur, mais mieux vaut tard que jamais, j'imagine. Donc tu te rappelles le premier match de la saison ? Contre les Saints ?

— Comment pourrais-je l'oublier ?

Je gare la voiture devant le Snake Pit. Les lumières sont déjà allumées et il y a plus de monde que d'habitude. D'ailleurs, on dirait que mon lycée entier s'y trouve. All Saints High, aussi. Des douzaines de gamins marchent vers les grilles qui sont grandes ouvertes, et une vague de sueur froide me parcourt la nuque.

— On a foiré le match, dit Kannon.

Je tourne la tête vers lui.

— Répète-moi ça.

— On a foiré le match.

Il baisse les yeux sur ses mains.

— Toute l'équipe. Enfin, sauf toi et Camilo. Gus n'a même pas pensé t'approcher. On s'est dit qu'on était si bons au global qu'on pouvait bien se permettre de perdre un match. Gus nous a payés cinq cents dollars chacun. Tu sais ce que c'est, frère. Refuser de l'argent, ce n'est pas une option pour nous. Que ce soit pour de l'équipement, des chaussures, ou pour aider nos parents avec le loyer… ou, merde, tu sais ? Juste pour manger *Chez Lenny* et vivre. Même ceux d'entre nous qui n'avaient pas besoin d'argent n'ont pas osé gâcher l'occasion pour les autres.

— Vous avez vendu le match ?

Je sens mes paupières battre. Ce n'est pas un putain de bon signe.

Il gémit en rejetant la tête en arrière, contre l'appuie-tête.

— On a remporté le championnat, mec, et pas grâce à toi, alors ne débite pas ce genre de conneries.

Je sors de la voiture en silence et fais le tour pour ouvrir la portière de Kannon et le jeter au sol, ignorant totalement la foule qui se déverse sur le terrain du Snake Pit. Je suis concentré sur l'expression de son visage au moment où il comprend qu'il n'aurait pas dû se confier à moi.

Je le relève contre la voiture et me baisse pour le fixer droit dans les yeux.

— Vous avez essayé de perdre d'autres matchs de la saison ?

Je cale mes coudes sur mes cuisses en plissant les yeux.

Il fait non de la tête.

— Mais je sais que Gus a acheté quasiment tous les matchs d'ASH.

— Avec quel argent ?

— Celui des paris. C'est là qu'il gagne de la tune, qu'il utilise ensuite pour acheter les joueurs des autres équipes.

— On parle de milliers de dollars.

— Vaughn adore se battre, et les autres adorent penser qu'ils ont une putain de chance contre lui, explique Kannon avec un haussement d'épaules.

— Que s'est-il passé ce soir, alors ?

Kannon secoue la tête.

— Il a approché Josh, un soir – Josh l'écoutait parce qu'il n'avait rien à perdre, lui. Gus a essayé de monter son offre. Mille par personne. Et… jusqu'à hier, on était prêts à accepter. Je ne comptais pas le faire, mec, je te jure, mais je ne pouvais pas planter les autres. Merde, ils ont besoin de cet argent pour les médicaments de leurs parents et les couches de leurs petits frères, et je ne suis pas une balance.

— Qu'est-ce qui a changé ?

— Quand ils ont tabassé Camilo… parce qu'il n'a pas voulu participer… J'imagine qu'on a alors officiellement pété les plombs et décidé que la limite était atteinte. La situation ne nous a plus semblé juste, tout à coup. Que Gus s'amuse avec ta jumelle et essaye de détruire notre équipe…

Je sens la colère faire bouillir mon sang. J'attrape Kannon

par le col et lève mon poing, prêt à creuser un trou dans son visage, quand il me fixe, l'air calme, et qu'il me dit :

— Tu as d'autres chats à fouetter, mec.

— Comment ça ?

— Regarde derrière toi.

Lorsque je tourne la tête, j'aperçois la jeep rose que ma sœur a conduite ces derniers temps, garée de l'autre côté. J'observe Via en sortir, main dans la main avec une fille qui n'est autre que Daria. Je baisse le poing et me dirige vers elles comme si mes jambes m'y portaient sans le vouloir, subjugué.

— … Je suis si contente qu'on ait eu l'occasion de repartir à zéro. L'équipe de pom-pom girls voudrait s'excuser. Je sais que tu vas déménager, mais nous voulions régler les choses avant. Tu sais, pour ne pas rester sur un malentendu, explique Via à Daria, qui a l'air d'un fantôme.

Elle fait au moins cinq kilos de moins qu'au début de l'année scolaire, et a le regard vide. Elle est toujours magnifique, soignée comme un mannequin, mais le cœur n'y est plus. Il n'est plus engagé dans la révélation de sa beauté, d'une certaine façon. Je reconnais le ton faux de Via. C'est celui qu'elle emploie quand elle retrouve son ancienne personnalité.

Je traverse le parking en courant, déterminé à protéger Daria de ce que ma sœur lui réserve.

En priant que je n'arrive pas trop tard.

Daria

À la minute où je pose un pied sur le terrain du Snake Pit, je ris de ma stupidité.

Je ne suis pas venue poussée par un élan de désespoir,

pour me convaincre de rester. Ni même pour faire la paix. Je suis ici parce que Via m'a suppliée d'arrêter le combat entre Gus et Penn.

« Le futur de Penn est en jeu. Si tu l'aimes vraiment comme tu le prétends, viens avec moi et dis-lui de ne pas se battre contre Gus. »

C'est un piège. J'aurais dû m'en douter dès l'instant où Via a frappé à la porte de ma chambre. Elle avait l'air hystérique. Trop nerveuse. Mais les raisons qu'elle m'a présentées pour entamer un cessez-le-feu étaient trop logiques pour être ignorées. Les yeux remplis de larmes, elle m'a expliqué qu'elle en avait assez des regards haineux que son frère lui lançait. Je pensais sincèrement qu'elle voulait couvrir ses arrières et obtenir ma bénédiction avant mon départ.

J'avais oublié une chose importante : Via se soucie davantage de me détruire que de sauver sa propre vie.

C'est ancré dans son ADN depuis des années. Elle sait déjà ce que c'est de tout perdre, étant donné qu'elle l'a déjà vécu quand elle avait quatorze ans. À cause de moi. Elle ne sera jamais la danseuse étoile de première classe qu'elle rêvait de devenir. Elle en a conscience. Cela fait trop longtemps qu'elle ne s'est pas entraînée. Même si ma mère l'enfermait dans le studio de danse quinze heures par jour, la fibre artistique se développe durant l'adolescence, et elle n'a pas pratiqué de danse depuis si longtemps que son potentiel s'est perdu.

Son rêve n'est qu'une coquille vide. La perle censée se trouver à l'intérieur a disparu. Voilà pourquoi elle arrache tout ce qui m'appartient. Elle sait que nous avons toutes les deux perdu, mais moi, j'ai au moins les moyens de vivre confortablement. Elle, elle est dans la merde. Peut-être pour toujours.

Je dévore du regard la scène qui se joue devant moi. Tout

se déroule au ralenti alors que des centaines – non, des milliers – de feuilles volent sur le terrain vague. Elles atterrissent sur les gradins et sur le sol boueux, sont répandues depuis le grillage et passées de main en main entre des élèves qui rient et chuchotent. L'équipe des pom-pom girls est en haut des gradins, et les filles jettent les pages autour d'elles avec Esme riant si fort que, je le jure, on peut l'entendre jusqu'au Japon. Une des feuilles me frappe le visage et me colle à la peau alors que des douzaines d'autres volent autour de moi. Je me baisse pour les ramasser. Elles ont été imprimées si rapidement qu'il y a des traces d'encre à l'endroit où les gens les ont touchées sans les laisser sécher.

Entrée n° 842 :

Péché : J'ai créé un faux profil sur un site de rencontres auquel, je le sais, Mlle Linde est inscrite et où elle couche virtuellement avec une autre membre. J'ai fait des captures d'écran et tout envoyé à son ex-petit ami.

Raison : Elle m'a mis deux C parce qu'elle est jalouse du principal Prichard et moi, mais a bien trop peur de nous balancer.

Entrée n° 843 :

Péché : Quand c'était mon tour de payer les cafés avant l'entraînement, j'ai commandé à Esme des Latte bien gras chez Starbucks pendant un semestre entier dans l'espoir qu'elle grossisse.

Raison : Cette salope culpabilise toujours les gens au sujet de leur poids.

Entrée n° 844 :

Péché : J'ai roulé des pelles à Colin Stimatzky et je l'ai laissé me peloter.

Raison : Il fallait que je me débarrasse de mes pensées obsessives au sujet de Penn Scully AKA le mec au trou dans son T-shirt (hum, ça fait trois ans, meuf, passe à autre chose).

Je suis sur le point de vomir quand j'aperçois Penn s'agiter sur le terrain, arrachant les feuilles des mains des élèves avec un regard meurtrier. Chaque personne qui croise son chemin abandonne sa lecture, mais le mal est fait. La foule se tient au centre du terrain ou dans les gradins, et lit avidement mes actes sordides. On me pointe du doigt, on se moque de moi. Je suis officiellement la risée de l'État, et je ne peux plus rien y faire. Jamais.

Je me tourne, prête à fuir en courant, quand Via me saisit le poignet pour me retenir. Elle fait semblant de me prendre dans ses bras, mais je peux sentir son sourire sur le lobe de mon oreille quand elle parle.

— C'était un mauvais calcul de ta part de demander à ta famille de n'informer personne de ton départ. Ça m'a poussée à dire à Gus d'accélérer notre plan. Nous sommes quittes, Daria. Maintenant que je vais tout te prendre, comme tu l'as fait avec moi, je peux passer à autre chose. Tu sais enfin ce que c'est d'être complètement détruite.

J'essaie de me dégager de son étreinte en enfonçant les pieds dans le sol quand Penn, d'une main large et chaude, me saisit l'autre poignet. Via me relâche immédiatement.

J'aimerais le chasser à coups de pied et lui hurler dessus parce qu'il m'empêche de fuir, mais je suis sans défense à son contact. Je m'effondre contre son torse et il m'entoure de ses bras, me protégeant du reste du monde. Je laisse libre cours à mes sanglots, et lorsque je sens sa poitrine vibrer, je comprends qu'il craque aussi. Et d'une certaine façon, à cet instant précis, je n'ai besoin de rien d'autre. Le monde est contre nous – tout le monde est au courant du moindre péché que j'ai commis – et pourtant…

Sans me lâcher, Penn se tourne vers sa sœur.

— Tu peux courir, mais tu ne peux pas te planquer, Sylvia. Et quand je t'aurai trouvée – et je te trouverai –, tu regretteras le jour où je suis né cinq minutes avant toi, parce que détruire ta vie est désormais mon job à plein temps, et je suis prêt à faire des heures sup.

Je dois fournir beaucoup d'efforts pour relever la tête afin de jeter un coup d'œil à Via et de lire l'expression de son visage alors que son frère la renie officiellement. Sa voix est si basse et menaçante que je suis parcourue d'une vague de frissons dans le dos. Via a l'air pâle et se met à paniquer. Ses lèvres sont blanches et son corps entier semble s'affaisser. Elle ne s'attendait visiblement pas à ce que Penn soit si furieux, mais à ce qu'il se range de son côté. À ce qu'il l'excuse de nouveau. À ce qu'il la protège comme toujours – comme avant, du moins –, de manière inconditionnelle.

— Penn, je…

— Ferme-la, putain ! ordonne-t-il en fonçant vers l'autre côté du terrain en me tirant par la main.

Je ne sais pas pourquoi je le laisse me toucher. Nous ne sommes plus ensemble et nous ne le serons jamais. Pas parce qu'il a choisi sa sœur, mais parce qu'il a choisi de briser non seulement notre histoire, mais aussi mon cœur. De la pire des façons. En me blessant intentionnellement. Et j'en ai officiellement terminé avec tous ceux qui ne me choisissent pas, qui ne me voient pas.

Quand Penn s'arrête devant Gus, je me force à regarder en

sachant que cette situation est la réalité que je dois affronter. Il est entouré de toute l'équipe de football (sans Knight) et de pom-pom girls. Il porte sa veste de sport et, le menton haut, affiche un air renfrogné. Il rit et des effluves de vodka me parviennent alors que nous nous tenons à plusieurs mètres l'un de l'autre.

— Regardez ce que le chat a rapporté.

— Quelqu'un qui va mettre fin à tes manières de chochotte.

Penn sort son Zippo de la poche de son jean et le fait tourner entre le pouce et l'index. Avant que je ne comprenne ce qu'il se passe, je remarque Via en larmes derrière Penn. Son coéquipier – je crois qu'il s'appelle Kannon – est à côté de nous, lui aussi. Ainsi qu'un type du nom de Josh. Et Malcom. Et Nelson…

— Via, aboie Gus. Ramène ton joli cul par ici.

Via secoue doucement la tête, les yeux rivés au sol mouillé par ses larmes.

— Maintenant ! crie Gus en tapant du pied.

Penn fait un pas vers Gus. Puis un autre. Au point qu'ils se retrouvent nez à nez tandis que leurs équipes, sur les nerfs, les regardent impatiemment, dans l'attente d'un combat. Je balaie la scène des yeux et tombe sur Adriana à quelques mètres de moi. Elle se balance d'un pied sur l'autre, révélant clairement qu'elle appréhende une revanche. Je lui adresse un sourire las et lui fais signe d'approcher. Une fois qu'elle est à mes côtés, j'attrape d'instinct sa main et la serre aussi fort que mon état me le permet.

— Je suis désolée, dis-je dans un murmure. Tellement désolée. Je n'aurais pas dû raconter toutes ces choses à ton sujet. J'étais aveuglée par la jalousie et désespérée de garder quelque chose qui ne m'appartenait pas en réalité.

Ma popularité. Penn.

— Je m'excuse, moi aussi.

Elle détourne le regard, le menton tremblant.

— Je n'aurais pas dû m'accrocher à lui comme si ma vie en dépendait. Il ne m'a jamais appartenu.

Quelque chose frôle mon bras, du côté où se trouvait Penn quelques instants auparavant. C'est Knight. Accompagné de Vaughn.

— Cole ?

Gus grimace, l'air sombre.

— C'est quoi ce délire, putain ?

Knight pose une main sur moi et hausse une épaule en allumant un joint.

— Ce délire, c'est que tu ne délires pas avec ma famille et mon intégrité, surtout si tu crois pouvoir t'en tirer en un seul morceau. Ou même vivant.

Penn pousse Gus, qui trébuche dans les bras de Colin.

— Tu as passé les quatre dernières années à prendre des paris sans jamais te salir les mains. Je crois qu'il est temps d'y remédier. Mais d'abord, parlons du fait que tu es tellement une salope, que tu as entrepris de détruire la vie de Daria. Tu as balancé tous ses secrets. Jeté des pierres alors que ta propre maison est faite en verre.

Penn tique dans un claquement de langue, en secouant la tête.

— Ta maison est faite de rien, en fait. Mauvais choix, Bauer. Déplorable.

L'air glacial, Penn fait en sorte de coincer Gus, l'isolant ainsi du reste de sa bande. Après avoir vu Knight et Vaughn se ranger de notre côté, tous les joueurs d'All Saints reculent de plusieurs pas. Ils ne quittent pas encore le navire, mais ils sont visiblement plus réticents à apporter un soutien total à leur capitaine.

— Vous aimez les secrets, bande d'enfoirés ? En voici un bien juteux qui vous gardera longtemps occupés. La mère de

Gus est une prostituée. Une vraie, du genre qui se fait payer pour du sexe.

Penn laisse échapper un sourire maléfique, alors que Gus se décompose et détourne le regard. J'en reste bouche bée. *Quoi ?*

— Je garde cette petite info depuis quatre ans, et je ne me suis jamais abaissé à son niveau pour essayer de le faire parler. Mais maintenant qu'il s'en est pris à la seule chose sacrée pour moi, il est sur le point de découvrir que même les coffres les plus solides peuvent s'ouvrir. Vous ne vous êtes jamais demandé pourquoi Bauer n'organisait jamais de fêtes chez lui ? Pourquoi il ne donnait jamais son adresse ? Ouais. C'est parce qu'il est boursier. Et qu'il dort dans sa putain de voiture. Il dormirait bien chez lui, mais il y a pas mal d'activité avec les va-et-vient de mecs excités à chaque heure du jour et de la nuit. Oh ! merde, j'ai oublié un détail : Gussy est mon voisin. Un gars du mauvais côté de la ville, comme votre serviteur ici présent. C'est la raison pour laquelle il a monté son réseau de paris. Et soudoyé les joueurs pour truquer ses matchs. Il est aussi anxieux que moi d'obtenir une bourse. À une différence près : l'un de nous a du talent et un avenir. L'autre vient de tuer toutes ses chances de fuir, ce soir.

— Ohhhh, raillent les élèves de Las Juntas au milieu de qui je me tiens, en pointant les pouces vers le bas à l'adresse de Bauer.

Gus est rouge écarlate, et malgré tout, j'ai de la peine pour lui. Pour moi. Pour nous tous, en fait. La vanité nous a coûté tout ce pour quoi nous avions travaillé. Nos carrières d'athlètes. Nos amis. Nos familles. Ceux que nous aimons.

Gus se ressaisit rapidement et lève les yeux.

— Des inconnus baisent peut-être ma mère. Mais toi, Scully ? Ton pire ennemi baise ta sœur. Dans toutes les positions possibles et imaginables.

— Ce n'est plus ma sœur.

Penn crache par terre en continuant à approcher et à jouer avec son Zippo.

— Ma sœur était en colère.

Il lève les yeux vers Via avec un sourire amer.

— Mais elle avait une âme.

J'aimerais qu'il arrête de dire ce genre de choses et de jouer avec son briquet.

Si, dès la première scène, il y a un pistolet accroché au mur, alors à la deuxième il y aura des tirs.

— Penn.

Via court vers lui mais s'arrête à mi-chemin en le voyant se raidir et serrer les mâchoires.

— S'il te plaît. Tu ne comprends pas, dit-elle. Écoute-moi. Je suis désolée, OK ? Tu veux un secret ? Tu veux de la boue ? Je peux te donner des infos sales qui rendraient Daria très heureuse. Il y a quatre ans, quand je me suis enfuie, j'avais le cœur brisé d'abandonner la danse classique et de te quitter. Mais aussi de laisser Gus. Nous nous aimons, crie Via en poussant Gus pour faire face à son frère. Je pensais que c'était l'amour de ma vie. Stupide, je sais, mais j'étais si jeune. Nous avons fréquenté le même collège. C'était mon premier béguin, mon premier baiser, le premier pour qui je faisais le mur et avec qui je sautais sur les toits pour défier la mort. À mon retour, je voulais désespérément retrouver tout ce que j'avais perdu. Et me remettre avec Gus me paraissait évident. Je n'avais pas réalisé à quel point il avait changé, à quel point il voulait s'intégrer dans son lycée de riches. En plus, je pense que moi aussi, j'ai changé. J'étais si déterminée à détruire Daria, que je l'ai fait au détriment de ma famille, me privant d'une amie et de mon frère.

Ses épaules s'affaissent et, pour la première depuis que je

la connais, Via se retourne et me regarde sans haine. Elle a l'air fatiguée. Ravagée. Exactement comme moi.

— Nous avons tous des secrets embarrassants. Chacun d'entre nous. On est juste bien contents que notre journal intime ne soit pas rendu public. Mon secret ? Je t'ai toujours enviée, Daria Followhill, et j'ai essayé de te blesser autant que tu me blessais. La seule différence, c'est que tu ne m'as fait qu'un sale coup. Alors que je t'en ai fait beaucoup, et maintenant, je suis plus isolée que jamais. Plus que je ne l'étais dans le Mississippi. La vengeance a un goût de merde. J'aurais aimé le savoir avant de tout risquer pour l'obtenir.

Colin s'avance alors, en passant la main dans ses cheveux et en soupirant vivement.

— Gus m'a demandé de frapper la jambe de ton quarterback, dit-il. C'est ça, mon secret. Je suis désolé. J'ai merdé. Je n'ai pas dormi depuis deux jours. Ni mangé, ce qui explique peut-être pourquoi on était si nuls sur le terrain. La vérité, c'est que mon frère a été recruté par la NFL alors que je ne suis qu'un joueur de seconde zone. Mes parents ne prennent même pas la peine d'assister à mes matchs. Je voulais tellement remporter le championnat. Je voulais seulement qu'ils me voient moi, pour une fois dans ma misérable vie.

Esme s'avance à son tour. On dirait une énorme purge d'émotions, de secrets et de péchés. Le Snake Pit n'a jamais accueilli autant de monde… ni autant de mal. Mais l'antidote contre tout ce venin, c'est l'honnêteté.

Esme soupire en retirant ses talons avant de les jeter sur le terrain.

— Merde. Oh ! je les déteste ! s'exclame-t-elle en riant. Mon Dieu, je déteste les chaussures à talons. Et ces minijupes !

Elle se déhanche en essayant de faire glisser sa très courte jupe le long de ses cuisses. Blythe est à ses côtés et la regarde avec, dans les yeux, ce que j'interprète comme de la peur.

— Mon secret ? Ah. Par où commencer ? Ma mère m'a dit que j'étais grosse quand j'avais, quoi, probablement cinq ans, et je n'ai pratiquement plus mangé de glucides depuis ce jour. Non qu'elle s'en soucie. Elle en est au mari numéro 3, et bien trop occupée à parcourir le monde avec lui. Je déteste toute personne dotée d'une famille à peu près fonctionnelle et donc j'ai haï Daria avant même qu'elle n'ouvre la bouche, puis elle a commencé à mal parler de sa mère – qui nous préparait des cupcakes quand nous organisions des fêtes chez elle autour de la piscine et qui nattait Daria avant l'école et qui lui concoctait des repas faits maison jusqu'à ce semestre – et là, j'avais une bonne raison de lui en vouloir. Je veux que tout le monde ressente la même douleur que moi. Tout. Le. Temps. C'est peut-être pour ça que je baise Vaughn Spencer depuis le début du semestre. Désolée, Bly…

La claque part avant qu'elle ne puisse finir sa phrase. Blythe lui grogne au visage et se précipite vers moi pour passer un bras autour de mes épaules. Je m'immobilise.

— Je suis désolée, Daria. Esme n'aurait jamais dû avoir ton titre. Je m'excuse d'avoir pris son parti. Mon secret, c'est que je n'ai pas confiance en moi, probablement pas assez pour tenir tête aux tyrans. Pour dire aux autres ce que j'éprouve.

Elle renifle en hasardant un coup d'œil vers Vaughn.

— Je ne sais pas. J'ai parfois l'impression d'avoir peur de vivre.

Esme lève les yeux vers moi, l'air hésitante, et je secoue la tête en attirant Blythe dans une étreinte plus chaleureuse. Je me sens mal pour elles, mais cela ne veut pas dire que je peux leur pardonner si facilement.

— Je… euh…

Adriana s'avance à son tour en essuyant ses paumes moites à l'arrière de son jean.

— Je vais certainement regretter ces paroles au moment où je les aurai prononcées, mais je tiens trop à Penn pour ne pas le faire alors que j'en ai le courage. Harper n'est pas de lui, OK ? Je ne peux rien dire de plus, mais Penn est resté à mes côtés parce que c'est un mec bien, responsable, et mon meilleur ami. Pas parce qu'il le devait. J'en ai bien trop profité, même quand c'était douloureusement clair que son cœur désirait une chose que je ne pouvais lui offrir.

Elle lève les yeux en pouffant pour elle-même.

— Je suis désolée, Scully. J'espère que ce n'est pas trop tard pour vous deux.

Il fait un léger mouvement du menton dans sa direction sans me regarder.

— Hey, les gars, j'ai un aveu à faire, moi aussi.

Knight avance en se frottant la nuque.

— Ma queue ne fait pas six centimètres. Mais sept centimètres et demi en fait. Quand elle est flasque. C'est vraiment inconfortable, et elle se prend un coup à chaque fois qu'un joueur vise mes jambes sur le terrain. Ça a été vraiment dur pour moi. Jeu de mots volontaire.

Tout le monde éclate de rire, excepté Gus, qui a l'air de quelqu'un dont la vie est foutue. Et j'imagine que la vérité étant maintenant dévoilée, c'est un peu le cas.

— Tu as oublié de nous avouer un secret, Bauer, dit Penn en croisant les bras.

— On est deux, dans ce cas, rétorque Gus en levant le menton.

— Tu sais quoi ? Commence, et si j'estime que ton secret est assez bon, on conclura un marché, et tu sortiras d'ici avec un nez en bon état. Enfin, si Daria m'autorise à ne pas te tuer.

Penn regarde dans ma direction, et je hoche la tête.

Gus soupire profondément.

— Vous voulez un secret ? Un qui me sauverait la peau ? Très bien.

Il se tourne vers Via, les yeux pleins de regret. Elle le remarque, elle aussi, et se recroqueville presque pour parer à l'impact.

— À ma naissance, ma mère m'a déposé sur les marches de l'église de la ville. Le pasteur la connaissait, alors au lieu de faire son devoir en me confiant à la police, il m'a ramené auprès d'elle. J'imagine qu'elle était trop honteuse pour ne pas me reprendre. Il lui a dit que lui et l'église nous aideraient mais, évidemment, l'enfoiré n'a jamais rien fait. Ton, euh, beau-père, Rhett…

Il tousse et se met à marcher en cercles. Marx, pas étonnant qu'on ait été si horribles les uns envers les autres.

— Il venait souvent nous voir. Il parlait de Penn comme du prochain Jerry Rice. C'est ce qui m'a donné envie de faire du foot. Il disait que Penn réussirait et achèterait un manoir à sa famille, et moi, je voulais ça, aussi. J'ai commencé à m'intéresser à Via pour me rapprocher de Penn, mais il ne restait qu'avec Cam et Kannon. Les années ont passé. On a tous continué notre route. Et quand Penn est arrivé au Snake Pit il y a quelques mois, ivre mort… Je lui ai attribué le meilleur combattant, Vaughn, parce que j'espérais – je priais, peut-être – qu'il le tuerait. Je ne voulais pas de rival. J'avais besoin d'une bourse, putain. De sortir de ce trou de merde avant de devenir l'employé de ceux avec qui j'ai grandi au lycée.

Le silence s'installe alors, le temps que ses paroles percutent tous les esprits.

— À toi, Scully.

Knight, à côté de moi, sourit en me serrant l'épaule.

Penn se tourne pour me regarder, et tout le monde l'imite.

Je devrais me sentir gênée à cause de tout ce qui a été révélé, et parce que tout le monde est au courant de mes secrets, mais je suis étonnamment calme.

— Je te dois deux vérités. Je vais t'en donner une maintenant, Skull Eyes. Mais l'autre…

Il inspire profondément.

— L'autre, tu l'obtiendras si tu décides de rester. Si la Belle finit avec le Clochard.

Il s'approche de moi et lève mon menton d'un doigt. Je m'arrête immédiatement de respirer. La foule nous encercle, formant un arrière-plan de visages et de silhouettes flous. Je ne vois plus que lui, et ça a peut-être toujours été ainsi. J'aurais peut-être dû le chercher quand je le pouvais encore et exiger qu'il prenne toutes mes premières fois comme si je les lui devais.

— La vérité au sujet des trous dans mes T-shirts est la suivante : mon dernier souvenir de Stan, mon père, date du jour où il nous a abandonnés. J'avais cinq ans et j'avais grimpé dans un arbre de notre jardin. Je nourrissais une putain d'obsession pour les cabanes. Et les forts. Et les châteaux de sable. Avec le recul, je me dis que je voulais simplement un vrai foyer, ce dont je manquais. Mon père ne voulait pas nous gâter, alors il refusait de m'aider à en construire. Quoi qu'il en soit, je suis tombé de l'arbre mais dans ma chute, mon T-shirt s'est accroché à une branche, créant un immense trou à l'endroit où se trouve mon cœur. J'aurais pu mourir. Ma mère était déjà à moitié accro, alors elle m'a simplement recommandé d'être plus prudent la prochaine fois. La mère de mon père, en revanche, a pété un plomb. Ioanna Scully est carrément cinglée. Dans le genre de religion qui croit aux malédictions et aux incantations. Elle m'a dit que je n'étais pas un petit garçon sage, et je l'ai traitée de vieille sorcière parce que c'était comme ça que ma mère l'appelait. Je ne comprenais pas pourquoi ma mère le disait derrière son dos. En tout cas, Ioanna m'a jeté un sort. Elle a dit que mon cœur serait brisé jusqu'à ce que je trouve la bonne personne. Je marcherais avec des trous dans mes vêtements pour symboliser ce que je n'ai pas jusqu'à ce que j'expérimente le véritable amour. Tant que je ne l'aurais pas trouvé, je serais misérable. Évidemment, je pensais que c'était des conneries. Mais ensuite, il m'arrivait des choses bizarres à chaque fois que je ne portais pas un T-shirt troué. Une fois, j'ai failli me faire renverser. Une autre, l'argent que j'avais volé à ma mère a mystérieusement disparu de ma poche. Un chien m'a mordu, on a volé mon vélo… alors j'ai commencé à couper des cercles dans mes T-shirts par superstition. Je n'avais pas le choix. Mon père m'a rebattu les oreilles à ce sujet, mais apparemment, ça a marché.

— Et quand tu joues au football ? je demande, en ayant pratiquement oublié le public qui nous entoure.

Je n'arrive pas à croire qu'il ait partagé tout ça avec moi. Avec nos deux écoles, en fait. Penn a toujours été si réservé. C'est un combat, rien que pour lui faire dire l'heure.

— Je porte toujours un T-shirt troué sous mon maillot.

— Et pourquoi la taille des trous varie-t-elle ? Qu'est-ce que cela signifie ?

— Leur taille n'a changé qu'un peu avant le retour de Via. Ensuite, je les ai faits plus petits. Parce que…

Il penche la tête en me souriant, mais d'un sourire triste qui me brise le cœur.

— Eh bien, là, on arrive au secret numéro 2, et tu ne l'obtiendras que si tu restes. Alors ? Vas-tu rester, Daria ? Te battre ou fuir ?

Me battre. Toujours me battre.

C'est ce que je lui ai répondu la dernière fois qu'il m'a posé la question, mais un océan s'est glissé entre la Daria de cette époque et celle d'aujourd'hui. Et je ne serai pas capable d'explorer véritablement celle que je suis à moins de prendre du recul. Lui et Via ne pourront jamais guérir si je reste.

J'inspire profondément, en pressant l'index sur ses lèvres souriantes.

— Merci d'avoir partagé ton secret avec moi.

— Dar…

Je me hisse sur la pointe des pieds pour l'embrasser sur la bouche. C'est un baiser chaste, nerveux, mais il lui dit ce qu'il doit savoir. Qu'il est pardonné. Que j'espère l'être aussi. Et qu'il est temps d'avancer.

— Alors ? Que se passe-t-il maintenant ? demande Gus derrière nous.

Penn ferme les yeux en secouant la tête pour se forcer à lui faire face.

— Nous avons remporté le championnat. Vous devez sauver vos culs et commencer à prier pour une bourse. J'appelle au cessez-le-feu à quelques conditions, explique Penn, une main sur la hanche.

Gus baisse la tête.

— D'abord, à partir de maintenant, tu ne t'approches plus de Daria ni de Via, mort ou vivant. Je m'en fous si c'est bien ou mal, tu dégages de leur vie.

Via éclate de nouveau en sanglots. Je crois que ce sont des larmes de joie. Elle semble heureuse que Penn se soucie suffisamment d'elle pour menacer Gus.

— Très bien, grogne Gus. Mais comment puis-je savoir que tout le monde gardera le silence ?

Colin s'avance.

— On ne laissera partir personne sans avouer de secret.

Comme ça, on aura tous quelque chose les uns contre les autres, et personne ne veut se faire avoir.

— C'est l'idée la plus brillamment stupide que j'aie entendue, dit Knight en hochant la tête. À moins, bien sûr, que l'aveu sur ma queue géante ne compte pas.

Vaughn frappe Knight derrière le crâne en levant les yeux au ciel. Colin et Nelson courent alors vers le portail pour le verrouiller et ne laisser personne s'enfuir.

Adriana, Esme, Blythe et Via s'assemblent autour de moi. Via est la première à ramasser une des pages photocopiées de mon journal pour la froisser dans son poing.

— Allons nettoyer tout ça en attendant.

Penn la retient par la main pour lui reprendre la page.

— Non, dit-il. Le Snake Pit doit mourir.

Je me retrouve seule avec Via pour rentrer à la maison.

Dix-huit litres d'essence plus tard et le terrain du Snake Pit est en feu derrière nous. C'était l'idée de Penn, mais Vaughn l'a soutenu en déclarant qu'un incendie était la meilleure solution pour éviter que tout recommence un jour.

Via tapote le volant en regardant autour d'elle. Elle s'éclaircit la gorge, visiblement à la recherche de quelque chose à dire. Mais je suis trop fatiguée pour parler. Rester assise durant quatre heures à écouter les confessions des autres – comment ils ont tué le chien de leur voisin, embrassé leur beau-père, triché à des examens, volé leurs amis, etc. – m'a laissée plus épuisée que je ne l'étais. Au moins Gus est hors de danger, et Penn aussi. Las Juntas a gagné, et All Saints devra composer avec les conséquences que cette victoire engendrera. C'est juste triste qu'il y ait eu autant de dégâts.

— Tu veux qu'on achète quelque chose à manger ? me demande Via.

Elle ne s'est jamais montrée gentille envers moi, et vice versa. Je n'ai rien avalé depuis des jours, pourtant je n'ai même pas la force d'y penser.

— Non merci. Je suis fatiguée.

— Ouais, moi aussi.

Silence. Elle tambourine sur le volant. Je regarde par la vitre, il fait nuit noire alors que nous pénétrons dans El Dorado, le ghetto de riches dans lequelle je vis. Je vivais, en fait. Je n'y resterai pas plus de quelques heures. Mon nouveau chapitre commence demain matin, et papa restera avec moi pour m'aider à m'installer durant la première semaine.

— Alors que penses-tu que Jaime et Mel comptent me faire ?

Elle mordille sa lèvre inférieure en gardant les yeux fixés sur la route. Je souris, l'air narquois, face à ses inquiétudes.

— Probablement rien. Melody t'aime, et papa l'aime, alors tes arrières sont couverts.

— Elle t'aime aussi, tu sais.

Elle se gare devant le manoir, et je me dépêche de sortir avant que nous partagions un de ces moments à cœur ouvert. Je ne suis pas prête à vivre ça avec Via. Je veux seulement survivre aux prochaines heures sans plus de perturbations que nécessaire.

Je ne m'attarde pas sur le fait que la voiture de Penn est déjà là. Me rendre dans sa chambre pour lui dire au revoir rendra les choses trop difficiles pour tous les deux. Il était une fois où nous aurions pu avoir une chance de vivre heureux pour toujours, mais ce conte de fées s'est transformé en cauchemar. Nous avons fait trop de mal pour que le prince puisse encore prétendre à sa princesse.

Via et moi entrons dans la maison, et à la minute où Via ouvre la porte, Melody la pousse, presque violemment, pour se jeter sur moi et m'enlacer dans une étreinte étouffante.

— Marx, où étais-tu passée, ma puce ? Je t'ai appelée et appelée. Je voulais qu'on passe la soirée ensemble.

Je cligne des yeux et fais un pas de côté pour m'éloigner de sa conduite hystérique. Les gamins restent des gamins, et nous avons tous fait des choses affreuses. Mais Melody est une adulte. Plus que ça, c'est ma mère – et je n'ai toujours pas fini de lui en vouloir.

— Je vais bien, dis-je.

— Via t'a-t-elle emmené quelque part contre ton gré ?

Mel tourne la tête pour lancer à Via un regard accusateur. Eh bien, eh bien. Voilà un changement de ton. Trop léger, trop tard, pourtant. Rien de tout ça ne changera quoi que ce soit désormais.

Via devient pâle comme un linge et me regarde, les yeux écarquillés. Techniquement, c'est précisément ce qu'elle a fait. Mais j'ai eu mon quota de drame pour les trois prochaines décennies, merci beaucoup.

— Non. Tout le monde traînait au Snake Pit, et je suis rentrée avec elle. Il est, genre, une heure du matin. Je vais me coucher.

Avec le soutien chaleureux de Via, je monte à l'étage pour gagner ma chambre.

Une fois dans mon lit, je fixe le tout nouveau mur sec face à moi et chasse les larmes en cillant. L'aquarium beau et fragile a été remplacé par quelque chose de solide et laid. C'est l'histoire de ma vie, j'imagine. Alors que je digère enfin tout ce qui m'est arrivé ces six derniers mois, un sentiment de solitude écrasant se saisit de moi.

Je quitte ma famille. Mes parents. Bailey. Je m'éloigne de Vaughn et de Knight sans leur dire au revoir car ils ne me laisseraient pas partir sinon. Ils ont promis de me protéger et de gagner mes combats à l'école, et une part de moi aimerait qu'il en soit toujours ainsi.

Mais ce n'est pas possible.

Il faut que je m'en sorte toute seule.

La porte de ma chambre s'ouvre dans un craquement, et je ferme les yeux en souriant. Il referme la porte derrière lui avant de s'appuyer dessus – d'après ce que j'entends –, et mon cœur gonfle dans ma poitrine.

— Mon père va te tuer s'il le découvre, je murmure.

— Ça en vaut quand même la peine, rétorque-t-il en prenant ma répartie pour une invitation à pénétrer plus avant dans ma chambre.

Mon lit s'enfonce, et lorsqu'il presse son corps contre le mien, je suis choquée de découvrir qu'il ne porte qu'un boxer. J'ouvre les yeux d'un coup et la vue qu'il m'offre me coupe le souffle.

— Waouh, dis-je.

Je lève les mains pour parcourir sa clavicule, son torse, ses abdos et la ligne qui descend en V sous son nombril sans même réfléchir. Puis j'effleure du bout des doigts ses énormes triceps, ses biceps en forme de balle de tennis et les délicieuses veines qui les traversent. Chaque centimètre de sa peau de bronze.

— Intensification, Scully.

— Skull Eyes.

Ses lèvres contre les miennes, il bouge doucement pour appuyer son entrejambe contre mon sexe, bien que je sois encore en jean.

— C'est terminé. Tant de choses ont été révélées ce soir que ton journal n'est qu'une goutte d'eau dans un océan de péchés. Ne prends pas cet avion demain. Ne nous fais pas ça, putain.

Plutôt que de lui répondre par des mots, je m'avance contre

son érection. Il gémit et déboutonne mon pantalon, s'en débarrassant en même temps que de ma culotte qu'il roule en boule avant de les jeter derrière lui. Ensuite, il m'écarte les cuisses et plonge deux doigts en moi avant de les sortir pour les sucer avidement.

— Je t'ai aimée en secret, et je t'ai aimée ouvertement devant nos deux mondes, et si tu crois que j'arrêterai de t'aimer quand bien même tu mettrais un océan entre nous, tu te trompes complètement.

Je crie et me cambre lorsque ses doigts me pénètrent de nouveau sans merci. Mes jambes tremblent autour de ses bras, et je suis sur le point de jouir quand il s'arrête et se baisse pour placer mes jambes sur ses larges épaules. Il glisse la langue le long de ma fente, titillant mon clitoris à chaque fois.

— Oh ! Penn. Marx, Penn.

— Marx, dit-il en riant tout contre moi avant d'enfoncer sa langue plus profondément cette fois et de se mettre à me lécher plus vite.

— Mon putain de mot préféré.

Il continue son assaut jusqu'à ce que je n'aie plus d'air dans les poumons. Le désir que j'éprouve est si vif, le plaisir si profond, que je retiens mon souffle pour me préparer à la tempête orgasmique qui fait rage en moi. Quand elle me frappe enfin, plus forte que n'importe quel sentiment jamais éprouvé, Penn se soulève sur ses avant-bras et me pénètre d'un coup, me remplissant entièrement. Je me cambre davantage en m'accrochant à son dos. Il étouffe mes gémissements avec un baiser langoureux qui porte mon parfum et ma saveur.

— Ton père va me tuer, c'est inévitable, mais faisons en sorte qu'au moins ma mort ne soit pas prématurée.

Je ris alors qu'il commence à bouger en moi sans préservatif et sans s'en préoccuper le moins du monde. Je prends la pilule, mais il ne le sait pas et des pensées folles me traversent l'esprit. Comme : peut-être qu'il le fait exprès. Peut-être qu'il veut m'enchaîner à cette ville. Peut-être que je devrais rester. J'ai l'impression que mon cœur rit en pleurant, car c'est trop tard.

Nous bougeons sensuellement, nous embrassant, nous mordillant et nous imprégnant l'un de l'autre. Cette étreinte a le goût, amer, d'un au revoir. Merveilleusement tragique.

Je caresse son visage, sa mâchoire, ses lèvres. *Tu vas me manquer.*

J'étudie chaque centimètre de son beau visage. *Je ne t'oublierai jamais.*

Ses mains se promènent, les miennes le caressent. C'était tellement plus qu'un premier amour. C'est une première haine, aussi.

Lorsqu'il se vide en moi, je ne mentionne même pas que nous venons de faire quelque chose d'irresponsable. Je sais que, d'une manière tordue et désespérée, il tentait de me faire rester. Alors je me contente d'un long, profond et puissant baiser.

— Je passe la nuit avec toi, me dit-il en me serrant fort contre lui.

Nos cœurs battent à l'unisson et je presse sa main dans la mienne.

— Mon père va vraiment te tuer.

Je ris en lui donnant un coup d'épaule.

— Allez, on se voit demain matin.

— Promis ? me demande-t-il.

— Promis.

Un mensonge.

26

Je respire ton nom
Dans l'espoir d'emplir mes poumons
Avec plus que de l'oxygène.

Penn

Aux urgences, le médecin retire tous les packs de glace qui entourent ma main et observe la chose rouge-bleu qui fait cinq fois sa putain de taille habituelle.

— Comment est-ce arrivé ?

L'homme, d'âge moyen et aux cheveux blancs, fronce le nez. *Je sais, enfoiré. Ça n'a pas belle gueule, mais toi non plus.*

Via cille à la question car elle connaît la réponse.

Comment est-ce arrivé ? Voyons voir. Ce matin, je me suis réveillé avec l'odeur de la fille que j'aime encore sur ma queue. Au lieu de me rendre dans la salle de bains pour me brosser les dents et pisser, je me suis précipité pour la réveiller avec un orgasme, le visage entre ses jambes, mais elle n'était plus là.

La pile de valises près de la porte avait disparu, et la fille aussi. Il ne restait plus que son mur moche et sec, ainsi que le collier de verre de mer que je lui avais donné et un homme de fer devenu humain qu'elle a, d'une façon ou d'une autre et contre toute attente, réussi à briser un putain de millier de fois, encore et encore, au point que je ne suis pas sûr que son cœur batte encore.

— Il était… Il s'est énervé, explique Via. Il a perdu son sang-froid et frappé dans un mur.

— Un mur en béton ? demande le médecin.

C'est un expert en mur ou quoi ? Pourquoi s'intéresse-t-il au matériau, précisément ?

Via acquiesce. Je la déteste toujours mais il n'y avait personne à la maison pour me conduire aux urgences. Forcément, je ne pouvais pas conduire étant donné l'état de ma main. Il est évident que je me suis cassé quelques doigts vu la façon dont ils pendent. Parfait timing. Un jour après le dernier match de la saison.

Le docteur se lance dans l'explication de ce qui va se passer ensuite. Je m'assieds sur le lit blanc dans la chambre blanche d'un hôpital qui ressemble davantage à un hôtel de luxe sans prendre la peine de faire semblant d'écouter. Mon esprit divague vers la maison où je vais rentrer. Celle qui me paraîtra si vide sans Daria.

Douze heures plus tard, je suis autorisé à sortir, la main emmaillotée tel un gant de boxe. Quand nous arrivons devant le manoir des Followhill, je n'ai pas envie de sortir de la voiture. Mais je ne veux pas non plus devenir le genre de chochotte au cœur brisé incapable de surmonter une rupture.

À l'instant où nous passons la porte, Melody se précipite vers nous. Son visage ressemble à ma main telle qu'elle était quelques heures plus tôt. Rouge et enflé.

— Où étiez-vous passés ?

Elle s'attaque à nous deux. Elle revient visiblement de l'aéroport, ce qui signifie que c'est fait.

Bien, Skull Eyes. Parfait, putain. Regarde-moi déchirer tous mes T-shirts et déambuler torse nu pour le restant de ma vie.

Je suis si las des mensonges et des secrets que je passe droit devant elle jusqu'au frigo, d'où je sors un pichet de thé glacé à l'aide de ma main valide.

— Quand j'ai découvert que votre fille était partie, alors qu'elle m'avait promis de rester, j'ai fait preuve de créativité en termes de gestion de la colère. En d'autres mots, vous allez sûrement devoir faire rénover le mur du garage.

— Penn.

Elle galope vers moi en secouant la tête tandis que Via se retire dans sa chambre, les yeux écarquillés fixés sur nous. Elle sait très bien que je n'exprimerai aucune émotion devant elle. Cette merde entre nous sera beaucoup plus difficile à réparer que le mur.

Une fois Via partie, Mel me prend dans ses bras. Je la laisse faire, uniquement parce que son ADN est en partie celui de Daria, et j'adore me faire du mal. Je peux encore sentir le parfum de sa fille sur ses vêtements, ce qui n'a aucun sens. Connaissant Daria, elle n'a pas étreint sa mère pour lui dire au revoir.

— Où est-elle, Mel ?

Elle secoue la tête, le menton baissé.

— Elle tient à ce que personne ne le sache. Je suis désolée. Elle n'a même pas voulu que je reste pour l'aider à s'installer.

— Mais elle a accepté que Jaime le fasse ?

Elle fait oui de la tête.

— Les choses sont réglées entre vous ?

J'aimerais qu'elle réponde non. J'aimerais qu'elle me dise que je ne suis pas le seul ici à avoir l'impression que chaque inspiration est un clou enfoncé dans mes poumons. Si c'est à ça que ressemble l'amour, c'est de la connerie totale. Je veux me faire rembourser, parce que Shakespeare avait raison depuis le début. Le véritable amour fait chier.

— Non.

Elle éclate en sanglots.

— Elle m'a à peine dit au revoir. Et toi ?

— Non, pas du tout, putain.

Les semaines qui suivent sont un supplice. Les jours passent au ralenti, le temps s'accroche aux murs d'une maison qui n'est pas vide, mais plutôt sans vie. D'une façon ou d'une autre, un mois sans Daria finit par s'écouler. Un mois au cours duquel Jaime revient et fait comme si de rien n'était. À chaque fois qu'il reçoit un appel de Daria, il ferme la porte de sa chambre avant de me lancer un regard qui dit clairement : « N'y pense même pas. »

Je commence à péter les plombs. Après m'être isolé de la société moderne, j'ouvre Instagram et Twitter seulement pour découvrir que les comptes de Daria sont officiellement inactifs. Elle ne les a pas supprimés, mais elle ne publie plus rien dessus, alors je me contente des anciennes photos d'elle et de son équipe de pom-pom girls. Je les contemple chaque jour pendant des heures, je m'y applique, comme à un tas d'autres choses émotionnellement saines, genre : essayer de déterminer, à l'aide d'une feuille de calculs, dans quel fuseau horaire elle vit en fonction des heures auxquelles elle appelle Jaime et Mel.

Oui. Un mois après son départ à peu près, Daria a cédé et a commencé à parler à Mel. Bailey se comporte comme si elle était en contact avec elle, elle aussi, alors j'imagine que c'est seulement les Scully dont Daria ne veut plus dans sa vie, et je ne peux pas lui en vouloir, putain. Nous avons débarqué chez elle et l'avons détruite en moins de six mois. Si les Jeux olympiques récompensaient les plus gros connards, Via et moi aurions fait la fierté du pays.

D'après mes estimations, Daria se trouve quelque part aux États-Unis. Elle appelle tôt chaque matin ou en début de soirée, donc plutôt côté est, mais peut-être qu'elle est dans le Midwest, aussi. Merde, elle aime peut-être se lever super tôt et si ça se trouve, elle est dans notre putain de quartier. Personne ne le sait. Personne ne me le dira. Et je serais prêt à escalader les putains de murs si je ne m'étais pas fracturé quatre doigts de la main gauche.

Un soir, Jaime m'invite à m'asseoir avec lui et m'explique que nous allons à l'université Notre-Dame pour visiter le campus, flirter et accepter leur offre. Il nous a réservé un billet en première classe et tout. J'imagine qu'il s'est remis du fait que j'ai glissé ma langue et ma queue dans les parties intimes de sa fille. N'est-ce pas un putain de champion ?

— Aucun comportement illicite quand on sera sur le campus. Si je t'attrape en train de fumer, de boire ou de baiser – simultanément ou pas –, je te jure que tu n'auras plus qu'à trouver un autre sponsor pour subventionner les quatre prochaines années de ta vie, car ce ne sera pas moi, dit-il en agitant un doigt devant mon visage.

Je pousse les brochures en travers de la table basse en hochant la tête.

— Bien reçu, monsieur.

— Bon sang.

Il se renfonce dans le canapé en se cachant le visage derrière son bras.

— Tu es aussi enthousiaste qu'un chiot écrasé par tous les camions de l'État. Essaie au moins de faire semblant d'être ici.

— Je suis ici, monsieur.

— Mais tu n'es pas présent.

Que répondre à ça ? Le type est devenu Hare Krishna maintenant ?

— Et arrête de m'appeler « monsieur ». Je te considère comme mon fils.

— J'aimerais vraiment que vous ne disiez plus ça, étant donné les sentiments que je ressens pour votre fille, qui n'ont rien de fraternel.

Il se redresse en soupirant avant de donner un coup sur la table basse pour capter mon attention. Je suis toujours le même fils de pute décontracté et affalé sur le canapé qu'une seconde auparavant. Quand Daria n'est pas là, la vie a un arrière-goût fade pour moi, et la personne qui a dit que le temps guérit tout était clairement sous LSD. Parce que le temps ne guérit rien. Au contraire, plus le temps passe, plus j'ai envie de déchirer ma propre putain de peau pour laisser mon cœur se faire la malle et d'aller à sa recherche. Je suis conscient que la disparation de Via m'a brisé, mais que je n'ai jamais eu les couilles d'aller la chercher. Avec Daria, c'est différent. Les Followhill peuvent me supplier autant qu'ils le souhaitent. Après la remise de diplômes, je ferai mes valises, casserai ma tirelire et irai la trouver.

— Penn, dit-il d'un ton menaçant.

Je jette un stylo – celui que j'ai utilisé dix minutes plus tôt pour noter toutes les conneries au sujet de notre voyage – et je me lève.

— Donnez-moi juste son numéro. Je ne l'appellerai pas. Je lui enverrai juste des messages.

— Tu compliques la situation. Si tu as vraiment des sentiments pour elle, laisse-la faire les choses à sa façon et ne la contacte pas contre son gré, alors qu'elle essaie de guérir.

— Comme vous l'avez fait avec Mel, hein ?

Je ris amèrement en secouant la tête avant de foncer dans ma chambre, mais Jaime se lève et hausse le ton. Pour la toute première fois.

— Penn Scully !

— Waouh. Quel progrès. Vous m'avez appelé par mon nom complet. Évidemment, vous ne connaissez pas mon deuxième prénom. Vous n'êtes pas mon *vrai* père, après tout.

Je me comporte comme un double enfoiré avec une pincée de salopard. Je n'ai pas de deuxième prénom. Ma mère n'a pas pris la putain de peine de m'en donner un. Et la vérité, c'est que si j'en avais un, mon père biologique ne le saurait même pas. S'il connaît la couleur de mes yeux, alors je suis le pape.

— Arrête de t'apitoyer sur ton putain de sort, Penn. C'est elle qui a dû affronter la vie loin de sa maison, de ses parents, et de tout ce qu'elle connaît, et recommencer à zéro, rugit Jaime.

— Comment va-t-elle ?

Je lance la question que je pose depuis un mois encore une fois.

— Et pitié, épargnez-moi les conneries du genre « elle s'en sort ». Daria ne s'en sort pas. Soit elle excelle, soit elle se vautre. Elle ne fait pas les choses à moitié, et nous le savons tous les deux.

Et bon sang comme j'ai aimé qu'elle excelle et joue avec moi. Notre histoire était une délicieuse torture que je supporterais volontiers à nouveau, même en connaissant la fin. Elle ne veut pas de moi. Elle me l'a fait clairement comprendre.

— Elle gère la situation.

Jaime sourit diaboliquement, avec un regard fou, d'un bleu étincelant. Comme Daria, quand elle est dans son élément.

— Maintenant, comptes-tu te sortir la tête du cul et affronter la vie comme un homme, ou t'effondrer comme un gamin ?

— Seulement si vous faites quelque chose pour moi.

— Je crois que j'en ai assez fait pour toi, garçon, répond-il en partant d'un grand rire, la tête en arrière.

Mais je suis sérieux comme la mort. Quand il s'en rend compte, il arrête de rire et lève les yeux au ciel. Encore une fois, comme Daria. C'est seulement maintenant que je cherche des indices pour me souvenir d'elle que je prends conscience à quel point elle ressemble à ses parents. Comment peut-elle penser être quelqu'un de mauvais alors qu'elle est issue de deux êtres qui ont accueilli deux adolescents vindicatifs et odieux quand personne ne voulait d'eux ?

— Vous ne voulez pas que je la voie ? Que je lui parle ? Que je sache où elle se trouve ? Très bien. Mais je veux que vous lui donniez ceci.

J'attrape mon sac à dos et en sors un journal en cuir, semblable à celui que Daria possédait. Ce n'est pas un hasard si nous avons le même. Melody l'a offert à Via le même jour qu'elle a donné le sien à Daria, il y a quatre ans et demi. Je crois – je n'en demanderai toutefois jamais la confirmation – qu'elle voulait que chacune d'elles parvienne au même constat et essaie de recoller les morceaux. Bien joué, Melody. Via s'est enfuie et Daria a complètement déraillé. Je ne sais pas pourquoi j'ai gardé ce journal intact. Me débarrasser d'un objet si précieux, en cuir et tout, me semblait du gâchis. J'ai commencé à écrire à l'intérieur seulement quatre ans plus tard, le soir où ma mère est morte et que j'ai revu Daria pour la première fois.

Écrire afin de ne pas oublier.

Écrire pour me décharger et oublier.

— Qu'est-ce que c'est ? demande Jaime en fronçant les sourcils.

Je crois qu'il pense que c'est le journal de Daria. Mais cette merde a brûlé avec le Snake Pit.

— Des trucs que j'ai écrits pour elle. Ne le lisez pas.

— Tu sais que je vais le faire, rétorque-t-il en riant.

— Peu importe, enfoiré, je grogne. Alors, vous le ferez ?

— Faire quoi ?

— Lui envoyer ! je rugis.

Il joue avec moi, et je déteste ça, putain.

Jaime lève les yeux au ciel et fait semblant d'y réfléchir.

— Si tu commences à te comporter comme un être humain et pas comme un zombie, peut-être.

On se serre la main et, pour la première fois depuis que je l'ai rencontré, ma poigne est plus ferme que la sienne.

27

Combien cela doit être agréable
De regarder de nouveau en toi et de voir
Si je te tue comme tu m'as détruit.

Daria

Mon appartement est magnifique.

À l'extérieur du campus, grand et spacieux. La première fois que je l'ai visité avec papa, les pièces étaient ternes, puis Melody a engagé Tiffanie, une décoratrice d'intérieur, et tout s'est égayé. Je me suis mise à apprécier ce lieu, même s'il ne m'est pas encore familier.

Je suis arrivée depuis trois mois. Il y a deux mois, papa est venu me voir pour me donner en personne le journal de Penn. Je ne suis pas du genre à savoir me contrôler, alors je l'ai lu en entier immédiatement, et relu encore et encore et encore.

Un million de fois, j'ai voulu décrocher le téléphone, l'appeler et lui dire de venir.

Un trillion de fois, j'ai voulu tout simplement acheter un billet d'avion et rentrer à Todos Santos dans ses bras toujours ouverts.

Mais à chaque fois, j'ai rejeté l'idée, sachant que ce n'était pas le moment pour nous d'être ensemble, et que nous devions rester concentrés. Je vais au lycée ici, et Melody ou papa me rendent visite toutes les deux semaines pour passer le week-end avec moi. Je réapprends lentement à appeler Melody « maman », petit à petit.

Je ne me sens pas particulièrement seule. C'est une ville universitaire et tous mes voisins ont vingt et un an ou moins : Rich et Welcott, et Beth et Fiona, avec qui je m'entends vraiment bien. Beth et Fiona ont le numéro de Mel et vice versa. On leur paie les courses et, en échange, elles ont promis de me balancer si j'organisais une fête ou si j'invitais un garçon. Comme si j'allais le faire.

D'après Melody, la situation s'améliore à la maison, et ça ne m'étonne pas. Il fallait que quelqu'un parte pour que tout le monde puisse guérir, et il fallait que ce soit moi. Ce sacrifice ne me rend pas amère. Je veux que Penn ait une relation forte avec sa sœur. Knight, Vaughn et Luna envoient des messages sur mon nouveau téléphone pratiquement tous les jours. Knight m'a raconté que Vaughn a largué Esme après son aveu, Blythe a, d'une façon ou d'une autre, réussi à lui faire quitter l'équipe de pom-pom girls et à en devenir capitaine, et Colin a fait en sorte que son père rende visite à Camilo à l'hôpital, et qu'il paie sa première année à l'université. Vaughn m'a dit que Gus s'est fait expulser de l'équipe de football pour usage de stéroïdes dans le but d'avoir l'air plus fort et plus désirable devant les scouts, et qu'il a décidé d'abandonner le lycée. Personne ne sait où il se trouve, et franchement, personne ne s'en soucie. Via a quitté l'équipe de pom-pom girls, et apparemment, elle traîne avec les gens bizarres et les intellos de Terminale. Ça m'a fait rire, et j'ai eu du mal à y croire. Luna, qui n'est pas du genre à se livrer aux commérages, m'a écrit que je manquais à Bailey, qui parle tout le temps de moi. Elle m'envoie des infos marrantes sur l'endroit où je vis pour que je m'y plaise :

Il paraît que vous avez le meilleur pop-corn des États-Unis. Achète du pop-corn blanc, et fais-le sauter dans la machine que je t'envoie.

Garfield le Chat vit ici. Fais-lui un câlin pour moi.

Je t'ai envoyé deux tickets pour le cirque. VAS-Y ! Il paraît que c'est génial.

Je t'ai aussi envoyé un coupon de réduction pour le restaurant de filet de porc pané qu'il faut que tu essaies. Goûte et dis-moi ce que tu en penses, OK ?

Cette conne est végétarienne, et elle sait que je préférerais mourir plutôt que de me servir d'un coupon de réduction (je crois que c'est la seule personne de Todos Santos à savoir ce que c'est), mais j'apprécie l'effort, alors je lui réponds toujours. Je pense que j'accepte enfin l'idée qu'elle est magique, et moi réelle, mais peut-être qu'être réel est tout aussi magique.

J'enfile mon manteau, mon écharpe et mon bonnet, et prends les clés dans le bol hideux près de la porte. Je l'ai acheté dans un magasin de souvenirs. Il a la forme d'un casque de football doré. Je sors dans le froid mordant de l'hiver, et observe mes bottes fouler la neige à moitié sale qui couvre les trottoirs. Le ciel est gris, les arbres blancs, et le campus reprend lentement sa routine post-Noël. Je sais que je n'ai pas assez réfléchi à la situation, et que je devrais faire demi-tour avant de tomber sur eux. Si je les croise. Mais je ne peux pas m'en empêcher. Je brûle tellement de voir Penn que je ne ressens même pas le froid qui m'a gardée cloîtrée dans mon appartement durant les semaines qui viennent de s'écouler. Je tremble sous l'adrénaline, et mon estomac se soulève alors que j'essaie de me calmer.

Je me trouve derrière la statue de Jésus, à l'avant du campus, quand j'aperçois Penn et papa sur les marches du magnifique bâtiment.

Penn est plus grand que papa. Je ne crois pas l'avoir déjà remarqué. Plus large, aussi. Et mon père est grand pourtant. On dirait qu'ils se disputent. Penn fait les cent pas en secouant la tête. Il dit non, mais je ne sais pas à quoi. Mon père essaie de le raisonner – ils jouent presque une scène au ralenti – mais Penn refuse de céder et descend rapidement les marches.

J'ai envie de courir vers lui et de lui demander si tout va bien, mais je n'en ai pas le courage.

J'aimerais le suivre et voir s'il craque, s'il a besoin de moi, mais j'ai trop peur.

Au lieu de ça, je sors mon téléphone et écris à mon père.

Est-ce que Penn va bien ?

Je ne le vois plus, et je commence à m'inquiéter. Je suis sur les nerfs. Je déteste ça. Papa répond :

Tu peux aller le voir et t'en assurer toi-même.

Je peux, mais je ne le ferai pas.

Car je sais que, même si c'est difficile maintenant, nous étions toxiques quand nous étions ensemble.

Alors je fais demi-tour et rentre à la maison en resserrant mon manteau afin que le vent ne s'y faufile pas.

Après tout, j'ai un trou dans mon T-shirt de la taille du cœur de Penn.

Le jour suivant, je m'assois sur mon balcon gelé pour relire le journal de Penn. Les pages sont froissées et jaunies, et le dos est presque complètement craqué. Il faut que je le photocopie avant de l'abîmer pour de bon. Mais je ne suis pas encore prête à remplacer le vrai par une copie. Je feuillette les pages, remarquant les changements dans son attitude et ses sentiments depuis la première entrée, juste après le combat contre Vaughn au Snake Pit, jusqu'aux dernières pages où nous étions tous les deux déchirés par nos émotions. Je relis mon poème favori.

Tu arraches des aveux de mes lèvres
Des réactions de ma chair
Des combats de mes poings
Du sang de mon cœur
D'un seul regard
J'ai parfois envie d'abattre le mur que j'ai bâti entre nous
De te laisser entrer
Et de te regarder me détruire.

Je souris face à son courage. Penn ne s'est jamais vraiment soucié d'être blessé. Même quand il était l'homme de fer, même quand son cœur ne battait que faiblement, se contentant de survivre à peine, il ne m'a jamais déçue. C'est stupide, si ce n'est vraiment horrible, mais j'ai trop peur de l'aimer.

L'idée d'être blessée me terrifie.

Et surtout : je ne suis pas sûre que je ne ferai pas tout foirer.

Depuis le balcon, j'entends une dispute à voix basse, alors je me penche par-dessus la rambarde pour jeter un coup d'œil en bas. Je vis dans la rue principale, en face de magasins pittoresques et super religieux. J'aperçois Penn et papa sortir du Starbucks, ils ont l'air de se disputer.

Cette fois, j'entends ce qu'ils disent. Contrairement à l'ancienne

Daria, je prends le temps de me demander si je devrais les écouter. S'ils le voudraient. Je me lève et – je ne sais pas avec quelle force – je commence à rentrer dans le salon quand je prends conscience qu'ils parlent de moi.

— Tu comptes vraiment tout foutre en l'air, Penn ? Vraiment ? On était d'accord. Tu m'as dit que si je lui donnais le journal, tu ferais semblant de jouer le jeu. Tu ferais un effort pour participer à cette chose qu'on appelle la vie. Eh bien, elle a le journal, OK ? Passe à autre chose, putain. Tiens parole et remplis ta part du marché.

— Je ne m'inscrirai pas à la fac. Je veux partir à sa recherche, réplique Penn d'un ton sec. Et ça ne me dérange pas si les choses se passent mal, qu'on ne se parle plus, mais dans ce cas, vous me laissez tranquille. Je vous ai remercié. Un millier de fois. Je n'accepterai pas cette putain de bourse pour passer à autre chose. Il n'y a rien d'autre. Croyez-moi.

J'ai le cœur au bord des lèvres. Penn est sur le point de refuser sa bourse pour partir à ma recherche ? C'est de la folie. Je fais les cent pas sur le balcon, à quelques mètres d'eux, même s'ils ne peuvent pas m'apercevoir dans l'angle où je me trouve, et me frotte le visage.

Que faire ? Que dire ?

— Tu vas détruire ta vie pour une fille qui ne veut plus de toi, dit papa, me faisant l'effet d'un coup de fusil dans le dos.

Parce que je le veux. Je désire Penn plus que mon prochain souffle. Mais je ne sais pas si je suis assez bien pour lui, et je ne peux pas prendre le risque de le blesser encore une fois. Sauf qu'il semblerait qu'il souffre déjà autant que moi.

Penn rit sombrement.

— Eh bien, la seule différence entre vous et moi, c'est que Melody vous a dit oui, et que Daria me dit non. Mais, Jaime, vous avez fait exactement comme moi.

J'ai demandé à Melody de me rendre visite le week-end suivant. Elle s'exécute en un claquement de doigts, sans attendre le vendredi. Dès jeudi, à mon retour de cours, je la trouve dans ma cuisine en train de préparer le pâté au poulet que je préfère, des sacs de marque étalés sur la table à manger. Elle a mis de la musique sur son téléphone, et c'est ma chanson « Maniac » de Flashdance. Quand j'étais petite, on dansait dessus comme des folles.

Quand elle m'aperçoit, elle s'arrête immédiatement et se redresse avant d'essuyer ses doigts couverts de sauce tomate sur son tablier. Je reste à l'entrée de la cuisine, et pour la première fois depuis des années, je la vois telle qu'elle est vraiment.

Une mère qui essaie désespérément de renouer avec sa fille mais qui ne sait pas comment s'y prendre, car elles ont toutes les deux commis tant d'erreurs.

J'appuie mon front contre l'encadrement de la porte en soupirant.

— Qu'est-ce qui ne va pas, ma puce ? Tout va bien ?

Non. Rien ne va. J'ai blessé tellement de gens ces dernières années en refusant de communiquer ma frustration, mes peurs, ma jalousie que je me retrouve comme une étrangère face à ma propre mère. J'avance dans la cuisine et m'arrête devant elle, faisant tomber mon sac par terre, comme ce jour où, dans le studio, Via est entrée et m'a volé mon moment de gloire.

Cette fois, Melody ne cherche personne d'autre que moi.

Elle me voit.

— Nos parents nous façonnent pour nous donner une certaine forme, dis-je en caressant le comptoir en granit du bout des doigts. Toi, Melody, tu t'es désintéressée de moi à la moitié du processus pour t'occuper d'un autre projet. Une œuvre qui avait le potentiel d'être parfaite. Son nom était Via, et même si j'ai toujours été jalouse de nombreuses personnes pour des raisons diverses, ma jalousie envers Via Scully m'a consumée. Tu veux savoir pourquoi, Mel ? Tu la regardais comme j'aurais aimé que tu me regardes, moi. Comme si sa forme était déjà aboutie, une œuvre accomplie, alors que je n'étais à peine qu'un canevas sur un métier à tisser. Je ne voyais pas l'image en entier. Je ne savais pas d'où venaient ses vêtements de luxe. Je ne savais pas pourquoi tu ne lui disais rien quand elle n'avait pas la tenue adéquate alors que tu nous réprimandais toutes pour moins que ça. Je ne savais pas pourquoi tu lui achetais ses barres de céréales préférées, ni pourquoi tu l'as emmenée à Londres pour une semaine, ni encore pourquoi tu tenais tant à ce qu'elle assiste à tous les cours.

Des larmes lui montent aux yeux ; elles sont comme un reflet de ce qui se passe en elle. Je vois maintenant, avec une clarté nouvelle, la Melody Followhill que j'aurais voulu connaître pendant toute mon enfance. Celle qui n'est pas seulement une danseuse étoile accomplie, une professeure incroyable, et la femme dont tout le monde parle, mais une simple femme – comme moi, peut-être – qui a du mal à faire ce qu'il faut pour sa famille.

— Lorsque Via a disparu et que j'ai compris que c'était ma faute, je ne pensais plus mériter ton amour. Tu me l'as donné, bien qu'épisodiquement. Nous avons emprunté des chemins différents, de plus en plus éloignés, de quelques centimètres de plus chaque année, jusqu'au premier semestre de ma Terminale. J'avais l'impression que tu faisais exprès de me blesser. Pour te moquer de la mauvaise personne que j'étais.

Melody secoue la tête, les doigts pressés contre ses lèvres.

— Jamais, s'explique-t-elle. J'étais frustrée et blessée et je ne savais pas comment t'atteindre. J'attendais que tu aies une prise de conscience. Une minute, j'essayais de te parler en étant soumise et apeurée face à ma propre fille, et l'autre, je m'énervais et m'impatientais. À un moment, quand j'ai compris que j'échouais, je t'ai simplement laissée tranquille. J'ai alors observé ta relation avec ton père, et bien que j'aime mon mari de tout mon cœur, j'ai enfin compris ce que ça faisait d'être toi. Parce que non seulement j'étais jalouse, ma puce, mais j'étais mortifiée. Je n'ai jamais aimé Via plus que toi. Mon amour pour toi a toujours été plus fort et plus naturel. Mais Sylvia avait besoin d'aide. Elle était pauvre, victime d'abus et négligée, et je ne pouvais rien faire car si j'intervenais, sa situation pouvait empirer. Je devais me contenter de l'aider en lui achetant sa tenue, en lui préparant à manger, et la soutenir en essayant de la faire entrer à l'Académie royale de ballet. Si j'étais indulgente avec elle, ce n'était pas parce que ses frasques m'enchantaient, mais parce qu'il fallait bien que quelqu'un le soit. J'ai hébergé Penn et Via sans vous consulter, toi et Bailey, et c'est ma plus grosse erreur jusqu'à présent. J'étais si déterminée à me faire pardonner d'avoir laissé tomber Via quand elle a disparu, que je n'ai pas compris que je piétinais ma propre fille. Je suis tellement désolée que tu te sois sentie indigne à cause de moi. J'ai toujours eu du mal à exprimer mes sentiments, et je crois que tu as hérité de cette difficulté. Je t'ai appris à faire la dure, en supposant que tu l'étais. Tu es devenue si forte à ce jeu que j'y ai cru.

Je ris à travers mes larmes en secouant la tête avant de les essuyer.

— Tu voulais vraiment que j'arrête d'essayer de devenir danseuse, dis-je en soupirant.

— Seulement parce que je ne voulais pas que tu subisses la même pression que moi quand j'étais préadolescente. Tu as toujours été naturellement douée.

— Menteuse.

Je pouffe en levant les yeux au ciel, ce qui fait couler encore plus de larmes.

Elle fait non de la tête en riant ; le son jaillit de sa poitrine dans une expression de soulagement.

— Oh ! Marx, tu te moques de moi ? Tu as toujours été incroyable. Je t'ai vue devenir de moins en moins sûre de toi au fil du temps, sans savoir que c'était à cause de Via et moi. Je pensais que tu étais seulement fatiguée et lassée.

— Fatiguée et lassée ! Maman, j'ai essayé si dur !

Nous arrêtons de rire. Et de pleurer. Et de respirer. Mel écarquille les yeux et nous nous fixons à la fois amusées et choquées. Et reconnaissantes. Si reconnaissantes.

— Tu m'as appelée « maman ».

— En effet.

Je m'étouffe sur les mots.

— Je l'ai fait. C'est ce que tu es. Tu es ma mère.

Nous avançons l'une vers l'autre pour nous prendre dans les bras et chasser toute la haine toxique, la frustration et les malentendus. Plus je passe de temps dans les bras de ma mère, plus je respire profondément. Nous demeurons ainsi dans la cuisine pendant vingt minutes, ou peut-être trente. Jusqu'à ce que mes jambes et mes bras soient douloureux à force de tenir une position aussi inconfortable.

Je suis la première à parler.

— Maman ?

— Oui, ma puce ?

L'émerveillement que j'entends dans sa voix fait chanter mon cœur.

— Je crois que ton pâté au poulet a brûlé.

28

L'amour est un champ de bataille
Et je crois que j'y trouvé cette putain de mort.
(Dernière entrée.)

Penn
Le jour de la remise de diplômes

Nous ressemblons tous à un cycle menstruel avec notre toge rouge et le chapeau assorti. Sans déconner, c'est violent. Je ne sais pas qui a eu l'idée d'assortir nos tenues de diplômés à l'équipe de football, mais qui que ce soit, il faut qu'il arrête la meth.

Kannon et Camilo marchent péniblement derrière moi dans l'escalier qui mène à la scène où notre proviseur lit la liste de nos noms.

— Au moins, il s'est rasé.

Cam rit et donne un coup de coude à Kannon en me désignant du menton. Sa jambe guérit, et même s'il boite encore légèrement, il le prend étonnamment bien. Je dis « étonnamment », mais en fait, s'il y a bien une chose que j'ai apprise cette année, c'est qu'on s'élève toujours à la hauteur du challenge que l'on doit affronter. On est beaucoup plus fort que ce qu'on pense. Mais parfois, des décennies passent sans que l'on soit éprouvé. Le truc, au sujet de la vie, c'est qu'elle nous frappe toujours. Personne ne mène une vie parfaite. Même la blonde, magnifique, sans défaut, riche et populaire porte des secrets. Même le capitaine de l'équipe de football. Même la riche mère de famille qui a épousé son ancien étudiant sexy devenu millionnaire. Le petit prodige de danse. Tout le monde a une histoire comportant des chapitres qu'on ne veut pas lire à haute voix.

— Ça te va bien, Penn, lance Camilo en me tapant dans l'épaule.

— Tu n'es pas mon genre, Cam. Arrête de parler, dis-je agacé.

— Est-ce que Melody et Jaime sont là ? demande Kannon, en se moquant un peu plus.

Qu'arrive-t-il à ces idiots ? Ils se comportent comme si c'était la première fois qu'on se rencontrait et que j'étais cette putain de Taylor Swift. J'ajuste ma stupide cape en soupirant.

— Ouais, ouais. Bailey et Via aussi.

— Où ça ? interroge Kannon.

— Quelque part dans la foule.

Des centaines de sièges s'étendent devant la scène de notre stade de football – des sièges en plastique rouge, bien sûr – mais je n'ai pas pris la peine de vérifier qui était là, car Mel m'a envoyé un message plus tôt pour me dire qu'ils s'assiéraient au fond, afin que l'on puisse s'éclipser rapidement à la fin pour aller dîner. C'est bien la dernière chose dont j'ai envie, un dîner en famille. Mais j'ai promis d'être sympa avec Via, et pour l'instant, j'y arrive.

— Tu n'as pas vérifié ? Ce n'est pas très chaleureux, commente Camilo en simulant un frisson avant de se frotter les bras.

Je me tourne vivement vers eux.

— C'est quoi votre problème, enfoirés ? Si c'est au sujet de

Via ou de Bailey, non, vous ne pouvez pas vous les taper. Bailey n'a même pas quinze ans, bande de pervers.

Kannon éclate de rire au point que la fille derrière lui se sent obligée de lui donner un coup de coude. Camilo, lui, se contente de secouer la tête en souriant.

— Cherche-les, espèce de tas de merde.

Je scanne les rangées avec réticence. Le proviseur appelle la fille située deux rangs devant moi. Je n'ai pas le temps pour ces conneries.

— À gauche, frère. Regarde vers la gauche.

Kannon s'impatiente. Je dirige mon regard vers la dernière rangée du côté gauche, et un violent bruit de verre explose dans mes oreilles – c'est probablement mon cœur.

Daria est là, assise entre Melody et Jaime. Elle porte une robe violette qui lui donne l'air d'une sorte de… je ne sais pas, d'une fée ou une connerie du genre. Elle est si belle que je n'ose ciller, parce que j'ai peur qu'elle ne soit pas réelle. Elle me regarde droit dans les yeux ; elle me tend une perche. Un sourire timide, incertain. J'aimerais que ma bouche s'élargisse en un sourire ravageur, mais mon cerveau s'est officiellement déconnecté de mon corps, m'empêchant de fonctionner.

Réagis, Penn. Réagis. Ne fais pas le mec flippant. Souris-lui.

Elle se lève, parce qu'elle le peut, puisqu'elle est au dernier rang. Parce que, je ne le comprends que maintenant, mais tout était prévu. Elle tient un panneau. Un bout de carton banal sur lequel est tout simplement écrit :

ON PARLE ?

Je fais oui de la tête et sens le sourire tant attendu s'épanouir enfin sur mon visage.

Oui. Putain. Oui.

— Penn Scully, hurle le proviseur Howard pour ce qui semble être la millième fois étant donné l'impatience qui perce dans sa voix.

Depuis combien de temps suis-je là, à baver devant Daria ?

— Penn Scully ? Dernière chance d'obtenir votre diplôme. Vous en aurez besoin si vous voulez aller à Notre-Dame.

Le proviseur renifle en remontant ses lunettes sur son nez.

Je traverse la scène d'un pas vacillant alors que la foule explose en applaudissements et en sifflements. Je ne quitte pas Daria des yeux. Notre-Dame, où j'ai finalement accepté d'aller après que Jaime m'a hurlé que mon histoire avec sa fille était terminée, va devoir attendre.

J'irai où Daria ira. Même si c'est tout droit en enfer.

Je prends mon diplôme, marmonne un « merci », donne une accolade au proviseur et descends directement de la scène pour rejoindre les Followhill. Techniquement, je suis censé regagner mon siège comme le reste des étudiants et jeter mon chapeau en l'air. Mais techniquement, j'étais vivant ce semestre alors que tout le monde savait que ce n'était pas vraiment le cas.

Je cours entre les rangées étroites, en ayant conscience que tous les regards sont braqués sur moi et que je n'ai pas la moindre idée de la façon dont Daria va réagir quand je serai devant elle.

Elle est toujours debout. Mel est sur mon chemin et ne fait pas mine de se lever ni rien. Alors je reste planté là, à regarder Daria me regarder, en essayant de ne pas remarquer que tout le monde autour de nous sourit. Je suis essoufflé, pourtant je suis au top niveau cardio.

— Tu es là.

Apparemment, je suis encore intellectuellement déficient, encore plus qu'un animal sauvage, quand elle est là.

Elle glousse derrière sa main, les yeux baissés. Je peux sentir dans l'air qu'elle a changé. Je peux sentir dans mes tripes que moi aussi. Je scrute son visage, son corps, pour essayer de déterminer ce qui est différent. Si elle a bronzé ou si elle s'est fait faire un autre tatouage, une nouvelle coupe de cheveux ou s'il y a un autre putain de mec suspendu à son bras. Mais c'est bien ma bonne vieille Daria.

— Je suis là, dit-elle.

— Merci.

— Je n'aurais raté ça pour rien au monde. Tu le sais, n'est-ce pas ?

Non, je ne le sais pas, et j'essaie de ne pas me donner de faux espoirs parce qu'ils sont déjà là, à frapper de leurs petits poings à la porte du sous-sol de mon cerveau, prêts à sortir. Elle est seulement venue me soutenir. La cérémonie de remise de diplômes de Via aura lieu la semaine prochaine, et peut-être que Daria veut assister aux événements d'All Saints aussi. Mais pourquoi est-elle ici alors, à me faire la surprise, et pas à la maison d'où nous sommes partis il y a deux heures à peine ?

Elle veut enfin parler. J'ai tant de choses à lui dire que j'aimerais les noter dans mon téléphone afin de ne rien oublier. Mais nous devons aller à ce stupide restaurant. Manger, c'est pour les chochottes. Impossible pour moi de dévorer quoi que ce soit d'autre que la chatte de Daria. Mais je doute fort que ses parents aimeraient le savoir.

Je me tourne vers Melody et Jaime.

— Y a-t-il une chance qu'on reporte ce dîner ?

— Aucune, répond sèchement Jaime, les yeux sur son écran de téléphone tandis qu'il rédige un e-mail, ses longues jambes croisées devant lui.

Son pantalon cigarette est un peu relevé au niveau des chevilles et révèle des chaussettes drôles et colorées.

— Putain, dis-je.

— Surveille ton langage, chantonne Mel en feuilletant une brochure qu'on lui a donnée à l'entrée, sans vraiment la lire.

Je me concentre de nouveau sur Daria et lui prends la main, même si Mel est encore entre nous. Daria incline la tête vers la scène sans me quitter des yeux.

— Tu devrais y retourner pour lancer ton chapeau.

La dernière fois que nous nous sommes parlé, elle m'a promis de ne pas me quitter, et elle est partie. Alors je ne prendrai aucun risque. Elle devrait même demander un mandat de restriction, parce que je ne compte pas la perdre de vue. Je lui souris et l'attire vers moi, avec Mel, Jaime, Via et Bailey autour de nous. Je la prends dans mes bras.

— Attention : public non averti, lance Jaime en toussant dans son poing, nous faisant rire tous les deux.

Avant qu'elle ne s'écarte, je lui dis la chose la plus sincère de ma vie :

— Tu m'as manqué.

Le dîner est irréel.

Tout le monde fait comme si de rien n'était, ce qui ne peut être plus éloigné de la vérité. J'active mon Ted Bundy[1] intérieur et fixe Daria durant tout le repas, en m'interrogeant sur la probabilité que Mel, Jaime, Bailey et Via disparaissent dans les airs sans prévenir. Ce genre de conneries s'est déjà produit. Principalement dans des films de science-fiction, mais quand même.

J'observe Daria couper son steak comme si elle avait inventé les couverts. J'admire sa façon de jeter des coups d'œil discrets

1. Tueur en série américain.

vers moi pour vérifier si je la regarde (et je la regarde *toujours*), et de tapoter les coins de sa bouche avec sa serviette.

J'observe tout. Je ne mange rien. Ils évoquent la météo et les ragots de la ville quand je demande à Daria :

— Où vis-tu ?

J'ai conscience de la fêlure dans ma voix, mais j'ai laissé ma fierté à la porte.

Elle lève les yeux vers moi en souriant, sans toutefois me répondre. Je ne lui repose pas la question.

L'addition réglée, les Followhill sortent dans la rue jusqu'à la Tesla de Jaime. Je suis venu avec la Prius puisque je devais être au lycée avant eux. Je tire Daria par la manche de son gilet et m'éclaircis la gorge.

— Besoin qu'on te raccompagne ?

Tout le monde s'arrête de parler. Daria jette un regard à ses parents, l'air interrogateur, et Jaime hausse un sourcil.

— Reformule, petit.

— Excusez-moi, monsieur. Mademoiselle Followhill, me feriez-vous l'honneur de monter dans mon carrosse ? J'ai une putain d'épée…

Jaime m'ébouriffe les cheveux en riant et pousse une Daria incertaine vers moi.

— Allez-y. Parlez. Battez-vous. Blâmez vos parents pour tout. Mais une fois à la maison, je ne veux plus d'histoires sous mon toit.

Et juste comme ça, elle se retrouve dans ma voiture. Au moment où je démarre, je prends conscience que c'est la première fois. Je ne l'ai jamais emmenée où que ce soit. Je n'ai jamais fait l'effort, point. J'ai pris le collier de verre de mer, puis sa virginité avant de la narguer avec les deux et de la larguer à la demande de Via. Pendant tout ce temps, elle pensait que je m'amusais avec Adriana. Pourtant, ça n'a jamais été le cas.

Le temps que je m'aperçoive qu'Addy était une femme, Rhett l'avait compris et s'en était occupé.

Rhett. En voilà un super sujet de conversation.

— Rhett est mort, dis-je d'un ton égal qui la fait s'étouffer avec sa propre salive.

Je ne me tourne pas vers elle pour la regarder tandis que je lui tape dans le dos. Je sais précisément où je vais. Loin d'ici et au seul endroit où je dois restaurer sa mémoire pour qu'elle se souvienne des raisons pour lesquelles nous devons être ensemble.

— Que lui est-il arrivé ?

— Overdose.

— C'est triste.

— Non, pas du tout.

Rhett était un violeur dangereux qui a battu chaque membre de ma famille avant de faire un gamin à une adolescente.

Daria renifle.

— Tu as raison. Ça ne l'est pas. Comment l'as-tu appris ?

— Il a commencé à appeler il y a trois mois environ. Il réclamait un paiement rétroactif pour la période où j'ai vécu avec lui. Il essayait de faire cracher tes parents ou quelque chose comme ça. Il voulait conclure un marché avec Jaime pour qu'ils se partagent les gains si j'entrais dans la NFL. Ensuite, Rhett n'a répondu ni aux appels ni aux lettres menaçantes des avocats de Jaime, alors nous sommes allés le voir. Son corps puait, mais j'imagine qu'on aurait pu dire la même chose quand il était encore en vie.

Je n'arrive pas à croire qu'elle sourit à mes stupidités, et je n'arrive pas à croire que je les prononce devant elle. Je me gare à l'extérieur du parc Castle Hill et coupe le moteur. Je sors ensuite de la voiture pour lui ouvrir la portière et l'attirer à l'extérieur en silence. Nous passons devant le banc où Adriana et moi étions assis le jour où Daria nous a observés depuis l'autre côté du parc, et nous nous enfonçons dans les bois. Nous ne nous arrêtons pas, nous ne nous adressons pas la parole jusqu'à ce que nous arrivions devant le tronc d'un arbre tombé. Là où nous avons couché ensemble la première fois.

Je m'appuie contre le tronc en croisant les bras.

— Tu avais promis, dis-je doucement.

À un moment, entre la cérémonie de remise de diplômes et l'arrivée au restaurant, j'ai retiré la cape sanguine, révélant le trou dans mon T-shirt noir. Et à quel point je vais mal.

Elle hoche la tête, plongeant la main dans ses cheveux pour se masser l'arrière du crâne.

— Je sais. Je suis désolée. Je suis tellement désolée.

Elle ne se justifie pas, ce qui marque un bon début, mais je ne sais pas ce que ces putains d'excuses signifient.

— Si tu veux entendre la seconde partie de mon secret, tu dois me promettre quelque chose.

— Quoi donc ?

— Toi. Tu avais raison, le jour où tu m'as dit que tu avais essayé de te donner à moi mais que je ne me suis moi-même jamais offert. Maintenant, me voici. Et si tu acceptes tout ce que je suis, tu dois me donner quelque chose. Alors commençons par une promesse. Une vraie, cette fois.

Quand elle m'adresse un regard méfiant, je prends conscience que, lorsqu'elle m'a indiqué qu'elle voulait parler, c'était peut-être pour clore notre histoire ou une connerie du genre.

Je retiens mon souffle.

— Je te le promets, répond-elle de la plus petite et faible voix que j'aie jamais entendue. Je te promets que je suis assez forte et assez bien pour toi, et que je veux connaître la suite de ton secret. Ce semestre a été horrible, toute seule. Comment ai-je pu même vivre sans toi dans ma vie ? Bizarre, dit-elle en levant les yeux au ciel.

En entendant ces mots, je me retrouve à deux doigts de tomber à genoux de joie.

Ça.

Je sors le collier avec le verre de mer que je gardais pour elle, au cas où, et le lance entre nous. Elle le rattrape.

— Tu veux que je porte le collier ? demande-t-elle en haussant un sourcil.

Je m'écarte du tronc pour avancer vers elle et lui reprendre le collier afin de l'attacher autour de son cou.

— Où nous étions-nous arrêtés dans l'histoire de mon secret ?

— Avant, j'aimerais savoir si tu as couché avec quelqu'un d'autre depuis mon départ.

Elle tourne la tête vers moi en restant de dos.

— Je n'ai même pas tenu la main de qui que ce soit. Même quand je me masturbais – c'était toujours toi. Merde, même ma routine matinale t'appartient.

Elle rit en secouant la tête. Sa voix m'avait manqué. Son rire. Elle.

— Merci. Eh bien, nous nous étions arrêtés au moment où ta grand-mère t'a maudit quand tu as déchiré ton T-shirt en tombant de l'arbre. Quelle était cette malédiction ?

Je prends un instant pour fermer les yeux et me délecter de l'odeur de ses cheveux.

— Alors ma grand-mère est énervée, et elle aimerait que je me comporte correctement. Elle me dit que, pour rompre le sort qu'elle m'a jeté, peu importe de quelle saloperie il s'agit, je dois tomber amoureux. Ce sont des conneries à *La Belle et la Bête*, et je n'y crois pas, mais même à cinq ans, je me dis que ce n'est pas grave, je peux très bien tomber amoureux mille fois par heure. Peut-être pas à cinq ans, mais à treize ou quatorze ans certainement. Alors évidemment, elle ajoute une condition.

Je pouffe de rire en repensant à la première fois que je me suis approché de Daria, après l'avoir vue entrer et sortir de ses cours de danse pendant des années.

— Quelle était la condition ? demande-t-elle en se retournant pour poser les mains sur mes épaules.

Intensification.

Je caresse sa joue avec mon pouce en souriant.

— Elle m'a dit que seul un véritable amour romprait le sort. Et qu'il devrait être réciproque. Et réel. Et éternel. Et surtout, elle a ajouté qu'il ne faudrait pas que ce soit n'importe quelle fille. Cette fille devrait pouvoir devenir une Scully, comme nous. Mais je n'avais que cinq ans, j'étais idiot et sous antidouleurs, alors j'ai entendu « Skull Eyes ». J'ai ri et ri et ri encore, putain, jusqu'à ce qu'elle me frappe avec un manche à balai. Mais tu veux savoir le plus étrange dans l'histoire ?

Daria hoche la tête.

— Quand je t'ai aperçue, toute brisée et énervée, et que j'ai finalement réussi à trouver le courage de te parler, j'ai vraiment vu des têtes de mort dans tes yeux. Genre en marbre, au centre de tes pupilles.

Daria me prend la main et la presse contre ses lèvres, faisant accélérer mon cœur.

— À chaque fois que tu m'appelais comme ça, tu disais en fait que j'étais l'amour de ta vie ? demande-t-elle avec douceur.

Je souris.

— Elle comprend enfin. Où étais-tu ces derniers mois, Skull Eyes ?

— Je t'attendais.

C'est à son tour, maintenant, de sourire.

— Là où j'ai toujours su que je te suivrais. À South Bend, dans l'Indiana. À Notre-Dame.

Épilogue

Penn
Notre-Dame, première année d'université

— Oh my Marx, j'ai des cloques de la taille de ta tête, Penn. Que se passe-t-il ? se plaint Daria.

Pour ma défense, personne ne lui a dit de porter des chaussures à talons compensés rouges pour notre longue promenade. Pour sa défense, cette connerie est interminable. Je n'en vois même pas la fin et je suis à peu près sûr que j'aurais dû penser à emporter de l'eau, des Advil, et même de quoi manger sur la route.

— On est bientôt arrivés, bébé.

Elle s'est enrôlée dans la mission sans m'interroger sur mes motivations. Je lui ai dit que je préférais qu'elle ne me pose pas de questions, et elle m'a fait confiance. Pourquoi, ça me dépasse, mais c'est ainsi. J'ai remporté le putain de jackpot à tous les niveaux avec ma petite amie. Elle est sexy, compatissante, drôle, pleine de feu, et son père a proposé de payer nos billets d'avion pour rentrer à la maison pendant les fêtes.

Daria expire profondément avant de se mettre à siffler. Elle s'ennuie. Elle n'a jamais été du genre à faire de la marche ou de la course à pied. Elle préfère danser dans un studio. Elle a intégré l'équipe de pom-pom girls de Notre-Dame et n'envisage même pas d'en devenir la capitaine. Elle est beaucoup plus heureuse sans cette responsabilité.

— Via dit qu'elle s'amuse bien à Santa Barbara.

Ma sœur fréquente l'université locale et elle s'éclate. En partie parce qu'elle n'est pas loin de Mel, Jaime et Bailey, à mon avis. Elle n'aime pas trop s'aventurer hors de son territoire et a encore besoin qu'on lui tienne la main par moments. Notre relation s'est améliorée, et Via et Daria sont même restées en contact. Rien de très chaleureux, mais quand même. À ce stade, je n'ai aucune illusion et je ne m'attends pas à ce qu'elles deviennent les meilleures amies du monde. Si elles peuvent éviter de s'entre-tuer pendant les vacances de Noël – ce qui ne me semble pas impossible –, je serai heureux.

— Bien, bien, dis-je.

Je suis trop distrait par la folie de ce qui est sur le point de sortir de ma bouche pour penser à Via. Mais Daria poursuit :

— Elle fréquente un mec super mignon qui s'appelle Doug. Je crois qu'elle compte l'inviter à Thanksgiving.

— Doug est un nom affreux, mais ça ne peut pas être pire que Gus.

— OK, que se passe-t-il ? demande-t-elle en s'arrêtant.

Non, non. Elle ne peut pas s'arrêter là. Il nous reste encore trois mètres peut-être avant d'être arrivés. Je la tire par le bras et la traîne quasiment le reste du chemin qui forme un huit entre les deux lacs du campus.

— J'ai dit : pas de questions.

— Très bien ! Mais peux-tu me lâcher la main ? Ma paume est carrément moite et même si j'adore quand tu me jettes des miettes de romantisme, c'est un peu trop, là, Penn.

Je ris en secouant la tête.

— Encore deux mètres.

— Marxxxx, rugit-elle. Tu me tues, mec.

Une fois arrivés, je lui lâche la main et me tourne vers elle.

— Il paraît que si deux étudiants font le tour des deux lacs du campus, main dans la main, en formant un huit, ils se marieront.

Étant donné que nous vivons déjà ensemble dans l'appartement que ses parents lui ont acheté et que nous avons été élus le couple star du campus par tous les Tom, Dick et Harry, j'essaie de me convaincre que cette déclaration ne devrait pas la faire paniquer. Mais Daria recule d'un pas, la main devant la bouche.

— Est-ce une demande en mariage ?

— Non, dis-je en souriant, mais la promesse que tu en auras une avant qu'on soit diplômés. Qu'est-ce que tu en dis ?

Elle hoche la tête.

— C'est… parfait.

J'expire, soulagé.

OK. Bien. Putain.

Daria
Notre-Dame, deuxième année d'université

Je sors de ma classe en serrant mes manuels de psychologie contre moi. Après de longues discussions avec ma mère, j'ai finalement trouvé le métier que j'aimerais exercer. Conseillère pédagogique, pour venir en aide à toutes les futures Daria. Mon sac à dos contenant mon MacBook, mon téléphone, mon portefeuille et le reste de mes biens me semble aussi léger qu'une plume. Je suis impatiente de voir jouer ma star de petit ami contre la Navy ce soir. Penn, lui, est passionné par les sciences politiques. Je crois qu'il voudrait changer les choses dans les quartiers qui les ont forcés lui, Via et Gus à se confronter au monde réel trop tôt.

Un sourire étire mes lèvres alors que je repense à la nuit précédente. Quand nous avons fait l'amour si longtemps et si intensément que Penn s'est plaint de ne plus avoir de force pour le match de ce soir. Ça peut paraître impossible, mais le sexe entre nous devient de plus en plus fort, passionné et important avec le temps.

Je suis sur le point de sortir du campus en passant par Lyons Hall, sous l'arche assombrie par l'automne, quand une main m'attrape par-derrière et m'attire dans un coin de la structure en pierre. Mon dos percute le mur, m'arrachant un gémissement hystérique.

Non. Ce n'est pas en train de m'arriver. Non.

Une main recouvre ma bouche, et je me dis que je devrais crier ou la mordre au moment où l'homme à laquelle elle appartient recule de quelques centimètres pour me regarder. Mon petit ami.

Mon petit ami qui est sur le point de mourir.

Il écarte sa main de ma bouche avec un sourire arrogant.

— Au nom du ciel qu'est-ce que tu crois…

Il me fait taire d'un baiser, ses lèvres cherchant les miennes brutalement. Je fonds immédiatement et m'agrippe à son survêtement. Je suis folle de ce mec. Folle amoureuse et bêtement attirée par lui. Quand nous nous arrêtons enfin pour reprendre notre souffle, il relève la tête afin de m'observer, l'air étrangement calme et sérieux.

— J'ai quelque chose pour toi.

Je cille devant la pomme rouge qu'il sort de son sac de sport et j'écarquille les yeux lorsque je comprends de quoi il s'agit.

— Game over. Tu as gagné. Tu m'as conquis, même si c'est moi qui ai envahi ton territoire sans prévenir.

Je ne sais pas quoi dire alors je choisis l'option la plus stupide : je croque un morceau de pomme que je presse contre ses lèvres. À la façon de *La Belle et le Clochard*.

— Les victoires sont meilleures quand on les célèbre ensemble, dis-je dans un murmure.

— Très bien. Deuxième prise. Cette fois, j'espère que tu comprendras, car il y a tellement plus en jeu. D'après le folklore traditionnel de ces bois, si deux personnes s'embrassent sous l'arche Lyons, elles se marieront. Tu me suis, mademoiselle Followhill ?

Je cligne des yeux en me mordant la lèvre pour retenir le rire hystérique qui menace de m'échapper. Que veut-il dire par « deuxième prise » ? Quand la première a-t-elle eu lieu ? Ma bouche forme un « O » au moment où je percute.

— Tu veux dire… ?

Il hoche la tête brièvement, les yeux fermés, et s'explique :

— Je l'avais dans ma poche l'année dernière. Je l'ai dans ma poche cette année. Je n'ai pas encore les moyens de t'offrir un diamant, alors elle est ornée d'un…

— D'un verre de mer orange.

Je termine sa phrase le cœur battant la chamade, et il me sourit.

— S'il te plaît, pour l'amour de D… Marx, abrège mes putains de souffrances et dis-moi que tu veux devenir ma femme. Je ne te demande pas de t'engager cette année. Ni l'année prochaine. Ni même celle d'après. Je te demande de t'engager à t'engager, et oui, je sais à quel point je parle comme Dr Phil.

Je jette mes bras autour de son cou et l'embrasse si fort que je me demande si ses lèvres ne vont pas se décrocher. Il me soulève dans les airs, embrasse mes joues, mon nez, mon front, et enfin, mon menton.

— Meeerrde, crie-t-il. Tu n'as pas encore prononcé un seul mot, Skull Eyes.

Ses T-shirts sont en parfait état en ce moment. Et les miens aussi.

— Oui, Penn Scully. Ce serait pour moi un honneur de devenir ta femme.

— Bon sang, merci. J'ai cru que j'allais vieillir et mourir avant que ça n'arrive.

Je tourne la tête du côté de l'arche d'où ces paroles me sont parvenues et découvre les équipes de football et de pom-pom girls, maman, papa, Bailey, Via, Knight, Luna, Vaughn et une fille dont je n'ai jamais entendu parler. Adriana est là, elle aussi, elle porte Harper, et Camilo a passé un bras autour de ses épaules. Ils sourient tous les deux. Pas seulement à nous, mais l'un à l'autre.

Maman et papa applaudissent tandis que Bailey saute de joie. Knight lève le pouce et Vaughn les yeux au ciel, en souriant néanmoins. Luna, Addy, Harper et Camilo nous regardent comme s'ils avaient gagné un prix. Heureux de nous voir heureux.

Et c'est ce que font les vrais amis et la famille.

Ils vous relèvent et vous sortent de la boue de vos propres erreurs.

Et quand vous n'êtes pas la meilleure version de vous-même ? Eh bien, ils restent, parce que nous sommes tous des putains d'humains.

Remerciements

Je réécris toujours mes livres, mais celui-ci m'a demandé de rédiger trois brouillons avant de parvenir à une version finale. Non. Attendez… quatre. Oui. Quatre versions complètement différentes de l'histoire de Daria. Et Charleigh Rose et Tijuana Turner ont lu chacune d'elles, alors autant dire qu'elles méritent d'être les premières que je remercie pour ce livre.

Merci également à Lana Kart, Melissa Panio-Petersen, Sarah Grim Stenz, Amy Halter et Ava Harrison de ne pas me détester. J'apprécie.

Merci à Angela Marshall Smith, Paige Smith et Jenny Sims, mes merveilleuses éditrices. Je ne pourrai jamais assez vous remercier de ne pas me haïr, car je ne suis pas sûre que ce soit vrai, mais merci d'être toujours aussi patientes avec moi. Je l'apprécie aussi.

Merci à Letitia Hasser et Stacey Blake, qui embellissent toujours mes livres. Merci d'être aussi incroyablement talentueuses. Et à Lin Tahel Cohen, mon attachée de presse, de tout faire pour moi, sauf respirer. Je dépends terriblement de toi.

Helen Hunting, merci de me tenir la main. Jenn Watson, merci d'exister. Et à mon agent, Kimberly Bower, grâce à qui cette série a vu le jour avant même que je l'écrive. Vous êtes « waouh ». Toutes.

Un merci tout particulier au groupe des Sassy Sparrows, mon groupe préféré de l'univers, et à ma merveilleuse équipe promo qui grandit sans cesse au point que j'ai tout simplement décidé de leur dédier mes livres pour leur témoigner mon affection, deux personnes à la fois.

J'aimerais aussi remercier les bloggers qui prennent le temps de lire ce livre pour aucune autre raison que leur amour des mots ; à vous, cher lecteur, merci de me permettre de faire ce que j'aime. Pensez, s'il vous plaît, à écrire votre avis, bref et sincère, si vous en avez le temps.

Avec ma reconnaissance éternelle.

L.J. Shen

Vous avez aimé *Dirty Devil* ?
Découvrez la suite de la série
ALL SAINTS HIGH

Novembre 2020

Janvier 2021

Tournez vite la page pour découvrir
un extrait du tome 2,
Broken Knight !

NEW ADULT

1

Knigh, 9 ans ; Luna, 10 ans

Knight

Un coup de poing dans le chêne, puis la douleur familière de la peau arrachée sur mes doigts.

Saigner m'aidait à mieux respirer. J'ignorais pourquoi, mais mes plaies faisaient pleurer maman dans la salle de bains, quand elle se croyait seule. À peine posait-elle les yeux sur mes doigts bousillés que les grandes eaux commençaient. Ça m'a valu une visite hebdomadaire chez un type en costard, qui me posait des questions sur ce que je ressentais.

Mes écouteurs m'isolaient du bruit des oiseaux, des criquets, et des feuilles qui craquaient sous mes pieds. Le monde craint. J'en avais assez de l'écouter. *Break Stuff* de Limp Bizkit était mon hymne personnel pour « casser des tucs ». Fred Durst avait peut-être une tête de cul à casquette, mais il n'avait pas tort.

Boum.

Boum.

Boum.

La plupart des gamins se battent entre eux. Pas moi. Je voulais seulement me faire mal. Quand j'avais mal au corps, je n'avais plus mal au cœur. Question de logique. Une bonne affaire.

Une pomme de pin me tomba sur la tête. Je levai la tête en plissant les yeux. Ma crétine de voisine, Luna, était perchée devant notre cabane, sur une épaisse branche. Elle jouait avec une autre pomme de pin, balançant ses jambes maigres au-dessus du vide,

— C'était pour quoi, ça ? demandai-je.

J'enlevai mes écouteurs de mes oreilles.

Elle me fit signe de monter. Je ne bougeai pas d'un poil. Elle agita la main avec insistance.

— Nan.

Je reniflai et crachai sur le côté.

Elle haussa un sourcil ; c'était sa façon de me demander « c'est quoi ton problème ? ». Luna était une vraie fouineuse, mais juste avec moi. Quelle plaie.

— Vaughn m'a piqué mon vélo, expliquai-je.

J'aurais bien cassé la gueule de mon soi-disant meilleur ami, si je n'avais pas été certain de pouvoir le tuer par erreur. Il l'avait fait exprès, pour que je pète les plombs. « Faut que ça sorte », avait-il dit. Je ne savais pas ce que ça voulait dire. Qu'est-ce qui devait sortir ? Et d'où ? Et puis, qu'est-ce qu'il savait de la colère ? Il avait une vie parfaite. Ses parents étaient en bonne santé. Il n'avait pas de petit frère pénible, comme Lev.

Luna jeta la deuxième pomme de pin. Cette fois-ci, je l'attrapai, armai mon bras comme un joueur de base-ball, et lui renvoyai, faisant exprès de la rater.

— J'ai dit *non*.

Elle sortit une troisième pomme de pin (elle en gardait tout un stock dans la cabane au cas où des intrus nous attaqueraient, ce qui n'arrivait jamais) et me la jeta dessus.

Je finis par craquer.

— T'es trop débile !

Elle me regarda en clignant des yeux.

— Arrête de me regarder comme ça !

Un autre battement de cils.

— Bordel, Luna !

Je me fichais bien de ce que disait Vaughn. Jamais je n'aurais *envie* d'embrasser cette fille. Pourvu qu'elle ne me demande jamais de le faire.

Je grimpai sur le pneu-balançoire pour monter dans notre minuscule cabane. Vaughn se pensait au-dessus des cabanes dans les arbres. Tant mieux. Un truc en plus rien qu'à Luna et moi.

Luna sauta de la branche. Elle fit une roulade au sol et se redressa comme une ninja, puis s'épousseta avec un sourire satisfait. Après quoi, elle se mit à courir en direction de notre quartier. À toute vitesse.

— Tu vas où ? criai-je, comme si elle allait répondre.

Je la regardai disparaître au loin. J'étais toujours triste de la voir partir.

C'était voué à l'échec, de toute façon. On ne pouvait pas parler avec Vaughn. Luna n'était même pas capable de *parler*. Et puis, je n'avais pas besoin de son aide. J'étais parti parce que sinon, je savais qu'il aurait obtenu ce qu'il voulait – la bagarre. Je n'étais pas comme lui. Faire chier mes parents n'était pas l'objectif de ma vie.

Un peu plus tard, Luna réapparut. Sur mon vélo. De la cabane, dans laquelle je m'étais réfugié, je me levai, protégeant mes yeux du soleil couchant – le soleil brillait toujours plus fort quand l'océan était sur le point de l'avaler.

Luna me fit signe de descendre.

Extrait

Je lui jetai une pomme de pin sur l'épaule en guise de réponse, puis l'interpelle :

— Rexroth.

Quoi ? demanda son sourcil arqué. Elle pouvait me dire mille choses rien qu'avec ses sourcils, cette fille. Parfois, j'avais envie de les raser juste pour la contrarier.

— Je règle toujours mes comptes. Retiens ça, ok ?

Ok, soupirèrent ses yeux levés au ciel.

— Allez, monte, lui dis-je.

Elle montra mon vélo en tapant du pied.

— Et laisse ce putain de vélo.

Elle me rejoignit dans la cabane. Je savais que je devais la remercier, mais au lieu de ça, je sortis les feuilles que j'avais imprimées plus tôt et les étalai sur le plancher devant nous. On se pencha dessus, nos fronts collés par la sueur. Je lui apprenais des insultes en langue des signes – ce que son père et son thérapeute ne feraient jamais.

— D'après ce que je vois, pour « bite » il faut faire un d avec sa main et se taper le nez, dis-je en imitant l'image sur une des pages, avant de la retourner. Oh ! regarde. Si tu veux dire « va te faire foutre », il suffit de faire un doigt d'honneur en faisant la moue. Pratique.

Je ne la regardais pas, mais sentais son front contre le mien. Bien qu'elle soit une fille, Luna était super cool. Son seul défaut, c'est qu'elle posait parfois trop de questions avec ses yeux. Selon maman, c'était parce que Luna tenait à moi. Il était hors de question que je l'admette, mais moi aussi, je tenais à elle.

Elle me donna une tape sur l'épaule. Je tournai une autre page.

— Passer sa main ouverte près du menton, d'avant en arrière, ça veut dire « pute ». Ton père va me tuer s'il découvre que je t'ai appris ça.

Extrait

Elle me tapota plus fort sur l'épaule, enfonçant son ongle dans ma peau.

J'interrompis ma lecture et levai les yeux.

— Quoi ?

— *Tu vas bien ?* signa-t-elle.

Elle ne se servait pas souvent de la langue des signes. Luna ne voulait pas parler. Ni en signant, ni en articulant. Elle *pouvait* parler. Techniquement, je veux dire. Même si je ne l'avais jamais entendu dire quoi que ce soit. Le problème, ce n'était pas sa voix, d'après nos parents. Mais le monde.

Je comprenais. Moi aussi, je détestais le monde.

Nous le détestions chacun à notre manière, voilà tout.

Je haussai les épaules.

— Bah oui.

— *Un ami ne laisse pas ses amis se tracasser pour des choses insignifiantes*, signa-t-elle.

Holà. Une phrase entière. C'était nouveau.

Je ne comprenais pas l'intérêt de parler la langue des signes, si c'était pour ne pas parler *du tout*, mais je ne voulais pas la contrarier.

— Je m'en fiche du vélo, affirmai-je.

Je reposai la feuille et rampai vers la sortie. Elle me suivit, dans la même position. Je n'aimais même pas ça, faire du vélo. Ça me faisait mal aux couilles, et c'était ennuyeux. J'en faisais juste pour pouvoir traîner avec Luna. Pareil pour le coloriage. Je *détestais* le coloriage.

Elle pencha la tête sur le côté. Une question.

— Maman est retournée à l'hôpital, admis-je.

Je ramassai une pomme de pin et la lançai vers le soleil couchant, au bord de la falaise où notre arbre avait pris racine.

Extrait

Je me demandai si la pomme de pin avait atteint l'océan, si elle était mouillée, si elle avait froid. Si elle me détestait.

Luna posa sa main sur la mienne et contempla nos paumes. Nos mains faisaient la même taille, la sienne brune, la mienne blanche comme la neige fraîche.

— Ça va, dis-je en reniflant, avant de prendre une autre pomme de pin. Ça va aller.

— *Je n'aime cette expression. « Ça va »*, signa Luna. *Ce n'est pas bien. Ce n'est pas mal. Ce n'est rien.*

Elle pencha la tête et prit ma main pour la serrer dans la sienne. Sa main était chaude et collante. Dégueu. Quelques semaines plus tôt, Vaughn m'avait confié qu'il voulait embrasser Cara Hunting. Je n'osais même pas imaginer toucher une fille de cette manière.

Luna posa sa main sur son cœur.

Je levai les yeux au ciel, gêné.

— Je sais, dis-je. Tu es là pour moi.

Elle secoua la tête et serra plus fort. L'intensité de son regard me fit peur.

— *Toujours. Tout le temps. Éternellement*, signa-t-elle.

J'aspirai ses mots. J'avais envie de fracasser mon foutu vélo sur la tête de ce connard de Vaughn et de m'enfuir. Puis de mourir. Je voulais mourir dans un désert de sable, m'évaporer en poussière, laisser le vent m'emporter partout et nulle part.

Je voulais mourir à la place de maman. Je ne servais à rien. Alors que tant de personnes dépendaient de maman.

Papa.

Lev.

Moi.

Moi.

Luna montra le soleil devant nous.

— Le coucher de soleil ? soupirai-je.

Elle fronça les sourcils.

— La plage ?

Elle secoua la tête d'un air exaspéré.

— *Le soleil reviendra demain*, signa-t-elle.

Elle se pencha en avant. L'espace d'un instant, je crus qu'elle allait sauter. Elle sortit une épingle à nourrice de ses Vans à carreaux et se piqua au bout de l'index. Sans un mot, elle prit ma main et me piqua le doigt. Elle les joignit l'un à l'autre, faisant couler notre sang.

Un sourire étira ses lèvres. Ses dents n'étaient pas alignées. Un peu pointues. Très imparfaites.

Avec notre sang, elle écrivit *À la vie, à la mort* sur le dos de mon autre main, sans faire attention à l'état de mes doigts.

Je pensai au vélo qu'elle avait récupéré pour moi et souris.

Elle me serra dans ses bras. Je me laissai faire.

Je n'avais pas envie de l'embrasser.

J'avais envie de m'ouvrir la peau pour la faire entrer dans mon corps.

La dissimuler au monde et la garder pour moi seul.

Knight, 12 ans ; Luna, 13 ans
Luna

Je tiens mon nom de la lune. Papa disait que j'étais un petit bébé tout en rondeurs, parfait. Une lumière née dans l'obscurité. Une enfant que ma mère ne voulait pas et dont elle ne savait pas quoi faire. Papa avait dit que malgré – ou peut-être *à cause de* – ça, j'étais la créature la plus belle et la plus charmante qu'il ait jamais vue.

« Mon cœur a volé en éclats, pas parce que j'étais triste, mais parce que quand j'ai posé les yeux sur toi, j'ai eu besoin de tant de place dans mon cœur qu'il a gonflé, gonflé, gonflé », m'avait-il dit un jour.

Il disait beaucoup de choses pour que je me sente aimée. Il avait de bonnes raisons.

Ma mère nous avait quittés alors que je n'avais pas encore deux ans.

Au fil des ans, elle était venue toquer à mon esprit quand je m'y attendais le moins – forçant la porte grâce à une armada de souvenirs et de photos cachées que je n'étais pas censée trouver. Son rire – ce rire que j'étais incapable d'oublier, malgré mes efforts – coulait sur ma peau comme une langue de feu.

Le pire, c'était que je savais qu'elle était en vie. Val, ma mère, vivait quelque part sous le même ciel, respirait le même air. Peut-être au Brésil, son pays natal. Ça n'avait pas d'importance : où qu'elle soit, elle n'était pas avec moi. Et la seule fois où elle était revenue dans nos vie, c'était pour convoiter l'argent de papa.

J'avais cinq ans, mon père venait de rencontrer Edie, ma belle-mère. Val avait demandé la garde alternée et une coquette pension alimentaire, assez élevée pour combler la dette d'un petit pays. Quand elle s'était rendu compte que je n'allais pas la rendre riche, elle s'était barrée. Une fois de plus.

À l'époque, j'avais pris pour habitude, le soir, d'aller sur la pointe des pieds jusqu'à la cuisine où papa et Edie avaient leurs discussions de grands. Ils ne m'ont jamais vue. Dès l'instant où Val avait cessé de me voir, je suis passée maître dans l'art d'être invisible.

— Je ne veux pas qu'elle approche ma fille, avait asséné papa, les dents serrées.

— Moi non plus, avait renchéri Edie.

Ça m'avait touchée en plein cœur.

— Mais si elle revient, nous devons nous y préparer, ajouta-t-elle.

— Et si elle lui fait du mal ?

— Et si elle la *guérit* ?

L'expérience m'avait appris que le temps était bon à deux choses : guérir et tuer. J'attendais chaque jour que la guérison vienne. Je m'agenouillais sur les coussins en dentelle sous ma fenêtre, que j'entrouvrais en priant que le vent emporte mes souvenirs d'elle.

Je ne pouvais pas haïr Valenciana Vasquez, la femme qui avait fait ses valises devant mon berceau alors que je pleurais, *hurlais* pour qu'elle ne me quitte pas, et qui était partie quand même.

Je me souvenais très bien de la scène. C'était glaçant. Il paraît qu'on ne peut pas avoir de souvenirs avant l'âge de deux ans, mais j'ai une mémoire photographique, un QI de 155, et un cerveau qui a enduré suffisamment de tests pour savoir que, pour le meilleur ou pour le pire, je me souviens de tout.

De tout le mal.

De tout le bien.

Et de ce qu'il y a entre les deux.

Ce souvenir était donc très net dans ma mémoire. La détermination qui vibrait dans ses yeux en amande. La sueur froide perlant sous mes bras potelés. J'avais fait appel à tout mon vocabulaire d'enfant précoce, et j'avais crié à pleins poumons :

— Maman ! S'il te plaît ! Non !

De dos, elle avait marqué une pause sur le pas de la porte, les doigts agrippés de toutes ses forces au chambranle ; au cas où quelque chose la pousserait à se raviser et à aller me prendre dans ses bras. Je n'osais pas cligner des yeux, de peur qu'elle disparaisse dans l'intervalle.

Pendant une fraction de seconde, son instinct maternel avait pris le dessus et elle s'était retournée pour me regarder.

Le visage déformé, la bouche ouverte, elle avait passé sa langue sur ses lèvres écarlates. Elle avait semblé sur le point de dire quelque chose, mais elle avait fini par secouer la tête et était partie. Une musique mélancolique passait à la radio. Val l'allumait souvent pour couvrir le son de mes pleurs. Mes parents ne vivaient pas ensemble, alors, mais partageaient ma garde. Les nombreux appels téléphoniques de papa à Val étant restés sans réponse, il m'avait trouvée quelques heures plus tard dans mon berceau, la couche plus lourde que mon petit corps.

Je ne pleurais pas. Je ne pleurais plus.

Ni quand il m'avait prise dans ses bras.

Ni quand il m'avait emmenée aux urgences pour vérifier que tout allait bien.

Ni quand il m'avait bercée, embrassée, réconfortée.

Ni quand il avait pleuré à chaudes larmes en me suppliant de produire un son.

Rien.

Depuis ce jour, je souffrais de ce qu'on appelle un mutisme sélectif. J'étais capable de parler, mais que je *choisissais* de ne pas le faire. Ce qui était franchement stupide, puisque je ne voulais pas être différente. Mais je *l'étais*. Mon absence de parole n'était pas tant un choix qu'une phobie. On m'avait diagnostiqué une sévère anxiété sociale et j'allais chez le psy deux fois par semaine depuis ma petite enfance. D'ordinaire, le mutisme sélectif signifie qu'une personne peut parler dans certaines situations, quand elle se sent à l'aise. Pas moi.

La musique de ce jour-là était inscrite au fer rouge dans mon cerveau, comme une vilaine cicatrice. Et voilà qu'elle revenait m'agresser.

J'étais dans la voiture avec Edie, ma belle-mère. La pluie tambourinait sur la vitre de sa Porsche Cayenne. À la radio, l'animateur annonça le titre *Enjoy the Silence*, de Depeche Mode. Cette ironie amère me donna la bouche sèche, cette même bouche qui refusait de prononcer des mots sans aucune raison – si ce n'est que les mots que j'avais prononcés pour retenir ma mère n'avaient pas suffi. *Je* n'avais pas suffi.

Entendre à nouveau cette musique me donna envie de m'échapper de ma peau pour m'évaporer dans les airs. De sortir de la voiture. De m'enfuir de la Californie. De quitter Edie, papa et Racer, mon petit frère. De partir pour aller ailleurs. N'importe où. Dans un endroit où les gens ne m'analyseraient pas et n'auraient pas pitié de moi. Où je ne serais pas une bête de foire.

« Bon sang, ça fait dix ans. Elle ne peut pas passer à autre chose ? »

« Peut-être que ce n'est pas à cause de la mère. Vous avez vu le père ? Toujours avec sa jeune maîtresse à son bras… »

« Elle a toujours été bizarre, cette fille. Jolie, mais bizarre. »

Je voulais rester dans ma propre solitude, remâcher le fait que ma mère m'avait regardée dans les yeux et décidé que je ne lui suffisais pas. Me noyer dans mon chagrin. Qu'on me laisse tranquille.

Alors que je tendais la main pour éteindre la radio, Edie fit la moue.

— Mais c'est ma chanson préférée !

Allons bon. Évidemment.

Frappant ma vitre du plat de la main, je geignis, désemparée. Le son étrange de ma propre voix me fit frissonner violemment et Edie, au volant, me jeta un regard en tachant de garder ce petit sourire qui lui était familier, comme des bras grands ouverts à un câlin.

— Ton père a grandi avec Depeche Mode. C'est un de ses groupes favoris, expliqua-t-elle, bavardant pour me divertir de la crise de nerfs que j'étais en train de vivre.

Je frappai la fenêtre plus fort et donnai un coup dans mon sac à dos, posé à mes pieds. La chanson pénétrait mon corps, s'insinuait dans mes veines. J'avais envie de sortir. J'avais *besoin* de sortir de là. Elle tourna en direction de notre villa d'inspiration méditerranéenne, mais ça n'allait pas assez vite. Je n'entendais plus que la chanson. Je ne voyais plus que Val en train de partir. Je ne sentais plus que cet immense trou béant dans mon cœur, qu'elle élargissait de son poing chaque fois que son souvenir venait me frapper.

Edie éteignit la radio au moment où j'ouvrais la porte pour sortir du véhicule qui ralentissait. Titubante, je dérapai sur une flaque, puis m'élançai vers la maison en courant.

La porte du garage s'ouvrit tandis que le tonnerre zébrait le ciel, le déchirant en deux, invitant une pluie furieuse à s'abattre. J'entendis les cris d'Edie à travers sa vitre ouverte, mais ils furent avalés par la tempête sud-californienne, si rares. La pluie détrempait mes chaussettes, alourdissant mes jambes, et mes pieds se mirent à brûler dans ma course effrénée jusqu'au garage, où j'attrapai mon vélo et l'enfourchai avant de m'élancer dans la rue. Edie se gara, sortit de la voiture à la hâte, et se lança à ma poursuite en criant mon nom.

Je pédalai de toutes mes forces pour quitter l'impasse, passant devant la maison Followhill à toute vitesse, puis devant le manoir des Spencer qui assombrissait la route par sa stature impressionnante. La résidence des Cole, ma préférée, était prise en sandwich entre ma maison et celle des Followhill.

Extrait

— Luna ! lança la voix de Knight Cole dans mon dos.

Je ne fus même pas surprise.

Les fenêtres de nos chambres étaient face à face, et nous gardions toujours les rideaux ouverts. Quand je n'étais pas dans ma chambre, Knight me cherchait, en général. Et vice versa.

Ce fut plus difficile d'ignorer Knight que ma belle-mère, et pas parce que je n'aimais pas Edie. Je l'aimais. Je l'aimais avec la force dont seul un enfant non-biologique était capable – d'un amour affamé, viscéral, mais plus intense encore, car baigné de gratitude et d'émerveillement.

Je ne dirais pas que Knight était comme un frère pour moi, mais c'était comme s'il faisait partie de la famille. Il pansait mes genoux écorchés. Il chassait les petites brutes qui se moquaient de moi, même lorsqu'ils faisaient deux fois sa taille. Il me donnait des discours d'encouragements avant même que je comprenne le sens de ce mot et que je sache que j'en avais besoin.

Le seul problème avec Knight, c'est qu'il retenait une partie de mon cœur en otage. C'est pourquoi je me demandais sans cesse où il était. Son bien-être était lié au mien. Alors que je dévalais la colline sur mon vélo en direction du portail en fer forgé noir qui clôturait notre quartier de riches, je me demandai si lui aussi sentait ce fil invisible qui nous reliait, s'il me courait après parce que j'avais tiré dessus. Parce que c'était douloureux quand l'un de nous s'éloignait trop de l'autre.

— Eh ! Eh ! Eh ! hurlait Knight dans mon dos.

Edie l'avait rattrapé. On aurait dit qu'ils se disputaient.

— Je vais la calmer.

— Mais Knight…

— Je sais ce qu'il lui faut.

— Non, mon chou. Tu n'es qu'un enfant.

— Et tu n'es qu'une adulte. Va-t'en !

Extrait

Knight ne craignait pas d'entrer en conflit avec les adultes. Moi, je suivais les règles. Du moment qu'on ne me demandait pas de parler, j'étais irréprochable : je n'avais que des bonnes notes, j'aidais mon prochain, je ramassais les déchets dans la rue même quand ce n'était pas les miens, et je donnais chaque année une partie de mes cadeaux de Noël à ceux qui en avaient plus besoin.

Mais mes motivations n'étaient pas pures. J'avais encore l'impression de n'être pas assez bien, alors j'essayais d'être toujours mieux. Daria Followhill, une voisine de mon âge, m'appelait Sainte Luna.

Elle n'avait pas tort. Je jouais à la sainte, parce que Val m'avait donné le sentiment d'être une pécheresse.

J'accélérai. Il pleuvait à torrent, et bientôt la pluie se transforma en grêle, qui tambourinait sur ma peau de toute sa fureur. Je plissai les yeux, passant le portail de notre quartier.

Tout se produisit en un éclair : je fus éblouie par les phares jaunes d'une voiture. Celle-ci essaya de braquer dans la direction opposée, et le métal chaud frôla ma jambe. Le son assourdissant du klaxon retentit.

Soudain, je sentis quelque chose me tirer en arrière, par le col de ma veste en tweed, d'une telle force que le tissu faillit m'étrangler, et je fus projetée dans une flaque sur le bord de la route.

Puis j'entendis mon vélo exploser. La voiture le réduisit en miettes. La selle vola à quelques centimètres de ma tête, le cadre glissa loin sur la route. Mon visage heurta le béton. J'avais la bouche pleine de terre, de boue et de sang. Je toussai, roulai sur le côté et essayai de me débarrasser du poids qui pesait sur mon corps, pour trouver Knight à califourchon sur moi. La voiture fonça jusqu'au bout de l'impasse, fit un demi-tour serré, et passa le portail du quartier à toute vitesse. Il grêlait si fort que je fus incapable de distinguer la forme de la voiture, et encore moins sa plaque d'immatriculation.

— Connard ! cria Knight à la voiture avec une telle férocité que mes poumons brûlèrent pour lui. Va moisir en enfer !

Je clignai des yeux, essayant d'observer l'expression de Knight. Je ne l'avais jamais vu comme ça – une tempête dans la tempête. Bien qu'il ait un an de moins que moi, il faisait plus vieux. Surtout maintenant. Il avait le front strié d'inquiétude, entrouvrait ses lèvres roses et gonflées, et ses cils noirs comme la suie et trempés par la pluie étaient collés les uns aux autres comme un épais rideau. Une goutte roula jusqu'à sa lèvre inférieure et disparut dans la fossette de son menton, et cette simple vision embrasa mon cœur.

C'était la première fois que je me rendais compte que mon meilleur ami était… beau.

C'était stupide, je sais, surtout vu les circonstances. Il m'avait sauvée d'une mort certaine, en me sautant dessus pour que je ne me fasse pas renverser par une voiture en excès de vitesse, et je ne pensais ni à Val, ni à Edie, ni à Depeche Mode, ni à la fragilité de la vie, mais au fait que le garçon avec lequel j'avais grandi était sur le point de de devenir un adolescent. Un adolescent séduisant. Qui aurait mieux à faire que sauver son amie d'enfance ou lui apprendre à dire « crétin » en langue des signes.

Moi qui pensais que les souvenirs de Val m'entaillaient le cœur… Ce n'était rien comparé à l'atroce déchirure que je ressentis en regardant Knight et en comprenant qu'il allait briser le morceau de mon cœur qu'il retenait en otage. Il ne le ferait pas par méchanceté, non, et il ne le ferait pas exprès non plus. Mais ça n'avait pas d'importance. Par délit de fuite ou frappée par la foudre – une mort est une mort.

Extrait

Un chagrin est un chagrin.

La douleur est la douleur.

— Qu'est-ce tu fous, putain ? me hurla-t-il au visage.

Il était si près que je pouvais sentir son haleine. Sucre, cacao et garçon. *Garçon*. Il me restait encore quelques années avant que tout ne se mette en branle. Paralysée, je n'arrivais même pas à grimacer face à sa colère. Comment avais-je fait pour ne pas remarquer les traits gracieux de son visage ? La couleur de ses yeux – points bleu foncé sur fond vert émeraude, une teinte sublime que je n'avais jamais remarquée auparavant. Ses pommettes si nobles et affûtées, qui dessinaient son visage espiègle, comme du pop art dans un cadre en or à mille dollars.

— Réponds-moi, bordel !

Il donna un coup de poing dans le béton à côté de ma tête. Ses doigts enflèrent comme des balles de golf. Il avait commencé à jurer pour de vrai depuis peu. Pas beaucoup, mais juste assez pour me faire grimacer. Je le regardai, inébranlable ; je savais qu'il ne me ferait jamais de mal. Il enroula son autre main autour de son poing blessé et laissa échapper un grognement de frustration, puis appuya son front contre le mien, le souffle court. Nous étions tous deux à bout de souffle, nos poitrines de soulevant et s'abaissant au même rythme.

— Pourquoi ?

Sa voix n'était plus qu'un grognement sourd. Il savait qu'il n'obtiendrait aucune réponse. Nos cheveux s'emmêlèrent, sa tignasse cuivrée se mélangeant à mes boucles brunes.

— Pourquoi t'as fait ça ?

J'essayai de dégager mes bras de l'étreinte de ses cuisses pour pouvoir répondre en langue des signes, mais il resserra ses jambes contre mon corps, me bloquant totalement.

— *Non*, grogna-t-il d'une voix menaçante. Sers-toi de tes

Extrait

mots. Tu peux le faire. Je sais que tu peux le faire. Maman et papa me l'ont dit. Dis-moi pourquoi tu as fait ça.

J'ouvris la bouche, je désirais répondre à sa question. Il avait raison, bien sûr. Je pouvais parler. Physiquement, du moins. Je le savais parce que parfois, dans la douche, ou quand j'étais complètement seule, je répétais les mots que j'aimais, pour m'entraîner. Juste pour prouver que j'étais capable de les prononcer à haute voix, que je *choisissais* de ne pas parler. Je répétais les mots, et le son de ma voix provoquait des frissons de plaisir dans mon dos.

Vieux livres.

Air frais (surtout après la pluie).

Regarder la lune qui me regarde.

Hippocampes.

Papa.

Edie.

Racer.

Knight.

Et voilà que, pour la première fois, Knight exigeait mes mots. Je voulais les dire. Plus encore, il méritait de les entendre. Mais rien ne sortit. Ma bouche restait ouverte, et je pensais *Non seulement tu passes pour une débile, mais en plus tu en est une.*

— Dis-le, insista Knight en me secouant par les épaules.

La grêle se transforma en petite pluie, et ma visibilité s'améliora. Ses yeux étaient ourlés de rouge, fatigués. Tellement fatigués. À cause de moi. Parce que je m'attirais toujours des ennuis dont il devait me tirer.

Il pensait que j'avais essayé de me faire du mal. Ce n'était pas le cas. Je n'arrêtais pas d'ouvrir et fermer la bouche comme un poisson, mais les mots refusaient de sortir. J'essayais de les arracher à mes lèvres, le cœur battant la chamade derrière mes côtes.

Extrait

— J… Je… hmm…

Il se leva et se mit à faire les cent pas en empoignant ses cheveux mouillés avec frustration.

— Tu es tellement…

Il secoua la tête, faisant voler des gouttes partout.

— Tellement…

Je me levai et courus vers lui. Je ne voulais pas entendre la fin de sa phrase. Je n'avais pas très envie de découvrir ce qu'il pensait de moi. Parce que s'il pensait que j'avais foncé sur la voiture en espérant la collision, il me croyait bien plus perturbée que je ne l'étais.

Je l'attrapai par l'épaule et le fit pivoter. Il se renfrogna.

Je secouai la tête, dans tous mes états.

— *Je n'ai pas vu la voiture. Je te jure*, signai-je.

— Tu aurais pu mourir, me hurla-t-il au visage en se frappant le cœur de son poing abîmé. Tu aurais pu m'abandonner.

— *Mais ce n'est pas le cas.*

Je me servais de mes mains, mes bras, mes doigts pour le rassurer. Mes lèvres tremblaient. Il n'était pas seulement question de nous. Mais de sa mère aussi, Rosie. Knight ne supportait pas que les gens partent. Pas même quelques jours, pour se rétablir, à l'hôpital.

— *Grâce à toi*, signai-je. *Tu m'as sauvée.*

— Tu te souviens de *toujours, n'importe quand, éternellement* ? Hein ? Tu ne remplis pas ta part du contrat !

Il me répéta la promesse que je lui avais faite avec du mépris dans la voix. J'ouvris les bras pour lui faire un câlin, et il s'avança pour se fondre contre moi. Nos corps s'unirent, comme deux couleurs distinctes qui se mélangent pour devenir une entité nouvelle, une nuance avec laquelle nous seuls pouvions peindre.

Knight enfouit son visage dans mes cheveux, et je fermai les yeux, l'imaginant faire ce même geste avec une autre. Malgré le froid, mon sang s'échauffa.

Il est à moi.

Je ne fis pas que le penser. Mes lèvres remuèrent pour former le mot. Je l'entendis, presque. Je resserrai mon étreinte autour de lui.

— À la vie à la mort, me murmura-t-il au creux de l'oreille.

Je savais qu'il parlait de sa promesse.

Je savais aussi que c'était injuste, parce que je ne savais pas si je serais capable de le sauver si besoin.

Enfin, si quelqu'un comme Knight avait un jour besoin qu'on le sauve. Knight était un enfant normal. Il parlait. Il était athlétique, extraverti, et respirait la confiance en lui. Edie avait dit qu'il était si beau que des recruteurs d'agence de mannequins arrêtaient Rosie au centre commercial pour lui fourrer leurs cartes de visite dans la main en la suppliant de les laisser le représenter. Il était drôle, charmant, et plus riche qu'il ne pourrait l'imaginer. Le monde s'offrait à lui, et je savais qu'un jour il s'en saisirait.

J'éclatai en sanglots dans ses bras. Je n'étais pas une pleurnicheuse. Je pouvais compter le nombre de fois où j'avais pleuré depuis le départ de Val sur les doigts d'une main. Mais c'était plus fort que moi. Je savais déjà que notre histoire ne connaîtrait pas une fin heureuse.

Il méritait mieux qu'une fille incapable de lui dire ce qu'elle ressentait.

Il était parfait, je ne l'étais pas.

— Promets-moi.

Ses lèvres se posèrent sur ma tempe, son souffle chaud me faisant frissonner. Des frissons nouveaux, qui remplirent mon ventre de lave. *Lui promettre quoi ?* Je l'ignorais, mais hochai tout de même la tête, voulant lui faire plaisir. Mes lèvres bougèrent.

— *Promis. Promis. Promis.*

Peut-être était-ce pour ça qu'il ne me faisait pas confiance.

Pour ça qu'il se faufila dans ma chambre cette nuit-là – et *toutes les nuits* qui suivirent, pendant six ans – et passa ses bras autour de moi, pour s'assurer que j'allais bien.

Parfois, je sentais sur lui le parfum de l'alcool.

Parfois, celui d'une autre fille. Fruité, doux, différent.

Souvent, son parfum était celui de mon chagrin d'amour.

Mais toujours, il s'assurait que j'étais en sécurité.

Et toujours, il partait avant que mon père frappe à ma porte pour me réveiller.

Pendant six ans, avant de sauter par ma fenêtre, Knight déposa un baiser sur mon front à l'endroit exact où mon père m'embrassait pour me dire bonjour, la chaleur des lèvres de Knight encore sur ma peau, irradiant mon visage.

Je le croisais tous les jours à l'école, avec sa démarche arrogante et ses répliques cinglantes qui faisaient baisser la garde – et la culotte – des filles, jouant de son épaisse crinière, de ses dents blanches et de ses nombreuses fossettes.

Il y avait deux Knight Cole.

L'un était à moi.

L'autre était au monde entier.

Et même s'il passait toujours la récréation avec moi, me protégeait, me traitait comme une reine, je savais qu'il était le roi de tous les autres, et que je ne régnais que sur une petite partie de sa vie.

Un soir, quand la lune était pleine et nous regardait par ma fenêtre, *mon* Knight embrassa la peau sensible sous mon oreille.

— *Moonlight*, murmura-t-il. Tu emplis l'espace noir et vide, comme la lune règne sur le ciel. Elle est silencieuse. Elle brille. Elle n'a pas besoin d'être une boule de feu pour qu'on la remarque. Elle existe, c'est tout. Et brille pour toujours.

Depuis ce jour, il me surnomma Moonshine – *Clair de Lune*.

Je n'avais rien pour lui, parce que je ne parlais pas.

Peut-être est-ce ainsi qu'il sut, tant d'années plus tard, que j'avais menti – par omission. Il n'était pas rien. Il était tout pour moi.

SÉRIE SINNERS
Disponible en poche !

Ils sont beaux, ils sont dangereux.

Harper Collins
POCHE

Composé et édité par HarperCollins France.

Achevé d'imprimer en août 2020.

CPI
FIRMIN-DIDOT

à Mesnil-sur-l'Estrée (Eure)

Dépôt légal :septembre 2020.

Pour limiter l'empreinte environnementale de ses livres, HarperCollins France s'engage à n'utiliser que du papier fabriqué à partir de bois provenant de forêts gérées durablement et de manière responsable.

Imprimé en France